A. Babel

STEFANIE GERSTENBERGER | Oleanderregen

Über den Roman

Als Valentina nach dem Tod ihres Vaters erfährt, dass ihre Cousine Irma in Wahrheit ihre Halbschwester ist, reist sie nach Sizilien, um sie ausfindig zu machen. Mehr als zehn Jahre haben sich die beiden nicht gesehen, zu tief verletzte es Valentina, dass ihr damaliger Freund Max sie verließ, um mit Irma nach Palermo zu gehen. Doch bei ihrer Ankunft muss Valentina erfahren, dass Irma nach einer scheinbar harmlosen Operation im Koma liegt. Während Valentina noch fürchtet, Max wieder zu begegnen, lernt sie Angelina kennen. Eine entfernte Verwandte, die ihr eine bewegende Geschichte erzählt. Von einem Jungen, der ohne Beine geboren wurde und dank der Fürsorge seiner Mutter trotz allen Unglücks die Liebe fand. Diese Geschichte ist der Schlüssel zum Geheimnis der Familie ihres Vaters, und Valentina erkennt, dass sich jetzt auch ihr Leben ändern wird …

Über die Autorin

STEFANIE GERSTENBERGER, 1965 in Osnabrück geboren, studierte Deutsch und Sport. Sie wechselte ins Hotelfach, lebte und arbeitete u. a. auf Elba und Sizilien. Nach einigen Jahren als Requisiteurin für Film und Fernsehen begann sie selbst zu schreiben. Ihr erster Roman *Das Limonenhaus* wurde von der Presse hoch gelobt und auf Anhieb ein Bestseller, gefolgt von *Magdalenas Garten* und *Oleanderregen*. Ihr neuester Roman *Orangenmond* erschien ebenfalls im Diana Verlag. Heute lebt sie mit ihrer Familie in Köln.

STEFANIE GERSTENBERGER

Oleanderregen

Roman

Diana Verlag

MIX
Papier aus verantwortungsvollen Quellen
FSC® C014496
FSC www.fsc.org

Verlagsgruppe Random House FSC® N001967
Das für dieses Buch verwendete
FSC®-zertifizierte Papier *Holmen Book Cream*
liefert Holmen Paper, Hallstavik, Schweden.

Taschenbucherstausgabe 09/2013

Dieses Werk wurde vermittelt durch die Literarische Agentur
Thomas Schlück GmbH, 30827 Garbsen
Redaktion | Angelika Lieke
Umschlagmotiv | © Ian Lloyd/masterfile
Umschlaggestaltung | t.mutzenbach design, München
Satz | Leingärtner, Nabburg
Druck und Bindung | GGP Media GmbH, Pößneck
Printed in Germany 2013
978-3-453-35726-6

www.diana-verlag.de

A Pinu,
infinita riconoscenza per avermi donato la storia della sua vita, una storia che mi è entrata nel cuore senza limiti e dove la custodirò con cura per sempre …

Für Pinu,
mit unendlicher Dankbarkeit dafür, dass du mir deine Lebensgeschichte geschenkt hast, eine Geschichte, die sich in mein Herz geschlichen hat, wo ich sie sorgsam für immer bewahren werde …

I

Er ist klein, er ist lustig, und wenn ich dich auch nur berühre, bevor wir verheiratet sind, bringt er mich um. Oder? So war das doch?«

Nein, dachte Valentina, da hast du etwas falsch verstanden: Ein sizilianischer Vater ist höchstens für andere lustig, für die eigene Tochter nie. Stumm schaute sie aus dem Seitenfenster, während Eric auflachte und sich langsam warmredete: »Meint er das wirklich ernst? Hallo?! Wo leben wir denn? Denkt er denn tatsächlich, du bist mit deinen einunddreißig Jahren noch Jungfrau?«

Ja, davon geht er aus, sogar mehr als das, antwortete sie ihm, immer noch schweigend.

Für sein Grinsen, das sie vor anderthalb Jahren so unwiderstehlich gefunden hatte, hätte sie Eric jetzt am liebsten einen Stoß in die Rippen versetzt. Sie hatte sich damals in dieses Grinsen verliebt, und vielleicht würde sie ihn eines Tages genau deswegen verlassen. Unsinn. Sie war nicht diejenige, die ging. Sie war diejenige, die verlassen wurde.

Aber war sie überhaupt noch in ihn verliebt? Dieser

ganze Aufwand heute zu Hause mit Papa – und nun wusste sie plötzlich nicht einmal mehr, ob sie noch in Eric verliebt war.

Wie verliebte man sich eigentlich? Stolperte man einfach in die Liebe, oder ließ man sich bewusst hineinfallen, so wie man einen kleinen Amarettokeks in einen Cappuccino fallen ließ? Paddelte zunächst noch etwas auf der schaumigen Oberfläche herum und beschloss dann – glücklich und diesmal ganz bestimmt für immer – sich versinken zu lassen? ›Für immer‹ hat bei dir noch nie geklappt, du Amarettokeks, stichelte eine Stimme in ihr. Meine Güte, ich bin doch glücklich. Zumindest bemühe ich mich seit achtzehn Monaten, es zu sein.

»Und wo sind wir eigentlich?« Eric las das Schild, an dem sie in diesem Moment vorbeirasten. »Ortsteil Schwarzmoor. Anheimelnder Name … Wenn wir stecken bleiben, schiebst du uns wieder raus!« Er gab Gas, der Wagen jagte noch schneller dicht an kilometerlangen Weidezäunen und noch immer winterkahlen Hecken vorbei. Wenn er sauer auf sie war, fuhr er zu schnell. Sie sollte Angst haben, zur Strafe.

»Fahr langsamer, da vorne in die kleine Straße rein und dann sofort links in das Tor!«, sagte Valentina ruhig, sie würde sich vor dem Großstadtkind auf keinen Fall für Moorlandschaft und Kuhweiden rechtfertigen. Eric bremste ab.

»Er ist eben immer noch ein Italiener, auch wenn er schon seit fünfunddreißig Jahren in Deutschland lebt. Noch dazu ein Süditaliener!« Wie oft hatte sie die altmodische Art ihres Vaters verwünscht, aber wenn andere ihn kritisierten, verteidigte sie selbst seine peinlichsten Marotten. Eric fuhr in die Toreinfahrt und brachte den Wagen vor einem hohen Grabstein aus Marmor zum Stehen.

»So!« Er schlug mit beiden Händen flach auf das Lenkrad, seine Stimmung war von genervt auf freundlich umgeschlagen, das ging bei ihm innerhalb einer Sekunde. Valentina lächelte ihn an, küsste ihn schnell auf die Wange und stieg aus. Der kalte Wind wirbelte ein wenig weißen Marmorstaub auf und zerrte an ihrer Daunenjacke, es war schon Mitte April, doch die Sonne hatte sich in diesem Frühjahr noch nicht oft gezeigt. Letzte Woche hatte es sogar noch geschneit. Valentinas Beine zitterten nicht nur vor Kälte, sie hüpfte ein paarmal auf und ab und atmete tief durch. Das Kreischen der Marmorsäge, das Geräusch ihrer Kindheit, ihres Alltags, musste in Erics Ohren noch schriller klingen als in ihren eigenen. Aber er schien sich daran nicht zu stören.

»Kleine Jungfrau, nun sei mal nicht so nervös!«, rief er über den Lärm hinweg. Sie musste lachen, sein Vorrat an kleinen Namen für sie war unerschöpflich: von »kleiner Kakerlak« über »Klein-Laut«, »kleine Hübsche« bis »kleine Hässlichkeit«. Sie liebte es, wenn er sie mit einer neuen Wortschöpfung überraschte.

»Meine Meinung zum Heiraten kennst du ja. Wie willst du mich überhaupt vorstellen?«, fragte er jetzt.

»Als meinen Geliebten, wie denn sonst?« Sie lachte wieder, aber diesmal klang es irgendwie falsch. Geliebten! Die vielen Romanseiten, die sie in den vergangenen Tagen übersetzt hatte, färbten auf ihre Sprache ab. Obwohl Eric nach seiner missglückten ersten Ehe auf keinen

Fall noch ein weiteres Mal heiraten wollte, würde sie ihn nicht als Geliebten, sondern als *fidanzato* vorstellen und hoffen, dass er die Bedeutung des Wortes nicht kannte. Peinlich. Aber für ihren Vater musste der Mann, den sie mit nach Hause brachte, schon ihr Verlobter sein.

Endlich werde ich mein Leben mit jemandem teilen können, dachte sie. Ich werde neben ihm einschlafen, neben ihm aufwachen, werde nicht mehr Papas Hemden im Wohnzimmer, sondern nur noch die von Eric im Wirtschaftsraum bügeln, obwohl Eric seine Hemden lieber in die Reinigung bringt. Wirtschaftsraum. So hatte die Maklerin die große Abstellkammer neben der Küche bezeichnet. Eric würde seine Einstellung zur Ehe schon noch ändern, und dann würde sie eine verheiratete Frau mit einem Wirtschaftsraum sein. Wow. Ein seltsames Gefühl, ganz anders als das, was sie sich früher unter den Wörtern Liebe und gemeinsame Zukunft vorgestellt hatte.

Prompt presste ihr der alte Schmerz die Lungenflügel ein wenig zusammen, bereit, kraftvoll loszubrechen, wenn sie ihn nur ließe. Der Schmerz würde immer da sein, das hatte sie mittlerweile akzeptiert. Niemals würde es wieder so wie damals, niemals mehr würde jemand wieder alles von ihr erfahren. Das war vorbei. Sie griff nach Erics Hand, obwohl er das nicht mochte.

»Den ganzen Tag drängen meine Patienten mir ihre Extremitäten auf, ich habe dauernd Körperteile in der Hand, ich bin kein Typ zum Händchenhalten«, hatte er ihr erklärt. Sie wusste, was er in seiner Praxis tat, er hatte sich beim Begutachten ihrer verspannten Muskeln und Sehnen unter ihrem rechten Schulterblatt in sie verliebt und deswegen länger als nötig mit seinen Händen an ihr herumgezogen, -getastet, -gedreht. Wenn er seine Hand jetzt gleich wieder wegnahm, wäre das ein Zeichen, und sie würde die ganze Sache abblasen. Erstaunlicherweise ließ er sie ihr.

Mit hochgezogenen Augenbrauen nahm Eric den umzäunten Hof der Firma, das geduckte Einfamilienhaus, die Halle, die verstreuten Grabsteine und unbehauenen Steinquader in sich auf. Sie folgte seinem Blick. Die Marmorplatten am Tor lehnten fachgerecht gesichert, aber unordentlich in den Halterungen. Ihre moosigen Oberflächen waren seit Jahren der Witterung ausgesetzt, eigentlich solange sie denken konnte. Als Kind hatte sie mit den Nachbarskindern dazwischen gespielt. Obwohl es verboten war. Sie seufzte unhörbar. Wie oft hatte sie ihrem Vater gesagt, er solle das verrottete Zeug vom Eingang wenigstens nach hinten bringen lassen.

Die Säge verstummte. Sie fror immer noch, mit der linken Hand zog sie die Jacke am Hals zusammen. »Kind, du musst mehr essen, damit du wächst und ordentlich Fleisch auf die Rippen bekommst!« Früher hatte ihre Oma sie mit Lebertran gequält, genützt hatte es nichts, sie war mit 1,63 Meter ziemlich klein und auch heute noch dünn.

»Kannst du damit fahren?« Eric ging ein paar Schritte auf den Gabelstapler zu, den Kalle wie immer mitten auf dem Hof stehen gelassen hatte. Sie kannte Kalle schon ihr Leben lang, seine Haare saßen auf seinem Kopf wie bei einem Playmobilmännchen, und als Kind hatte sie gedacht, er behalte seine Arbeitsstiefel, die Latzhose und die Ohrenschützer auch nachts im Bett an. Gerade startete er in der Halle wieder die Säge.

»Klar. Dem Stapler habe ich die Narbe zu verdanken. Vielmehr seinem Vorgängermodell.«

»Ach ja, natürlich! Die Bimalleolarfraktur. Sorry.«

Valentina lachte, sie mochte es, wie seine Augen zu glitzern anfingen, sobald er von Bändern, Sehnen, Knochen und seinem Spezialgebiet, dem *meniscus lateralis*, redete. Als sie sich kennenlernten, hatte Eric die zwölf Zentimeter lange, dunkelrote Narbe über ihrem Sprunggelenk entdeckt und mit leidenschaftlichem Interesse abgetastet. Am liebsten hätte er den Knöchel gleich geröntgt, um den Knochenstand festzustellen.

»Ich zeig dir später alles.« Sie drückte Erics Hand und zog ihn zu dem gelb verklinkerten Haus, in dessen Souterrain die Geschäftsräume untergebracht waren. Sie musste es endlich wagen, sie war über dreißig, sie wollte verheiratet sein, glücklich sein, ein Kind haben. Und auch den Wirtschaftsraum. Einen besseren Mann als Eric, der mit seinem Doktortitel möglicherweise auch vor ihrem Vater Enzo Gnade fand, gab es doch gar nicht.

»Marmorkontor« stand an der Tür, das große M aus Messing war sogar poliert.

Trotzdem sah heute alles trostlos und irgendwie kümmerlich aus. Sie gingen drei Stufen hinab, Eric Gentleman öffnete die Tür, und schon standen sie in dem langgezogenen Raum. Vor ihnen ein Tresen, hinten zwei abgetrennte Büros, ein Schreibtisch, Regale, Aktenordner, dazwischen eine Treppe aus grünem Marmor, die nach oben in die Wohnung führte. Die Decke des Souterrains war niedrig und so grau wie der Marmor an den Wänden. Das dunkel angelaufene Computergehäuse auf dem Tisch und das ewige Omega in zwanzig unterschiedlichen Buchstabentypen und Farben möglicher Grabsteinbeschriftungen deprimierten Valentina. Schon wurde sie wieder unsicher. Eine dumme Idee, Eric unbedingt hierherschleppen zu wollen. Warum hatte sie ihren Vater nicht in ein Restaurant eingeladen und ihm ihre Verlobung, von der Eric peinlicherweise nichts wusste, bei einem Glas Sekt verkündet?

»*Ciao*, Papa! Wir haben Kuchen mitgebracht!«

»*Buongiorno, buongiorno*! Angenehm, Vitale!« Eilig kam ihr Vater herbeigelaufen und schüttelte Eric ein wenig zu lange die Hand.

»Das ist Eric. Mein …« Nun sag es doch einfach, du hast es extra geübt, drängelte es in ihr, aber das fehlende Wort fühlte sich so falsch an wie der ganze Nachmittag.

»… mein Vater«, sagte sie stattdessen zu Eric. In diesem Moment bemerkte sie Herrn Mader, der mit düsterem Blick aus dem hinteren Büro gekommen war. Doch er korrigierte seinen Gesichtsausdruck sofort.

»Mader. Ich bin so eine Art besserer Buchhalter«, erklärte er Eric mit einem bescheidenen Lächeln.

»Doktor Jasper.« Selbst wenn Eric sich ein Taxi bestellte, vergaß er nie, seinen Titel zu nennen. So viel Zeit muss sein, sagte er immer. Einen Augenblick herrschte Stille, sogar die Säge drüben in der Halle schwieg respektvoll.

»Na, dann wollen wir mal!«, rief ihr Vater laut, aber seine Augen schwirrten wie aufgescheuchte Vögel durch den Raum, und seine Hände schoben die ordentlich abgelegten Rechnungen von rechts nach links über den Tresen und wieder zurück. Valentinas Herz zog sich zusammen. Was war denn in den letzten Wochen los mit dem leicht cholerischen, charmanten, witzigen Mann, den er sonst immer vor den Kunden gab? Sehr viel bekam sie ja nicht mehr von ihm mit. Sie tranken morgens ihren ersten Espresso zusammen, bevor sie das Haus für den Rest des Tages verließ. Frau Bröcker von nebenan putzte bei ihnen und kochte mittags. Seitdem der alte Herr Bröcker vor zwei Jahren gestorben war, war sie dankbar, sich mit Arbeit ablenken zu können. Leider weigerte sie sich zu bügeln. Abends kam Valentina mit Lebensmitteln bepackt nach Hause, bereitete Abendbrot für sie beide und fuhr dann oft noch mal in die Stadt zurück. Dort lernte sie angeblich Französisch in der Volkshochschule, belegte Kurse wie »EDV-Finanzbuchführung«, »Progressive Muskelentspannung« und »Bridge, die Königin der Kartenspiele«. Ausgerechnet Bridge! In Wahrheit traf sie natürlich Eric.

Ach, Papa, dachte Valentina, du wirkst jetzt manchmal so hilflos und irgendwie richtig alt.

Herr Mader, in seinem anthrazitgrauen Anzug lang und dünn wie ein Bleistift, stand nickend neben ihrem Vater und machte ihr verstohlen Zeichen:

Wir müssen reden!

Später!, signalisierte sie ihm.

Aber bald – es geht um deinen Vater!

Ich weiß!

Jeder Blick eindringlicher als der vorherige.

»Also, *dottore*, das da, das sind die Steinbrüche, da kommt der Marmor her!« Valentina freute sich, ihr Vater hatte sich offensichtlich wieder gefangen. Er kam hinter dem Tresen hervor und zeigte Eric die gerahmten Fotos an den Wänden.

»Carrara, beste Marmor überhaupt. Von Carrara habe ich hier raufgebracht, vor über dreißig Jahre, alle sechs Woche war ich mit die Spedition da – habe die ganze Norden von Deutschland mit Marmor glücklich gemacht! Habe ich Carrara schon faste leer gemacht!« Er lachte. Eric ging näher an die Bilder heran: blauer Himmel, aufragende Steinwände, ein Bagger und ein junger Enzo in kurzen Hosen davor.

»Heute kommt meiste von die Marmor aus China oder, wenn du was Teures haben willst, aus Brasilia.« Er lachte wieder. »Will aber nur manche Mal einer was Teures hier, die Leute wollen Grabstein oder Platte für Küche oder Stufe für die Treppe.« Ihr Vater klopfte Eric auf die Schulter, wie er das nur bei seinen besten Kunden tat. »Bekommen Sie alles bei mir, *dottore*. Auch eine ganze Badezimmer, sehr *elegante*!«

Eric verschränkte die Arme vor der Brust und lachte mit, während Valentinas Vater alles anpries, was in den Geschäftsräumen des Marmorkontors zu finden war: Aktenordner, die Handmuster der einzelnen Marmorsorten, schwarzer *Marquina*, grüner *Verde di Mare* und der feine *Estremoz* in zartem Rosa, das summende Kopiergerät und die Kanister voller Reinigungspolitur in der Ecke.

»*Ecco*! Die Bücher von meine Valentina stehen alle in die Regal!«

»Ach, Papa!« Sie winkte lächelnd ab. Na also, klappte doch wunderbar.

»Und hier! Meine Kleine, da iste sie …, äh …, vier oder fünf.« Stolz wies er auf ein großes Schwarz-Weiß-Foto neben den Grabsteininschriften, das Valentina schüchtern lächelnd, mit weißem Riesenkragen, glattem Bubikopf und sehr kurzem Pony zeigte.

»He, da sieht sie aus wie heute, nur der Pony ist seit damals gewachsen!«, sagte Eric.

»Hatte ich selbst geschnitten. Mama ist ausgeflippt. Und hat ihn begradigt. Dann bin *ich* ausgeflippt.«

»Und dieser Kragen ... Du bist die kleine Mireille Mathieu!«

»Na, danke. Lebt die überhaupt noch?« Valentina wollte sich ganz dicht neben Eric stellen, vielleicht sogar wieder seine Hand nehmen, damit ihr Vater auch sah, warum sie hier waren, da winkte der bescheidene Buchhalter sie in sein Büro.

»Bin gleich wieder da«, sagte sie zu Eric, »Herr Mader denkt immer, ich könnte ihm mit seinem Computer helfen ...«

»Tut mir leid, dass ich das ausgerechnet heute erwähnen muss, aber es wird jeden Tag schlimmer mit ihm«, flüsterte der hagere Mann, als Valentina den kleinen Raum betrat. Valentina nickte hastig und schaute durch die Türöffnung nach Eric. Sie musste unbedingt vermeiden, dass er in Gegenwart ihres Vaters schon eine Anspielung auf die gemeinsame Wohnung machte.

»Ich habe nur äußerst knapp verhindern können, dass dein Vater das gesamte verfügbare Kapital in einem Pioneer Fonds anlegt! Gestern habe ich den Termin bei der Bank, den ihm dieser Niemeyer aufgeschwatzt hat, abgesagt. Enzo, habe ich gesagt, wer investiert denn heute noch in irgendwelche obskuren Fonds? Wir brauchen das Geld hier und sofort. Zum Glück hat er es eingesehen.«

Herr Mader krallte sich mit seinen langen Fingern in

die Lehne seines Bürostuhls. Wenn er ein Tier wäre, dann eine Krähe oder ein Rabe, jedenfalls irgend so ein dunkler Vogel, dachte Valentina.

»Ich wollte dich damit bisher nicht belästigen, aber so langsam denke ich, dass du wissen solltest, was hier passiert. Heute Morgen zieht er zum Beispiel kurz vor der Frühstückspause seine Jacke an und will gehen. Enzo, wohin?, frage ich ihn. Na zu Bank, Termin mit diese Niemeyer, antwortet er, als ob wir nie darüber geredet hätten!«

Valentina seufzte. Sie kannte sich nicht aus in der Firma ihres Vaters, und sie wollte sich auch gar nicht auskennen. Behauptete er nicht immer, trotz des etwas schäbigen Eindrucks, den die Firma von außen machte, es ginge ihr glänzend? ›Im Kreis von hundert Kilometern hab ich das Monopol, wer gute Marmor will, muss kommen zu mir!‹

»Aber es ist ja noch mal gut gegangen!«, sagte sie leise.

»In letzter Zeit nicht immer, zweimal hat er Kalle das falsche Aufmaß angegeben. Das ist ihm vorher nie passiert. Ein Schaden von gut vierzigtausend Euro! Und wir brauchen jeden Cent, um für den Auftrag in Bremerhaven liquide zu sein. Wenn das überhaupt klappt … Bei den Chinesen müssen wir immer direkt bezahlen.«

»Ich habe ihm doch neulich vorgeschlagen, sich vom Neurologen untersuchen zu lassen, aber er weigert sich ja!«, sagte Valentina, hob die Schultern und ließ sie wieder fallen. Herr Mader tat es ihr nach. Ein paar Sekunden starrten sie sich wortlos in die Augen.

»Ich weiß, deswegen musst du unbedingt mit Irma reden!« Herr Mader war ein großer Fan von Irma, ihrer zehn Jahre älteren Cousine. Mit selbst gemachten *gnocchi al pesto* und sentimentalen sizilianischen Liedern hatte sie ihn während ihrer Zeit in Deutschland hörig gemacht. Sie hatte für alles eine Lösung, doch was sollte sie in diesem Moment drüben auf Sizilien schon tun können, wenn Papa hier seine Firma zugrunde richtete?

»Und warum!?«

»Irma konnte immer so gut mit ihm umgehen, auf *sie* hört er, *sie* weiß, was er braucht.«

Valentina schnaubte, in ihrem Hals brannte es. Das war ja nichts Neues. Na klar, Irma, dachte sie, schon immer wusstest du, was für jeden das Beste ist. In dem Winter, als ich zwölf wurde und plötzlich mutterlos war, hast du mit einem Blick erkannt, was ich brauchte: Hände, die meine Haare abends liebevoll bürsteten, die meine Sachen morgens über die Heizung hängten, die die Narbe mit Öl massierten, bis sie weich und glatt wurde, ich brauchte eine orange Kuscheldecke, um den tief sitzenden Kummer hineinzuweinen und keine Fragen über meine Mutter. Ein Jahr später hast du mir erklärt, was passiert, wenn ein Mädchen eine Frau wird und wie man mit Vätern aus Sizilien umgeht. Du hast mich zu einer Meisterin im heimlichen Ausgehen, heimlichen Telefonieren, im Aussparen von Informationen und Erfinden von Terminen erzogen. Papa war Wachs in deinen Händen. Manchmal wollte er losbrüllen, doch dann hat er dich nur angeguckt, als ob er etwas Kostbares, Einmaliges sähe, und hat gelacht. Und du warst ja auch einmalig: Du warst die perfekte Ersatzmutter, die perfekte Lügenlehrerin, eine Lügenmutter, nur zehn Jahre älter als ich, mit der ich lachen konnte. Doch irgendwann war es dir plötzlich egal, was ich brauchte, und du hast mich alleingelassen. So wie alle zuvor mich alleingelassen haben. Zuerst Oma und Opa. Dann Mama. Dann der, an den ich nie mehr denken will. Am Ende du.

»Okay, ich rufe Irma heute Abend noch an«, versprach sie Herrn Mader, »aber jetzt hole ich den Kuchen aus dem Auto, und dann gehe ich nach oben und mache Kaffee. Sie kommen doch auch?« Am liebsten hätte sie ihm über den Arm gestreichelt, aber das ging nicht, einen Butler streichelte man ja auch nicht aus Dankbarkeit für seine Fürsorge.

Wieder auf dem Hof, scharrte Eric mit den Füßen, als ob er sich Hundedreck von seinen Sohlen kratzen wollte.

»Dein Vater erinnert mich an den einen aus dieser Mafia-Serie, du weißt schon, dieser Kleine, Durchgedrehte.« Begeistert von seinem Vergleich, lachte er vor sich hin.

Valentina schaute ihn mit hochgezogenen Augenbrauen an, Takt war nicht gerade seine Stärke. Aber er konnte ja nicht wissen, dass ihr Vater in letzter Zeit viele Dinge verwechselte, heute nicht mehr wusste, was er gestern gesagt hatte, und alles abstritt, wenn man ihn darauf ansprach.

Sie versuchte Ärger und Besorgnis von sich abzuschütteln wie den allgegenwärtigen Marmorstaub. Es lief doch, sie würde ihre Neuigkeit schon noch loswerden. Der Eröffnungsteil – erstes Zusammentreffen mit Papa – war überstanden. Nun kam es darauf an, Eric noch einmal richtig vorzustellen und ihren Vater auf den anstehenden Auszug vorzubereiten. Natürlich würde er sich aufregen, er würde erst leise, dann laut fluchen, in seinem Dialekt, wie sonst? Er würde mehrmals aus dem Wohnzimmer stürmen und kurz darauf wieder hereinkommen. Und dann? Wären sie alle Gäste einer absoluten Premiere, denn sie hatte ihrem Vater niemals zuvor einen ihrer Freunde vorgestellt. Außer Max, aber das war ja etwas anderes. Darüber würde sie jetzt keinesfalls nachdenken.

Sie ging zum Auto und hob das Kuchentablett der Bäckerei von der Rückbank, doch schon holte sie die Angst vor dem unkalkulierbaren Ausgang von Kaffee und Apfelkuchen wieder ein.

»Ich weiß nicht, ob heute ein guter Tag ist, um ihn in unsere Pläne einzuweihen …«, rief sie Eric über die Schulter zu. »Er ist noch seltsamer als in den letzten Wochen.« Eric schaute verstohlen auf seine Armbanduhr, es tat ihm anscheinend leid um seinen freien Nachmittag. Sie hatte es gesehen und knallte die Autotür zu. Ihr Knöchel schmerzte jetzt, das tat er manchmal an kalten Tagen.

»Viel Zeit habe ich auch nicht. Mein Wagen steht noch am Laden, und ich muss auch noch mal an den Computer«, fuhr sie fort, obwohl zumindest das mit dem Computer nicht stimmte. Sie wollte nur allein sein, um über ihren Vater Enzo nachzudenken, und nirgendwo konnte sie besser denken als in ihrem Übersetzungsbüro in der Stadt, ihrem Refugium, ihrem stillen Tempel, den niemand ohne eine ganz besondere Einladung betreten durfte. Was bewegte Papa nur zu einer solchen Tat wie mit den Fondsanteilen? Hatte er einen Plan, oder war er einfach nur unzurechnungsfähig?

»Mir ist das eigentlich egal, ob dein Vater Bescheid weiß, aber wir zwei Hübschen müssen noch über die Finanzierung der Wohnung sprechen.«

Sie fand es normalerweise blöd, wenn jemand ›wir zwei Hübschen‹ sagte, aber bei Eric störte es sie nicht. Zumindest nicht sehr. Sie war erwachsen geworden, sie konnte mit einem Mann zusammenziehen, der komische Wendungen in seinem Sprachgebrauch hatte. Sie konnte sogar einen Mann heiraten, der nur Sachbücher las. Sie wollte ein Kind bekommen von ihm, und er wollte eins von ihr, dafür liebte sie ihn. Obwohl er ihr diese Absicht jeweils nur kurz vor seinem Orgasmus ins Ohr stöhnte. Es störte sie auch nicht, dass er die Wattestäbchen anleckte, bevor er sie sich in die Ohren schob, und dass er nur in den weißen Arztklamotten seiner Praxis wirklich sexy aussah, obwohl er für seine Garderobe so viel Geld ausgab.

Stimmte das alles überhaupt? Oder würde sie ihn eines Tages für alles hassen, was er tat oder nicht tat, für das, was er sagte, wie er es sagte oder was er nicht sagte? Sie schaute ihn an. Seine Haare waren dunkelbraun ohne das kleinste Anzeichen von Grau, die Augen ein wenig heller, er war gut aussehend, ein typischer Arzt, wie auf den Dr. Herzsprung-Romanen, die bei Oma Gertrud immer auf dem Nachttisch gelegen hatten. Wenn sie das als kleines Mädchen gewusst hätte. Einen Dr. Herzsprung würde sie bekommen!

»Deine Idee, Klein-Kariert, du hast gesagt, du fühlst dich abhängig von mir, wenn du dich nicht an der Wohnung beteiligst«, sagte Eric und grinste sein Grinsen. »Und ich finde, du hast recht. Denn ich liebe unabhängige Frauen. Morgen fahre ich nach Wiesbaden zum Kongress, und Ende der Woche haben wir den Termin beim Notar für den Vorvertrag. Denk bitte daran.« Er wartete ihre Antwort nicht ab, sondern umarmte sie so fest, dass ihr Mund an seinem Hals landete und ihre Lippen gegen seine Haut gepresst wurden.

»Hier bist du also aufgewachsen.« Er knabberte mit warmem Atem an ihrem Ohr, »so viel Stein und nur Männer um dich herum, jetzt verstehe ich langsam, wie aus dir so eine knallharte Marmorprinzessin werden konnte.«

Valentina kicherte und stieß einen kleinen Schrei aus, um ein Haar hätte sie den Kuchen fallen lassen. An ihrem Gesicht haftete eine Menge von dem herrlich riechenden Aftershave, das sie ihm geschenkt hatte. Plötzlich war sie ganz sicher: Sie liebte ihn. Natürlich liebte sie ihn. Er war gut für sie! Durch ihn war sie selbstbewusster geworden, hatte endlich wieder einen Plan für die Zukunft. Ihre eigene Zukunft. Unabhängig von Papa.

»Zeigst du mir jetzt dein Zimmer? Du weißt, dass ich immer Lust auf dich habe«, flüsterte Eric, »und dann mache ich etwas ganz Geheimes mit dir. Davon wird mich niemand abhalten, auch nicht dein …«

In diesem Augenblick wurde die Tür aufgestoßen, und ihr Vater schaute vom Fuß der Treppenstufen zu ihnen hoch. Hastig befreite Valentina sich aus Erics Armen.

»Titina, Telefon, äh …, es ist …, na, verdammt! Da ist – sie will dich sprechen, äh …« Einige Namen ratterten ihr durch den Kopf, doch wenn er so herumdruckste, konnte das nur eins bedeuten:

»Doch nicht etwa – Martina?«

»*Nooo*! Was denkste du!«

Sie zupfte verlegen an ihrem feuchten Ohrläppchen. Papa hatte recht, ihr Geburtstag war vor drei Monaten gewesen, warum also sollte ihre Mutter sich aus Kanada bei ihr melden?

Er fluchte kopfschüttelnd auf Italienisch: »*Porco Dio*, fällte mir nicht mal mehr ihre Name ein!« Er hatte es leise gesagt, aber sie hatte es dennoch gehört und starrte auf seine Stirn. Alzheimer, Demenz – Begriffe, die sie schon seit Wochen erfolgreich verdrängte, blinkten dort plötzlich wie eine Leuchtreklame auf.

»Ich hab's gleich! Weiß ich gleich! Aus Sizilien, deine Cousine …«

»Irma?!«

»Ja, sag i'doch. Irma!«

Sie warf Eric einen Blick zu, der diesmal betont auffällig auf seine Armbanduhr guckte, und sprang, das rechte Sprunggelenk wie immer automatisch schonend, die Stufen hinab.

»Ich habe sie um einen Rückruf gebeten, ich wusste ja nicht, dass sie sich sofort melden würde«, flüsterte Herr Mader, während er mit wild schlenkernden Armen neben Valentina her in Richtung Büro lief.

»Titina, wie geht es dir? – Gut? – Wunderbar! Wann kommste du?« Irmas harter italienischer Akzent klang mit warmer Stimme durch den Hörer, so wie hundertmal zuvor. Auf Italienisch fuhr sie fort: »Es ist Frühling, die Müllabfuhr arbeitet wieder, und gestern hat die Katze in meinem Kleiderschrank Junge bekommen, drei orangerote Kätzchen, und eins ist schwarz, sie sind wunderschön, *hier* ist es wunderschön! Du musst kommen!«

Und so wie hundertmal zuvor fiel ihr nur eine schwache Ausrede ein. »Vielleicht im Sommer, Irma, ich kann jetzt nicht weg.« Herr Mader räusperte sich mahnend aus seinem Büro. Sie linste hinüber zu ihrem Vater, der sich mit einer Hand das Kinn rieb und mit der anderen in den gelben Auftragsblöcken blätterte, bevor er geschäftig zur Tür hinauswieselte.

»Signor Mader hat mir schon berichtet, worum es geht«, fuhr Irma fort. »Das ist schlimm, was ist da bloß in seinem Kopf los, ich werde mit ihm reden, er muss sich sofort untersuchen lassen!«

Unwillkürlich seufzte Valentina. »Papa ist irgendwie anders als früher, er findet die Worte nicht. Er sagt Mo… Mo… Mo…, bis das Wort endlich herauskommt. Und später stellt man fest, dass er eigentlich Mittwoch meinte. Sein Gehirn ist langsamer geworden.«

»Das merkt er wahrscheinlich selbst, und weil es ihm unangenehm ist, streitet er es ab, ach, der arme Onkel! Wäre ich doch jetzt bei euch! Sag Signor Mader, er soll ihn bis zur Untersuchung noch genauer beobachten und kontrollieren!« Sofort übernahm Irma wieder das Kommando, selbst aus dem hintersten Winkel von Sizilien wusste sie, was zu tun war. Valentina musste gegen ihren Willen lächeln.

»Das macht er doch schon. Aber um ein Haar wäre das Geld weg gewesen. Für irgendeinen großen Auftrag in Bremerhaven brauchen sie Bargeld.«

»Wer will denn heute noch bar bezahlt werden, außer der Mafia? Und selbst denen kannst du das Schutzgeld inzwischen überweisen.« Sie lachte. Immer lachte sie.

»Keine Ahnung. Die Chinesen?«

»Stimmt, die Chinesen. Bei meinem kann ich das Gemüse auch nicht anschreiben lassen.« Wieder lachte sie. »Ich rede mit *zio* Enzo, keine Sorge, wir werden etwas finden, damit es ihm besser geht!«

Jaja, rede mit deinem Onkel, dachte Valentina, wo war der überhaupt gerade, sprach er etwa schon mit Eric über sie beide? Sie musste so schnell wie möglich dazwischen.

»Überleg doch noch mal, vielleicht kannst du nur für ein Wochenende herfliegen, ich würde dir so gerne endlich alles zeigen!«, bat Irma erneut. Sie nickte, stumm auf ihren nächsten Satz wartend, der prompt kam.

»Und *ihn* habe ich lange nicht gesehen. Keine Angst, du wirst ihm nicht begegnen, er arbeitet gerade in Apulien. Bari, da restaurieren sie diese ganz bekannte Kirche, wie heißt die noch mal? Siehst du, jetzt fange ich auch schon an, Sachen zu vergessen …!«

»Ich habe keine Angst«, sagte sie, doch sie wussten beide, dass das nicht stimmte. Schnell legte Valentina auf, schnappte sich das Kuchentablett und machte sich auf die Suche nach Eric und ihrem Vater.

2

Sie hatte Glück, Eric stand alleine auf dem Hof herum. Sie stieg mit ihm die Treppe hinauf, am Marmorkontor vorbei, schloss die Wohnungstür auf und ließ ihn in den Flur treten. Seit Irma vor zwanzig Jahren das Regiment übernommen hatte, war hier oben einiges von ihr verändert worden. Und obwohl sie nun schon seit neun Jahren wieder auf Sizilien lebte, konnte man ihre Spuren noch überall erkennen. Statt der hellgrauen, harten Couch mit dem kratzigen Bezug, an die Valentina sich noch gut erinnerte, gab es im Wohnzimmer ein Blumensofa, in dem man versank. Dazu zwei tiefe Sessel, in denen sie damals mit angezogenen Beinen, unbehelligt von Irmas täglichem Hausputz, herumlungern und lesen durfte. Die ehemaligen Teppichböden der Schlafzimmer waren herausgerissen worden, Teppiche seien Staubfänger, also unhygienisch, behauptete Irma. Sie überredete ihren Onkel Enzo, alles mit glänzend hellen Marmorfliesen auszulegen, die sie ständig voller Inbrunst nass aufwischte. Hier und da lagen kleine Teppiche oder Läufer herum, die von ihr alle paar Tage ganz altmodisch über die Balkonbrüstung gehängt und mit einem Klopfer energisch bearbeitet wurden, obwohl es natürlich einen Staubsauger gab. Überhaupt, das Putzen. Obwohl sie nie ein Wort darüber verlor, ahnte Valentina als Kind, dass Irma die Haushaltsführung ihrer Oma, die vor ihrem plötzlichen, friedlichen Tod auf dem Donaudampfer für sie alle gesorgt hatte, mehr als ungenügend empfand.

»Staubmäuse!?«, sagte Irma gern, wobei sie den Umlaut genüsslich trennend in die Länge zog. »Staubmäuse kenne ich gar nicht auf Italienisch, die gibt es bei uns nicht!« Erstaunt hatte Valentina zugeschaut, wie Irma ihre verfärbten Unterhemden unter Zuhilfenahme einer Menge Chemie wieder weiß bleichte, wie sie ihre Pullover zusammenlegte und unnachahmlich schön auf Kante faltete, wie sie am Küchentisch saß und Berge von kleinen Zwiebelchen einlegte und abends noch geduldig die Löcher in ihren und Papas Socken stopfte.

»Ich setze eben den Espresso auf«, sagte sie zu Eric, der die zahlreichen Bilder im Flur betrachtete. Irma liebte vergoldete Bilderrahmen, sie hatte Valentinas jährliche Porträtfotos aus der Grundschule und bis dahin eher unbeachteten Malergebnisse aus dieser Zeit gerahmt. Weiß der Himmel, wo sie die alten, verschnörkelten Rahmen aufgetrieben hatte. Die Werke von damals hingen immer noch dicht nebeneinander.

»Wie nennen die dich hier? Titti-Na? Hey, kleine Titti-Na, na, kleine Titti-Na? Das ist ziemlich lustig!«

Humor ist angeblich sehr wichtig in einer Beziehung, dachte Valentina und wandte sich in Richtung Küche. »Es heißt Titìna!«, rief sie, »mit Betonung auf der zweiten Silbe. »Von Valentina, nicht von was anderem ...«

»Könnte aber doch auch sein, klein genug sind sie ja dafür.« Er lachte in sich hinein.

»Papa, wir wollten dir etwas sagen«, begann Valentina, nachdem sie alle im Wohnzimmer Platz genommen hatten, die Tassen voller Milchkaffee, die Teller mit Apfelkuchen und Sahne überladen. Ihr Vater mochte das deutsche Kaffee- und Kuchenritual sehr, und nun war es vollbracht: Nach diesem Satz konnte sie wirklich keinen Rückzieher mehr machen, jetzt würde er es erfahren.

»Jasper, was für ein Name ist das denn, bedeutet der irgendwas?«, fragte Enzo auf Italienisch und zeigte mit dem Kopf erst auf Eric, dann auf seine Tochter. »Willst du etwa auch so heißen?!«

»Ach, Papa, das ist unhöflich, lass uns doch Deutsch reden …« Valentina zog mit den Gabelzinken Furchen durch die Schlagsahne und hätte bei aller Verlegenheit fast erleichtert aufgelacht. Er hatte durchschaut, warum sie hier waren, und er hatte sich Jasper merken können! Vielleicht waren ihre Befürchtungen doch übertrieben: dass er sich demnächst nicht mehr an ihre Bücher erinnern würde, dass er möglicherweise in wenigen Monaten Mühe hätte, ihr Gesicht zu erkennen. Dass sie bald keinen Vater mehr hätte, geistig nicht mehr anwesend, entschwunden. Wahrscheinlich alles nur falscher Alarm. Schimpf weiter, Papa, schimpf einfach weiter, dachte sie, und bleib, wie du immer warst, tu mir den Gefallen.

»Gut, sage ich noch mal auf Deutsch: Willste du etwa auch so heißen?«

»Herr Vitale, es ist ja so«, mischte Eric sich ein. Neben seinen Arztklamotten fand Valentina auch seine Arztstimme ziemlich erotisch, obwohl sie das vor ihm nie zugeben würde. »Wir werden ja erst mal zusammenleben und nicht gleich heiraten!«

»Natürlich werdet ihr heiraten, bevor ihr zusammenlebt! Was iste sonst? Mal die Frau ausprobieren und dann wieder zurückgeben?!« Ihr Vater sprang auf. Herr Mader betrachtete aufmerksam eine dicke Rosine, die aus dem Kuchenstück auf seinen Teller gefallen war.

»Nun, etwas mehr als ausprobieren ist es ja schon, wir beteiligen uns beide an dieser Wohnung, über die wir auch noch sprechen sollten, mit einer nicht unbeträchtlichen Summe, auch wenn Ihre Tochter zunächst weniger beiträgt …« Papa guckte mit zusammengekniffenen Augen und gleichzeitig hochgezogenen Brauen verächtlich in die Runde. Wenn er das tat, erinnerte er Valentina immer an Robert de Niro.

»Ah? Alles schon ausgedacht, was? Das Geld willste du also auch noch? Valentina, dass DU so etwas tust, meine Tochter …!« Er rannte hinaus. Die drei blieben zurück wie Schauspieler auf einer Bühne, die keinen Text mehr hatten. Valentina schaute in die Runde. Gleich würde er wieder hereingestürmt kommen. Und da war er auch schon.

»Habe ich mir immer so gewünscht, dich in die weiße Kleid vor den Altare zu bringen. Meine liebe Tochter zu verheiraten, war immer meine Wunsch, aber was machste du? Gehst einfach davon! Ist nicht richtig! Ist das niemals richtig!« Wieder rannte er aus dem Zimmer. Valentina atmete tief durch. Das Spiel würde sich jetzt noch ein paarmal wiederholen, bis er sich endlich beruhigte. Gleich war sein nächster Auftritt dran. Er würde von der Mitgift reden, *il corredo*, ein Wort, das sie schon seit Kindertagen kannte. Papa hatte ihr schon als Fünfjähriger erklärt, dass sie eigentlich jede Menge hübsche Handtücher, bestickte Tischdecken und Bettlaken erwarten könne. Aber die Mama – ein strafender Seitenblick auf Martina folgte garantiert, falls sie in der Nähe war –, die Mama würde das ja nicht wollen. Immer seufzte er auch an dieser Stelle, um ihr dann von der schönen Summe zu erzählen, die auf sie warte, wenn sie mal heiraten würde, extra für sie angespart, für seine einzige Tochter, die er nur einem *guten* Mann geben würde.

Jetzt war ein *guter* Mann hier, und Papa zierte sich. Er brauchte sicher noch etwas Zeit, um es zu erkennen. Valentina stand auf, lächelte in die Runde und ging, um nach ihm zu schauen. Sie traf ihn in der Küche, er saß am Tisch und streichelte mit der Hand über die Tischdecke, die Irma vor Jahren aus Sizilien mitgebracht hatte. Ein Kunstwerk aus Stickerei, das ungestärkt und nicht einwandfrei gebügelt über dem Tisch lag. Valentina starrte ihn an. Ihre Augen trafen sich. Seine waren gar nicht so wütend, wie sie erwartet hatte. Sondern fast bittend. Betrübt. Später würde sie sehr oft an diesen Blick denken müssen. Doch in diesem Moment dachte sie nur: Nein! Den Gefallen tue ich dir jetzt nicht. Du wirst schön wieder reinkommen und dort die Sache besprechen.

»Hat Irma gemacht.« Seine Stimme war nur ein Flüstern. Na und? Was willst du mir jetzt damit sagen? Dass Irma besser sticken und bügeln kann als ich und umweltschädliches Stärkespray benutzt? Sie drehte sich um, ging zurück ins Wohnzimmer, setzte sich mit verschränkten Armen in ihren Sessel und wartete.

Doch der nächste Auftritt kam nicht. Eric begann von einem Film zu reden, den Valentina nicht kannte. Was hatte *Ein Käfig voller Narren* jetzt mit dieser Situation zu tun?

Herr Mader aß seinen Kuchen auf und sagte: »Guter Kuchen.«

Und dann, nach einer Weile: »Jetzt müsste er aber mal wiederkommen.«

Und schließlich standen sie auf und suchten nach ihm.

Valentina fand ihn im Schlafzimmer vor seinem Einzelbett, das klein und verloren in dem großen Raum stand. Vor Jahren, als deutlich wurde, dass seine Frau, Valentinas Mutter, nicht beabsichtigte zurückzukommen, hatte er die andere Hälfte des Ehebetts abmontiert und im Hof zerschreddert. Jetzt kniete er davor, den Oberkörper auf die Matratze gelegt, und im ersten Moment dachte sie, er würde beten. Doch ihr Vater war kein Mensch, der sich zum Beten niederkniete.

»Papa?!« Er rührte sich nicht. Valentina hockte sich ängstlich neben ihn. Ihr ganzes Leben lang hatte sie zu vermeiden gewusst, ihn so böse zu machen, vielleicht war sie ihm deswegen nie richtig nahegekommen. Und nun hatte sie es doch getan. Als sie ihn zaghaft an der Schulter berührte, rutschte er in ihre Arme, jetzt war er ihr wirklich nahe und warf sie fast um.

»Papa! Papa, was machst du denn, mein Gott …?«

Auf dem Boden sitzend, seinen Kopf in ihrem Schoß, streichelte sie ihm hilflos über seine kalte, schweißige Stirn. Seine Augen waren geschlossen. Sie hörte jemanden nach ihr rufen, dann Erics schwere Schritte, die die Treppe heraufkamen. Er würde wissen, was zu tun war!

»Ich möchte endlich …«, sagte ihr Vater und öffnete die Augen.

»Was möchtest du endlich?«, flüsterte sie auf seinen Kopf hinab.

»… wieder nach Hause.« Dann schloss er die Lider. Und starb.

3

Die nächsten Tage waren vielleicht die unwirklichsten ihres Lebens, aber nicht die traurigsten. Rang eins der traurigsten Tage meines Lebens ist schon besetzt, ebenso wie Rang zwei, dachte sie beinahe wütend. Papas Tod muss sich hinten anstellen, ich habe schon zu viel erlebt, und außerdem gibt es einfach zu viel zu tun.

Weinen konnte sie auch nicht. Sie wusste, sie hätte weinen müssen, als ihr Blick auf seine Jacke an der Garderobe fiel, dann auf sein bläuliches Rasierwasser im Bad und auf die an ihn adressierten Briefumschläge im Briefkasten, als ob sich nichts geändert hätte. Selbst beim Anblick seines Bettes, der Stelle davor, auf der er gelegen hatte – nichts. Sie war gefühllos, ›wie aus Kork‹, hätte Papa es auf Italienisch ausgedrückt. Ruhig. Seltsam gelassen. Neutral.

Nach und nach dämmerte ein Gedanke in ihr auf, der ihr bisheriges Denken lähmte. Über fünfzehn Jahre lang, also mehr als die Hälfte ihres Daseins, hatte sie ihr Leben vor ihrem Vater verborgen. Nun bestand kein Grund mehr dazu. Jede Heimlichtuerei, jedes Versteckspiel war unnötig geworden. Sie fühlte sich leer. Warum hatte sie nie ernsthaft mit ihm geredet, ihm zugehört, ihn über seine Familie ausgefragt? Warum war sie so schrecklich weit weg von ihm gewesen? Sie verstand die Person, die sie vor seinem Tod gewesen war, auf einmal nicht mehr.

Umso besser, dass es praktische Dinge gab, die erledigt werden, Listen, die abgearbeitet, Prioritäten, die gesetzt werden mussten. Der Autopsiebefund des Krankenhauses musste abgeholt werden. Jemand hatte sich die Mühe gemacht herauszufinden, woran Vincenzo Vitale, von allen Enzo gerufen, gestorben war. Herzversagen hatte der herbeigerufene Notarzt ausgeschlossen. Das Ergebnis nicht wenigstens wissen zu wollen, kam Valentina irgendwie niederträchtig vor. Obwohl es sie nicht interessierte, da sowieso alles zu spät war. Die Krankenversicherung musste informiert werden. Wo war Papas Heiratsurkunde? Das Familienstammbuch? Wo die Scheidungspapiere? Sie musste nach dem Testament suchen, bezweifelte allerdings, dass ihr Vater überhaupt eins gemacht hatte. Gab es eine Lebensversicherung? Eine Sterbeversicherung? Leben, Tod und Gesundheit, alles konnte man versichern, ging ihr durch den Kopf, warum dann nicht auch Glück, Liebe und Zufriedenheit? Oder gleich eine Versicherung gegen Trennung, schlechtes Gewissen, Lügen und den Unsinn, den man den ganzen Tag lang dachte.

Eric sagte den Kongress in Wiesbaden ab, um bei ihr zu sein, er redete von typischen Stresssymptomen, die angeblich schuld daran waren, dass sie nicht weinen konnte. Herr Mader stand immer noch unter Schock, er blieb einen Tag zu Hause. Valentina schrieb ihrer Mutter eine

Mail nach Kanada und weinte nicht. Auch als keine Antwort kam. Sie rief Irma an und weinte nicht, obwohl Irma schon bei ihrem ersten, stockenden »*Papa è …*« anfing zu schreien und zu schluchzen und sich gar nicht mehr beruhigen konnte. Ein paar Stunden später rief sie allerdings wieder an und faxte ihr die Kopie der Urkunde, die ihren Vater als Besitzer einer Grabstelle auswies. Das deutsche Bestattungsinstitut würde garantiert danach verlangen, erklärte sie in dem anschließenden Telefonat.

Irma übernahm also die Leitung. Den Transfer vom Flughafen mit einem Bestattungsinstitut aus Camaro, die Aufbahrung zu Hause bei einem Bruder ihres Vaters, die Organisation des Trauergottesdienst in der Chiesa Santa Maria della Pietà; Irma hatte sich zu allen Details schon Gedanken gemacht. Valentina war das nur recht, bereitwillig ließ sie ihr den Vortritt.

Eric kümmerte sich um Valentina. Immer wenn er meinte, sie würde es nicht merken, betrachtete er sie prüfend. Er bot ihr Medikamente an. Etwas Beruhigendes, etwas zum Schlafen, etwas ganz Leichtes, etwas Pflanzliches. Etwas, um die Stimmung ein wenig aufzuhellen?

»Hast du etwas, um die letzten zwei Tage rückgängig zu machen? Zwei Tage? Das würde mir schon reichen!«

»Valentina. Gegen die intrakranielle, extrazerebrale Blutung in seinem Gehirn hättest du auch vor zwei Tagen nichts tun können. Sein hoher Blutdruck hat das Unvermeidliche nur ein wenig beschleunigt.«

»Aha. Dann möchte ich nichts.«

Daraufhin kochte er fortwährend Tee. Kamille, Hagebutte, Pfefferminz. Was er in der Küche so fand. Er ließ ihr Vollbäder ein, brachte Wärmflaschen, weil sie dauernd fror. Er wollte sogar mit ihr in ihrem Zimmer übernachten, doch das konnte sie Papa, der in der Pathologie in der Kreisstadt lag und nun nicht mehr in der Lage war, sein Veto einzulegen, nicht antun.

Schon vierundzwanzig Stunden nach seinem plötzlichen Tod reagierte sie nervös auf alles, was Eric vorschlug, und bat ihn zu gehen, sie käme schon alleine klar. Unverzüglich rief er einen befreundeten Kollegen an, und obwohl sie weghörte, verstand sie die Worte »posttraumatische Belastungsstörung« und »Squash«. Sie war erleichtert und verletzt zugleich.

Aber sie weinte nicht, auch nicht, als sie das Testament ihres Vaters am nächsten Morgen in einem Aktenordner im Büro fand. Das Datum war vom 2. November des letzten Jahres, es war in seiner Handschrift auf Italienisch geschrieben und begann mit zwei Worten: *Figlie mie!* Meine Töchter!

Meine Töchter!? Sie sah sich selbst dabei zu, wie sie bewegungslos dasaß, sie sah das Blatt Papier in ihren Händen, das nicht zitterte. Ihr war nicht heiß, nicht kalt, auch keine Schauer, die über ihren Rücken liefen. Nichts.

Meine Töchter!
Bitte verzeiht! Ich habe in meinem Leben einige Entscheidungen getroffen, die vielleicht nicht richtig waren, doch wenn der Herr mich zu sich ruft, will ich gerüstet sein. An Dich, meine geliebte Irma, sollen alle Güter auf Sizilien gehen. Für Dich, Valentina, mein Schatz, wird die Firma und unser Haus in Deutschland

sorgen, da Dir beides jetzt nach meinem Tod sowieso gehört. Meine Geschwister sollen mich, wie es bei uns Sitte ist, in unser kleines Mausoleum in Camaro begleiten. Ich liebe Euch!

Euer Vater

(Vincenzo Vitale)

Meine Töchter. Irma. Geliebte Irma. Euer Vater. Die Worte wiederholten sich wie eine Endlosschleife in Valentinas Hirn, als würde sie nie wieder etwas anderes denken können. Was machte das für einen Sinn? Irma? Ihre Cousine war gar nicht ihre Cousine? Sondern ihre Schwester? Aber wer war dann der Mann auf dem Foto, das in Irmas Zimmer in einem Silberrahmen auf der Kommode gestanden hatte? Und mit dem sie irgendwann einmal, vor Lichtjahren, zu Weihnachten ein paar verlegene Worte gewechselt hatte? Irma war nicht ihre Cousine … Sie fühlte eine riesige Welle der Wut auf sich zurollen. Wenn *das* stimmte … Wenn *das* stimmte, dann hatte er sie jahrelang angelogen! Wer war sie denn, dass man das mit ihr machen konnte?! Wer war dann Irmas Mutter? Und Irma? Hatte sie davon gewusst? Oder war sie auch von ihm angelogen worden? Ein Onkel, der in Wirklichkeit ein Vater war. Konnte das sein? Valentina merkte, wie ihre Welt immer mehr in einzelne Puzzlestücke zerfiel, die sie nie mehr zusammenbringen würde, obwohl doch vor ein paar Tagen alles noch zu passen schien. Wieder sah sie ihn in den letzten Minuten seines Lebens in der Küche sitzen. Dieser Blick. ›Hat Irma gemacht!‹ Was war das für ein Blick gewesen? Mittlerweile empfand sie ihn nicht mehr als betrübt oder bittend, sondern als vorausahnend, grüblerisch.

Als das Telefon klingelte, nahm sie automatisch ab.

»Dr. Schönemann, Pathologie der städtischen Kliniken. Der Leichnam ist jetzt freigegeben, Sie können ein Bestattungsunternehmen beauftragen …« Er nannte ihren Vater Leichnam, als ob er nicht mehr als ein toter Körper sei. Aber er *ist* ein toter Körper, sagte sie sich, nichts von ihm ist mehr da drin. Nichts von ihm. Er hat nur seine Hülle zurückgelassen, kalt und starr. Und seine Lügen.

»Gut. Danke.« Sie legte auf. Alles Lebende von ihm auf dieser Welt ist nur noch in mir, dachte sie. In meinen Erinnerungen, in meinen Genen. Und vielleicht auch in Irmas Genen? Unfassbar. Unverschämt. Er lässt mich damit allein, schreibt einfach dieses dumme Papier. Sie überflog es in ihrer Wut noch einmal.

»Meine Töchter! Ha!«, rief sie in den Raum. Und: »Euer Vater! Euer Vater, wo warst du denn, du Vater?« Jetzt schrie sie. Es tat gut, ihn anzuschreien. »Ich liebe Euch. Uns? Mich? Irma hat dich immer Onkel genannt! Entweder bist du nur ein großer Lügner, *zio* Enzo, oder sie lügt auch, oder …«

Sie versuchte Irma anzurufen, doch es war besetzt. Festnetz. Handy. Stundenlang.

Ihre Wut breitete sich immer weiter aus, verwandelte ihren Magen in einen harten Klumpen und ließ ihren Nacken starr werden. Na warte, dachte sie, na warte, ihr könnt mich nicht alle ein Leben lang verarschen, damit ist jetzt Schluss! Mit wenigen kurzen Handbewegungen hatte sie das Blatt zerrissen, einmal längs, einmal quer, noch mal quer, bis nur noch quadratische Papierfetzen auf der marmornen Platte des Tresens übrig blieben. Mit dem Kleeblattfeuerzeug, das sie ihrem Vater aus Dublin mitgebracht hatte, versuchte sie die Reste abzufackeln. Sie brannten widerwillig, nur der helle Marmor schwärzte sich. Irgendwann war es geschafft, der Tresen war von zarten Ascheflocken übersät, eine davon schwebte zu Boden, ein schwarzer Schmetterling, auf dem Weg in die Hölle.

»Da hast du deine Töchter, deine geliebte Irma, deine *figlie mie*!« Valentina hieb auf die übrigen Flocken ein. Als sie ihre Faust endlich wieder öffnete, klebten die winzigen Partikel schwarz an ihrer Handkante.

Herr Mader erschien am späten Nachmittag, er hatte seinen anthrazitfarbenen Anzug gegen einen schwarzen ausgetauscht, weißes Hemd, schwarze Krawatte, bereit für eine Beerdigung. Er weinte, als er Valentina mit dem Kopf auf der Tischplatte von Enzos Schreibtisch sitzen sah. Ihre Wut war verraucht, in der Asche aufgegangen, und das Entsetzen über ihre Tat wuchs. Mein Gott, was hatte sie getan? Sie hatte ein Dokument zerstört und entschieden, sich nicht nach dem Willen ihres Vaters zu richten. Aber gab es womöglich irgendwo eine Kopie?

»Gibt es einen Notar, bei dem er etwas hinterlegt haben könnte?«, fragte sie Herrn Mader.

»Soviel ich weiß, macht die Kanzlei Heetmeier nur die geschäftlichen Sachen für uns. Soll ich dort mal für dich anrufen?«

»Ja bitte.« Sie war ihm dankbar für diesen Anruf, denn ihre Stimme würde bestimmt zittern bei der Frage nach einem Testament.

Doch in der Kanzlei Heetmaier wusste man nichts von einem Testament. Valentina atmete auf. Sie war so erleichtert, dass sie nun sogar mit Herrn Mader über den Wunsch ihres Vaters, auf Sizilien bestattet zu werden, reden konnte und über das Geld, das es kosten würde, ihn nach Camaro überführen zu lassen.

»Bitte verstehe das jetzt nicht falsch, Valentina, aber wenn du ihn – also statt ihn … Du könntest …«

»Ich weiß, ich könnte ihn auch einäschern lassen, das wäre um einiges billiger!« Sie zog die Mundwinkel nach oben und versuchte das teilnahmsvolle Lächeln des jungen, netten Herrn Kuckelmann im »Haus der Trauer« nachzuahmen.

»Diese Möglichkeit wird eigentlich von keinem Italiener, zumal wenn er wie Ihr Herr Vater aus dem Süden stammt, genutzt«, hatte er zu bedenken gegeben.

Nein, ihr Herr Vater würde im Sarg in seine Heimat zurückkehren, nicht in einer Urne in ihrer Handtasche.

Sie sprachen auch über die Firma. Über Schulden, noch ausstehende Beträge und das bestehende Geschäftsguthaben. Das Marmorkontor sei momentan nicht optimal aufgestellt, erklärte Herr Mader, selbst der letzte Auftrag in Bremerhaven stünde auf der Kippe.

»Ich befürchte, die Ausschreibung wird mal wieder von Naturstein-Weiland unterboten werden.«

Sie nickte, der Name Naturstein-Weiland hatte ihren Vater immer zum Toben gebracht.

»Aber ich habe ja noch das Haus«, sagte sie.

»Das Haus … gehört auch der Bank«, erwiderte er leise. Wusste Mama davon? Sicher war es ihr egal, dass das Kontor, der ganze Stolz ihres Vaters, mühsam in den Jahren der Nachkriegszeit aufgebaut, kurz vor dem Bankrott stand. Valentina schaute Herrn Mader schuldbewusst an, sie hatte den optimistischen Ausführungen ihres Vaters immer geglaubt, ab und zu mal eine Vollmacht unterschrieben und sich nie für die Firma interessiert.

»Aber Sie sind doch kein schlechter Buchhalter, Herr Mader?«

»Mit Verlaub: Geschäftsführer. Nein, Valentina, ohne mich wäre es gar nicht so lange gegangen.« Sie seufzte laut – und weil es so guttat, gleich noch mal. Dann legte sie ihren Kopf wieder auf die Schreibtischplatte und überlegte, welcher Punkt auf der Liste als Nächstes zu erledigen war.

Irma rief an und wollte sofort einen Flug nach Hannover buchen, nur mit Mühe konnte Valentina sie davon abhalten.

»Aber du brauchst Unterstützung, Kleine, du kannst ihn doch nicht alleine herbringen!«, weinte Irma in den Hörer.

»Doch. Ich habe alles veranlasst, das Bestattungsinstitut versucht gerade, mir einen Flug in derselben Maschine zu buchen. Nicht alle Fluggesellschaften nehmen überhaupt … Du weißt schon. Wenn es klappt, fliegen wir in drei Tagen nach Palermo, am Dienstag also.«

»Sag mir noch die genaue Zeit und Flugnummer, meine Titina, ja? Ich hole euch natürlich ab! Der arme *zio*, es ist alles so schnell gegangen!«

Valentina stieß Luft aus ihren Lungen, bis sie gänzlich leer waren, Irma nannte ihn immer noch *zio*, sie hielt ihn für ihren Onkel, sie wusste von nichts! Oder doch? Log sie nur besonders gut? Konnte diese Tochter-Sache überhaupt stimmen? Sie wusste nicht, was sie glauben sollte.

»Irma? Warum bist du eigentlich damals zu uns gekommen? Ich meine – hat dich jemand geschickt?«, fragte sie zögernd.

»Mich? Geschickt? Nein! Mich schickt niemand, ich habe mich selbst geschickt! Ich wollte weg von Camaro, irgendwohin, ich wollte mehr sehen als das ewige Meer, den normannischen Dom und den Felsen darüber. Und weißt du, warum? Das Fernsehen hatte Schuld. Bei uns lief immer *Commissario Derrick*, ich dachte, in Deutschland ist alles groß und sauber, und es könnte mir gefallen, diese abgehackte, komische Sprache zu lernen. Meine Eltern wollten mich als junges Mädchen nicht gehen lassen, doch meine Sturheit war berüchtigt.«

Meine Eltern! Wenn sie von ihren Eltern sprach, wie konnte Papa dann …? Valentina kam nicht dazu, weiter darüber nachzudenken.

»Ein paarmal konnten sie mich überreden zu bleiben, einige Jahre blieb ich freiwillig, es ging nicht anders, aber als sich die schlimmen Nachrichten von Onkel Enzo dann hier verbreiteten …« Sie schniefte ein bisschen durch den Hörer. »… der plötzlich ohne Frau dastand und ganz alleine mit dir war, habe ich meinen Koffer vom Schrank geholt und bin am nächsten Morgen zum Bahnhof gefahren.«

»Irma, entschuldige, ich bin schrecklich …«

»Du bist niemals schrecklich!«

»Doch, schrecklich ignorant, ich habe dich nie richtig nach deinen Eltern gefragt. Deine Mutter, wann genau ist die noch mal gestorben? Da warst du noch ziemlich jung, hast du erzählt, das weiß ich noch!« Valentina hielt den Atem an. Kam jetzt die Auflösung? Irgendeine Erklärung, die von Adoption und Sorgerecht handelte? Oder vielleicht hatte Papa vor einem halben Jahr seine Sinne ja schon nicht mehr ganz beisammen und hatte sich das alles ausgedacht. Valentina sah das Datum des Testaments wieder deutlich vor Augen: der 2. November. Den Tag hatte er jedenfalls bewusst gewählt, an diesem Datum gedachte man auf Sizilien der Toten. Papa und auch Irma hatten ihr davon erzählt. Am 2. November trauerte man nicht um die Toten, man fürchtete sich auch nicht vor ihnen. Sie waren lieb, sie brachten Geschenke für die Kinder, die morgens unter dem Bett lagen. Man ging auf den Friedhof, um die Gräber zu putzen und zu schmücken. Und Süßigkeiten gab es, kleine Figuren aus Zucker und Früchte aus Marzipan, täuschend echt bemalt, hatte Papa geschwärmt.

»Mach dir keine Vorwürfe, ich habe damals nicht so gerne davon erzählt. Mama starb, als ich siebzehn war. Aber es ist, als sei sie immer noch bei uns, mein Vater redet den ganzen Tag mit ihrem Foto. Das müsstest du sehen, sie haben sich so geliebt! Aber ihm geht es gut, er ist wieder bei bester Gesundheit, wenn man von den anderen Sachen einmal absieht … Ach, Titina!« Sie machte ein seltsames Geräusch, und einen Augenblick lang wusste Valentina nicht, ob sie in Lachen oder Weinen ausbrechen würde, Irma schaffte es, es nach beidem klingen zu lassen.

»Obwohl der Anlass nun mehr als traurig ist, freue ich mich, dass du kommst, ich möchte dir Papa, meinen *pap-*

puzzo, vorstellen, möchte dir endlich so viel zeigen und erzählen!« Sie begann zu schluchzen.

»Bis später«, sagte Valentina sanft und legte auf. Doch die Gedanken kreisten weiter in ihrem Kopf. Ich möchte dir Papa vorstellen, hatte Irma gesagt. Kein Zögern. Keine Zweifel. Das hieß, sie wusste es nicht. Oder das Testament stimmte nicht. Das Testament, das es nicht mehr gab.

Sollte sie einfach alles seinen Gang gehen lassen und sich unwissend stellen? Sollte sie für sich und ihr Gewissen beschließen, dass Enzo wirres Zeug geschrieben hatte? Oder sollte sie mit einem Fragezeichen in den Augen ihre ahnungslose Halbschwester ihren toten Vater in Empfang nehmen lassen?

»So, Martina, jetzt bist du mal dran!«, flüsterte sie, nahm den Hörer erneut auf und rief zum ersten Mal seit zehn Jahren ihre Mutter in Kanada an.

4

Einschlafen zu können, überall und jederzeit, ist wahrscheinlich die wertvollste meiner Begabungen, dachte Valentina. Besonders nützlich in einem Flugzeug. Doch auch diese Fähigkeit war ihr, genau wie das Weinen, in den letzten Tagen verloren gegangen. Sie versuchte sich wieder auf ihr Buch zu konzentrieren: »House of Roses«, der nächste Roman, den der Verlag geschickt hatte. Gierig hatte sie zu lesen begonnen, vielleicht konnte sie der schwülstige Text von dem ablenken, was sie vor sich hatte? Sie war mit dem toten Körper ihres Vaters auf dem Weg in seine Heimat und würde ihn dort zurücklassen. Ihr Leben in Deutschland würde sich bei ihrer Heimkehr völlig verändern. Sobald sie gründlicher über diese Tatsache nachdenken wollte, stieg Panik in ihr auf. Also versuchte sie aufs Neue, sich ganz in die Stimmung der Geschichte hineinzubegeben, um in einigen Wochen die bestmögliche Übersetzung abzuliefern. Aber kaum war es ihr gelungen, da spürte sie, wie der Herr auf dem Nebensitz näher rückte. Jetzt beugte er sich zu ihr hinüber, immer weiter, bis sein Hinterkopf die ganze Seite verdeckte. Widerstrebend betrachtete sie den eingepflanzten Rasen aus Haar unter ihr, einzelne Strähnen durchbrachen die gleichmäßig perforierte Haut wie das Grün von kleinen Möhren. Könnte ich doch schlafen, dachte sie, dann wäre mir dieser Anblick erspart geblieben.

»Aber das ist Englisch!«, sagte der Mann. Seine Stimme klang uralt und passte nicht zu dem merkwürdig glatt gezogenen Gesicht, das sich ihr jetzt zuwandte und auf Italienisch weitersprach: »Sie müssen italienische Autoren lesen!«

»Und aus welchem Grund sollte ich das tun?«, fragte sie auf Italienisch zurück. Von klein auf hatte sie gegen den Willen ihrer Mutter mit Papa Enzo den sizilianischen Dialekt gesprochen, richtiges Italienisch dann aber erst mit Irmas Hilfe gelernt.

»Ah, ich wusste doch, Sie sind Italienerin!« Na ja, nicht ganz, aber er war näher dran als manch andere Leute, die sie mit ihren dunklen glatten Haaren und den etwas schrägen Augen auch schon mal für eine Japanerin hielten. In einer anderen Situation als dieser hätte sie ihm vielleicht mehr darüber erzählt. In Deutschland aufgewachsen, italienischer Vater und eine deutsche Mutter, die sich nur ein einziges Mal zu einem Besuch auf Sizilien überreden ließ. Später dann die wachsende Liebe zu England (Irma war es, die sie überredet hatte, dort ein halbes Jahr zu studieren) und ein immer größer werdender Hass auf Italien. Hass. Ein großes Wort. Aber durchaus passend. Mit Worten kannte sie sich aus.

Valentina schaute auf die Uhr, noch zwei Stunden bis Palermo, sie hatte keine Eile, dort anzukommen, auf dem Weg zu sein reichte ihr im Moment vollkommen. Ihr Sitznachbar holte zum Gestikulieren weit aus und stieß dabei an die Rückenlehne des Vordermanns. Normalerweise konnte sie ihren Mitmenschen mit ein wenig Körpersprache sehr gut demonstrieren, was sie von ihnen hielt, doch sie fühlte sich schwach, und der hier neben ihr kapierte nichts. Sah anscheinend nicht die vor ihrer Brust verschränkten Arme. Nicht das gesenkte Kinn, den zurückgebogenen Hals, ihren Kopf, der sich ausweichend gegen das ovale Fensterchen drückte.

»Aus welchem Grund Sie italienische Autoren lesen sollten?« Er war hartnäckig. »Weil es eine Menge hervorragender Schriftsteller in Italien gibt, deren Werke man in Deutschland und England nicht kennt. Jemand sollte sie übersetzen!«

»Zufällig übersetze ich Bücher, aber vom Englischen ins Deutsche.«

»Ah, so was wie Harry Potter?!«

»Nein.« Warum fragten immer alle gleich nach Harry Potter? Warum fragte keiner nach »Dunkles Fest der Leidenschaft«, »Gefährliches Spiel der Versuchung« oder, gerade noch vor zwei Wochen termingerecht beendet, »Geliebte Betrügerin«? Es schien Jahre her zu sein.

Valentina stemmte ihren Ellbogen auf die Armlehne zwischen sich und das Glattgesicht. War es geliftet? Wahrscheinlich.

»Ich lese das hier!« Sie zeigte ihm das bunte Titelbild von »House of Roses«, auf dem sich ein Liebespaar ekstatisch vor einer Rosenhecke umschlang. Dass ihnen dabei gerade die Klamotten von den schönen Körpern rutschten, schienen sie nicht zu bemerken. Hier war alles eindeutig, mit einem Blick wusste man, dass zwischen diesen Buchdeckeln von Liebe, Drama, Intrigen, aber auch von Gerechtigkeit, echtem Mut und Heldentum berichtet wurde. Man konnte außerdem davon ausgehen, dass die Heldin feine Gesichtszüge hatte, mit neunzigprozentiger Wahrscheinlichkeit grüne, temperamentvoll funkelnde Augen besaß und am Ende natürlich den Mann ihrer Träume heiratete. Der wiederum über schön geschwungene Lippen und breite Schultern verfügte.

Der alte Mann schüttelte kaum merklich den Kopf. Er hatte auch ein Buch hervorgeholt, Umberto Eco, wie sie mit einem Blick auf das Cover feststellte. Natürlich, unter diesem Niveau las er in der Öffentlichkeit wahrscheinlich nicht.

Sie klappte das Tischchen herunter, stützte die Stirn in beide Handflächen und versuchte die quälenden Gedanken zurückzudrängen, die seit gestern immer wieder an die Oberfläche ihres Bewusstseins gelangen wollten.

Du hattest beschlossen, Schluss mit den Heimlichkeiten zu machen. Du wolltest dein Leben endlich neu ordnen, und was passiert? Dein Vater wird darüber so wütend, dass er stirbt! Na also, du hast erreicht, was du wolltest, und da du nicht mal in der Lage bist, wirklich zu trauern, kannst du sofort mit Eric zusammenziehen, sobald du wieder zurück bist. Du musst Papa auch gar nicht mehr um die versprochene Mitgift bitten. Hurra! Leider ist die Firma bankrott, und das Haus gehört dir höchstwahrscheinlich auch nicht mehr. Du wirst mit Irma, deiner potenziellen neuen Schwester, die Papa dir beschert hat, sprechen müssen. Vielleicht sind ja irgendwelche von den »Gütern auf Sizilien«, die sie geerbt hat, schuldenfrei.

Valentina schniefte probeweise, war sie jetzt schon so abgestumpft, dass sie nur noch über Geld nachdachte? Sie rieb sich die Augen. Durch das verkratzte Fensterchen konnte sie ein Stück der Tragfläche, umrahmt von blauem Himmel, sehen. Ich mag nicht mehr, dachte sie. Wie bin ich eigentlich an diesen Punkt gekommen, wie ist mein Leben zu dem geworden, was es ist? Was hätte ich tun müssen, um es zu ändern?

Sie lehnte sich zurück, schloss die Augen und versuchte eine bequemere Position auf dem engen Flugzeugsitz zu finden. Sie würde Irma wiedersehen … Immerhin wurde ihr bei dem Gedanken ein bisschen warm im Bauch. Sie war also noch nicht gänzlich verroht. Die arme Irma, die nicht wusste, was für einen Verdacht sie mit nach Sizilien brachte. Bei ihrem Anruf in Kanada hatte Martina das Testament als eine von Enzos Spinnereien abgetan.

»Er war fasziniert von der Idee, überall entlang den Autobahnen in ganz Europa Kinder gezeugt zu haben, damit ist er immer hausieren gegangen, mit seinem Charme, dem schweren Marmorlaster und seiner starken Potenz. Natürlich nicht vor meinen Eltern, vor denen war er der gläubige Katholik, der uns Protestanten die zehn Gebote unter die Nase rieb, wann immer es sich anbot. Ich habe ihn geheiratet, um mich gegen meine Eltern aufzulehnen. Und was geschieht? Er wird vom Lastwagenfahrer, der alle drei Wochen vorbeikommt, zum geliebten Schwiegersohn, der plötzlich jegliche Freiheit in der Firma genießt. Und ich sage dir was, Valentina, so toll war dein Vater auch nicht im Bett. Wenn *er* alles gewesen wäre, was ich in meinem Leben je hätte erfahren dürfen, *thank you so much*! Arnie war ja schon nicht schlecht, aber erst bei Richard durfte ich erleben, wie …«

»Martina, bitte!«, unterbrach Valentina angewidert den Redeschwall ihrer Mutter. Früher hatte sie ihre Eltern nicht einmal einen Kuss austauschen sehen, deshalb konnte sie jetzt auf derartige Enthüllungen gut verzichten.

»Was? Ach, hab dich doch nicht so! Ich weiß jedenfalls nichts von Kindern, Charme hatte er, deswegen habe ich ihn ja auch geheiratet, und um meine Eltern zu ärgern, keine Frage, aber Unterhalt zahlte er niemandem, da bin ich sicher. Und warum nennst du mich immer Martina? Ich bin deine Mutter, kannst auch ruhig mal Mama zu mir sagen.«

Valentina schüttelte bei dem Gedanken an die Unterhaltung den Kopf. Martina war Martina. Nicht Mutter. Und schon gar nicht Mama. Den Titel hatte sie schon vor langer Zeit eingebüßt.

»Die Firma interessiert mich nicht, sie gehörte ja zur Hälfte Enzo und jetzt ganz dir, ich brauche nichts davon. Richard verkauft Swimmingpools, habe ich dir das schon erzählt? Er ist also in der Lage, mich entsprechend zu versorgen. Leg einen Kranz von mir hin, irgendwas Angemessenes, nicht so teuer, meinen Ruf habe ich da unten sowieso schon weg, den kann ich selbst mit dem teuersten Kranz der Welt nicht wieder wettmachen. Will ich auch gar nicht. Enzo hat der Familie schon genug Geld geschickt, immer hat er denen Geld geschickt. Für neue Türgriffe und Toilettenschüsseln, mein Gott, das Haus, was sie da gebaut haben, muss ja ein Palast sein. Ich will gar nicht wissen …«

»Ich habe das Testament verbrannt!«

»Was?! Du hast ...?« Sie hatte laut losgelacht. »Ha! Das ist meine Tochter!« Sie kriegte sich gar nicht wieder ein, heulte auf vor Freude. »Du hast es verbrannt! Weiß noch jemand davon? Nein? Dann ist es in Ordnung. Du musst auch an dich denken. Wir Töchter müssen an uns denken!«

Valentina hatte weitere Solidaritätsbekundungen nicht abgewartet, sondern aufgelegt.

»Müde vom Lesen? Warum übersetzen Sie fremde Autoren, warum schreiben Sie nicht selber etwas?! Hä?! Irgendeine richtig dramatische Geschichte!«

Sie schreckte zusammen, lächelte ihr schmalstes Lächeln, das gerade noch so durchging, ohne unhöflich zu wirken. Warum sollte sie Mr. Eitelface gestehen, dass sie, ganz im Gegensatz zu vielen ihrer Kolleginnen, nicht einmal davon träumte, den großen Roman zu schreiben. Nun ja, daran gedacht hatte sie schon, aber es ging nicht, sie hatte einfach zu viele halb fertige Geschichten und unausgegorene Ideen im Kopf, versponnene Fäden, die sich zu einem Knäuel verfilzten, das sie niemals würde entwirren können. Sie entwarf Lebensgeschichten für Unbekannte in der Kinoschlange vor ihr, schnappte beim Einkaufen halbe Sätze auf, um sie in Gedanken endlos weiterzuspinnen, und erfand passende Namen für fremde Kinder. Innerhalb eines einzigen Tages wucherten üppige Fantasiegebilde in ihr heran, die zu nichts zu gebrauchen waren. Schon als sie noch ein kleines Mädchen gewesen war, hatte ihr Vorstellungsvermögen etwas Erdrückendes gehabt. In jedem Gegenstand hatte sie Leben vermutet; sie wusste, dass sich die Spielsachen in ihrem Zimmer über sie unterhielten, sobald sie ihnen den Rücken kehrte, sie sortierte die Löffel in der Besteckschublade neben die Gabeln, da sie sich mit den Messern nicht vertrugen, sie war sicher, dass ihr Fahrrad im dunklen Schuppen Angst hatte und dass Strümpfe, die sie ungern anzog, sie aus der Schublade heraus vorwurfsvoll anguckten.

Geschichten zu hören machte der kleinen Valentina keine Freude, sondern ließ sie mit Ängsten und Sorgen um die Figuren zurück. Sie weinte um die Ungerechtigkeiten, die die Ameise Ferdinand ertragen musste, sie litt mit der kleinen Tiffany, die von den drei Räubern entführt wurde, und konnte sich auch nach dem Happy End nur schwer beruhigen. Irgendwann gab ihre Mutter auf. Sie las ihr keine Bilderbücher und Märchen mehr vor, sondern erzählte stattdessen selbst erfundene Geschichten, in denen überhaupt nichts Dramatisches passierte. Über was hätte jemand wie sie also schreiben sollen?

»Schreiben Sie über die Liebe! Oder über Sizilien! Sizilien – das ist Emotion, Drama, Leidenschaft!«, beantwortete ihr Nachbar unaufgefordert ihre stumme Frage.

»Bedaure, leider nicht meine Themen.«

5

Der Blick auf die braunen Felsen, die immer näher kamen. Der Landeanflug direkt über dem blauen Meer. Erinnerungen stiegen in ihr hoch, schnelle Bilder, wie in einem lang vergessenen, hastig durchblätterten Fotoalbum. Die Hand von Martina, damals noch Mama genannt, die beim Start nach Valentina tastete, ihr starrer Blick geradeaus auf die Rückenlehne und weiter ins Nichts. Valentina war sicher, von ihr hing alles ab, sie lenkte das Flugzeug mit ihrer Hand und ihren Gedanken. Ein kleiner Fehler ihrerseits – Mama loslassen zum Beispiel –, und sie würden den Flug nicht überleben. Papa ahnte nichts von ihrer Gabe, er blinzelte ihr nur fröhlich von der anderen Seite des Ganges zu. Wenn du wüsstest!, hatte sie nur gedacht und sich noch mehr auf ihre Aufgabe konzentriert.

Plötzlich fiel ihr wieder ein, dass sie damals unbedingt ihren neuen Schulranzen aus blau glänzendem Kunststoff mit weißen Pferden darauf hatte mitnehmen wollen. Das einzige Mal, dass sie gemeinsam nach Sizilien geflogen waren, musste also in dem Jahr gewesen sein, in dem sie in die Schule kommen sollte. Sie war so stolz auf den Ranzen gewesen, dass sie ihn jeden Abend mit ins Bett nahm. Zuerst sollte er gar nicht mit, und sie hatte geweint, doch dann sprach Papa im Schlafzimmer mit Mama, die daraufhin nachgab. Mit stummem Blick auf den Ranzen und vorwurfsvollen Blicken auf ihren Mann durchlitt sie den Flug.

An das Haus von *nonna*, der winzigen Mutter ihres Vaters, konnte sie sich nur noch schwach erinnern. An die dunklen Räume, deren Fenster ganz nah an einer Mauer lagen, und den Geruch nach Putzmitteln. Immerzu sollte sie essen. Papas unzählige Brüder, Schwestern, Schwager und Schwägerinnen kamen in großen Gruppen vorbei. Sie beugten sich zu ihr, küssten sie und streichelten ihr über den Kopf. Und die vielen Cousinen, in komischen Röcken und Kleidern, die auf ihre langen Hosen zeigten und auf sie einredeten. Sie wollte ihre Hosen nicht für ein Kleid aufgeben und blieb auf Mamas Schoß. Mamas Stimme hatte sie noch im Ohr, die ihren Vater hin und wieder anfuhr: »Sag ihnen, sie will nicht spielen!«, »Sag ihnen, sie ist nicht krank!« Die Cousinen, die ihr die Zunge rausstreckten, weil sie sich weigerte, mit ihnen zu sprechen. Mama, die es ablehnte, irgendwo mit hinzufahren. Papa, der auf sie einredete, wie sehr es ihr dort gefallen würde.

»Du musst nicht mit zu diesem furchtbaren Onkel, wenn du nicht willst«, sagte Martina laut. Furchtbar, alles ganz furchtbar, ihr Lieblingsausdruck, wenn es um Sizilien ging. Valentina hatte Angst, dass jemand verstand, was Mama sagte, und wusste nicht, zu wem sie halten sollte. Also versuchte sie, sich unsichtbar zu machen.

Das Haus stand in einer engen Gasse, lag aber vom Nachbarhaus etwas zurückversetzt und hatte dadurch einen eigenen Vorplatz, ein erhöhtes Podest, das man über drei Stufen erreichte und auf dem ein großer, blühender Busch stand. Sie hatte die abgefallenen Blüten gesammelt und war stolz auf diese Bühne gewesen, die das Haus zu etwas Besonderem machte, daran erinnerte sie sich noch. Und an das Handtuch aus Leinen, das jemand so liebevoll mit zwei Buchstaben bestickt hatte, mit einem wasserblauen Doppel-V für Valentina Vitale! Sie fand es wunderschön, doch das durfte sie Mama nicht sagen, die hatte genug andere Probleme.

»Nein, sie soll nicht mit in die Kirche, eure gemarterten Heiligen dort machen ihr nur Angst!«, hatte Martina abgewehrt.

Sie war natürlich neugierig geworden und hätte sich die ›gemarterten Heiligen‹ gerne angeschaut, aber Mama befürchtete, dass Valentina schlecht träumen oder überhaupt nicht schlafen könnte, und ließ sie nicht aus den Augen.

»Enzo, sag ihnen, sie sollen ihr bloß keine von ihren blutrünstigen Geschichten erzählen.« Martina scheuchte die Tanten von ihr fort wie die lästigen Hühner im Hof, die sich manchmal in die Küche verliefen und vor deren starren Augen Valentina wirklich Angst hatte.

Und dann, als Belohnung für das Ausharren in den dunklen Zimmern, fuhren sie nach San Vito. Alleine, nur ihre kleine Familie. Dort mieteten sie ein kahles Appartement direkt am Meer, mit weißen Wänden, an denen schon unzählige zermatschte Mücken in ihrem Blut klebten.

Das Leinenhandtuch hatte Mama in Camaro vergessen. »Leider«, sagte sie.

»Aber es war doch für mein *corredo*, und man konnte so schön mit dem Finger die Buchstaben nachziehen.«

»Dein Vater hat ja auch nicht daran gedacht. Und hör auf zu heulen, dafür fahre ich bestimmt nicht noch mal zurück!«

Plötzlich war Mama gut gelaunt, sie verließ kaum ihre Liege am Strand, löste Kreuzworträtsel und wurde ganz dunkelbraun, immerzu schmierte sie sich mit Sonnenöl ein, das wie ein frisch durchgekautes Zimtkaugummi roch. In Camaro, Papas Heimatstadt, gab es zwar auch einen Sandstrand, aber Mama hielt es in der Nähe seiner Familie nicht aus.

Sie hielt es auch in der Nähe ihrer eigenen Familie nicht aus und verließ diese und den Marmor fünf Jahre später, kurz nachdem ihre Eltern von einer gemeinsamen Reise nicht wiederkamen. Oma und Opa seien in der Kabine eines Donaudampfers friedlich eingeschlafen, erzählte sie Valentina. Es war, als ob Martina nur auf diesen Schicksalsschlag gewartet hätte. Sie nahm sich nicht die Zeit, ihrer Tochter zu erklären, dass das Austreten von Kohlenmonoxid eines defekten Heizofens schuld daran gewesen war.

Valentina weinte viel. Oma Gertrud hatte sie praktisch aufgezogen, ihr Schals gestrickt, mit ihr Hausaufgaben gemacht. Opa Herbert war ein knurriger Jagdhund, der dauernd anschlug, wenn ihm etwas nicht passte. Er hatte alles bestimmt im Marmorkontor. Als er nicht mehr da war und nicht mehr über die Einhaltung seiner Gesetze wachen konnte, wurde alles irgendwie leer und unwichtig. Martina Roggenkamp, verheiratete Vitale, einzige

Tochter und Erbin des Marmorkontors, verdrückte sich die Tränen und brannte stattdessen mit Arnie, einem kanadischen Investmentbanker, durch. Beim Sechswochenamt von Oma und Opa, für das Papa Enzo großzügig gespendet hatte, obwohl die Großeltern protestantisch waren, saß Valentina, von ihrer Mutter übereilig zur Erbin des Marmorkontors ernannt, mit ihrem Vater bereits allein in der Kirche.

Die Räder des Flugzeugs setzten mit einem leichten Rumms auf. Zu gehen wäre die mutigste Sache gewesen, die sie je in ihrem Leben getan hätte, schrieb Martina ihr später. Valentina biss in die dünne Haut auf ihrem Handrücken. Der Satz tat ihr nicht mehr weh als die kleinen, rot eingekerbten Stellen, die ihre Zähne hinterließen.

Sie waren in Palermo gelandet.

Nach über fünfundzwanzig Jahren wieder sizilianischen Boden unter den Füßen, meldete sich eine Stimme in ihr, *unwillkürlich schossen der einunddreißigjährigen Valentina die bereits versiegt geglaubten Tränen der Rührung in die Augen*. In ihrer Übersetzung war es natürlich der englische Boden gewesen, und die Hauptfigur hieß Shannon. Doch hier auf dem Teppichboden unter ihren Füßen gab es trotz der Last, die im Laderaum des Flugzeugs lag, immer noch keine Tränen. Ihr Vater, Enzo Vitale, lag in einem Sarg mit einem kleinen Guckfenster. Bis vor einer Woche hatte Valentina nicht geahnt, dass es so etwas überhaupt gab. Irma hatte jedoch darauf bestanden.

Sie schnallte sich ab, sagte dem gelifteten Herrn auf Wiedersehen, holte ihre Reisetasche aus dem Gepäckfach und reihte sich in die ungeduldig vorrückende Herde der Passagiere ein. Draußen empfing sie frühsommerliche Wärme, Valentina spürte erst jetzt, wie sehr ihre Haut sich in den kalten Winter- und Frühlingstagen nach Sonne gesehnt hatte. Die Berge wirkten noch majestätischer und höher als in ihrer Erinnerung. Sie stellte sich neben den Bus, der sie alle zum Flughafengebäude bringen sollte, und suchte das Gelände nach einem Leichenwagen ab, der ihren Vater nach Camaro fahren würde.

»Sie brauchen sich um nichts zu kümmern, das hat die Frau Irma Vitale alles mit dem Bestattungsinstitut vor Ort geklärt«, hatte Herr Kuckelmann vom »Haus der Trauer« ihr nach einem schnellen Blick auf einen seiner Zettel versichert. Ob er da nicht zu optimistisch gewesen war? Es war jedenfalls noch kein Wagen zu sehen. »Furchtbar, alles auf Sizilien ist furchtbar«, klang ihr Martinas Stimme in den Ohren. Sollte sie jemanden fragen? Aber wen? Die Männer, die jetzt angefahren kamen, um das Gepäck auszuladen? Irma wird das regeln, dachte Valentina und bestieg mit einem Schulterzucken den Bus.

Am Gepäckband zerstreute sich die Masse wieder, sie ging zügig daran vorbei, auch der Zoll wollte nichts von ihr. Als die Glastüren sich vor ihren Augen teilten und zur Seite glitten, hielt sie Ausschau nach Irma.

Erwartungsvolle Gesichter und große Augen, die die ihren trafen, dazwischen sah sie hochgereckte Schilder – Hotel La Torre, traveltours, Welcome Mr. Dutteray –, aber ihre vermeintliche Schwester konnte sie nirgends entdecken.

»Wo warst du eigentlich in dem Jahr, als wir Papas Familie in Camaro besucht haben?«, hatte Valentina sie einmal gefragt. Von dieser Cousine, die wenige Wochen nach Mamas Verschwinden mit zwei Koffern im Flur stand, hatte sie vorher jemals weder etwas gehört noch gesehen.

»Ich weiß nicht, ich war immer da. Nur an dich kann ich mich nicht erinnern«, hatte Irma geantwortet.

Vielleicht hatte Enzo Irma heimlich besucht, vielleicht hatte man sie absichtlich voneinander ferngehalten? Wo blieb sie denn jetzt nur? Valentinas Augen schweiften noch einmal über die Menge, die sich schon enttäuscht von ihr abgewandt hatte. Sie war nicht die, auf die man wartete. Langsam ging sie an den Rand des Menschenpulks, ihre Tasche wurde immer schwerer; sie setzte sie ab. Irma war die pünktlichste Person, die sie kannte.

»Valentina!«

Ein braun gebrannter Mann, kräftig wie ein Bullterrier, kam auf kurzen Beinen auf sie zu. Er trug einen schwarzen Anzug, doch auf seinem Kopf saß ein platt gedrücktes Baumwollhütchen, wie Anstreicher es manchmal tragen. Sein Lachen war ein wenig bekümmert, aber freundlich, seine Zahnreihen wiesen Lücken auf. Seine Statur und die Art, wie er die Arme ausbreitete, erinnerten Valentina an ihren Vater. Hinter ihm pflügten zwei korpulente Frauen, ebenfalls in Schwarz, durch die Menge, gefolgt von einem pickligen Jungen in zu engen Jeans.

Sie umringten Valentina:

»*Ecco*, da ist sie ja! Die Arme!«

»Ist sie das?«

»Hast du nicht gesehen, sie hat auf ihren Namen reagiert!«

»Das muss sie sein!« Eine der Frauen hielt ein Foto hoch.

»Wo ist Irma?«, fragte Valentina in die seltsam bekannten Gesichter.

»Aah! Irma, *no*! Irma, *aah, sì*, sie kann nicht kommen, sie schickt *uns* deswegen.«

»Ich bin der Bruder deines Vaters, Gott habe ihn selig, der gute Enzo.« Er bekreuzigte sich schnell. »Weißt du denn meinen Namen?« Valentina schüttelte bedauernd den Kopf. Sie konnte ja noch nicht mal mit Gewissheit alle Namen der elf Geschwister aufzählen.

»Súgnu u'zu Siruoro!« Meine Herren, breitester Dialekt, den *zio* Isidoro da spricht, dachte sie sofort.

»Ich bin deine Schwägerin, Vitale, Francesca! Mein Beileid!«

»*Sono zia* Agata! Dass wir uns unter diesen Umständen wiedersehen müssen!« Sie schluchzte, wischte sich über die Augen, küsste Valentina und hielt sie ein Stück von sich weg, um sie besser betrachten zu können, dann redeten alle durcheinander:

»Wie dünn du bist, arme Kleine!«

»Das macht der Kummer! Hast du Hunger? Du Arme, was für ein Unglück!«

»Es ist so schrecklich traurig!«

»Recht hast du, Agata, recht hast du, aber er hat nicht gelitten, oder?«

»Schön, dich wenigstens hier zu haben!« Während all dieser lautstarken Bekundungen umarmte jeder von ihnen sie abwechselnd, bis auf den Jungen, der vorsichtshalber seine Hände, so weit es ging, in die Hosentaschen versenkte.

»Das ist Salvatore, mein ältester Sohn!« Isidoro gab ihm einen leichten Schlag an den Hinterkopf. »Na los, Salva, sag deiner Cousine Guten Tag!«

»Mimma und Maria warten schon auf dich, und Enrico und 'Ntoniu, sie haben alles für ihn hergerichtet ... Wann kommt Enzo?« Wieder allgemeines Bekreuzigen, bevor Valentina ihren ersten Satz sprechen konnte:

»Er kommt – äh, er wird direkt nach Camaro gefahren, hat Irma mir gesagt. Wo ist sie überhaupt?«, fragte sie erneut. »Hatte sie keine Zeit?«

»Irma, *poverina*, die haben sie heute Morgen ins Krankenhaus bringen müssen, Blinddarmdurchbruch, lebensgefährlich, sie haben sie sofort operiert!«

Die Nachricht durchfuhr Valentina wie ein Nadelstich. Irma, der einzige Mensch, den sie hier wirklich kannte, lag im Krankenhaus! Es gab also niemanden, den sie als Puffer zwischen sich und Papas Geschwister schieben konnte. Allein die Aussicht, länger als die nächsten Minuten mit ihnen verbringen zu müssen, verursachte ihr panisches Herzklopfen. Unablässig tippte sie sich mit den Fingerspitzen auf die Stelle zwischen Nase und Oberlippe, etwas, was sie immer tat, wenn sie nervös war.

»Können wir zu ihr?«

»Jaja, wir gehen zu ihr, sobald sie aus der Narkose erwacht ist – komm, gib mir deine Tasche, hast du Hunger?«

»Nein danke, wirklich nicht. Können wir zu Irmas Wohnung fahren, ich meine, die über der Sprachschule? Vielleicht sollte ich mich dort ein bisschen ausruhen.«

Valentina konnte darauf verzichten, weitere unbekannte Tanten, Onkel und sonstige Familienmitglieder zu sehen. Sie wollte kein ausschweifendes Mahl und auch keine endlose Fragerei über Papas Tod über sich ergehen lassen, über sein erfolgreiches Marmorgeschäft, über ihre treulose Mutter, über das kalte Wetter in Deutschland.

»Ach nein, bei Irma in der Schule ist nur ihre kleine Praktikantin. Und die gute Seele wird ja auch gleich gebracht.« Valentina brauchte einen Moment, bis sie verstand, dass ihr Vater damit gemeint war.

»Du kannst dich auch bei uns ausruhen. Wusstest du, dass wir fast alle in einem Haus wohnen?«, fragte Onkel Isidoro.

»Und wer dort nicht wohnt, wohnt gleich nebenan«, ergänzte Tante Agata, »wir besuchen uns immerzu, Tag und Nacht.«

»Wie schön!«, sagte sie matt.

Draußen umfingen sie immer noch Sonnenschein und mildes Frühlingswetter, die Luft roch süß nach Honig mit einem Hauch von Kerosin. Palmenblätter raschelten leicht im Wind, als Valentina, umzingelt und bewacht wie die Frau eines berüchtigten Mafiabosses, zum Parkplatz geleitet wurde.

6

In ihren Ohren summte es. Valentina starrte abwechselnd auf die bunten Comicroboter im Fernsehen und den platten Hinterkopf des Babys, das von irgendeiner stolzen Cousine auf ihrem Schoß abgesetzt worden war. Ab und zu fiel ein Tropfen aus seinem zahnlosen Mund auf Valentinas Hand, den sie sofort abwischte. Obwohl sie kurz zuvor das Gegenteil behauptet hatte, fand sie Massimo weder süß noch weit entwickelt für sein Alter. Er war ein überfüttertes, stark sabberndes Familienmitglied, das für sein Aussehen nichts konnte. Trotzdem furchtbar ... *Siehst du, die sind furchtbar hier. Alle.* Wieder triumphierte Martina in ihrem Kopf.

Ab und zu kam jemand in den Raum, manchmal waren sie auch zu zweit oder zu dritt, sie schauten Valentina lange an, setzten sich einen Moment und fragten sie neugierig aus. Wie war das gewesen mit seinem Tod? Wie plötzlich, wie schrecklich, keine Anzeichen, nein, nur ein bisschen vergesslich, mein Gott, unser Enzo. Kreuze wurden geschlagen, geseufzt, hat er denn gut gegessen, was hast du ihm denn gekocht? Und dann schauten sie sie alle wieder viel zu lange an.

Im ganzen Haus wurden die letzten Vorbereitungen getroffen, man bereitete sich darauf vor, den Verstorbenen am Ortseingang von Camaro abzuholen und nach Hause zu geleiten. Hier oben in Isidoros Wohnung würde er im *salotto* aufgebahrt werden. Stühle wurden hereingetragen und große Töpfe mit Essen. Jeder freute sich anscheinend auf die Ankunft des lang vermissten Bruders und Onkels, keine Spur von niedergedrückter Stimmung, alle plapperten durcheinander, das heißt, sie schrien sich in gewaltiger Lautstärke an.

Da nun schon eine Woche seit Papas Tod vergangen war, mussten die Bestatter mit einigen Tricks arbeiten, um der Familie das Abschiednehmen am offenen Sarg ermöglichen zu können. Irma hatte ihr erklärt, dass man ihn zu diesem Zweck auf einen kühlenden Aufsatz stellte. Unter einer undurchsichtigen Abdeckung aus milchigem Glas würde man sein Gesicht dann in einem winzigen, viereckigen Ausschnitt betrachten können. Valentina hatte ihren Vater in diesem Sarg noch nicht gesehen, der Gedanke daran machte ihr Angst.

Sie sehnte sich nach der himmlischen Ruhe ihres Büros, in dem sie normalerweise um diese Zeit saß. Sie sah die Front des kleinen Ladens vor sich, in dessen einzigem Raum sie sich eingerichtet hatte. Ehemals hatte sich eine Schneiderei darin befunden, dann ein Versicherungsbüro, zuletzt ein etwas zwielichtiges Massagestudio, das irgendwann pleiteging. Danach hatte der Laden lange leer gestanden, bis Valentina schließlich ihren Schreibtisch dort aufstellte. Die Miete war lachhaft niedrig, der Laden lag in einer abgelegenen Straße des ehemaligen Schlachthofgeländes. Noch hatten die Künstler der Stadt das Viertel mit den vielen Backsteinhallen nicht entdeckt.

Valentina hatte die Wände mit Bücherregalen und das große Schaufenster mit einem Wald aus Papyruspflanzen zugestellt, Papyrus reinigte angeblich die Luft. Die alte Massageliege behielt sie. Dort hatte sie in den letzten Jahren in angenehmer Ruhe und Abgeschiedenheit einen Roman nach dem anderen übersetzt, mit ihren kleinen Ritualen, ihren Fluchten in fremde Geschichten. Dort hatte ihr bescheidenes Liebesleben unter Ausschluss der Öffentlichkeit und vor allem unter Ausschluss ihres Vaters stattgefunden.

Valentina wollte sich nicht weiter anschauen und ausfragen lassen, wollte auch keine Kleinkinder mehr auf dem Arm haben, alles, was sie wollte, war, Irma kurz zu besuchen, doch niemand machte Anstalten, in Richtung Krankenhaus aufzubrechen, man wartete auf den Protagonisten. Aber der kam nicht. Es wurde laut telefoniert, gestikuliert, wieder telefoniert und dann erst mal gegessen. Nach dem Essen gab es einen Espresso, in den Isidoro ihr ungefragt zwei Teelöffel Zucker schaufelte, dann begann der Gang durch das vierstöckige Haus, hinter dessen zahlreichen Türen jeweils ein Bruder oder eine Schwester ihres Vaters mit der eigenen Familie wohnte. Überall mussten sie sich setzen, in Wohnzimmer voller barocker Sofas, Tischchen, Deckchen, Spiegel, künstlicher Blumengestecke. Nach dem dritten süßen *caffè* bat sie nur noch um Wasser.

»Bist du verheiratet?«

»Nein, verlobt.«

»Ach, erst jetzt?«

»Ja, ich habe auf den Richtigen gewartet.«

»Wie schön! Und wie ist er denn? Ein Italiener?« Das Letztere immer hoffnungsvoll.

»Nein, ein Deutscher. Er ist Arzt.«

»Ein Arzt! Ah!« Das versöhnte sie mit dem Deutschen. Valentina versuchte sich wenigstens anstandshalber die Namen der Onkel und Tanten zu merken. Isidoro im zweiten Stock, gegenüber Concetta, die Jüngste; im ersten Stock die Familien von Tuzzu und Enrico; im dritten Stock Antonio und Maria. Und im vierten? Und ganz unten? Sie gab auf, sie hatte es schon wieder vergessen.

Sie kehrten in Isidoros Wohnung zurück. Wieder bekam Valentina Massimo auf den Schoß gesetzt. Da sie keine Kinder hatte, nahm man hier auf Sizilien unweigerlich an, sie sei vernarrt in alle Babys dieser Welt. Als das Telefon im *salotto* klingelte, schwappten die Wellen der Begeisterung bis zu Valentina hinüber. Enzo kam nach Hause! Sie spürte, wie ihre Arme schwach wurden, sie war nicht bereit, ihn zu sehen. Hastig schaute sie sich um, wo konnte sie das Baby ablegen, wohin sich verkriechen? Eine ihrer Cousinen kam ins Zimmer geeilt, sie bemerkte Valentinas Blick, nahm ihr Klein-Massimo aus den Armen und brachte ihn aus dem Zimmer. Valentina massierte dankbar ihre schmerzende rechte Schulter und überlegte gerade, was sie tun könnte, da kam die Cousine auch schon wieder zurück. Sie packte ihre Hand und schloss sie zwischen ihren dicken weichen Händen ein.

»Das waren die Bestatter am Telefon. Stell dir vor, Enzo steht noch in Hannover, irgendetwas hat da nicht geklappt, er kommt erst spät heute Abend.« Sie schüttelte den Kopf und schaute Valentina anklagend an. »Das so was in Deutschland passieren kann …! Haben sie ihn einfach vergessen.« Ihre großen Augen quollen ein wenig hervor, was von den dicken Brillengläsern noch verstärkt wurde. Valentina schaute ebenso anklagend zurück und versuchte, ihre Hand zurückzubekommen. Aber die andere ließ nicht los.

»Wir zwei hauen jetzt ab«, sagte sie plötzlich mit verschwörerischem Lächeln, zog Valentina vom Sofa hoch und aus dem Raum. Im Hausflur hörte man Lärm und Rufe, die fehlenden Geschwister, die noch nicht in Isidoros Wohnung waren, kamen zusammen. Die beiden Frauen flohen in ein Nebenzimmer. »Wenn sie alle im Salon sind, gehen wir! Ich weiß, du willst endlich zu Irma ins Krankenhaus, jetzt um halb sieben ist noch mal für eine Stunde Besuchszeit!« Sie warf einen Blick auf ihr Handy.

»Mama und Papa sind schon den ganzen Tag dort, ich weiß nicht, warum sie mich nicht anrufen. Wahrscheinlich sitzen sie längst an Irmas Bett und haben die Zeit vergessen.«

Krankenhaus oder Trauerwohnung, weder das eine noch das andere ein besonders attraktiver Aufenthaltsort, aber Valentina freute sich auf die kurze Zeitspanne dazwischen, in der sie frische sizilianische Luft einatmen dürfte, und seltsamerweise auch auf Irma. Irma. Sie vermisste sie plötzlich so heftig, dass ihr der Magen wehtat. Ganz egal, ob sie nun ihre Schwester war oder nicht, wie hatte sie es die ganzen Jahre ohne sie nur aushalten können?

Ohne ihre enthusiastische Art und ihr komisches Gequietsche voll der Vorfreude, bevor sie einen Witz oder eine lustige Begebenheit erzählte. Ohne ihre starken Arme, die sie schon so oft festgehalten hatten. Ohne all die Ausrufezeichen, mit denen sie sprach.

Sie traten auf die Gasse hinaus und wandten sich dann nach links. Valentina nahm ihre Reisetasche von der linken in die rechte Hand. Sie hatte keine Ahnung, wo sie heute schlafen würde.

»Das Auto steht um die Ecke, nie kriegt man hier einen Parkplatz.« Ihre Cousine zuckte bedauernd mit den Schultern. Valentina fiel ein, dass sie nicht einmal ihren Namen wusste. Jetzt war es zu spät, um noch zu fragen.

Die Sonne war inzwischen hinter dem Felsen, der die Stadt überragte, verschwunden, aber es war immer noch warm. Der Baum, unter dem das Auto stand, durchdrang die salzige Meeresluft mit dem Duft seiner violetten Blütentrauben. Valentina sog die köstliche Mischung tief in ihre Lungen. Warum gab es noch kein Parfüm, das so roch? Sie stiegen ein, Cousine Namenlos setzte zurück, touchierte sanft den Baumstamm und fuhr dann mit beachtlichem Tempo durch die engen Straßen. Valentina schnallte sich an.

»Ist nicht weit«, sagte die Cousine. Sie hatte recht, es waren höchstens zwei Kilometer, doch der Autokonvoi, der sie Stoßstange an Stoßstange auf der Hauptstraße empfing und in seiner Mitte bis zum Krankenhaus begleitete, kostete sie fast eine halbe Stunde.

Etwas außerhalb der Stadt, mitten in der Einöde, stand ein grauer Neubau auf einem Hügel. Sie parkten auf einem staubigen Schotterparkplatz. Hinter leuchtend gelbem Ginster und darin verhedderten Plastiktüten erhaschte Valentina einen sensationellen Blick aufs Meer, der hier anscheinend keinen Menschen interessierte. Gemeinsam überquerten sie die Straße, gingen durch die Besucherpforte des Betonklotzes und erstiegen ein paar Treppen bis in den ersten Stock. Je weiter sie ins Innere des Gebäudes vordrangen, desto schlechter wurde die Luft. Es roch nach Linoleum, Desinfektionsmittel und Zigarettenrauch, an den offenen Fenstern standen Leute und pafften den Qualm nachlässig hinaus. Valentina wappnete sich, gleich würden sie am Bett von Irma stehen, sie wäre sicher blass und würde sie nicht so kraftvoll drücken und umarmen können, wie es früher ihre Art gewesen war. »Ich drück dich, bis du quietschst!«, hatte sie ihr immer angedroht.

Ach, Irma, du musst stark sein, dachte Valentina, wenn es wirklich stimmen sollte und du es tatsächlich nicht weißt, warten da ziemlich große Neuigkeiten auf dich.

Vor einem Fahrstuhl machte ihre Begleiterin halt. Auf dem Plateau davor standen Bänke aus miteinander verbundenen Holzstühlen an den Wänden.

»*Buonasera*, hier sind wir!«, begrüßte sie drei ältere Leute, die dort saßen und sich mit besorgten Gesichtern unterhielten.

»Meine Mutter Lina, mein Vater, meine Schwester Rosa.« Valentina küsste alle Wangen, die ihr dargeboten wurden. Lina umarmte sie und hielt sie an den Schultern fest. Sie weinte laut und redete auf sie ein, Valentina verstand nicht, was sie sagen wollte, war das jetzt wegen ihres Bruders Enzo oder wegen Irma?

»Wir haben noch keine Nachricht, irgendetwas ist nicht in Ordnung, befürchtet Mama«, übersetzte ihre Cousine den Tränenausbruch ihrer Mutter. »Aber gleich kommt *la dottoressa* Buongiorno, dann dürfen wir alle in den Raum dort und können sie sehen!« Sie zeigte auf eine Tür, über der U.T.I.R. stand.

»Angelina!«, schrie ihre Mutter. Ihre Cousine drehte sich um und schrie genauso laut und freundlich zurück. Ah, jetzt wusste Valentina endlich, wie sie hieß!

»Also, Irma ist noch nicht wieder wach? Das ist nicht gut, oder?«, fragte sie.

»Sie ist in *terapia intensiva*!« Bedeutete in *terapia intensiva* auf der Intensivstation? Wahrscheinlich.

»Aber es war doch nur der Blinddarm.«

»Ja, Blinddarmdurchbruch, das heißt, der Appendix ist geplatzt, und der Eiter ist in die Bauchhöhle gelangt, hat mir die *dottoressa* Buongiorno erklärt. Meine Mutter glaubt, sie haben sie zu spät operiert, obwohl wir sofort da waren mit ihr. Irma selbst hat mich ja noch angerufen, weil es ihr so schlecht ging. Heute Morgen um sieben war das, um halb acht waren wir im Krankenhaus. Aber bis sie dann endlich im OP war – das hat gedauert!«

Valentina rechnete nach, jetzt war es achtzehn Uhr dreißig, seit über zehn Stunden war Irma schon in diesem Krankenhaus. Plötzlich fiel ihr Eric ein. Sie hatte lange nicht mehr richtig an ihn gedacht, hatte nur den *fidanzato* erwähnt, den Verlobten, den Arzt, den wohlhabenden Mann, der für sie sorgen konnte. Zu einer Reihe von ehrbaren Begriffen ohne Gesicht, ohne Körper war er geworden, um die Onkel und Tanten zufriedenzustellen. Sie schämte sich ein bisschen, sie hatte über ihn geredet, mit ihm angegeben, ihn aber dabei vergessen. Doch nun wünschte sie ihn sich an ihre Seite. Was würde Doktor Eric Jasper tun? Sie sah ihn in seinen weißen Arztklamotten vor sich und fühlte sich gleich besser. Er würde charmant grinsen, sich einen zuständigen Kollegen schnappen, Englisch oder gleich nur noch Latein mit ihm reden, kurz, seine Lassen-Sie-mich-durch-ich-bin-Arzt-Nummer abspulen und sie dann im Schlepptau an Irmas Bett führen. Valentina wollte von ihm an Irmas Bett geführt werden, jetzt sofort! Eric musste mittlerweile aus der Praxis heraus und wieder zu Hause sein, der Akku ihres Handys war fast leer, dennoch stellte sie sich an ein Fenster und versuchte, ihn zu erreichen.

»Stell dir vor, Irma konnte mich nicht abholen, sie hatte einen Blinddarmdurchbruch, wurde heute Morgen schon operiert, ist aber immer noch nicht wach!« Eric erklärte ihr, warum es beim Erwachen solche Verzögerungen geben könnte. Wahrscheinlich litt Irma unter einer schweren Sepsis und einer kardiovaskulären Insuffizienz, vielleicht auch einem ARDS, einem Akute Respiratory Distress Syndrom. Ziemlich sicher war eine Hämodialyse nötig, vielleicht gab es auch Probleme mit der Homöostase, und sie würde Transfusionen benötigen. Valentina verstand kaum etwas. Warum konnten Mediziner im Gespräch mit Nicht-Medizinern keine normalen Begriffe verwenden? Warum sagte er nicht gleich Herz-Kreislauf-Schwäche statt kardiovaskuläre Insuffizienz und akutes Lungenversagen statt ARDS? Und zwang sie dadurch dauernd nachzufragen.

»Aber jetzt mach dir nicht noch mehr Sorgen, übersteh erst mal die Beerdigung!«

»Ach, das weißt du ja noch gar nicht!« Valentina erzählte ihm, dass ihr Vater am Flughafen in Hannover vergessen worden war und sie erst am späten Abend mit seinem Eintreffen rechneten.

»Ach je, auch das noch. Mit welcher Gesellschaft bist du geflogen? Aero-Italia? Die verschlampen gerne mal was, habe ich gerade neulich noch gelesen.« Er klang, als ob er lachen wollte, hielt sich dann aber doch zurück. »Die kannst du verklagen! Übrigens, ich habe mich mal schlaugemacht: Wenn Irma wirklich deine Schwester ist, musst du deinen Pflichtanteil geltend machen, weil die Firma deines Vaters pleite ist. Du solltest das Testament sofort anfechten, dann bekommst du wenigstens noch fünfundzwanzig Prozent von allem, was Irma geerbt hat. Hättest du gleich machen sollen!«

Valentina hatte ihm von dem Testament erzählt, allerdings nicht von ihrem Wutanfall und der Zerstörung des Dokuments.

»Und damit wäre auch die große Frage beantwortet, wo du das Geld für unsere Eigentumswohnung einforderst! Ist dir ja auch wichtig. Deine Unabhängigkeit.«

»Ich weiß nicht, ob das momentan noch gilt«, murmelte sie halblaut. Angelina lächelte ihr aufmunternd zu. »Ich mach jetzt mal Schluss, ich glaube, der Arzt kommt gerade. Bis bald, *ciao ciao*.«

Valentina wischte sich den Schweiß von der Stirn, der sich wie Wasserdampf darauf gesammelt hatte. Doch sie mussten noch ungefähr fünfzig Minuten auf ihren Stühlen ausharren, in denen Valentina zahlreiche Fragen zum plötzlichen Tod ihres Vaters beantwortete und sich gleichzeitig über den Unterton ärgerte, der in Erics Worten ›Deine Unabhängigkeit‹ gelegen hatte, bis endlich jemand »Famiglia Vitale!« rief und sie sich wie eine Herde hungriger Schafe in Bewegung setzten.

Sie wurden in einen kleinen, fensterlosen Raum geleitet, in dem ein Tisch und drei Stühle standen. Auf dem Tisch war ein Fernseher aufgebaut, daneben lag ein grauer Telefonhörer. Zwei der Wände hatte man blau gestrichen, dort und hinter dem Fernseher klebten zahlreiche bunte Madonnenbilder. Valentina vermutete zumindest, dass darauf Maria zu sehen war, daneben Padre Pio und dreimal ein bärtiger, hübscher Jesus. Die Ärztin verschwand wieder durch die Tür, auf einmal war es totenstill in dem engen Kabuff, alle starrten auf den dunklen Bildschirm.

»Und nun? Werden wir überhaupt mit ihr reden können?«, fragte Valentina leise.

»Nein. Irma ist noch immer nicht aufgewacht, wir können sie aber sehen«, wisperte Angelina ehrfürchtig. Valentina roch die verschiedenen Schweißnoten um sich herum und bildete sich ein, auch die aller Menschen erschnuppern zu können, die hier in der Vergangenheit voller Hoffnung vor dem Monitor gestanden und ihre Gebete, ihre Wünsche, ihre Machtlosigkeit zurückgelassen hatten. Schwarz-weiß flimmerte der Bildschirm jetzt auf, am oberen Rand waren Zahlen eingeblendet: Uhrzeit, Datum, Camera 04. Irma war noch nicht zu sehen.

Warum habe ich sie nie besucht, als es ihr noch gut ging? Wie oft hat sie mich gebeten herzufliegen, und mit was für dummen Ausreden habe ich sie immer wieder vertröstet, dachte Valentina und biss vor Beklommenheit die Zähne zusammen. Mit den Fingerspitzen trommelte sie dabei auf die weiche Haut unter der Nase. Sie wusste nichts über sie. Warum war Irmas Vater nicht hier? War ihre richtige Mutter tot, oder die Pflegemutter? So tot wie ihr Vater, ihr Vater, Enzo Vitale. Auf einmal wurde ihr schmerzlich bewusst, dass sie ihn nie wieder an der Marmorsäge sehen würde, nie wieder über den Hof eilen, nie wieder würde sie ihm einen morgendlichen Kuss geben, bei dem sich sein duftendes Rasierwasser auf ihre Wange übertrug. Dieser Schmerz zog wie ein Krampf durch ihren Körper, und sie spürte, was die Trauer mit ihr machen würde, wenn sie sie zulassen würde. Sie hatte Angst vor dieser Trauer, denn in diesem Moment verstand sie, was der Tod bedeutete. Papa war weg, es gab keinen Aufschub mehr, kein Wiedergutmachen. Weinen hätte ihr jetzt gutgetan, stattdessen gluckerten die drei Tassen Espresso in ihrem Magen und wollten raus.

Was soll ich bloß machen, wenn ich mich übergeben muss?, ging ihr durch den Kopf.

»Angelina«, flüsterte sie, um sich abzulenken, »ist Irmas Vater denn nicht hier?«

»Doch, er sitzt draußen, wir müssen ihn schonen. Es nimmt ihn alles furchtbar mit!«

Draußen? Wer immer es auch gewesen sein mochte, sie hatte ihn nicht bemerkt. Papa Enzo war also für die Familie hier auf Sizilien *nicht* Irmas Vater. Weshalb nannte er sie dann Tochter? Plötzlich bekam sie keine Luft mehr, der Raum war zu eng, sie musste raus! Gerade noch bekam sie die Türklinke zu fassen, dann löste sich ihr Blickfeld an den Seiten auf, und alles um sie herum wurde schwarz.

7

Als sie die Augen öffnete, sah sie zunächst eine Neonröhre und dann Angelinas rundes Gesicht. Irgendetwas bohrte sich in ihre Schultern, die hölzerne Stuhlreihe – sie lag im Flur vor dem Fahrstuhl. Ihr Gesicht war nass, hatte sie etwa geweint? Nein. Angelina hielt einen Becher in der Hand und tupfte ihr mit einem feuchten, kühlen Stofftaschentuch auf der Stirn herum.

»Das war alles zu viel für dich, erst dein Vater und jetzt Irma! Es ist gerade kein Arzt da, die haben einen Notfall da drin … Sobald einer Zeit hat, kümmert man sich um dich.«

Valentina winkte ab, sie brauchte keinen Arzt, sie versuchte den Kopf zu heben, aber schon wurde ihr wieder übel und schwindelig, also ließ sie es sein.

»Irma wird sehr gut betreut, sie wird beatmet, sie tun alles, was sie können – das war … das war nicht schön, sie so zu sehen!« Angelina schluchzte und wischte sich mit dem Taschentuch über die Augen. »Nicht einmal anfassen kann man sie, nur mit ihr reden, aber sie hört uns ja nicht. Oder vielleicht doch?«

In einem rücksichtsvollen Halbkreis standen viele Menschen um Valentina herum, sie schauten auf sie hinunter und unterhielten sich dabei lautstark.

»Mir ist elend, ich möchte irgendwohin, wo ich schlafen kann. Kann ich bitte irgendwo schlafen?«

»Aber ja, ich bringe dich gleich zu uns nach Hause … – nein?« Angelina hatte ihren Blick bemerkt. »Gut, dann zu Irma. Ist dir lieber, ich weiß. Sie hat ja auch schon alles für dich vorbereitet.«

Die Tür zum Kabuff öffnete sich, die restliche Familie quoll heraus. Hatten die sich da drin vermehrt? Es waren plötzlich so viele, und fast alle hatten ein Taschentuch in der Hand. Aus ihrer horizontalen Lage von den Holzstühlen aus konnte Valentina Angelinas Mutter sehen, die sich an die Ärztin klammerte und sie mit Fragen bedrängte. Sie wurde mit beschwichtigenden Handbewegungen zur Ruhe gebracht.

»*Allora*, die Nächsten, *famiglia Gagliano*!« Die Gruppe neben ihnen erhob sich von den Sitzen, staute sich in einem Gemenge auf dem Flur, vermischte sich kurz mit dem entgegenkommenden Familienschwarm und drängelte sich dann in den Raum. Die Tür ging zu. Jetzt schauten sie alle auf einen Menschen, der sie nicht sah, sprachen mit ihm, obwohl er sie nicht hörte, hofften und beteten für ihn, der wahrscheinlich sterben würde. Valentina wurde wieder schlecht, sie hob den Kopf und übergab sich so geräuschlos wie möglich auf das Linoleum unter ihr.

Angelina fuhr zum Hafen hinunter, am Hafenbecken vorbei und die Straße wieder hinauf, direkt auf den Felsen zu, der gewaltig und nah im Mondlicht über der kleinen Stadt hing.

»Dort vorne ist es«, sagte sie. Valentina beugte sich vor, um unter der schief herunterhängenden Sonnenblende einen Blick auf das Haus werfen zu können. Sie sah die gedrehten Säulen einer Balustrade, hohe Fenster mit hölzernen Läden davor, kleinen Ziegelvorsprüngen und Balkonen. Es hat ein Gesicht, dachte sie, es sieht arrogant, nein, eher stolz aus. Es fühlt sich als etwas Besseres, vermutlich wegen seiner Größe und der Entfernung von den anderen Häusern des Ortes. Sie lächelte. Ein Haus, das selbstbewusst schaute, etwas anderes konnte Irma ja gar nicht gehören.

Angelina brachte das Auto am Ende der steilen Straße, dicht neben einem von einem schwarzen Rollladen verschlossenen Torbogen, zum Stehen und bedeutete Valentina auszusteigen. Valentina nahm ihre Reisetasche, die Straße war steil und glatt, ihre Ledersohlen fanden keinen Halt, prompt rutschte sie ein Stück abwärts. Nach ein paar vorsichtigen Schritten stand sie am Fuße einer Steintreppe, die in einem großzügigen Bogen zur Eingangstür des Gebäudes hinaufführte und sich dort nach rechts und links zu einer Terrasse öffnete. Allerdings war der Zugang durch hohe Gitter versperrt.

»Was für eine Idee, was für eine Idee, so ein Haus, an dieser Stelle!«, stöhnte Angelina und machte sich daran, die breiten Stufen mit ihren kurzen, kräftigen Beinen emporzusteigen. Valentina folgte ihr.

»Wohin geht es denn da weiter?«, fragte sie, als sie hinter Angelina auf halber Höhe stehen blieb. Dabei deutete sie auf den schmalen Weg, in den die Straße sich hinter dem Haus verwandelte und der sich dicht am Felsen entlangwand.

»Da ist Ende, da kommt nur noch der Leuchtturm!«, schnaufte Angelina.

Über der Eingangstür, auf die sie zukletterten, brannte eine Lampe, deren orangegelbes Licht die Fassade beleuchtete. Zwei Videokameras waren auf sie gerichtet.

»*Ecco*! Irmas Schule, manchmal wohnen hier auch ein paar von denen ...« Sie machte eine Pause und keuchte: »... den Sprachschülerinnen!«

»Wieso Schülerinnen? Sind die Kurse nur für Frauen?«

»Nein, aber die meisten sind nun mal Frauen, Frauen, die keinen Mann haben, so Deutsche eben, laufen dann bei uns in Camaro herum, man erkennt sie schon von Weitem! Jetzt im Frühjahr sind es meistens nicht so viele. Ich glaube, vier hat sie gerade zu Gast, zwei wohnen hier, zwei im Ort.«

»Und das ganze Haus gehört ihr?!« Valentina zählte drei Stockwerke, die sich über ihr in die Höhe streckten, umschlossen vom hellen Stein des Felsens, an den sich das Haus wie selbstverständlich zu lehnen schien. Sie schaute wieder zu Boden, ihr war schwindelig. Die Fliesen der Terrasse waren aufwendig bemalt, durch die Gitterstangen sah sie ein paar zusammengeschobene filigrane Eisentischchen und Stühle. In der Mitte der großen Fläche steckte eine Palme schief wie eine halb eingegrabene Ananas in der Erde eines riesigen Topfes. Ihre gefächerten Wedel schwangen in der Nachtluft sanft hin und her. Auf dem Wasser tief unter ihnen fuhren einige Fischerboote hinaus aufs Meer, von Weitem blinkten die Lichter des Hafens.

»Nun ja. Sie hat es bereits von ihrem Vater geerbt, aber bis der es geerbt hatte, war ein halbes Jahrhundert vergangen. Was für eine Geschichte! Aber wenn Irma nun ... Ach, Valentina, ich kann jetzt nicht darüber reden!« In ihren Augen schwammen Tränen.

Und damit wäre auch die große Frage beantwortet, wo du das Geld für unsere Eigentumswohnung einforderst, vernahm Valentina Erics Stimme in ihrem Kopf.

»Das schaffe ich niemals«, flüsterte sie.

»Was sagst du?«

»Nichts, nichts. Ich habe von diesen ganzen Familiensachen ja überhaupt keine Ahnung«, antwortete sie schnell.

Während sie auf die Tür zugingen, hörten sie plötzlich Schritte hinter sich. Ein Mann kam aus der Dunkelheit die Treppe heraufgestürmt. *»Signora, signora!«*, rief er. Mit wenigen Schritten war er bei ihnen. Valentina fasste sich vor Schreck an den Hals, sie spürte, wie ihr Herz wild zu klopfen anfing.

»Giorgio, *come stai*?«, sagte Angelina, nicht im Mindesten erschrocken über den aufgeregten Typ, der da in Radlerhosen vor ihnen stand.

»Signora! Scusi!« Er streifte Valentina mit einem flüchtigen Blick. »Wie geht es ihr? Haben sie mit ihr sprechen können? Ich war gerade in der Gegend, da wollte ich mal fragen.«

Mit leiser Stimme berichtete Angelina ihm, dass es schlecht um Irma stand, dass man sie wegen einer Blutvergiftung ins Koma hatte versetzen müssen. Der Eiter im Bauchraum, der wäre schuld. Er nahm seinen Fahrradhelm ab und fuhr sich über die raspelkurzen Haare, eigentlich nur ein dunkler Schatten auf seinem Kopf. Valentina stellte fest, dass er ungefähr in ihrem Alter war, um die dreißig. Er sah irgendwie nett aus, großer Mund, intelligente, dunkle Augen. Einer, der helfen würde, wenn einem auf der Straße die Einkaufstüte riss. Seine Beine waren muskulös, die Unterschenkel so glatt rasiert, dass seine Schienbeine im Laternenlicht glänzten.

»*Grazie*, ich komme wieder vorbei, um zu hören, wie es ihr geht, *grazie*!« Er verschwand so leise und schnell in die Nacht, wie er gekommen war.

»Puuh!« Valentina hatte noch immer die Hand an ihrer Kehle. »Wer war das denn?«

»Giorgio. Er hat hier einen Fahrradladen in Camaro. Verleiht diese komisch gepanzerten Fahrräder, diese Mountainräder, oder wie die heißen, an die Touristen und an die Schülerinnen. Er ist oft bei Irma, bringt die Räder, ein ganz netter Junge!«

Angelina klingelte. Ein heller Scheinwerfer flammte auf. »*Sì*!«, rief jemand im Inneren des Hauses, man hörte springende Schritte von oben, dann öffnete sich die Tür. Atemlos stand ein junges, vielleicht sechzehnjähriges Mädchen vor ihnen, ihr orangerotes Haar hatte sie zu einer Zwiebel mitten auf dem Kopf aufgetürmt, aus der sich schon einige Strähnen gelöst hatten.

»*Buonasera!* Du musst Valentina sein!« Sie gab Valentina die Hand, drückte aber nur ganz leicht. »Es tut mir leid mit deinem Vater!«, fuhr sie in seltsam klingendem Italienisch fort. Erstaunt nickte Valentina und vergaß, sich für die Beileidsbekundung zu bedanken.

»Ich bin Gabriela. Aber alle nennen mich Gábbrie.« Ihre tiefe, etwas harsche Stimme passte so gar nicht zu dem mädchenhaften Händedruck und Äußeren. »Ich mache hier Arbeit! Für Irma!«

»Hat das heute mit dem Essen geklappt für die Schülerinnen?«, unterbrach Angelina.

»Ja, Agata hat noch Topf mit *ragù* gebracht und kleine Eisbecherchen als Dessert, *primo piatto* habe *ich* gemacht. *Insalata di polpo*. Wenn Computer nicht spinnen würde, könnte ich die Anmeldungen bearbeiten. Irma macht das immer sofort!« Ihr Italienisch hüpfte gewandt an etwaigen grammatikalischen Schwierigkeiten vorbei, indem sie sie einfach ausließ. Wie auch die meisten Artikel und fast alle Präpositionen.

»Ich schick dir Salva vorbei, den Sohn von Isidoro, der kennt sich aus. Sollen wir den anderen absagen? Ist das zu viel für dich?«

»Nein!« Das rothaarige Mädchen wirkte etwas erschöpft, schüttelte aber empört den Kopf. Die Zwiebel schwankte und erinnerte Valentina jetzt eher an ein aufgelöstes Wollknäuel.

»Na gut, meine Liebe«, Angelina streichelte Gábbrie über die Schulter, »ich lasse dir Valentina da, sie soll sich jetzt sofort hinlegen, es geht ihr nicht so gut. Und ich fahre zurück ins Krankenhaus. Sie haben gesagt, dass ich vor der Station warten darf. Sobald sie aufwacht, rufe ich euch an, also schaltet eure Handys nicht aus!« Angelina küsste Valentina fest auf beide Wangen und machte sich dann langsam an den Abstieg.

»Gute Nacht! Und danke!«, rief Valentina ihr hinterher. Während sie selbst sich gleich schlafen legte, würde Angelina, die bestimmt zwanzig Jahre älter war als sie, die ganze Nacht vor der Intensivstation ausharren. Sie wusste, sie hätte mit ihr da sitzen müssen, sie kam sich schwach, verwöhnt und deutsch vor, jedenfalls nicht sizilianisch genug, um so etwas durchzuhalten. Und obwohl Angelina dort auf den Stühlen vor dem Aufzug nichts für Irma tun konnte, bewunderte Valentina sie für ihre Stärke.

»Komm rein, ich zeige dir dein Zimmer.« Gábbrie hatte Valentinas Tasche genommen und zog sie mit der anderen Hand aus dem grellen Scheinwerferlicht in die Diele, die nur von einer wohltuend schwachen gelben Glaslampe an der Decke erhellt wurde. Auch ohne viel Licht konnte Valentina sehen, wie groß der Raum war, fast eine Empfangshalle, in deren Mitte eine Treppe hinaufführte. Die Kühle des Steinbodens kroch sofort an ihren Beinen hoch. Zwei Mountainbikes lehnten hinten an der Wand, an der Seite stand ein hoher schmaler Tisch mit gedrechselten Beinen, auf dem ein Stapel Zeitschriften, ein schlafender Löwe aus Stein, eine Schale voller Schlüssel und allerlei Krimskrams verteilt waren. Gábbrie ging voran, Valentina stieg hinter ihr die Stufen hinauf und folgte ihr in eine geräumige, blau-weiße Küche. Die hohen Wände, die Schränke, das Geschirr in den offenen Regalen, alles war blau oder weiß. Es roch nach Spülmittel, Knoblauch, Zitronen.

»Hast du Hunger?« Valentina konnte den Akzent des Mädchens immer noch nicht einordnen. Sie hielt sich reflexartig die Hand vor den Bauch, ihrem Magen ging es besser, aber Nahrung wollte er nicht.

»Nein danke!«

»Ein bisschen Wasser? Oder Wein? Die Deutschen trinken immer gerne Wein, wenn sie bei uns ankommen. Und auch sonst, ach, eigentlich trinken die immer. Cola?

Holst du dir alles aus Kühlschrank! Gläser stehen hier. Was du brauchst!« Sie umrundete den großen, runden Tisch und legte eine Orange, die offensichtlich von ihrem Platz heruntergerollt war, behutsam zurück in die hölzerne Schale. Valentina blieb vor dem Fenster stehen und schaute hinunter auf die Terrasse, über den Schopf der Palme und dann auf das Meer. Unendlich weit und mit einem silbrig schillernden Streifen aus Mondlicht erstreckte es sich bis zum Horizont, weiter hinten sah man ein von Lichterketten umrahmtes Schiff, das sich vom Land entfernte.

»Fähre Palermo – Genua«, sagte Gábbrie, die hinter sie getreten war, »falls man wegmöchte und Flugzeuge streiken, kann man Fähre nehmen!«

»Danke! Aber ich möchte nicht weg!« Das ist gelogen, dachte Valentina, nach allem, was heute passiert ist, würdest du doch am liebsten sofort gehen. Aber da sind ja Papa und Irma, und da ist das Geld, das du irgendwie von hier bekommen musst. Wie soll das alles gehen? Und was für »Güter« will er Irma vererben? Dieses Haus gehört ihr jedenfalls schon ... Sie würgte ihre Gedanken ab und wandte sich um, ihr Ton war ziemlich unfreundlich gewesen.

»Das Haus ist ganz schön groß, oder? Ich glaube, ich werde mich verlaufen«, sagte sie versöhnlich und sah, wie Gábbrie sich einmal im Kreis drehte.

»Ist nicht so groß, nur viele Zimmer! Oben sind Irmas Zimmer mit eigene Salon und Bad und Gästeschlafzimmer für dich. Durch diese Tür, da gibt es Hauptsalon und zwei Zimmer, und in einem, da schlafe ich! Büro von Irma ist unten, und neben Büro sind auch Zimmer von Schüler, und ganz unten musst du nicht hingehen. Ist sowieso zu.« Wie bei einem Abzählreim deutete sie nacheinander auf die drei Türen und die Öffnung zur Treppe.

»Wenn also etwas ist, du rufst mich!« Gábbrie durchquerte die Küche und sprang mit Valentinas Tasche die Stufen hinauf.

Nachdem Valentina einen kurzen Blick in den kleinen Salon geworfen hatte – ein paar schöne alte Möbel: Sofa, Glasvitrine, Tisch, Truhe, nur in der Ecke ein hypermoderner, orangefarbener Sessel –, duschte sie sich in dem Badezimmer, das zwischen Irmas und ihrem Zimmer lag. Dann ging sie zum Bett, schlug die Tagesdecke zurück, zerrte das festgestopfte Laken unter dem Kissen hervor und legte sich nackt und mit noch feuchter Haut darauf. Von hier aus ließ sie ihren Blick wandern. Weiße Wände, ein großer Spiegel, ein dunkelbraunes Tischchen, alles schlicht und irgendwie beruhigend. Eine Gänsehaut überzog ihren Körper. Mit zwölf, als Martina abgehauen war, hatte sie sich jeden Abend nach dem Duschen nass vor ihr Bett auf den Teppich gelegt. Sie hatte sofort zu zittern begonnen, ein verlassenes, einsames Kind, das nichts mehr hatte, nicht einmal mehr Kleider. Das gleiche unangenehme Gefühl wie jetzt. Es ging ihr nicht gut? Sie vermisste ihre Mutter? Vater Enzo verlor kein schlechtes Wort über Martina, noch schlimmer, er hatte sie für Jahre völlig aus seinem Wortschatz gestrichen. Aber sieh doch, es könnte dir noch viel schlechter gehen! Die kleine Valentina fror und genoss die Qualen, die sie erleiden musste. Wenn sie es irgendwann nicht mehr aushielt, schlüpfte sie unter die Bettdecke und war dankbar für die Wärme, die sich langsam darunter ausbreitete. Es war alles nicht gar so schlimm, sie konnte froh sein, sie hatte noch ihr Bett, musste wenigstens nicht frieren! Als Irma dann zu ihnen kam, hatte sie immer seltener das Bedürfnis nach ihrem Spiel.

Langsam zog Valentina die Schicht aus Laken, Woll- und Tagesdecke über sich, sie wollte nur kurz die Augen schließen und dann ihr Handy aufladen, um Eric wenigstens eine liebevolle Gute-Nacht-SMS zu schicken. Vielleicht würde sie auch noch auf eine kleine Entdeckungstour im Haus gehen.

Sie erwachte von wildem Vogelgezwitscher, die Luft war davon erfüllt, als ob man einen Käfig winziger, protestierender Vögel vor ihrem Fenster hin- und herschwang. Draußen vor den Fensterläden war es nicht mehr Nacht, aber auch noch nicht richtig hell. Sie hatte vergessen, das Licht zu löschen, und die hübsche Deckenlampe verbreitete ihren sanften Schein in dem kleinen Raum. Zwischen dem silberhellen Spektakel der Vögel hörte sie eine Möwe kreischen und ganz leise einen Außenbordmotor davontuckern. Wie herrlich, ging Valentina durch den Kopf, um sich gleich zu korrigieren. Sie lag hier im Bett und fand es herrlich? Schöner jedenfalls, als von einer kreischenden Marmorsäge geweckt zu werden, dachte sie trotzig. Aber sie wollte jetzt nicht an Papas Firma und an zu Hause denken, deswegen stand sie auf, löschte das Licht und ging nackt zum Fenster. Sie öffnete es und stieß die grünen Läden weiter auf. Der Morgen war grau, das Meer verbarg sich unter einer diesigen Nebelschicht. Es war vielleicht fünf Uhr, noch vor Sonnenaufgang, die Farben kamen ganz zaghaft zum Vorschein. Unter sich sah sie die Palme, die lärmenden Vögel waren ganz in der Nähe, sie konnte sie jedoch nirgends entdecken. Valentina zog das Laken unter den Decken hervor und wickelte es wie eine Toga um sich. Neugierig tappte sie durch das Badezimmer in Irmas Zimmer. Es war größer als ihres und genauso leer, sauber und trotzdem gemütlich. Auch Irmas Fenster zeigte zum Meer, ein einfaches Französisches Bett, ordentlich bedeckt von einer geblümten Tagesdecke, stand mit dem Kopfende an der Wand. Zwei helle Türen, die zu einem Wandschrank gehörten, von denen eine einen Spaltbreit offen stand. Valentina wollte sie schon schließen, da erinnerte sie sich an das Telefongespräch mit Irma. Es schien Jahre her zu sein. Sie schaute in den Schrank, zunächst sah sie gar nichts, doch dann hörte sie ein leises Maunzen. Auf dem Boden stand ein flacher Korb, darin lag eine orange getigerte Katze mit sehr spitzen Ohren und schaute aus gelben Augen hochmütig zu ihr hinauf. Drei längliche Fellpaketchen in allen Schattierungen der mütterlichen Farbe, jedes kaum größer als ein Männerdaumen, kuschelten sich an ihren Zitzen zusammen. Das vierte war schwarz und deswegen in dem dunklen Schrankinneren kaum zu erkennen. Valentina kniete sich hin.

»Gut gemacht!«, flüsterte sie und hoffte, dass die Katze nicht noch irgendetwas anderes von ihr erwartete. Sie hatte keine Ahnung von Katzen. Doch diese hier war ganz offensichtlich zufrieden, ihr Gesichtsausdruck wurde nachsichtiger, jetzt schien sie beinahe zu lächeln und leckte stolz über ihre Jungen. Valentina erhob sich und nahm die Inspizierung des Zimmers wieder auf. Eine schmale Marmorkonsole, auf der eine Halskette lag, mehr gab es nicht an Möbeln. Eigentlich mochte Valentina keine Blümchenmuster, weder auf Tagesdecken noch auf Kleidungsstücken, aber diese weißen Blumen auf hellblauem Grund versetzten ihr einen Stich. Sie passten hierhin, sie waren Irma, Irma in ihrer Fröhlichkeit, in ihrer Aufgeräumtheit. Der ganze Raum war von ihr erfüllt. Auch die dicht nebeneinandergehängten Gemälde und Fotos über dem Bett in ihren goldenen Rahmen waren Irma. Malerei, sizilianische Karren, ein angedeuteter weiblicher Akt, ein Zweig mit Aprikosen. Da häng ja ich! Ein freudiger Schreck durchzuckte Valentina, als sie die drei Schnappschüsse entdeckte, auf denen Irma und sie sich umarmten und die Köpfe zusammensteckten. Den Hintergrund bildeten ihre Küche zu Hause über dem Marmorkontor, die Rückwand einer Automatenbox und das mit Walnussholzfolie beklebte Rednerpult ihrer Abifeier. Valentina starrte prüfend auf die Gesichter, die sie damals extra zum Fotografieren aufgesetzt hatten. Waren sie sich ähnlich? Die Münder hielten sie beide auf allen Fotos geschlossen, dabei knutschten sie die Lippen ganz leicht zu zwei roten Kirschen zusammen. Tatsächlich Schwestern? Oder nur Cousinen? Sie hatte Irma so gut wie irgend möglich aus ihren Gedanken verbannt, doch plötzlich rutschte das wenige, was sie in den letzten Jahren über Irma gedacht hatte, in eine bedenkliche Schräglage. Nichts stand mehr an seinem Platz. Wie eine bockige Zweijährige hatte sie mit dem Fuß gestampft und Irmas Liebe abgelehnt, nur weil sie ihr kein eigenes Leben gönnte. Nichts davon war berechtigt. Ihre Eifersucht, ihre Selbstsucht, ihr ganzes Gehabe war nur dumm gewesen. Sie seufzte tief, wickelte das Laken fester um sich und ließ sich auf den weißen Blumen nieder. Schon tschilpten die Vögel draußen etwas leiser, und sie meinte, die Katze in ihrem Schrank schnurren zu hören. Mit einem Zipfel der Tagesdecke wickelte sie sich ein und lauschte auf die angenehme Stille, die sich langsam in ihrem Körper ausbreitete. Irma würde ihr verzeihen, der Raum, die Fotos und die Blumen auf der Decke verrieten ihr, dass sie es schon längst getan hatte. Vielleicht würde jetzt alles gut. Wenn sie aufwachte, würde vielleicht endlich alles gut!

8

Das nächste Mal erwachte sie vom Duft scharf gerösteten Kaffees, der durch den Türspalt zog. Valentina ließ die Augen geschlossen und fühlte sich so ausgeschlafen wie seit Tagen nicht mehr, doch schnell holte sie das Gefühl ein, etwas ganz Wichtiges vergessen zu haben. Und da war es auch schon, geballt und im Doppelpack: Papa war tot, und Irma lag im Koma! Wie hatte sie das vergessen können, und wenn es auch nur für ein paar Sekunden war. Wie ging es Irma, war sie heute Morgen endlich ansprechbar?! Valentina setzte sich auf. Während sie selbst stundenlang auf Irmas Bett schlief und sich behaglich rekelte, als ob sie in den Ferien wäre, kämpfte Irma vielleicht noch immer darum, wieder aufzuwachen! Sie musste unbedingt zu ihr, um herauszubekommen, ob Irma tatsächlich ihre Schwester war. Valentina schwang ihre in das Laken verhedderten Beine über die Bettkante, erhob sich schwankend und strich die Blumendecke glatt. Das Laden ihres Handys hatte sie vergessen, weder Eric noch Angelina konnten sie erreichen.

Und Papa? War er schon gelandet, hatten sie ihn schon in die Wohnung von *zio* Isidoro gebracht? Vielleicht stand er schon längst im Wohnzimmer seines Bruders, und sie zeigte sich nicht. Ein Toter durfte nie alleine sein, das hatte ihr Vater ihr früher selbst erzählt und sie damit in Angst versetzt. Was passierte, wenn sie auf einen Toten aufzupassen hatte und mal auf die Toilette musste? Sie hatte eine ganze Woche Nacht für Nacht Albträume zu diesem Thema produziert, die ihren Eltern mal wieder Anlass zu Streit gegeben hatten. Und nun, da es so weit war? Es galt hier bestimmt als anstößig, wenn keine der Töchter am Sarg des Vaters Wache hielt.

Sizilien war anstrengend, wenn man die Sitten nicht kannte. Aber noch anstrengender, *wenn* man sie kannte.

Gábbries tiefe Stimme drang von unten aus der Küche, immer wieder unterbrochen von längeren Pausen, anscheinend telefonierte sie. Vielleicht hatte sie schon neue Nachrichten aus dem Krankenhaus. Das spillerige rothaarige Zwiebelmädchen hatte das große Haus und die Schule gut im Griff. Valentina befreite ihre Beine aus dem Betttuch und wollte gerade aus Irmas Zimmer gehen, als sie aus den Augenwinkeln etwas Vertrautes sah. Mehrere runde Rahmen, nicht größer als Bierdeckel, hingen auf Höhe der Marmorkonsole. Ihre Knie wurden schwach. Verdammt, es sind nur ein paar hingekritzelte, blöde Zeichnungen, sagte sie sich, du hast mindestens zwanzig davon irgendwo in einer Schublade.

Ja eben. Damals hat er solche Bildchen für *mich* gemacht. Und ich weiß genau, in *welcher* Schublade sie liegen.

Sie beugte sich hinunter und betrachtete die kargen Strichzeichnungen hinter dem Glas genauer. Irma mit

Schürze und einer Katze im Würgegriff. Irma, die ein Auto unter ihren Absätzen zerquetschte, Irma mit Bratpfanne; wieder Irma, in eine Hängematte gepresst wie ein dicker Fisch im Netz. Es waren intime kleine Karikaturen, sie waren frech, sie waren böse, und gleichzeitig wärmten sie einem das Herz. Irma sah hübsch darauf aus. Der, der sie gemacht hatte, kannte sie. Kannte sie gut. Liebte sie.

Valentina setzte sich auf das Bett und spürte, wie die verblasste Eifersucht mit neuer Wucht aufloderte, der Schmerz meldete sich mit kalter Gewissheit zurück.

Es war also doch so, wie sie immer vermutet hatte. Max verließ sie, Irma ging ein halbes Jahr später wieder in ihre Heimat zurück. Das war kein Zufall, das war geplant! Valentinas Hirn zählte einen Beweis nach dem anderen auf: Erst hörte sie monatelang nichts von ihm, dann lebte er plötzlich auf Sizilien, wohnte sogar im selben Ort wie Irma. Auf einmal studierte er; drei Jahre in Rom am berühmten *Istituto Superiore per la Conservazione ed il Restauro* – der Name hatte sich ungefragt in ihr Gedächtnis eingebrannt –, um Restaurator zu werden, war aber dennoch verdächtig oft in Camaro. Woher sie das alles wusste? Irma hatte sie immer über seine Schritte informiert und sie zu bewegen versucht, Max auf Sizilien noch einmal zu treffen, sich mit ihm »auszusprechen«. Wozu? Natürlich wusste Irma, dass sie ablehnen würde, und konnte sich so in Sicherheit wiegen. Sie selbst erzählte nie etwas von einem Freund, Mann, Verlobten. Und hatte Max Irma nicht immer schon bewundert und verehrt, stand er nicht auf ältere Frauen? Beweise genug.

Einen kurzen Moment lang machte Valentinas Gehirn eine Pause, dann flüsterte es: Und wenn das alles nicht stimmt, wenn du nur eifersüchtig auf seine Fähigkeit bist, sich von seinen Eltern zu befreien, um das zu tun, was er tun will? Etwas, was du, nebenbei bemerkt, nie geschafft hast?

Unsinn! Sie schüttelte heftig den Kopf, obwohl niemand sie sehen konnte. Sohn von coolen Hippie-Übereltern zu sein, die sich gegenseitig in aller Offenheit betrogen, verließen, versöhnten, war überhaupt nicht mit dem Tochtersein eines alleinerziehenden sizilianischen Vaters in Deutschland zu vergleichen. Als Tochter kannst du nicht einfach weg. Solltest du es trotzdem wagen, behandeln sie dich so, als ob du sie dadurch töten würdest. Du musst schon einen sehr starken Grund haben zu gehen, dachte Valentina wütend. Und ohne Max? Wohin hätte ich ohne ihn gehen sollen?

Irma hatte sie ein paar Monate nach der Trennung von Max nach Dublin geschickt, damit sie auf andere Gedanken käme. »London hat dir so gefallen, vielleicht hilft dir Dublin, über die Sache hinwegzukommen, und gut für deine Sprache ist es auch!«, war ihr Ratschlag gewesen.

Aber London war Max gewesen, London mit Max war aufregend und cool gewesen. Sie hatten ein wundervolles halbes Jahr dort zusammen verbracht und beide bei seinem Onkel für Kost und Logis in einem kleinen Theater in der Nähe des Piccadilly Circus gearbeitet. Valentina als Köchin und Putzfrau, Max als selbst ernannter Bühnenmaler. Zu keiner Zeit hatte das »Pavillion Theatre« schönere Kulissen gehabt, und so sauber war es nachher bestimmt auch nie wieder, das Putzen hatte Irma ihr gründlich beigebracht. In London waren sie frei, und Valentinas Vater, das Marmorkontor, ihr Zuhause, waren zu einer Adresse geworden, an die man Postkarten schreiben konnte. Mit Irma telefonierte sie oft, sie fragte sie neugierig aus, quietschte vor Begeisterung und rief in ihrem schrägen Deutsch »genieße es dir!« ins Telefon.

Jeden Morgen besuchte Valentina ihren Sprachkurs, keine einzige Stunde ließ sie ausfallen, schließlich war sie in London, um besser Englisch zu lernen, und hatte dafür bezahlt.

»Du bist einfach begabt für Sprachen, auch ohne dieses Cece-Dingsbums-Zertifikat«, sagte Max, während sie hoch oben auf der schmelzenden Teerpappe des Gebäudes saßen, in dessen Keller das Theater untergebracht war, und kalten, teuren Weißwein direkt aus der Flasche tranken. »Außerdem bist du zielstrebig, diszipliniert und deutsch, obwohl du nicht so aussiehst, Titina.« Er hatte sich ihren Kosenamen von zu Hause ausgeliehen, aus seinem Mund klang er besonders zärtlich.»Und du bist begabt im Malen, im Zeichnen, eigentlich in allem, was damit zu tun hat«, gab sie zurück.

»Ich weiß nur nicht, was ich damit machen will.«

»Lass uns einfach hierbleiben«, hatte Valentina gesagt und sich an ihn gelehnt, »wir gehen nicht mehr zurück. Wer uns sehen will, muss nach London kommen!«

Sie war so herrlich betrunken und selbstsicher gewesen damals, sie glaubte wirklich, die Probleme mit ihrem Vater könnten auf diese Weise gelöst werden. Noch heute genügte allein der Geruch von warmer Dachpappe, um Valentina an diesen Julinachmittag in London denken zu lassen.

»Meine Eltern verlangen gar nichts von mir, alles, was ich mir je überlegen könnte, ist nicht verrückt genug für sie. Ich fühle mich also gezwungen, nach Deutschland zurückzugehen und etwas völlig Vernünftiges zu studieren, aus reiner Opposition! *Cheers, my Titinagirl!*« Und dann hatte er sie geküsst.

Dublin zu wählen, um London zu vergessen, entpuppte sich als eine schlechte Idee, die Stadt war unfreundlich zu Valentina, provinziell, schmutzig und nichtssagend. Die Leute selbstzufrieden, schlecht angezogen und so träge wie der schlammige Fluss, der Dublin schon von jeher in zwei Hälften zerschneidet. Nach einem halben Jahr, in dem sie morgens studierte und abends im Elephant and Castle Hunderte Portionen *spicy chicken wings*, die Haus-Spezialität, servierte und sich mit dem irischen Akzent abmühte, gab Valentina auf und floh wieder nach Hause.

Kaum eine Woche später gestand Irma ihr, dass sie zurück nach Sizilien gehen würde. Die Idee, eine Sprachschule aufzumachen, hatte sich in den letzten Jahren in Deutschland in ihr festgesetzt. Nachdem sie leidlich Deutsch sprach, hatte sie über die Volkshochschule einen ganzen Haufen pensionierter Lehrer gefunden, denen sie am Küchentisch Italienisch beibrachte. Die Lehrer hingen an ihr und nahmen den sieben Kilometer langen Anfahrtsweg aus der Stadt spätestens nach der ersten Stunde gerne in Kauf. Die Gruppe wurde immer größer, und ihr Gelächter übertönte manchmal sogar die Marmorsäge aus der Halle.

»Ich möchte wieder zurück, mein Vater und seine große Familie fehlen mir. Es geht ihm gesundheitlich nicht gut, und ich vermisse außerdem die Sonne! Bin schon ganz eingenieselt im Kopf«, fügte sie auf Deutsch hinzu. Nieselwetter, Grünkohl und Habseligkeiten waren Irmas Lieblingswörter.

Nach ein paar erfolgreichen Test-Annoncen in der Zeitung wagte sie den Sprung zurück nach Camaro.

Zunächst war Valentina überrascht, dann erschüttert, dann gekränkt – wie konnte sie ihr das antun? Sie war mit Papa wieder allein, als hätte es die neun Jahre mit Irma nicht gegeben, als hätte man sie wieder in das zwölfjährige, frierende Mädchen vor dem Bett verwandelt, das auf seinen Vater aufpassen und für ihn sorgen musste.

Als ihr ein großer Verlag die Mitarbeit als freie Übersetzerin anbot, nahm sie sofort an und vergrub sich die nächsten Jahre in die Übersetzungen englischer Belletristik.

Der Kaffeegeruch stieg Valentina immer noch verlockend in die Nase, in ihrem Magen knurrte es hohl. Sollte sie zuerst ins Krankenhaus fahren und dann in Onkel Isidoros Wohnung oder besser andersherum? Sie stieß ein unwilliges Stöhnen aus, sie hatte kein Auto und war deswegen auf fremde Menschen angewiesen. Angelina und der Rest der riesigen Familie würden schon ihre Pläne mit ihr haben. Valentina schluckte trocken, irgendwas war doch nicht in Ordnung mit ihr, warum fühlte sie keine Trauer? Zumindest nicht so viel, wie sie fühlen müsste. Natürlich war sie irgendwie traurig über Papas Tod, doch dieser diffuse Zustand dauerte nun schon eine Woche an, ihr Kopf schien einfach nicht zuzulassen, dass sie sich dem Gefühl ganz hingeben konnte. Alles kam ihr wie ein

Traum vor, den sie eine Zeit lang immer wieder träumen musste.

Nur ab und an befielen sie panische Gedanken an die bankrotte Firma, an die Schulden, für die sie vielleicht aufkommen musste, und das fehlende Geld für ihre eigenen Pläne.

Aufwachen, sagte eine Stimme in ihr, das ist doch etwas, was du hier tun kannst! Was ist mit dem sizilianischen Erbe? Was, wenn bei keinem Notar Verfügungen von ihm niedergelegt sind? Weder hier noch in Deutschland? Du musst der Familie nicht sagen, dass es dieses Blatt Papier gegeben hat, außer Eric und dir weiß niemand von dem Vermächtnis aus dem Aktenordner, das dann in Flammen aufgegangen ist. Nicht einmal Herr Mader. Na ja, Martina noch, aber die ist weit weg und zählt nicht. Du darfst es einfach nie erwähnen, vor niemandem. Denn ohne Testament ist der Fall klar: Du bist seine Tochter, also erbst du »alle Güter«, was immer sich auch dahinter verbirgt. Fünfzig Prozent, wenn du mit Irma teilen musst; alles, wenn sie gar nicht seine Tochter ist oder vielleicht adoptiert wurde.

Finde es heraus, und zwar schnell! Und wenn sie, wenn sie wirklich … Valentina verbot sich, den Gedanken weiterzudenken, doch sie konnte ihn nicht aufhalten, und er brachte sich selbst zu Ende: Wenn Irma sterben würde, wäre es noch einfacher. Wenn es stimmte, wenn tatsächlich alle hier wissen sollten, dass sie Schwestern waren, würde sie sogar noch etwas von Irma erben. Hatte Eric das nicht auch schon gesagt? Sie hätte das erste Mal in ihrem Leben Geld, über das sie frei verfügen könnte. Viel Geld.

Du bist widerlich, Valentina, dachte sie, du hast sie doch nicht mehr alle! Aber die Stimme in ihr gab nicht auf: Du wirst mit Eric die Wohnung kaufen. Wirst unabhängig sein, mit ihm in Ruhe leben, der ganze sizilianische Clan kann dir dann egal sein …

»Red nur weiter, ich höre gar nicht hin!«, sagte sie laut, ging in ihr Zimmer hinüber und legte alle Kleidungsstücke aus der Reisetasche auf das Bett. Ein schwarzer Anzug, zwei schwarze Blusen, das dunkelgraue Kleid von LaBoutin, ein rotes Kleid – mein Gott, warum hatte sie das denn eingepackt? – und ein ehemals elegantes, schwarzes Kleid mit Ärmeln bis über die Ellenbogen. Wenn Irma sterben würde … Sie schüttelte den Kopf, hielt das Kleid vor ihren nackten Körper und betrachtete sich im Spiegel. Es war schon immer eine Handbreit zu lang gewesen und hing ihr freudlos um die Schienbeine. Sie hatte es nie ändern lassen und deswegen auch nie getragen, bis es irgendwie aus der Mode war. Zu ihren Gedanken und dem heutigen Anlass passte es perfekt.

9

Es kam, wie sie befürchtet hatte: Man fuhr sie herum, lud sie ab, packte sie wieder ein. Papa war immer noch nicht in dem Haus angekommen, in dem auf jedem Stockwerk mindestens zwei nervige Onkel und zwei geschwätzige Tanten auf sie lauerten, und auch im Krankenhaus gab es keinerlei Neuigkeiten über Irmas Zustand. Sie musste warten.

Seit dem Morgen bedrückte sie zudem noch die Enttäuschung über Irma und Max. War sie wütend, verletzt, sann sie auf Rache? Nein, nicht einmal dazu konnte sie ihre Gedanken bündeln, sie befand sich unter einer Glasglocke und war froh über das schwarze Etwas, das an ihr herunterhing und sie wenigstens so freudlos und apathisch aussehen ließ, wie sie sich fühlte.

Die Stunden vergingen, Valentina aß in der Wohnung irgendeiner Tante, besser, sie lehnte das Fleisch höflich ab und schob die restlichen Speisen unauffällig auf ihrem Teller herum, was dennoch jeder mitbekam. Sie trank zu süßen, zu starken Espresso und saß in einem überdekorierten Salon auf einem zu weichen, zu glatten, zu goldenen Sofa. Dann wurde sie in eine andere Wohnung mitgenommen, wo man einen geplanten Aufbruch wieder einmal um Stunden verschob, da Papas Ankunft sich ein weiteres Mal verzögerte. Die Empörung stieg, kochte hoch, kochte über. Einer der Brüder telefonierte mit den Bestattern, die angeblich Probleme mit dem Wagen hatten.

»*Ma che dici!?*«, brüllte Enrico – oder war es Pietro? – ins Telefon. »Was sagst du da?! Morgen erst? Ein Skandal ist das, eine Sauerei! Wir wechseln die Firma! Mir egal, ob ihr meine Mutter gekannt habt!« Am anderen Ende der Leitung wurde auf ihn eingeredet, Pietro, oder wie immer er auch hieß, beruhigte sich zusehends. »Na gut, na gut. Im Namen der Pietät. Wir verlassen uns da auf euch. Na gut. Na gut.« Er legte auf, ging zu Valentina rüber, berührte mit seiner Hand kurz ihre Schulter. »Sie haben mir versprochen, dass sie die gute Seele keine Minute allein lassen!«

»Danke!«, sagte sie tonlos.

Im Krankenhaus ließen sie sich wieder auf den Stuhlreihen nieder, mit denen Valentina schon am Tag zuvor ungemütliche Bekanntschaft gemacht hatte. Die Besuchszeit hatte noch nicht angefangen; Vitale, ihr Familienname, stand an fünfter Stelle auf der Liste, die an der Tür zu ihrem Ohnmachtskabuff klebte. Es würde dauern. Um sie herum redeten die Verwandten der anderen Patienten aufeinander ein. Ärzte mit lässig umgehängten weißen Kitteln verschwanden hinter den Türen, Leute in hellblauen Hosen und Kitteln und wieder andere in knallgelben Hosen und Kitteln gingen ein und aus. Die Knallgelben hatten am meisten zu tun, wahrscheinlich die Putzkräfte.

Valentina schaute sich um, sie suchte den alten Mann, der angeblich Irmas Vater war und den alles so sehr mitnahm, dass er geschont werden musste. Seltsam, dass er ihr nicht vorgestellt worden war. Oder wollte man etwa nicht, dass sie mit ihm redete? Sie sah Angelina von der Seite an, in ihrem Körper drehten sich die Gewissensbisse polternd wie große Kiesel in einer Waschmaschinentrommel. Was geschah, wenn Irma gar nicht Papas Tochter war und Enzo Vitale ihr dennoch aus irgendwelchen Gründen seinen Besitz vererben wollte? So konnte er das jederzeit in seinem letzten Willen festlegen. Er *hatte* es festgelegt, nur wusste niemand davon. Das brennende Testament knisterte mit gelblichen Flammen vor Valentinas Augen. Na und, dachte sie wütend. Ich hätte das Testament ja auch nicht finden können. Valentina atmete tief ein. Sie sollte jede Gelegenheit nutzen, um etwas über Irmas Familienverhältnisse herauszubekommen.

»Ich weiß kaum etwas von Irma, nur dass ihre Mutter gestorben ist, als sie noch ein Teenager war. Und dass sie ihren Vater oft angerufen und *pappuzzo mio* genannt hat.«

Angelina nickte. Anscheinend bestand bei ihr kein Redebedarf.

»Es ist mir peinlich, aber ich würde ihn nicht mehr erkennen, obwohl ich mir damals als kleines Mädchen oft das Foto angeschaut habe, das bei Irma im Zimmer stand. Welcher von denen ist denn nun ihr Vater?«

Angelina seufzte aus vollem Herzen.

»Der Mann dort drüben, am anderen Ende des Ganges.«

Valentina schaute auf. Sie sah einen alten Mann, der alleine und aufrecht auf einem einzelnen Stuhl an der langen Korridorwand saß. Die Haare waren ihm fast alle ausgefallen, sie lagen nur noch als schmaler, grauer Kranz auf seinem Hinterkopf, er trug ein kariertes Hemd und schwarze Anzughosen, die Hände hatte er im Schoß gefaltet. Er schaute mit müden braunen Augen an die gegenüberliegende Wand und lächelte dabei ganz leicht, als würde er meditieren. War er der *pappuzzo* von dem Foto? Bei einer Gegenüberstellung, in einer Reihe von ähnlich alten, ähnlich ergrauten Männern, hätte sie nur ratlos mit den Achseln zucken können.

»Sollte ich ihn nicht begrüßen?«

»Nein, lieber später. Er ist momentan sehr anfällig, wenn zu viele Dinge auf ihn einströmen. Guck, er wird ja gut versorgt.«

Ein junges Mädchen brachte ihm einen Plastikbecher mit etwas zu trinken darin.

»Das ist Laura, die Tochter von Concetta. Seine Lieblingsnichte.« Aus irgendeinem Grund störte Valentina das Wort. Von wem war sie eigentlich die Lieblingsnichte? Von niemandem. Dafür hatte ihre Mutter Martina gesorgt.

»Er sieht schon ein bisschen älter aus. Wie alt war er denn bei Irmas Geburt?«

»Das … Das ist eine lange Geschichte!«

Natürlich, stöhnte Valentina innerlich, alles ist bei euch eine lange Geschichte, immer dramatisch, immer spektakulär. Ich mag Melodramatik, aber nur in englischen Romanen, die ich gerne mit meinen eigenen Worten übersetze. Im wahren Leben habe ich es lieber klar, normal und durchschnittlich. Dieses übertriebene Getue, diese Gesten, dieses, ach, und es kam ja noch viel schlimmer, immer will man sich hier gegenseitig übertreffen, ich kann es nicht mehr hören! Außerdem bedeutet viel Gefühl auch immer großen Absturz. Nein. Danke.

Der Geruch des Krankenhauses ließ sie flach atmen. Es war inzwischen sechs Uhr abends, die Stunden hatten sich zäh dahingezogen. Das Geschnatter von *za* Agata, *za* Maria, *zu* Rico, *zu* 'Ntoniu, all den Tanten und Onkeln, wie immer sie auch hießen, und die Gegenwart der unzähligen Rosas, die sich unter ihren Cousinen tummelten, hatten sie während des Wartens und Nichtstuns betäubt.

»Erzähl sie mir!«, sagte sie knapp.

»Nun ja«, sagte Angelina gedehnt, »dann muss ich aber ganz von vorne anfangen – denn du weißt ja gar nicht, wer *wer* ist in unserer Familie!«

»Nein!« Es sollte Angelina zum Erzählen ermuntern, doch Valentina hörte selbst, wie genervt sie klang. Sie wollte ihre Cousine nicht beleidigen. »Erklärst du es mir bitte noch mal?«

»Aber sicher, du kannst ja nichts dafür. Deine Mutter hat ja nie gewollt, dass du bei uns bist, sie hatte wohl Angst, dass Onkel Enzo dich für immer in das böse Sizilien verschleppt. Du bist übersensibel, hat sie gesagt, die Martina, die deutsche Martina. Sie war immer so, Verzeihung, rechthaberisch und versuchte alles von dir fernzuhalten. Man durfte dir noch nicht mal etwas erzählen oder lustige Grimassen in deine Richtung schneiden und dir dabei zuzwinkern, du hättest ja schlecht träumen können!« Sie grinste.

»Daran erinnerst du dich noch? Du warst also dabei?«

»Natürlich. Ich war doch schon über zwanzig damals, und du so ein kleines, süßes Dingelchen, das immer die Buchstaben vorgelesen hat, die irgendwo geschrieben standen, und abgeschrieben hast du sie überall, du gingst noch nicht mal in die Schule!«

»Stimmt. Das Lesen habe ich mir selbst beigebracht.« Valentina lachte, ihre Laune war auf einmal wieder besser.

»Ja, und zwar in diesem Sommer bei uns! Dein erstes Wort war *ave*. Und danach kam *Maria*, *Ave Maria*, und dann immer weiter, du konntest schon zwei Tage später fast alles lesen!«

»Ehrlich? Mein erstes Wort war *ave*? Das habe ich ja total vergessen.«

»Deine Mutter fand es schrecklich, was Mamma Ro' dir da zum Buchstabieren gegeben hatte.«

»Mamma Ro'?«

»So nannten wir unsere liebe Oma Rosa, Gott habe sie selig. Du warst eben schon immer ein schlaues Mädchen, und deswegen schreibst du jetzt auch diese schönen Romane, Onkel Enzo war sehr stolz auf dich! Und zu Recht!« Sie schluchzte auf und schaute Valentina mit tränenüberschwemmten Augen direkt ins Gesicht. Aber darauf konnte sie lange warten, Valentina würde nicht weinen.

»Ich schreibe keine Romane, ich übersetze sie nur. Vom Englischen ins Deutsche.«

»Ach ja? *Zu* Enzo hat gesagt, du schreibst Romane.«

Oje, dachte Valentina, soll ich ihr wirklich erklären, warum ich mich lieber in den Text einer anderen Person hineinversetze, anstatt aus dem Chaos in meinem Kopf selbst etwas zu erschaffen?

Sie murmelte ein »ist ja auch nicht wichtig« und schaute auf die geschlossenen Türen, denen sie gegenübersaßen. *Complesso Operatorio* und *U.T.I.R.*, schon gestern hatte sie auf diese Buchstaben gestarrt und nicht gewusst, was damit gemeint war.

»Also, ganz von vorne.« Angelinas Stimme holte sie zurück auf den Flur. »Dein Onkel Giuseppe – manchmal Pinu genannt, aber meistens Pinuzzo – war der erste von elf Geschwistern, die Mamma Ro' auf die Welt brachte.«

Valentina stöhnte unhörbar. Nicht allein, dass sie sich alle Namen der zahlreichen Geschwister merken musste, jeder von ihnen trug auch noch mindestens einen Spitznamen. Wenn Angelina mit Nummer eins anfing und vorhatte, bis Nummer elf weiterzumachen, würde es eine Zeit lang dauern, bis sie damit durch waren. Valentina beugte sich vor, um den alten Mann am anderen Ende des Flures zu beobachten, der Irmas Vater sein sollte. Doch sein Stuhl war leer.

»Der 6. Juni 1935 war ein heißer Tag, so heiß, dass selbst die Eidechsen ohnmächtig von den Mauern kippten. Am Mittag, als die Hitze immer schwüler und drückender wurde und der Scirocco zu wehen begann, wurde mein Onkel Pinu geboren.« Angelina hielt inne. »*Dein* Onkel natürlich auch! Und sie, die Rosa, war erst siebzehn, und es war ihr Erstes!« Angelina tätschelte Valentinas Hand. »Man weiß ja, wie lange das dauert!«

Nein, keine Ahnung. Ein Stich in ihrer Magengegend, gefolgt von einem dumpfen Gefühl. Sie kämpfte es mit eiligem Nicken nieder. Vergiss es, denk nicht mehr dran.

»Damals wurden die Kinder zu Hause geboren, da nahm man, wie es so Sitte war, den großen Tisch, den es ja in jeder Wohnung gab, polsterte ihn mit ein paar alten Decken, einem Laken und legte die Gebärende darauf. Verheiratete Nachbarinnen, die schon geboren hatten, die eigene Mutter oder Schwiegermutter leisteten Beistand, und sei es nur, indem sie abseits saßen und beteten. Als Expertin kam die Hebamme des Dorfes. Bei Rosa waren nur sie und die Schwiegermutter dabei. Der eigenen Mutter war zu verstehen gegeben worden, dass sie in so einem feinen Haus nicht gern gesehen sei! Rosa dachte, sie hält es durch, ja sie dachte, sie könne sich durch die Geburt des ersten Enkelkindchens einen Platz im Herzen ihrer Schwiegermutter erkämpfen. Aber ...!« Angelina wedelte alarmierend mit der Hand neben ihrer Stirn. »Eine Frau aus dem Ort, *la Napolitana* wurde sie genannt, weil ihre Eltern aus Napoli kamen, hatte Rosa ein Tuch gegeben, das sie von einer Pilgerreise nach Catania zur heiligen Anna mitgebracht hatte. Es sollte der jungen Rosa das Gebären erleichtern. Du weißt ja, diese Pilgerreisen, sie beten vor der Statue der Heiligen, küssen ihr die Füße, und dann wischen sie mit einem geweihten Stück Stoff darüber, um etwas von der heiligen Sache mitzunehmen. Rosa hatte es sehr schwer, sie presste und ballte das Tuch während der Wehen in ihrer rechten Hand zusammen. Irgendwann vergaß sie, woher es stammte, sie biss darauf herum, wischte sich damit den Schweiß von der Stirn. Es war, wie gesagt, sehr heiß an diesem Tag, die Kinder des Dorfes blieben in den Häusern, zogen sich bis auf die Unterhosen aus und legten sich auf die kühlen Steinfußböden.

Pasquale, dein Opa, Rosas 19-jähriger Ehemann, war irgendwo in der Gegend von Florenz beim Militär. Er wusste nicht, was für Qualen seine geliebte Rosa gerade ausstand. Die beiden waren zusammen weggelaufen und erst drei Tage später wiederaufgetaucht, da war alles schon geschehen, was nicht hätte geschehen dürfen … Ach, das gab es damals oft.

Lina, die Schwiegermutter, *La Signora* ließ sie sich nennen, war gegen die Ehe ihres Sohnes gewesen. Das war eine, sage ich dir … Die Missgunst in Person, ihr spitzes Gesicht hatte immer den Ausdruck, als ob ihr etwas Übelriechendes unter der Nase klebte, selbst wenn sie mal lachte, was sie aber nur selten tat. Sie stammte aus einer aristokratischen Familie mit langem Stammbaum, den Aiellos, doch ihre Großmutter hatte unter Stand geheiratet und damit ihren Titel verloren. *La Signora* nahm ihr dass zeit ihres Lebens übel. Jedenfalls hatte sie sich vorgenommen, wenigstens reich zu heiraten, wenn schon kein Adliger sie haben wollte. In ihrer Jugend muss sie einmal ganz hübsch gewesen sein. Ihr Mann, Vittorio Vitale, war Kaufmann. Er kaufte zweimal im Jahr um Camaro herum die Zitronenernten auf. Bei den Zitronen hier bei uns gibt es nämlich zwei Ernten im Jahr, die *robba nova*, so nennt man die Zitronen, die zwischen Dezember und März geerntet werden, und die *bastarduna*, die im Sommer, bei größter Hitze, gepflückt werden. Er hat sie sortieren und verpacken lassen und nach Amerika exportiert. Doch er war unvorsichtig gewesen, hatte sich auf die falschen Freunde dort drüben in *l'America* verlassen. Hat in einer Woche das gesamte Vermögen verloren und sich dann mit einer Flinte erschossen. Schreckliche Geschichte, wie sie ihn gefunden hat, aber das würde jetzt zu weit führen …«

Valentina atmete erleichtert auf.

»Nur das Haus war der Signora geblieben, mit ihrer eigenen Aussteuer drin. Alles andere hatte man ihr genommen. Deswegen war sie der Meinung, Pasquale hätte durch eine geschickte Heirat alles wiedergutmachen können, was ihr unfähiger Mann verloren hatte. Und ihr Sohn habe natürlich auch etwas Besseres verdient als das Mädchen, dessen Vater schon so früh gestorben war und dessen Mutter sich und die drei Kinder mit Näharbeiten durchzubringen versuchte. Ja, die Rosa war hübsch, aber eben arm, und nun hatten die beiden heiraten müssen. *La Signora* konnte das der jungen Frau nie verzeihen, sie verlangte aber dennoch, dass die jungen Eheleute bei ihr wohnen sollten. Vermutlich, um die Kontrolle über Pasquale nicht zu verlieren. ›Mein Sohn hat keinen Verstand, denn sie ist nicht von unserer Klasse‹, sagte sie jedem, der es hören wollte. ›Sie hat ihn reingelegt, bauernschlau und hemmungslos, wie diese Leute nun mal sind!‹

Nun ja, dumm war die Rosa bestimmt nicht, aber sie war auch herzensgut, so ehrlich und so sauber. Später, als sie dann endlich in das eigene Haus zogen, gab es keine Ecke, die nicht glänzte. Alles ordentlich, blank und fein, obwohl sie so arm waren. Die Alte hat ihnen zu ihren Lebzeiten keine einzige Lira gegeben, und sie haben nach Pinu ja noch zehn weitere Kinder bekommen. Pasquale wollte es so, er fühlte sich belohnt mit jedem Kind. ›Wenigstens *das* kann ich‹, hat er immer gesagt – wenn du verstehst, was ich meine –, und auch Rosa sang den ganzen

Tag, wenn sie die Töpfe und Pfannen mit einer Mischung aus Asche und Zitronenschalen schrubbte, bis sie glänzten. Das macht man ja heute nicht mehr, heute kauft man teures Putzzeug, aber das Beste, was es gibt, ist Asche und Zitrone, das wusste die Rosa noch …«

Valentina hatte den Hinterkopf gegen die Wand gelehnt. Was hat das alles jetzt mit Irma zu tun?, dachte sie, aber rede, rede nur, es ist beinah gemütlich hier auf dieser Bank im Krankenhaus. Angelinas Stimme entfernte sich manchmal zu einem unverständlichen Gemurmel und wurde dann wieder klarer. Sie schwatzte über Pasquales Leidenschaft für Pferde, über die Seife, die *nonna* Rosa aus irgendeinem Tierfett und Soda herzustellen wusste, und Valentina wurde immer müder. Die Wärme benebelte sie, sie driftete für ein paar Sekunden weg, bis eine weiche Hand ihren Arm rüttelte.

»Was …?«, schreckte sie hoch. »Es ist also heiß, und Pinu wird geboren.« Sie riss gewaltsam die Augen auf, um Angelina nicht noch mehr zu kränken.

»Nein! Beim Kreuze Gottes, ich sage doch gerade, so einfach war das nicht! ›Ruft meine Mutter, ruft meine Mutter‹, hat Rosa *La Signora* angefleht. Sie treibt wie ein winziges Floß in einem riesigen Ozean zwischen Wellen aus Schmerz, die sie emporschleudern, überwältigen und fast ertrinken lassen. ›Ruft meine Mutter!‹ Aber niemand folgt ihrer Bitte, keine vertraute Hand ist da, die sich ihr entgegenreckt, kein liebes Gesicht, das sie begleitet. Als Rosa aus der Ohnmacht erwacht, in die Gott sie gnädigerweise hat fallen lassen, ist da kein Kind!« Angelinas hervorstehende Augen starrten Valentina hinter den Brillengläsern wie zwei riesige, dunkle Glasmurmeln voller Erwartung an.

»Kein Kind?«

»›Es hat nicht geatmet‹, sagt *La Signora* zu Rosa, ›leider. Du bist jung, du bekommst ganz schnell wieder eins.‹ Rosa weint, sie merkt, wie die Hebamme sie mit warmem Wasser wäscht, ganz rot sind der Lappen und das Wasser in der Schüssel. Ist das ihr Blut? Sie tastet an sich herab, aber wo sich vorher der pralle Bauch spannte, kann sie nur noch leeres, weiches Fleisch fühlen. Ihre Brüste jedoch sind immer noch riesig, die Brustwarzen, die im Laufe der Schwangerschaft immer größer und dunkler geworden sind – nicht wahr?, sie verändern sich ja –, sie warten auf das kleine, hungrige Mäulchen des Kindes. Aber wo ist es? ›Ich will es sehen!‹, bittet Rosa ein ums andere Mal. Als sie keine Antwort erhält, fängt sie an zu schreien, dass die Fenster der Küche, wo man sie auf den Tisch gelegt hat – in ihren Salon hätte *La Signora* sie nie gelassen –, erzittern: ›Wo habt ihr es hingetan? Gebt mir mein Kind, gebt mir meinen Sohn!‹«

Valentina schaute Angelina ungläubig an, ein leichtes Kribbeln zeigte ihr, dass die Härchen an ihren Armen sich aufrichteten.

»Und, wo war das Kind? War es überhaupt ein Sohn? Woher wusste sie das denn?«

Angelina nickte erst bedächtig und schüttelte dann verneinend den Kopf.

»Sie weiß es. Das Gefühl einer Mutter für ihr Kind ist sehr mächtig, aber sie haben es ihr nicht gezeigt. Rosa weint immerzu, sie spricht nicht, sie hört die Rufe der Fischer, wenn sie mit ihren Booten in den Hafen einlaufen, die Schreie der fahrenden Verkäufer, wenn sie mit ihren Waren bis unter das große Haus – das letzte Haus von Camaro – kommen, und sie hört sie doch nicht. Es ist ein anderes Leben, an dem sie bis vor wenigen Tagen noch teilgenommen hat und das nun ohne sie stattfindet. Niemals mehr wird sie in dieses Leben zurückkehren können. Immer wieder steigen neue Tränen in ihr hoch, die Traurigkeit liegt auf ihr wie ein dunkler schwerer Sack, den sie nirgendwo ablegen kann. Zwei Tage lang, endlose Stunden, starrt sie an die Wand in ihrer Kammer. *La Signora* kommt nur ab und zu herein, um ihr etwas Essen zu bringen, das Rosa aber kaum anrührt. Die Schwiegermutter sieht, dass Rosa jetzt manchmal unter ihren Tränen lächelt und vor sich hin wispert. ›Wirres Zeug‹, sagt sie und sperrt die Zimmertür hinter sich ab, wenn sie hinausgeht. Rosa bemerkt nicht einmal, dass sie eingeschlossen ist. Die Schwiegermutter schreibt an Pasquale, das Kind sei noch nicht da, die Hitze sei schuld, es lasse auf sich warten. Sie schreibt ihm einen Brief voller Lügen, den hat er aufgehoben. *La Signora* will nicht, dass ihr Sohn seine Frau in diesem Zustand sieht. Das hat er nicht verdient. Eine Verrückte! Auch das noch.

Ist Rosa verrückt geworden?

Sie bemerkt Schatten an den Wänden, sie befindet sich in Trance, sie sieht ihren Sohn, hört ihn leise weinen, sie spricht mit ihm und versucht, ihn zu beruhigen. Am nächsten Tag schießt die Milch ein, man legt ihr die Welpen einer Hündin an die Brüste. Und weißt du, was Rosa tut? Sie weint immer noch, ihre Tränen vermischen sich mit der Milch, die ihr das ganze Nachthemd durchnässt hat, und sie wiegt das Hündchen im Arm, sie streichelt das kleine Tier, als ob es ihr Kind sei. Sie stillt es, singt ihm etwas vor: ›Ich bin ja da, mein Kleiner, du, mein Liebling, *amore della mamma ...fai la ninna nanna*‹.«

Angelina sang wunderschön, irgendetwas in Valentina fing bedenklich an zu vibrieren und zu flattern, schnell sagte sie: »Kleine Hunde?! Ach komm!«

»Aber ja! Der Hund der *Napolitana* hatte gerade geworfen, das erzählt man sich noch heute. Stell dir vor: Zwei von ihnen liegen in einer Kiste, und wenn Rosa ihr Kind leise wimmern hört, fangen ihre Brüste unweigerlich an zu prickeln, und die Milch beginnt zu tropfen. Dann legt sie einen der Kleinen an, sie merkt nicht, dass es Welpen sind, leise summend wiegt sie sich mit ihm vor und zurück, vor und zurück.

Irgendwann, an einem dieser Tage, entdeckt sie unter dem Kissen auch das Geschenk der *Napolitana*, das völlig zerknüllte Tuch der heiligen Anna, das ihr nicht geholfen hat. Gedankenlos steckt sie es sich zwischen Brust und das durchweichte Nachthemd, um die Nässe von sich fernzuhalten, und auf einmal verspürt sie den dringenden Wunsch, aus dem Zimmer zu gehen. Es ist heiß, das Wasser im Krug neben Rosas Bett ist warm und abgestanden. Möchte sie in der Küche etwas trinken? Vielleicht nach einem Zitronenschnitz suchen, an dem sie lutschen kann? Nein, sie will nur gehen, irgendetwas zieht sie hinaus. Ganz erfüllt von diesem einen Gedanken, greift sie nach der Türklinke, die Zimmertür öffnet sich, denn die Signora hat vergessen, sie abzuschließen.«

Angelina packte ihre Hand, unweigerlich drückte Valentina sie, gebannt hörte sie der Erzählung nun zu, wie ein Film liefen die Bilder dabei vor ihren Augen ab.

»Rosa schlurft in ihrem nassen, nach Muttermilch riechenden Nachthemd los, zwischen ihren Beinen steckt eine dicke Binde aus Leinentüchern, alles dort unten ist noch geschwollen und brennt bei jedem Schritt, aber sie merkt es nicht mehr. Sie wandert durch das große, leere Haus und steigt langsam die Treppe empor. Das Heim der *Signora* erscheint Rosa wie ein Palast, von zu Hause kennt sie nur zwei kleine Kammern bei einem alten Ehepaar, die sie mit ihren Schwestern und der Mutter teilt. Das Haus des verstorbenen Vittorio Vitale dagegen hat drei Stockwerke, und in den oberen Etagen stehen zusammengedrängt *La Signoras* mächtige, recht wertvolle Möbel, die Rosa aber nicht berühren darf. Man hatte ihr auch zu verstehen gegeben, dass sie sich dort oben am besten nicht sehen ließ. Doch nun ist sie allein. Rosa geht durch einen Salon, vorbei an einem gewaltigen Buffet, in einen weiteren Raum. Plötzlich hört sie ein Wimmern. Ich komm ja schon, ich komm ja schon, wie bist du denn hier oben hingeraten, mein Kindchen?, denkt sie und beginnt, sich nach der Herkunft des Wimmerns umzuschauen. Mal hört es auf, dann fängt es wieder an. Angestrengt lauscht sie bis in die verborgenen Winkel des sonst so stillen Hauses, Staubkörner tanzen in dem einzigen Sonnenstrahl, der durch einen Schlitz im Fensterladen fällt und das schummerige Dunkel erhellt.«

Angelina zeichnete mit ihrer Hand den Sonnenstrahl in die Luft. Mit angehaltenem Atem folgte Valentina ihren Bewegungen.

»Rosa weiß nicht, wo sie suchen soll. Ihr Kind weint wieder, wo ist es bloß? Vor einem hohen, düsteren Schrank bleibt sie stehen, und plötzlich ist es, als ob der Traumzustand der letzten Tage wie ein Schleier von ihr weicht. Sie kann sich wieder erinnern, ihr Kind soll gestorben sein, hat man ihr das nicht erzählt?

Doch da ist es wieder, das Wimmern. Der zarte, klagende Ton lässt sofort ihre Brüste überquellen, die Milch läuft, auch das Tuch ist durchnässt. Rosa öffnet die Tür des Schranks und starrt auf einen Berg Wäsche, akkurat aufeinandergestapelte Laken, die nach Mottenkugeln riechen. Sie schaut hoch, der Schrank reicht bis unter die Decke. Kein Laut mehr. Was tut sie überhaupt hier? Unten hört sie die Haustür zuschlagen, Schritte auf dem Steinboden, jetzt werden sie gleich die offene Zimmertür bemerken und nach ihr rufen. Es wimmert wieder, es scheint von dort oben zu kommen, unerreichbar zwischen geflochtenen Körben, Kassetten und Kartons. Aber sie muss einfach nachschauen. Mühsam zieht Rosa einen Stuhl heran. In ihren Armen ist keine Kraft, ihre Beine sind weich wie gekochte Mangoldstängel, jede Bewegung tut ihr weh, als sie mit zitternden Knien endlich auf dem Stuhl steht. Sie reckt sich und tastet mit den Fingern nach dem flachen Karton, aus dem es jetzt nur noch ganz leise greint, ein kleines Atmen, ein kleines Seufzen. Die Schritte sind auf der Treppe, kommen näher, man ruft ihren Namen. Rosa stellt sich auf die Zehenspitzen, sie merkt, wie sauer riechender

Schweiß an ihrer Achsel herunterläuft, sie muss diesen Karton haben!

Als sie ihn endlich in den Händen über ihrem Kopf balanciert, schluchzt sie. Etwas Lebendes bewegt sich darin, das spürt sie, ohne hineingeschaut zu haben. Sie lässt sich vorsichtig auf das Polster des Stuhls sinken und hebt das leichte Gazetuch an, das über das Bündel gebreitet ist. Ein ebenmäßiges, glattes Gesichtchen kommt zum Vorschein, eine hohe Stirn und zwei wunderschöne hellbraune Augen, die sie ruhig und offen anschauen. Rosa nimmt ihr Kind aus dem Karton, drückt es an ihre Brust und lässt es ihr Leben lang nicht mehr los!«

Puuh, Valentina atmete auf, ihr war ganz flau geworden bei Angelinas Worten, ein Gänsehautschauer jagte über ihren Rücken, und etwas Nasses sammelte sich in ihren Augen.

»Mein Gott, warum haben sie das getan? Was hat die grässliche *Signora* denn vorgehabt mit dem Kind!? War es tatsächlich ein Junge?«

»Es war ein Junge, es war ein hübscher, kleiner Junge, den *La Signora* zum Sterben in einen Schuhkarton gesteckt hatte, denn …«

Valentina zog die Augenbrauen zusammen und beugte sich zu Angelina vor: »… denn? Was?«

»Denn er hatte keine …« Wieder eine Pause. »… Beine!«

»O mein Gott.«

»Unter seinem Rumpf wuchsen nur zwei sehr verkürzte Oberschenkel, daran saß ein Paar Füße, abgeknickt und verformt, vorne platt, wie kleine Schweinepfoten. Sein Torso und die Arme waren in Ordnung, so wie auch die rechte Hand, doch die linke hatte keine ausgeprägten Finger, es war eher eine zusammengepresste Zange, wie bei einem Hummer. Die Schwiegermutter konnte es nicht ertragen. Ihr Sohn, immerhin Spross einer ehemals adeligen Familie, durfte keinen missgebildeten Erstgeborenen bekommen. Sie wollte das Kind in dem Schrank sterben lassen. Nur Rosas Liebe, die sie ihm aus ihrem Zimmer geschickt hatte, und der heiligen Anna war es zu verdanken, dass er ohne Nahrung, ohne etwas zu trinken, ohne viel Luft, ganz alleine dort oben im Schrank überlebt hatte.«

»Und was machte Rosa dann …?«

»Rosa wusch sich mit dem Kind im Arm die Brüste mit Essigwasser – das erzählte sie uns Enkelinnen später immer wieder –, schließlich hatten die Hunde daran gesaugt. Dann legte sie den Kleinen an. Sie hielt ihn ganz fest und gab ihn nicht mehr her …«

Valentina liebte ihre Oma plötzlich, die winzige alte Frau, deren Händen sie früher ausgewichen war, die von ihrer Mutter wie alles andere Sizilianische auch immer als »furchtbar« bezeichnet wurde, hatte für ihr Kind gekämpft und es geliebt, egal wie es aussah. Sie schluckte hart an einem Kloß, der ihr den Hals eng machte. Ein Kind zu verlieren war das Schlimmste, was einer Frau passieren konnte.

»Jaja«, sagte Angelina, »sie gab ihn nicht mehr her, bis sie ihn eines Tages doch mal kurz aus den Augen ließ …«

»O bitte, Angelina! Erzähl mir jetzt nicht, dass die schreckliche Schwiegermutter ihn doch noch erwischt hat!«

»Nein, nein … Das erzähle ich dir später, ich wollte dich nur ein wenig ablenken, schau mal, da kommt auch schon *la dottoressa* Buongiorno, die Irma betreut. Sie wird uns gute Nachrichten bringen, das spüre ich. Bestimmt dürfen wir gleich zu ihr rein!«

10

Aber die Nachrichten waren alles andere als gut. Daran änderte sich auch am nächsten Morgen nichts. *Dottoressa* Buongiorno erklärte ihnen, dass Irmas Körper an einer Beatmungsmaschine hing, sie wurde über einen Tropf ernährt und in einem künstlichen Schlaf gehalten. Alle schwer belasteten und nicht ausreichend funktionierenden Organe wurden auf diese Weise entlastet und konnten besser kontrolliert werden. Mit Medikamenten versuchte man die Infektion zu bekämpfen, aber ihre Blutwerte waren immer noch sehr schlecht. Weil Valentina einfach nicht glauben wollte, was sie hörte, versuchte sie mit aller Macht aus dem Gesicht der Ärztin so etwas wie Zuversicht herauszulesen. Da musste etwas Positives sein, was sie ihnen nicht sagte, es würde alles gut werden. Doch die warmen Augen der *dottoressa* Buongiorno, die sonst, den Falten nach zu urteilen, gerne lachten, schauten ernst. Und sehr ehrlich. Zu ehrlich für Valentinas Geschmack.

»Wir haben sie jetzt zusätzlich an ein Dialysegerät angeschlossen, um das eingetretene Nierenversagen zu behandeln. In einer Stunde ist Visite, dann haben wir neue Laborwerte, wenn Sie so lange warten wollen …«, sagte sie.

Natürlich, Angelina nickte mit den anderen im Takt und ließ sich schwer auf den Sitz zurückfallen, von dem sie sich gerade erst erhoben hatte. Valentina lief vor der Bank auf und ab, sie wollte die Glastür aufreißen, hinter der die Ärztin verschwunden war, sie wollte an Irmas Bett laufen, irgendjemanden verantwortlich machen für ihren Zustand. Sie wollte jemanden anschreien, anflehen, beten, es sich ganz fest wünschen. Doch das war alles Blödsinn. Irma würde nicht plötzlich gesund und munter aufwachen, nur weil sie sich das wünschte, nie passierte irgendetwas, nur weil sie es sich wünschte. Sie würde nicht erfahren, wessen Tochter Irma wirklich war und welche Rolle ihr Vater Enzo bei der ganzen Sache spielte.

Aber sie musste das Geld für die Wohnung zusammenbekommen, und das war leider nur möglich, wenn sie weiter log.

Was kann man denn noch tun?, tippte sie in ihrer SMS an Eric.

Du kannst nichts tun. Vertrau mal uns Ärzten! Die Intensivmedizin und die Maschinen helfen ihrem Körper jetzt, schrieb er zurück. Das Wetter in Bremen sei schlecht, das Hotel aber in Ordnung.

Na großartig, danke für die Information, dachte Valentina und löschte aus Versehen alle Nachrichten von ihm. Auch die ganz alten, allerersten, vom vorletzten September. Verdammter Mist! Vor Wut hätte sie am liebsten irgendwo dagegengetreten.

Niedergeschlagen ließ sie sich neben Angelina nieder und beugte sich vor: Da saß er wieder, aufrecht wie vorhin, mit seinem feinen Lächeln, nicht von dieser Welt. Der, der angeblich Irmas Vater war.

»Kann ich ihm jetzt Guten Tag sagen?« Irgendetwas an diesem alten Mann zog sie an, sie wollte ihm die Hand geben, ihm in die Augen schauen, etwas von diesem versonnenen Lächeln abbekommen.

»Heute nicht, Schätzchen, besser morgen!« Angelina nahm ihre Hand.

»Erzähl doch weiter!«, bat Valentina. Sie musste sich ablenken, sonst würde sie gleich durchdrehen. Ihre Cousine patschte ihr beruhigend aufs Knie und setzte ihre Geschichte fort.

»Pinu wächst, er beginnt zu lächeln, er rudert mit den Armen und strampelt kraftvoll mit seinen grotesken Füßchen. Rosa herzt und küsst ihn den ganzen Tag. Für *sie* ist er das schönste Kind der Welt. *La Signora* aber macht aus ihrer Feindseligkeit wie auch schon zuvor kein Geheimnis.

›In unserer Familie gab es so was bisher noch nicht, unser Fleisch war immer gesund. Ich habe es Pasquale vorher gesagt, aber mein Sohn wollte ja nicht hören. Hätte er nicht dieses Mädchen genommen, hätte ich jetzt einen gesunden Enkelsohn ...‹ Und so weiter und so weiter, sie hört nicht auf zu lamentieren. Rosa verschließt ihre Ohren, so gut es geht, vor den Anfeindungen der Schwiegermutter. Pasquale ist inzwischen vom Militär zurück, zu dritt leben sie jetzt in den kellerartigen Räumen unten im Haus der Schwiegermutter, in dem jahrelang die Ersatzteile für die moderne Zitronensortiermaschine gelagert worden sind, die die Geschäftsfreunde aus Amerika geschickt haben. Ersatzteile für eine Maschine, die nicht komplett geliefert worden war und die deswegen nie in Betrieb genommen wurde. Die Zitronen wurden von den Frauen und Kindern weiter mit der Hand sortiert und in Seidenpapier eingewickelt, bis Pasquales Vater Vittorio sich erschoss und sie niemand mehr bezahlte.

Rosa sitzt mit ihrem Pinuzzo in der Abgeschiedenheit eines der großen, dunklen Räume und stillt ihn. Wenn sie Wäsche waschen, kochen oder putzen muss, wickelt sie ihr Kind fest in ein kleines Leinentuch und legt es in einen rechteckigen, mit Handtüchern ausgepolsterten Korb, den sie dicht neben sich stellt.

Es ist Oktober, Mussolini hat Abessinien den Krieg erklärt, die Leute laufen durch die Straßen von Camaro und brüllen begeistert: ›*Guerra!*‹ Der Direktor des Krankenhauses, Gaetano Nicolosi, wird in seinem Haus von zwei Männern mit einer Gewehrsalve umgebracht. Rosa bekümmert sein Tod. Damals, als sie noch mit ihrer Mutter und den Schwestern zusammenlebte, hat Nicolosi in ihrer Nachbarschaft gewohnt und immer höflich gegrüßt. Doch sie versucht, nicht darüber nachzudenken, nicht auf das Gerede der Leute zu hören, nicht mit der *Signora* zu streiten. Eine stillende Frau darf sich keine Sorgen machen und sich nicht erschrecken, sie muss gut essen, gut schlafen, sonst versiegt die Milch.

Pasquale zermartert sich den Kopf, wie er jemals den Lebensunterhalt für seine junge Frau und sein Kind verdienen kann, wenn seine Mutter ihre Drohung wahrmachen sollte, ihm kein Geld mehr zu geben. Er hat in der

Schule Griechisch und Latein gelernt, ist aber immer der Schlechteste gewesen, nur dank des Namens seines Vaters hat er den Abschluss geschafft. Zum Studieren fehlt ihm der Mut – und vielleicht auch die Begabung. Das Einzige, was er mag, sind Pferde. In der Nacht, wenn Rosa und er beieinanderliegen, hört er die Stimme seiner Mutter in seinem Kopf. ›Solange diese Kreatur lebt, wirst du von mir keine Lira zu sehen bekommen, nur über meine Leiche. Willst du das?‹

Er weiß nicht, was er ihr antworten soll, er mag seinen kleinen Jungen, er liebt Rosa, und er liebt es, mit ihr zu schlafen, denn sie sagt nie Nein. Im Gegenteil, sie lässt ihn andauernd tun, was er tun will, etwas, was Frauen, die gerade geboren haben, ihren Männern normalerweise nicht gestatten. Das hat er zumindest beim Kartenspielen von den anderen auf dem Platz gehört.

Danach, wenn er zufrieden neben ihr liegt, flüstert Pasquale Rosa seine Pläne ins Ohr. Bald werden sie reich sein, mehrere Pferde haben, auch Kühe, wenn sie wollen, und er wird ihr die Schuhe aus weichem, braunem Leder kaufen, die sie im Schaufenster eines Schuhgeschäfts in Torre Santa Lucia gesehen hat.«

Angelina schnalzte ein paarmal mit der Zunge. Valentina schüttelte den Kopf. »Hatte er denn vor, seine Mutter umzubringen, oder wie wollte er zu Geld kommen?«

»Das wusste er wohl selbst nicht so genau. Hätte er zu der Zeit allerdings geahnt, wie lange seine Mutter lebt, wäre er vielleicht auf solche Gedanken gekommen … Dein Großvater war in seiner Jugend ein netter Mann, nett, aber nicht sehr entscheidungsfreudig. Die Entscheidungen hat immer Mamma Ro' getroffen.«

Angelina starrte einen Moment lang versunken auf die wie immer geschlossene Fahrstuhltür und erzählte dann weiter: »Eines Tages geht Rosa wie jeden Abend die steile Straße hinab, die die Häuser des Ortes vom herrschaftlichen Haus der Vitales trennt. Sie geht zur *Napolitana*, die eine Kuh hat, um ein wenig Milch für sich zu holen. Sie möchte oben in der Küche nicht bei ihrer Schwiegermutter darum bitten. Denn *La Signora* ist geizig, sie hat kein Einkommen mehr, nach und nach verkauft sie unter großem Jammern und Klagen ihre wertvollen Möbel. Sonst nimmt Rosa Pinu immer mit, doch an diesem Tag ist sie erschöpft, sie zittert vor Müdigkeit und hat Angst, mit dem Kind auf dem Arm zu fallen. Sie bringt den Korb mit dem Jungen in den Salon im ersten Stock – ein heller Raum, der auf eine große Terrasse geht –, übergibt Pasquale, der dort untätig herumsitzt, seinen Sohn und sagt: ›Pass gut auf ihn auf!‹

Als sie nach einer halben Stunde wieder das Haus betritt, hört sie das Kind laut schreien. ›Was ist geschehen, was ist mit ihm?‹, fragt sie Pasquale aufgeregt und beugt sich über das Körbchen, in dem ihr Sohn liegt. Er weint doch sonst nie! ›Nichts‹, antwortet der, ›meine Mutter hat ihn gewickelt, jetzt ist er wieder trocken, vielleicht hat er Hunger.‹ Sofort nimmt Rosa den Kleinen an sich. *La Signora* wickelt ihren Enkel nie, sie fasst ihn ja noch nicht mal an, sie mag die kurzen Beinstümpfchen und verkrüppelten Füßchen nicht sehen, Schweinsfüßchen nennt sie sie. Es ekelt sie an, das hat sie neulich laut oben in der Küche verkündet, so laut, dass Rosa es hören konnte.

Rosa schlägt die Tücher beiseite und unterdrückt gerade noch einen Aufschrei: Die *spinguluni*, das ist eine Nadelspange, mit der damals die losen Windeltücher zusammengehalten wurden, steckt mit dem spitzen Ende tief im Bauch des Kleinen! Mit ihrer freien Hand schlägt Rosa ein paarmal heftig auf Pasquale ein. ›Deine Mutter will ihn umbringen‹, schreit sie los, ›keinen einzigen Tag länger bleibe ich unter einem Dach mit ihr!‹ Mit einem Stoßgebet zwischen den zusammenpressten Zähnen zieht sie die Nadel heraus und rennt mit dem Kind, so schnell es die abschüssige Straße zulässt, hinüber zur Nachbarin. Sie legen ihm Umschläge aus Leinsamen auf die Wunde, und Rosa hält ihn die ganze Nacht im Arm. Doch wie befürchtet kommt am frühen Morgen das Fieber, rasch steigt es an, Pinu glüht, die *Napolitana* zieht das Kind unter Mühen nackt aus, denn Rosa will es nicht loslassen. Sie beten gemeinsam zu allen Heiligen, die ihnen einfallen, aber der kleine Körper wird nur noch heißer und fällt in Rosas Armen mehr und mehr in sich zusammen. Sie läuft mit ihm in die Chiesa Santa Maria della Pietà in der Via Umberto; dort, im schummrigen Morgenlicht der Kirchenfenster, legt sie ihn behutsam zu Füßen der Madonnenstatue nieder und betet laut: ›Heilige Mutter Gottes, du weißt, wie es ist, ein Kind zu verlieren, nimm meinen Sohn, wenn es sein soll, aber schau ihn dir vorher noch einmal an. Meinen Sohn. Er ist einzigartig. Denkst du, es ist für ihn an der Zeit, von dieser Welt zu gehen? Wenn meine Liebe es nicht verhindern kann, dann soll es so sein.‹

Sie starrt nach oben, bereit für Marias Antwort. Sie schaut ihr in die Augen, ein wortloses Kräftemessen unter Müttern. Rosa weiß, wenn Maria ihr die Antwort verwehrt, wird sie an nichts mehr glauben können, sie wird in einen tiefen, bodenlosen Abgrund fallen, nur noch fallen, ihr Leben lang. ›Denkst du wirklich, es ist seine Zeit, von dieser Welt zu gehen?‹, wiederholt sie, ohne den Blick von Marias gütigen, aus dem Holz fein herausgearbeiteten Augen abzuwenden, und zieht das Tuch aus ihrem Ausschnitt, das ihr mittlerweile wie ein großes Taschentuch zum Schweiß- und Milchabwischen dient. Mehrmals schon hat sie es ausgewaschen, doch nun entdeckt sie einen Blutfleck auf dem weißen Gewebe. Der Fleck hat die Form einer *madonnina*, einer kleinen Madonna, die ihre Arme seitlich ausstreckt! Rosa schaut prüfend auf ihre Brüste, doch da ist nichts, keine Verletzung, kein Blut, und sie ist sich auch so gewiss: Die heilige Anna hat sie mithilfe des Tuchs zum Schrank geschickt und ihr jetzt abermals ein Zeichen gesandt. Auch Maria lächelt einen Hauch mehr, als sie es zuvor getan hat, und Rosa hört ganz deutlich ihre flüsternde Stimme: ›Vertraust du uns denn nicht? Wie können wir dir dieses besondere, von Gott gewollte Kind nehmen? Geh nach Hause, er wird gesund werden, und ihm wird nichts mehr geschehen.‹

›Danke, danke, heilige Muttergottes! Die Tochter, die ich unter meinem Herzen trage, wird deinen Namen bekommen‹, sagt Rosa, nimmt Pinu vom Boden auf, bekreuzigt sich mit Weihwasser und verlässt voll Zuversicht die Kirche.«

Valentina musste an sich halten, um nicht skeptisch zu schnauben. Meine Güte, eine direkte Standleitung zur heiligen Muttergottes! Was die Sizilianer so alles fertigbrachten ... Aber sie sah es Angelina nach, denn sie erzählte wirklich wunderbar.

»Zu Hause weckt sie Pasquale. ›Wir müssen weg, deine Mutter wird nicht eher Ruhe geben, bis sie unseren Sohn getötet hat‹, flüstert sie ihm zu. Pasquale nickt und schaut mit einer scheuen Kopfbewegung nach dem Kind. ›Er wird leben, das Fieber wird vergehen‹, sagt Rosa mit fester Stimme. Bleich, mit Ausnahme der roten Fieberbäckchen in seinem Gesicht, liegt der Kleine, der fehlenden Beine wegen kurz wie ein Laib Brot, immer noch totengleich in ihren Armen. Pasquale wagt nicht, seiner Frau zu widersprechen. ›Ich brauche keine neuen Schuhe, keine Pferde, keinen Reichtum, aber geh jetzt und komm nicht wieder, bis du eine neue Unterkunft für uns gefunden hast, denn hier bleiben wir nicht!‹ Mit diesen Worten schickt sie ihn los.

Noch am Abend desselben Tages kommt Pasquale mit einem Karren, vor den ein Maultier gespannt ist, zurück. Vor den ausdruckslosen Augen seiner schweigenden Mutter lädt er Rosas Aussteuertruhe, die Bettstatt, ein wenig Hausrat und Rosa selbst mit dem Kind darauf und führt das Tier die steile Straße hinab.« Angelina machte eine Pause. »Hinab in die Armut!«

»Sie hat ihm wirklich kein Geld mehr gegeben? Obwohl er ihr einziger Sohn war?«

»Bis an ihr Lebensende nicht!«

Valentina stieß hörbar die Luft aus. »Dann war das aber verdammt mutig von ihm.«

»Ja, man kann vielleicht sagen, dass er etwas zögerlich war. Außerdem hat er immer gerne Karten gespielt und später auch getrunken, aber er ließ sich nicht erpressen! Pasquale führt das Maultier also bis in den Ort hinein und dann wieder ein paar Straßen bergan zu dem neuen Quartier. Auch dieses Haus steht direkt an dem Felsen, der die Stadt dominiert, aber es wird nicht von dem massiven Stein hofiert, sondern sieht eher aus, als würde es gleich von ihm gefressen. Es steht dicht an einem Überhang aus Stein, der sich an dieser Stelle vor Millionen Jahren gebildet hat. Ganz nah an die Felswände heran hat man vier Kammern nach hinten unter den Vorsprung gebaut, ohne Fenster, feucht und klamm. Doch ein Oleanderbusch mit weißen Blüten steht auf dem kleinen, etwas erhöhten Platz davor und verströmt seinen süßen Duft. Und auch im Hof wächst Oleander, rot, rosa und weiß, also öffnet Rosa die Tür ganz weit und lässt die letzten Strahlen der Abendsonne herein. Die Nachricht über ihre Ankunft hat sich herumgesprochen, und plötzlich stehen Rosas Mutter und die beiden Schwestern vor dem Haus. Rosa umarmt sie, sie lachen und weinen und machen sich gemeinsam daran, die Sachen von dem Karren abzuladen.

Schon bald sinkt Pinus Fieber, und der entzündete, feuerrote Ring um den Einstich schwillt ab. Rosa aber hält ihr Versprechen: Ihr zweites Kind benennt sie nicht, wie es der Brauch verlangen würde, nach der *Signora*, die auf den Namen Lina getauft ist, sondern wie es ihr das Gelübde auferlegt: Maria.« Angelina beugte sich zu Valentina: »Deine Tante!«

11

Valentina schaute durch die Tür zum Sarg, der in der Mitte des Nebenzimmers stand, dann warf sie einen Blick in die Runde. Welche von den unförmigen Damen in den schwarzen Kostümen war wohl Maria? Sie zwang sich zu einer angemessenen, nicht allzu interessierten Miene und musterte verstohlen die Gesichter. Papas Schwestern waren alle dick. Ihre Brüste ausladend, ebenso ihre Kehrseiten. Wie bewegliche Tonnen kreiselten sie durch den Raum, ächzten, wenn etwas vom Boden aufgehoben werden musste, wie zum Beispiel in diesem Moment eine Serviette, die von einem Schoß geglitten war. Sie trudelten mit vollen Tellern herein und mit leeren wieder hinaus. Um Valentina herum wurde mit gutem Appetit gegessen und geredet, das Surren der Kühlung unter Papas Sarg von nebenan war nicht zu hören.

»Etwas *brodo*?« Eine der zahllosen Cousinen hielt ihr einen Teller Brühe hin, kleine Nüdelchen schwammen darin und Stücke von totem Huhn.

»Nein danke. Wirklich nicht.«

»Aber du musst deine Kräfte stärken!«

Valentina nahm den Teller und bemühte sich um ein kleines Lächeln. Sie wollte ihre Kräfte nicht stärken, weder mit Hühnerbrühe noch mit Schwertfisch-Spießchen, *pasta al forno* oder einem Glas Wein. Von Alkohol würde sie heulen müssen, und dann … dann würde sie nicht mehr aufhören, nie mehr. Sie nahm den Löffel, tauchte ihn in die klare Brühe und starrte auf den Boden. Sie wusste, dass die Menschen um sie herum sie heimlich beobachteten. Sie war erschöpft, am Abend zuvor war sie, ohne etwas zu essen, in ihr Bett gefallen und sofort eingeschlafen. Am Morgen hatte man sie schon früh abgeholt, zur Trauerfeier. Und da saß sie nun. Seit Stunden. Sie aß ein paar Löffel. Die heiße Flüssigkeit schmeckte köstlich, sie wärmte ihren Magen und füllte die Leere in ihr. Sie aß den ganzen Teller leer. Was erwartete man jetzt von ihr? Sollte sie sich über den Sarg legen, wie irre schreien oder verzweifelt klagen? Papas Gesicht hinter dem Guckfenster schien so weit weg, zaghaft ließ sie ihren Blick zum Sarg hinüberwandern. Ein seltsamer Schmerz zog durch ihren Brustkorb. Sie vermisste ihn, sie wollte sein Gesicht noch mal sehen, ja sie war sogar bereit, es noch einmal zu streicheln, es noch ein letztes Mal zu berühren. Valentina stand auf, stellte den Teller weg und ging zu ihm. Aber sie hatte die Glasplatte vergessen, sie kam nicht an ihn heran. Zögernd schaute sie durch das kleine Fenster. Er sieht viel besser aus als das letzte Mal in seinem Schlafzimmer, so rosig, richtig gesund, dachte sie erleichtert und verstand auf einmal überhaupt nicht mehr, warum sie hier war. Was machte er da, warum lag er überhaupt dort unten?

Plötzlich kam Bewegung in die Menschen im Zimmer. Sie wurde umringt, Hände legten sich auf ihre Unterarme, ihre Schultern. Der Abschied, der Abschied, wir müssen ihn gehen lassen, wisperte es um Valentina. Gehen lassen? Wohin? Das war doch alles nicht echt, Papa lag gar nicht wirklich hier, er stand zu Hause im Marmorkontor, rief lachend ins Telefon: ›Kriege Sie von mir eine schöne *riduzione*!‹ Er eilte über den Hof, verschwand in der Halle, wo die Säge unaufhörlich kreischte, und setzte sich dort seine Ohrenschützer auf. Er explodierte, wenn seine Ohrenschützer nicht an ihrem gewohnten Platz hingen.

Das war Papa, nicht dieses Gesicht da unten, von dem sie jetzt weggezogen wurde. Eine weibliche Person umarmte sie. Dann noch eine. Wieder ein anderes Parfüm, noch eine andere Frau. Sie wurde aus dem Zimmer geführt, nun stand sie mitten unter vielen anderen Leuten im Flur. Valentina hörte dem Gemurmel zu und hörte doch nichts, jemand zog ihr ihren schwarzen Mantel an, sie wurde mit der Menge auf die Straße geschwemmt.

Das Nächste, was sie registrierte, war, dass Angelina sie unterhakte und sie neben ihr hinter dem Leichenwagen herging, der langsam vor ihnen dahinschlich. Die Blumen auf dem Sarg leuchteten gelb, violett und weiß, sie bewegten sich leicht, als winkten sie würdevoll. Das war doch alles nicht wahr – wie lange sollte sie das hier noch mitmachen? Aber es schien doch wahr zu sein: Sie konnte die Auspuffgase riechen, die Sonne stach in ihre Augen, weil sie ihre Sonnenbrille vergessen hatte, und die Leute am Straßenrand, blieben stehen und bekreuzigten sich.

Nach der Kirche wurde sie in ein Auto gesetzt und zum Friedhof gefahren. Als der Sarg auf seinen Platz an der Wand gehoben wurde, atmete Valentina erleichtert auf. Da oben stand er sicher, wie auf einem Regal, die Marmorplatte käme später davor. Sie sog den Geruch des Weihrauchs tief in ihre Lungen. In ihr war alles tot, ihr Herz ein einsamer Raum, sie glaubte an nichts. Plötzlich zog ein Gedanke durch ihren Kopf, den ihr ganzer Körper bis hinunter in die Zehenspitzen verstand. Ein Moment, einzigartig in seiner Schrecklichkeit: Ich habe keinen Vater mehr. Da oben auf dem Bord steht das, was von ihm übrig ist. Sterbliche Hülle. Menschliche Überreste. Wo war er? Seine Seele? Ein trockener Schluchzer löste sich in ihr.

Angelina, die schon seit dem Betreten des Friedhofs Valentinas Hand hielt, drückte sie kurz und ließ sie dann los. Das Gefühl der Leere war furchtbar. Gib die Hand wieder her, hätte Valentina am liebsten gerufen, da reichte Angelina ihr schon zwei Blumengestecke, zwei kleine Kissen aus Rosen.

»Eins von Irma«, wisperte sie. Valentina beugte sich hinab und umarmte ihre Cousine, so gut es mit den Blumen in den Händen ging. Sie war so warm und weich – ein gemütliches, nach Seife riechendes Polster, in das man sich gerne hineinfallen ließ. Angelina schluchzte an ihrer Schulter. Valentina schaute auf, mit einem Mal nahm sie die anderen Menschen um sich herum wieder wahr.

Viele trugen große Sonnenbrillen, manche der alten Frauen sogar schwarze Schleier, und es war ganz ruhig, bis auf das Geschuffel der Füße von denen, die sich mit uns in dem kleinen Mausoleum drängten, beschrieb sie die Szene in Gedanken, als würde sie Eric davon berichten.

Und dann trat Don Corleone auf, oder wie?, würde er fragen und dabei die Stimme von Marlon Brando nachmachen, um sie aufzuheitern. Sie war dankbar, alleine, ohne Eric, hier zu sein. Eric, der jetzt in Bremen vor einem Kongresspublikum einen Vortrag über das Kniegelenk hielt und deswegen nicht hatte mitkommen können.

Aber noch jemand ist nicht gekommen, schoss es Valentina durch den Kopf, während sie sich reckte, um die Blumenkissen auf das Sims zu legen.

Habe ich wirklich darauf gewartet, dass er auftaucht? Er wäre garantiert hier, wenn Irma es ihm noch hätte sagen können. Auch wenn er wüsste, dass Irma nicht da ist? Oder dennoch, obwohl er wüsste, dass *ich* da bin? Ach Max, seufzte sie unhörbar, und das erste Mal seit Jahren ließ sie dieses ›ach Max‹ einfach in ihren Gedanken zu.

Irgendwann setzten sich alle wie auf ein geheimes Kommando hin gemeinsam wieder in Bewegung. Schritte zurück über die Friedhofswege, dann das Klappen von Autotüren. Sie fuhren davon, ließen die Toten allein.

In der Wohnung einer Schwester ihres Vaters gab es etwas zu essen, Valentina kaute und schluckte, wusste aber nachher nicht mehr, was genau sie da zu sich genommen hatte. Es wurde geredet, mit Geschirr geklappert, Augen wurden betupft, und schließlich machte man sich auf den Weg ins Krankenhaus.

12

Keine Veränderung. Der gleiche Geruch, das Bild von einer sizilianischen Landschaft mit griechischem Tempel an der Wand im Treppenhaus, die Rauchen-verboten-Schilder, der kaputte Aufzug und Angelina, die sich nach dem Erklimmen der Treppenstufen kurzatmig auf den letzten Stuhl in der langen Reihe fallen ließ. Sie waren noch nicht dran. Angelina lächelte Valentina an und versuchte, ihre unruhig suchenden Augen mit ihrem Blick zu bannen.

»Wie geht es dir jetzt?«, fragte sie.

»Ganz gut, danke. Ich bin nur etwas durcheinander.«

»Soll ich weitererzählen?«

»O ja, bitte!«

»Wo waren wir denn stehen geblieben? Ach, ich weiß, Maria, nicht wahr? Maria wird geboren, und nun kommt alle ein bis zwei Jahre ein Kind; auf jeden Jungen folgt ein Mädchen: zehn Kinder, alle komplett mit Armen, Beinen und Füßen ausgestattet, eines so gesund wie das andere. Nach Maria kommt Antonio, genannt 'Ntoniu, dann endlich, wie es die Tradition bestimmt, Lina, meine Mutter, dann Enrico, dann Isidoro – hier ist die Abfolge

Junge/Mädchen kurz außer Kraft gesetzt, um dann wieder fortgesetzt zu werden. Domenica, also Mimma, wird 1945 geboren, Vincenzo, genannt Enzo, dein Vater, ein Jahr später, Agata, dann Pietro, genannt Tuzzu, und als Nesthäkchen, 1950, unsere Concetta, manchmal liebevoll Cuncittedda gerufen. Elf Kinder in fünfzehn Jahren!« Angelina nickte mit dem Kopf, sodass die Falten an ihrem fleischigen Hals in Bewegung kamen.

»Und welcher von ihnen ist nun Irmas Vater?«

Angelina lächelte verhalten. »Ach, mein Mädchen, noch keiner!«

»Er war heute nicht da, oder?«

»Wo?«

»Na, auf der Beerdigung, Angelina, wo sonst!«

»Nein, er konnte es nicht, er fühlte sich nicht wohl. Er macht gerade eine schwere Zeit durch. Aber was wollte ich erzählen, lass mich überlegen, ach ja: Elf Kinder in fünfzehn Jahren, doch halt, so schnell geht es nicht. Pinu ist sieben, er hat zu dieser Zeit erst vier Geschwister, er ist nie in die Schule gegangen, sondern hilft seiner Mutter im Haus und verdient nebenbei auf der Straße ein bisschen Geld.«

»Ich mache mir richtig Sorgen um den kleinen Jungen«, unterbrach Valentina ihre Cousine, »was passiert ihm jetzt bloß wieder, ist es etwas Schlimmes?!«

»Aaah, *allora*, keine Sorge, und lass mich erzählen. Es ist das Jahr 1942, Bomben fallen auf Sizilien, es sind die Bomben der Engländer, die die Deutschen bekämpfen sollen. Sie fliegen die Küste entlang auf Palermo zu, wo sie den Hafen bombardieren. In Camaro gibt es keinen Alarm, wenn das Brummen der Flugzeuge näher kommt, rennen die Menschen aus den Häusern. In der Stadt gibt es natürliche Grotten, in denen man Schutz suchen kann, doch Pinu bekommt Anfälle in diesen Höhlen, es schnürt ihm die Luft ab, er hält es dort drinnen nicht aus. Also flieht die Familie mit ihm in die *campagna*, auf das Land um Camaro herum, auf die Felder. Bei einem Angriff am helllichten Tage, erzählt man sich, schmeißt Pinuzzo sich unter einen Pferdewagen, der am Rande der Straße steht. Er hat Angst, dass die Bomben ihm auf den Kopf fallen. Sein Vater zerrt ihn hervor, nimmt ihn auf die Schultern, rechts und links trägt er Maria und Antonio im Arm, Rosa folgt mit der zweijährigen Lina und dem kleinen Enrico, gerade zwei Tage alt! Es wird erzählt, dass sie Enrico fallen ließ, ohne es zu merken, er rutschte ihr aus den Kissen, zwischen denen er steckte, direkt in einen Wassereimer. Nur der Aufmerksamkeit von Rosas Schwester, *zia* Pina, hat er sein Leben zu verdanken. Die fischte ihn heraus und rannte, so schnell sie konnte, den anderen hinterher. Sie bleiben in der *campagna*, mitten auf einem Feld, einige Wochen lang. Zu essen gibt es hier auch nicht weniger als in der Stadt, wo man Brot auf Lebensmittelkarten bekommt, das grün und schimmelig ist und nie reicht. Die Kinder haben immer Hunger, sie essen Zichorie, Borretsch, wilden Fenchel, alles Grünzeug, was sie finden können. Und Schnecken, die man gleich frühmorgens sammeln muss, sonst sind sie verschwunden.

1943 ist der Krieg für die Sizilianer vorbei. Die Amerikaner sind gekommen, immer noch gibt es Brot nur auf Lebensmittelmarken, doch diesmal mehr für Familien mit vielen Kindern, es sind jetzt sechs. Auch Olivenöl gibt es dazu. Pinuzzo ist acht, er hockt stundenlang in der

Menschenschlange am Boden und wartet auf Brot, aber er kann auch blitzschnell rennen. Er nimmt die Hände zum Laufen, stützt sich damit ab und zieht die Füße hinterher, wie ein kleiner Affe, *una scimmia*, sagen die Leute. Er ist der Schnellste in den Gassen von Camaro! Mit seinen kräftigen Armen hangelt er sich überall hinauf. Er bettelt bei den Amerikanern um etwas zu essen. Rosa näht ihm einen Rucksack aus einer alten Uniformjacke, der leer auf seinem Rücken herumhüpft, wenn er morgens das Haus verlässt. Wenn Pinu abends zurückkehrt, ist der Rucksack prall gefüllt. Er findet immer etwas, was die Familie gebrauchen kann oder sich zu tauschen lohnt. Bald ist er überall bekannt, man lässt ihn Botengänge machen, Pinu, komm her, rufen sie ihn.

Maria und Antonio verdienen auch schon Geld, sie gehen auf die wilden Wiesen, wo sie Gräser und Heu sammeln, um Matratzen damit zu stopfen. Sie füllen ganze Säcke, bis sie so schwer sind, dass sie sie selbst kaum noch tragen können. Vielleicht hast du schon mal diese Betten mit den vielen Matratzen übereinander gesehen. Eine war immer mit Wolle gefüllt und eine oder mehrere mit ebendiesem Heu. Gehörten zur Mitgift der Frau, aber ich komme vom Thema ab!

Vater Pasquale hat in den letzten Kriegstagen ein Pferd eingefangen, niemand weiß, wem es gehört, es steht im vorderen Zimmer hinter einer Abtrennung, direkt neben den Betten der Kinder, in denen sie zu zweit und zu dritt schlafen. Der Raum ist hoch, die Wände gehen direkt bis unter das Dach, auf dem *sularu*, einer Art Zwischengeschoss für Heu und dergleichen, schlafen die Eltern. Nur mit einer Leiter kommt man da hoch. Mit dem Pferd – es ist schon ziemlich alt, aber noch kräftig – holen sie Dung aus den Ställen und verkaufen ihn an die Bauern auf dem Land. Sie fahren auch Sand, Möbel, alles, was die Leute so brauchen. Pinuzzo setzt alle seine Fähigkeiten ein, um seiner Mutter etwas Geld bringen zu können. Manchmal, wenn er unbekannte Leute mit einem Pferd auf den Straßen vorbeikommen sieht, stellt er sich ihnen in den Weg.

›Wetten, dass ich da draufspringen kann? Was gibst du mir?‹ Die Fremden lachen dann und glotzen neugierig auf ihn herab. Wie will dieser nicht mal ein Meter große Krüppel ohne Beine auf das riesige Tier da über ihm gelangen? Sie wetten um ein paar Lire und feixen immer noch, während Pinuzzo Anlauf nimmt und springt. Seine Füße sind wie Sprungfedern, mit seinen muskulösen Armen zieht er sich am Hals des Pferdes hoch – und er gewinnt, jedes Mal.«

Valentina lachte erleichtert und sah den kleinen Kerl auf dem Pferderücken thronen, in der Hand die Münzen, die er sich verdient hatte. Sie mochte ihn. Plötzlich hatte sie Angst vor Angelinas nächsten Sätzen, für die sie anscheinend erst mal tief Luft holen musste.

»Eines Tages kommt Pinuzzo nicht nach Hause. Rosa lässt seine Geschwister Maria und Antonio nach ihm suchen, aber sie finden ihn nicht. Die Nachbarn haben ihn gesehen, natürlich, er ist ja jeden Tag unterwegs, mal hier, mal da, die Gasse auf allen vieren hinauf und hinunter, über die Pferde- und Eselskarren, unter ihnen hindurch, aber das ist schon Stunden her. Rosa geht selbst hinaus, sie ruft nach ihm – keine Antwort, er ist unauffindbar. Maria kommt aus dem Haus gelaufen, sie wohnen immer noch unter dem Felsen, die hinteren Kammern können sie kaum benutzen, zu feucht, zu kalt.

›Mamma Ro'‹, ruft sie, ›komm schnell, da drinnen auf dem Fußboden ist etwas Gruseliges!‹ Rosa eilt in das große Zimmer, wo die Betten der Kinder nebeneinanderstehen. Ein wahrer Blutstrom rinnt unter dem einen Bett hervor, breitet sich aus, ein purpurroter See. Rosa weiß sofort, wer dort unten versteckt sein muss, sie schreit auf und lässt sich auf die Knie fallen.

›Pinuzzo, um Himmels willen, was ist passiert? Komm da raus, du stirbst uns, du stirbst uns!‹ Das Geschrei holt die Nachbarn herbei, viele Leute, Wehklagen, als ob er bereits dahingeschieden wäre. Alle Kinder hocken jetzt vor dem Bett, aber Pinuzzo liegt still an die hintere Wand gepresst, bis man ihn schließlich an seinen Füßchen hervorzieht. ›Mamma, ich habe nichts, du sollst nicht weinen!‹, murmelt er noch, bevor er ohnmächtig wird.

Ein Pferd hat ihn mit dem Huf am Hinterkopf getroffen. Ein Hautlappen mit Haaren, ein halber Skalp, hängt an ihm herab. Sein Hemd, sein ganzer Rücken ist blutüberströmt. Rosa schreit nach Verbandszeug, sie wickeln saubere Tücher um den Kopf des Jungen, bis sein Gesicht nicht mehr zu sehen ist, und bringen ihn zum Arzt. Dort wird Pinuzzos Kopfhaut mit zwanzig Stichen wieder angenäht. Er wacht auf, aber er sagt kein Wort. Rosa fleht ihn an, aber er spricht nicht. Sie fürchtet, dass ihr geliebter Sohn durch den Schlag dumm geworden sein könnte. Sie legt ihm das Tuch der heiligen Anna auf den Kopf und betet zu ihr. Nach drei Tagen fängt Pinu wieder an zu sprechen. ›Durst.‹ ›Wasser.‹ Und nach einer Woche ist er wieder ganz der Alte. Uns Nichten und Neffen hat er immer gerne die Narbe gezeigt.«

Valentina schüttelte den Kopf: »Das war ja wirklich ein geniales Tuch!« Es sollte ironisch klingen, aber Angelina bemerkte den spöttischen Unterton nicht.

»Ein Wunder!«, sagte sie nur und seufzte. »Etwas, was wir für Irma auch gebrauchen könnten! Ich gehe in die Kapelle oben im zweiten Stock. Willst du mitkommen?«

»Nein!« Genug für heute.

Angelina tätschelte Valentinas Schulter und ging langsam davon.

13

Valentina ließ sich von einem der Onkel – sie war sich nicht sicher, ob es Isidoro war – in die Schule zurückbringen. Vor dem Türbogen, der immer noch mit einer Jalousie verschlossen war, hielt er an. Sie bedankte sich, stieg aus und kämpfte sich mit kleinen Schritten, die ihre Wadenmuskeln schmerzhaft dehnten, das letzte Stück der Straße bis zum Fuß der Treppe hinauf. Es war warm, die gelben Mauern des Hauses leuchteten in der Abendsonne, die gerade im Meer unterging. Der Fels dahinter war rotbraun gefärbt und wirkte noch höher und gewaltiger als am Tag zuvor. Das Grün der Palme schien unwirklich, ebenso wie die Farbe der dichten Blätterranken, die sich in die Mauerritzen der Treppe krallten. Ihre blauen Blüten waren schon geschlossen. Wie auf einem bearbeiteten Werbefoto oder dem deutschen Umschlag von »Geliebter Herzensfeind«, dachte Valentina, meine Übersetzung, die bei Papa im Büro neben den anderen Übersetzungen steht. O Gott – sie würde das gesamte Marmorkontor leer räumen müssen. Und dann, wohin damit? Sie war völlig allein auf dieser Welt, niemand konnte ihr helfen. Herr Mader, Kalle und die anderen

Männer aus der Halle würden mit viel Glück eine andere Arbeit finden.

Und Eric? Wie würde ihr Leben mit ihm aussehen? Nur zweimal hatten sie das Objekt Detmolderstraße, wie es die Maklerin nannte, zusammen angeschaut. Große Räume, abgezogene Dielen, ein schickes Bad, kleine Dachterrasse. Sie hatte zu allem genickt und versucht, die endlosen Aufzählungen der geschäftstüchtigen Frau zu überhören, in denen es um Wertzuwachs, gehobene Ausstattung und die Möglichkeit, den viel gepriesenen Wirtschaftsraum in der Kammer neben der Küche einzurichten, gegangen war. Sie sah die leeren Räume, doch plötzlich sah sie sich selbst nicht mehr in dieser Wohnung. Weder zwischen Wäscheständer und Waschmaschine im Wirtschaftsraum noch in der »von Licht durchfluteten« Mansarde, in der sie ihr Arbeitszimmer einrichten könnte. Wo war sie? Wie würde ihr Leben sich anfühlen?

Unten lag das Meer, spiegelglatt, man konnte die Steine im Wasser erkennen. Valentina zuckte mit den Achseln. »Ich freue mich auf die Wohnung!«, sagte sie zu den Videokameras über der Eingangstür, die kleine rote Morsezeichen in den Abend blinkten. Sie öffnete die Tür mit dem Schlüssel, den Gábbrie ihr gegeben hatte, und lauschte. Im Haus war alles ruhig, die Deckenlampe brannte und tauchte die Eingangshalle in angenehmes Licht. Valentina trat an den schmalen Tisch, nahm eine Zeitschrift auf und schaute zerstreut auf den Adressaufkleber. Irma Vitale, Via del Faro, Camaro. Weg des Leuchtturms, eine schöne Adresse, die Irmas Sprachschule ihren Namen gab. Sprachschule Faro. In Camaro. Reimte sich sogar. Sie legte das

Heft zurück, strich dem Löwen über den steinernen Rücken und blickte sich um. Hier also war der Junge ohne Beine geboren worden, hier hatte seine Mutter nach ihm gesucht, war die Treppenstufen hinaufgetappt, um ihn zu retten. In welcher Kammer hatte sie wohl gelegen? Valentina öffnete eine der beiden Türen, die von der Eingangshalle abgingen, und stand in einem schmalen Flur. Wieder zwei Türen. Sie klopfte an die eine und drückte, als keine Antwort kam, langsam die Klinke herunter. Offenbar ein unbenutztes Gästezimmer, Bett, Schrank, Schreibtisch. Weiße Wände, dunkle Möbel, ein bunter Teppich auf dem Boden, gemütlich. Valentina schaute aus dem hohen Fenster direkt auf ein Stück der Terrasse, dann ließ sie ihren Blick noch einmal durch das Zimmer schweifen. Vielleicht hatte Mamma Ro' hier in ihrer Trance die kleinen Hunde gesäugt. Oder nebenan? Hinter der anderen Tür verbarg sich ein Badezimmer, beinah größer als das Zimmer drüben. Mit einer alten Badewanne, schwarz-weißen Fliesen, einem tiefen Waschbecken und grünlich angelaufenen Armaturen. Von der Decke hing ein Kronleuchter aus rosarotem Kunststoff mit glitzernden Plastikdiamanten, einer von denen, die es in Deutschland in jedem NinziNonzo-Laden gab. Valentina lächelte.

»Also echt, Irma!«, sagte sie leise, zog die Tür hinter sich zu und machte sich daran, auch den Rest des Hauses zu entdecken. Sie wollte alles sehen! Den Schrank, in dem der kleine Pinu gefunden wurde. Ob es ihn noch gab? Der Salon, in dem der Kleine fast der Nadel-Attacke der Schwiegermutter erlegen wäre. Waren die Räume in der oberen Etage, in denen Irma jetzt wohnte, die von *La Signora* gewesen? Eilig stieg sie die Treppe hoch.

In der Küche fand sie Gábbrie, die ihr den Rücken zukehrte und mit einem Holzlöffel in einer gusseisernen Pfanne herumfuhr. Es roch herrlich nach brauner Butter und in Öl gebackenen Eiern, nach früheren Zeiten, wenn Irma nach der Schule für sie eine Frittata gemacht hatte. Erst jetzt merkte Valentina, dass sie das erste Mal seit Tagen wieder hungrig war.

Sie blieb in der Tür stehen. Irma hatte ihre Küche zu Hause über dem Marmorkontor sofort, noch bevor sie ihren Koffer ausgepackt hatte, vom praktischen Wachstuch, das bei Oma auf allen möglichen Flächen geklebt hatte, befreit. Sie hatte alles in den Müll geworfen und eine ihrer eigenen, kunstvoll bestickten, gebügelten und gestärkten weißen Tischdecken über den Tisch gebreitet. »Hat Irma gemacht!« Der letzte Satz ihres Vaters über Irma verhallte traurig in ihren Ohren, wie ein Echo aus einer anderen Welt. Valentina massierte ihre Schläfen mit den Fingerspitzen.

Das Schicksal des Wachstuchs ereilte auch das zweckmäßige Schnapprollo am Küchenfenster und das Gewürzregal mit den verstaubten, nie benutzten Schraubgläschen, die Valentina damals begeistert aus der Mülltonne gefischt und mit denen sie dann draußen auf dem Hof gespielt hatte. Unter den von Irma angebrachten Spitzengardinen hatten sich die Kräuter in ihren Tontöpfen gegenseitig beim Wachsen überboten, als wollten sie ihr imponieren. Bei Valentina gaben sie sich leider keine Mühe. Basilikum, Minze und Thymian vertrockneten regelmäßig, während Petersilie, Koriander und Schnittlauch still und heimlich verfaulten. Das machten die extra, um sie zu ärgern.

Als Oma Gertrud noch lebte und Martina sie noch nicht verlassen hatte, stand jeden Mittag ein großer Topf Suppe auf dem Herd. Linsensuppe, Kartoffelsuppe, kräftige Gerichte mit unappetitlichen Namen wie Grünkohl mit Pinkel, Grieben oder Graupen, von denen sie mit zugehaltener Nase zwei Löffelchen aß. Stundenlang saß sie am Küchentisch vor ihrem vollen Teller. Sonntags gab es dann einen Hasen, den Opa Herbert im Moor geschossen hatte. Oder Reh, aus dem Hunter Holz, das zuvor ausgeweidet im Keller an einem Haken hing. Valentina hatte den metallischen Todesgeruch noch heute in der Nase und aß, seit sie niemand mehr dazu zwingen konnte, kein Fleisch mehr. Oma häkelte zwar Kleider für ihre Puppen, aber beim Essen war sie streng. Manchmal hatte sie Erbarmen und erlaubte ihr, Knäckebrote zu essen, mit hauchdünn abgekratzter Butter darauf. Oder sie wärmte ihr die Reste vom Abendessen des Vortags auf, Töpfe mit grünlich angelaufenen Kartoffeln darin, einem Klecks Soße und einer verschrumpelten Bratwurst. Martina saß derweil unten im Büro, nahm Aufträge entgegen, machte den Bürokram, zankte sich mit Opa und schrieb stundenlang auf der elektrischen Schreibmaschine, die Valentina nicht anfassen durfte.

Bei Irma dagegen wurde alles anders. Zunächst wollte sie nicht, dass Valentina mit dem Schulbus fuhr. »Kommt ja gar nicht infrage!«, rief sie aus und stand prompt jeden Mittag direkt vor dem Schultor im absoluten Halteverbot, wo sie ihr aus Papas Fiat zuwinkte: »Titina, *amore, vieni*!«

Valentina war das vor ihren Freunden peinlich, und sie bat Irma nach einigen Tagen, sie nicht mehr abzuholen.

Irma nahm es ihr offenbar nicht übel, denn wenn Valentina um zwei endlich vom Schulbus auf die Landstraße gespuckt wurde, begann sie extra für sie zu kochen. Natürlich nur, was Valentina mochte. Ihr Magen zog sich bei der Erinnerung vor Hunger zusammen. Mit Reis und Pinienkernen gefüllte Auberginen in köstlicher Tomatensoße, Spaghetti mit selbst gemachtem Pesto oder eben Gemüse-Frittata.

Valentina sah, wie Gábbrie den flachen Holzschieber mehrmals unter das dicke Gemüseomelett schob, um es vom Pfannenboden zu lösen. Das hatte Irma auch immer so gemacht, die gleiche Bewegung. Sie spürte, wie ihr der Hals ganz eng wurde.

»Ah! Valentina! Wie geht es Irma? Du isst doch mit uns, habe ich viel zu viel gemacht!«

Valentina nickte. »Danke, Gábbrie, gern!« Sie seufzte.

»Nix anders bei Irma, nicht aufgewacht?«

Valentina schüttelte den Kopf. »Sie können sie noch nicht aufwachen lassen, ihr Körper muss erst wieder stark genug werden, um alleine zu atmen, alleine zu … na, eben alles alleine zu tun. Sie ist noch nicht so weit.«

»*Ciao!*« Ein Junge tauchte plötzlich hinter der Schale mit den Orangen auf und grinste sie an.

»Mein Gott! Hast du mich erschreckt!«

Er mochte ungefähr fünf oder sechs Jahre alt sein und war so klein, dass er gerade über die Tischkante schauen konnte. Er trug ein nicht sehr sauberes T-Shirt, dazu kurze Hosen, eine schwarze Brille, die viel zu groß für ihn war, und nass zurückgekämmte Haare, was ihn wie einen kleinen Professor aussehen ließ.

»Alfredo! Geh, wasch dir Hände, und dann sagst du Valentina richtig Guten Tag, sie ist Cousine von Irma.«

Reicht schon, hätte Valentina am liebsten gesagt, aber sie wollte Gábbrie nicht in ihr erzieherisches Handwerk pfuschen. Alfredo verschwand gehorsam.

»Seine Mutter arbeitet ganzen Tag, ihr Mann ist vor einem Jahr verunglückt, und für Kindergarten hat sie kein Geld mehr. Sie ist froh, wenn er ist bei uns ...« Gábbrie ließ die Frittata jetzt goldbraun, heiß und duftend aus der Pfanne auf einen großen Teller gleiten und stellte sie auf den Tisch.

»Es kommen noch zwei Schülerinnen, die haben Abendessen bestellt. Hilfst du mir Tisch decken? Wenn Irma da ist, sie schafft sogar alles alleine, kein Problem für sie, Essen machen und Reden am Telefon und Küche wieder in Ordnung bringen, aber ich ...? Muss ich auch Zimmer putzen, iste viel Arbeit!«

Valentina stand hastig auf. Nachdem Gábbrie einen prüfenden Blick in den Ofen geworfen, eine Flasche Mineralwasser aus dem Kühlschrank geholt und den Inhalt in einen Krug umgefüllt hatte, zeigte sie ihr, wo Gläser, Besteck und Servietten untergebracht waren.

»Bestellen sie jeden Abend das Essen, meckern immer mit Kalorien, wollen abnehmen, futtern dann aber alles auf. Du wirst sehen!«

Alfredo kam in die Küche zurück, er reichte Valentina seine geschrubbte, noch feuchte Pfote und verzog sich dann mit erwartungsvollem Blick in Richtung Gábbrie auf seinen Stuhl. Die machte einen Satz in den Treppenaufgang, zog an einer Glocke an der Wand, die scheppernd losbimmelte, rief mit ihrer tiefen Stimme ein melodisches *»a tavola!«* hinunter und hüpfte wieder zurück an den Herd.

»Und die Beerdigung heute? War es sehr schlimm?«, fragte sie Valentina, als sie zusammen die Teller auf dem runden Tisch verteilten.

»Tja.« Valentina zuckte mit den Schultern. »Ich war zwar dabei, aber es kommt mir so unwirklich vor. Ich kann nicht glauben, dass mein Vater nicht mehr da sein wird, wenn ich wieder nach Hause komme …«

»Mein Papa ist auch tot, immer wenn ich nach Hause komme«, sagte Alfredo, der mit seiner Nase über dem Teller in der Mitte des Tisches hing und den Duft einsog. »Aber Irma ist doch *nicht* bald tot, oder?«

Valentina warf Gábbrie einen fragenden Blick zu.

»Er weiß alles, ist ja sonst auch ganzen Tag hier bei Irma, bekommt er alles mit. Nein!«, sagte sie zu ihm gewandt, »Irma ist im Krankenhaus und schläft. Sie muss sich ausruhen nach der Operation, ganz lange ausruhen.« Sie teilte die Frittata mit mehreren gezielten Hieben des Pfannenwenders, wischte sich mit dem Handrücken die Stirn ab und lud dem Jungen ein Stück auf den Teller.

»Mein Papa ist vom Gerüst gefallen und dann ist er nie mehr aufgestanden«, murmelte Alfredo, nahm die Gabel in seine Faust und bohrte die Zinken in sein Essen.

»Buonasera!« Zwei unscheinbare Frauen mit zaghaften Stimmchen, beide vielleicht Mitte dreißig, betraten die Küche. Sie trugen gestreifte Blusen und Stoffhosen mit einer scharfen Bügelfalte, korrekt, als wollten sie ins Büro gehen. Beide hatten dünnes, blond gefärbtes Haar. Das waren also die Sprachschülerinnen.

»Wo ist der Wein? Hatten wir nicht mit Wein bestellt?«, sagte die eine auf Deutsch.

»Mal sehen, ob sie diesmal dran denkt!«, erwiderte die andere.

»Wenn sie ihn heute wieder vergisst, sag ich aber was!«

Beide verschränkten ihre Arme, lehnten sich zurück und beobachteten Gábbrie, die Weißbrot schnitt. Sie sind unsicher, aber von zu Hause gewohnt zu bestimmen, dachte Valentina. Das macht sie streng. Und unsympathisch.

»*Buon appetito! Mangiate! Mangiate!*« Gábbrie lächelte und sprang mit dem Brotkorb herbei.

»Das heißt, wir sollen anfangen, oder? Dieses Weißbrot dauernd, nichts als leere Kohlenhydrate.«

»Und der Wein ist immer noch nicht da!«

Die Frauen begannen ihre Frittata zu verspeisen und sich leise zu unterhalten. Über die Frankfurter Versicherungsgesellschaft, bei der sie anscheinend arbeiteten. Hab ich's doch gewusst, dachte Valentina. Ob man einem gewissen Giorgio, der im Ort Fahrräder verlieh, trauen könnte; über das Meer, das von Nahem gar nicht so sauber war; über die schrecklichen dünnen Katzen, die überall auf den Müllcontainern hockten. Ab und zu huschten ihre Blicke irritiert über Valentinas Beerdigungsoutfit.

Nun sag schon was, hock hier nicht so stumm rum. Das ist Irmas Schule, du musst sie würdig vertreten, ermahnte Valentina sich. Irma lachte und redete bestimmt die ganze Zeit mit ihren Gästen.

»Hoffentlich gibt es nicht dieses Auberginengericht, *parmigiana*. Ich mag nicht, wenn das so lauwarm ist.«

»Lauwarm? Neulich in der Trattoria war es fast kalt. Und ich mag keinen kalten Parmesankäse. Ich mag überhaupt keinen kalten Käse!«

Valentina musste plötzlich lachen. »Gábbrie«, sagte sie auf Deutsch, »könnten wir ein bisschen Wein haben? *Il vino …?*«

»Ah, *scusa*, den habe ich vergessen.« Gábbrie holte eine Karaffe Weißwein aus dem Kühlschrank und stellte sie vor den beiden deutschen Frauen auf den Tisch.

»Ach, Sie sprechen Deutsch!«

»Entschuldigung, ich musste erst mal was in meinen Magen bekommen. Ich glaube, ich habe seit zwei Wochen das erste Mal wieder richtig etwas gegessen.«

Verlegenes Lächeln auf den Gesichtern. Sie versuchten sich wahrscheinlich fieberhaft zu erinnern, was sie am Tisch auf Deutsch gesagt hatten.

»Ich bin Valentina, eine Cousine von Irma, die haben Sie ja schon kennengelernt.« Valentina stand auf und gab den Frauen förmlich die Hand.

»Mirjam.«

»Anja.« Pause. Niemand sprach. Nur Alfredos genüssliches Schnaufen war zu hören, während er mit vollen Backen kaute.

»Steht es denn so schlecht um sie?« Die geringfügig attraktivere Mirjam guckte ängstlich auf Valentinas Kleid. »Sie war ja sehr nett, die Irma.«

»Es gibt ein paar Probleme. Aber das wird schon wieder.« Valentina hörte selbst, wie lahm sie klang.

»In unserem Zimmer ist übrigens eine Grille, und wir

ekeln uns beide so vor Grillen, könnte jemand die vielleicht ...?«

Das Klingeln des Telefons unterbrach sie. Gábbrie hielt es ihr hin und sagte auf Italienisch: »Bestimmt ist ein Deutscher, der nur Deutsch spricht!«

Valentina zuckte die Schultern, was sollte sie sagen, wie sollte sie sich melden? Sie sammelte sich einen Moment. Es klingelte weiter.

»Grillen sind fies«, sagte Anja gerade, »aber langsam habe ich Hunger auf den Hauptgang.«

»Vitale. Sprachschule Faro.« Sie lächelte Gábbrie an, deutete ermunternd auf den Ofen und flüsterte: »*Secondo piatto*?«

»Jagutenabend! Äh, sprechen Sie Deutsch?«

»Ja!«

»Ach ja, ja, wir haben da was durcheinandergebracht. Wir wollten eigentlich noch in Palermo übernachten, aber das Hotel ist jetzt im April noch gar nicht eröffnet, und jetzt meint meine Freundin, wir sollen heute Abend schon bei Ihnen vorbeikommen. Geht das? Unser Kurs fängt übermorgen an.«

»Heute Abend noch?« Valentina schaute auf ihre Armbanduhr, es war bereits Viertel vor neun. »Was für ein Zimmer hatten Sie denn bestellt? Und, äh, wie ist denn Ihr Name?« O Gott, sie benahm sich nicht gerade souverän.

»Mestenhauser.«

»Gábbrie«, fragte sie auf Italienisch, »haben wir das Zimmer für Mestenhauser schon fertig?« Gábbrie winkte ein ›bloß nicht!‹ vom Ofen herüber. Dann änderte sie es ab in etwas, das wohl ›na gut, wenn es unbedingt sein muss‹ bedeuten sollte.

»Kein Problem mit dem Zimmer«, sagte Valentina ins Telefon. »Kommen Sie jetzt von Palermo, sind Sie mit dem Auto unterwegs?«

»Nein, mit der Bahn. Könnten Sie mal herausfinden, wann der nächste Zug geht? Müssen wir umsteigen? Und wenn ja, wo?«

Valentina verdrehte die Augen. »Von Palermo aus müssen Sie auf jeden Fall in Termini Imerese umsteigen, Richtung Messina. Mehr kann ich Ihnen im Moment auch nicht sagen. Da müssten Sie auf dem Bahnhof selber mal schauen. Ich komme hier gerade nicht ins Internet. Oder weiß jemand von Ihnen ...?« Sie schaute in die Runde am Tisch.

Mirjam winkte den Hörer heran und nahm ihn Valentina ungeduldig aus der Hand: »Von Palermo aus alle vierzig Minuten, jetzt um 21.10 Uhr geht der ab, normalerweise auf Gleis zwei, Fahrkarten bitte vor Fahrtantritt entwerten, sonst kriegt man Ärger, umsteigen in ...«

Valentina tauschte einen heimlichen Blick mit Gábbrie. Die waren echt komisch, die beiden Deutschen.

»Bis später!« Mirjam legte auf.

Gábbrie hatte eine Schüssel mit kleinen Koteletts aus dem Ofen geholt und auf den Tisch gestellt. Auf jedem klebte ein Salbeiblatt. Dazu gab es mit Reis und Pinienkernen gefüllte Zucchini. Kochen konnte sie anscheinend.

»Hat eine Tante von Irma heute gebracht!«, sagte Gábbrie in diesem Moment leise zu ihr und sah dabei den beiden Frauen zu, die sich die Teller vollluden.

»Zikaden sind aber etwas anderes als Grillen«, sagte Mirjam gerade.

»Aber *auch* ekelhaft. Die flattern immer auf mich drauf.«

»Die flattern nicht. Die können gar nicht fliegen.«

»Immer wenn so ein Ding irgendwo sitzt, springt es garantiert auf meine Schulter oder auf meinen Kopf. Garantiert.«

Valentinas Handy surrte in ihrer Handtasche, die an ihrem Stuhl hing. Gleichzeitig klingelte es an der Haustür. Hastig sprang sie auf. An das Handy gehe ich jetzt nicht dran, dachte sie im nächsten Moment. Wer kann das an der Tür denn sein? Fragend schaute sie Gábbrie an.

»Keine Ahnung. Ist immer so viel los, wenn Irma da ist. Noch schlimmer wird im Sommer.«

»Gibt es Adapter hier? Mein Stecker vom Föhn geht nicht in diese seltsame Steckdose in unserem Bad«, sagte Anja.

»Die Katze macht komische Geräusche!«, meldete Alfredo, der zwischendurch vom Tisch verschwunden war und nun wieder in die Küche kam.

»Was für Geräusche?! Gábbrie, machst du bitte die Tür auf? Und gibt es Adapter für die Steckdosen?« Valentina drehte sich einmal um sich selbst. Immer noch das Handy.

»*Chi è?!*«, rief Gábbrie in die Sprechanlage, die neben dem Kühlschrank hing. Gebrabbel auf der anderen Seite. »*Una tedesca*«, schnaubte Gábbrie und knallte den Hörer auf die Gabel. Schritte kamen die Stufen hoch.

»Ich hab mich ausgesperrt«, rief die Person schon von unten, »und meine Mitbewohnerin, die Glückliche, hat einen Lover irgendwo in Palermo und ist unauffindbar. Außerdem habe ich meine Tage und brauche dringend Tampons.« Das junge Mädchen stand grinsend in der Küche, ihre Jeans waren hauteng, ihre Oberweite erstaunlich, wie Valentina widerstrebend bemerkte.

»Habt ihr einen Ersatzschlüssel für das Casa Rosa da?«

Valentina zuckte mit den Schultern, wie schon so oft heute Abend. »Haben wir einen Ersatzschlüssel für das Casa Rosa, Gábbrie?«, fragte sie auf Italienisch. Was war das Casa Rosa? Vermutlich Mamma Ro's altes Haus im Ort, in dem Irma auch Schülerinnen einquartiert hatte. Es klingelte wieder.

»Was für ein Irrenhaus!«, sagte Valentina zu Gábbrie, die schon auf dem Weg zum Türöffner war. Fünf Sekunden später stand der Rennradfahrer im Raum, dem sie schon einmal begegnet war: Giorgio. Gelbes Trikot, Helm und schmale Fahrradschuhe, die auf dem Boden klickerten. Nach einem hastigen *buonasera* in die Runde fragte er Gábbrie sogleich nach Irma. Keine Veränderung, es sei ganz schrecklich, antwortete die. Er streichelte Alfredo gedankenverloren über den Kopf, während er sich mit seinen traurigen Hundeaugen in der Küche umschaute.

»Hast du Hunger? Es ist noch genug da!«, versuchte Valentina ihn zu trösten. Essen half manchmal. Giorgio wandte sich überrascht zu ihr, als ob er sie zum ersten Mal wahrnähme.

»*Grazie*, aber ich habe keinen Hunger! Man kann wohl nicht zu ihr?«

»Nein«, sagte Valentina und versuchte sich ihre Verwunderung nicht anmerken zu lassen. Wieso wollte der Fahrradladenbesitzer unbedingt zu Irma ans Bett? Hatte sie Schulden bei ihm, die es einzutreiben galt? »Selbst wir als Familie dürfen nicht direkt zu ihr.«

»Aber du bist jeden Tag dort, oder? Entschuldigung, ich habe mich noch gar nicht vorgestellt: Giorgio, ich habe einen Fahrradladen in Camaro.«

»Ich weiß. Ich bin Valentina.«

»Ach, *du* bist Valentina?!« Er gab ihr die Hand. »Jetzt weiß ich, woher ich dich kenne … Deine Fotos hängen … äh, ich habe dich auf Fotos gesehen! Hier ist meine Handynummer, rufst du mich an, sobald sie wieder wach ist? Bitte!«

»Aber sicher.« Sie nahm seine Visitenkarte an sich.

»Wir haben die Fahrräder zwar nur bis nächsten Dienstag geliehen«, sagte Anja in diesem Moment zu ihm auf Italienisch, »würden die Exkursion in den Nationalpark aber doch jetzt gerne mitmachen!« Selbst in einer fremden Sprache gelang ihr ein herrischer Ton.

»Oh, oben auf dem Felsen? Das muss total geil sein, da komme ich auch mit«, sagte das Mädchen mit der üppigen Oberweite.

»Jaja, kein Problem.« Er grinste zerstreut. »Samstag um fünf, ich hole euch ab. *Buona notte*!« Dann war er weg.

Prompt klingelte wieder das Telefon. Valentina schüttelte den Kopf. »Ist nicht wahr, oder?«, flüsterte sie und nahm ab. *»Pronto!«*

»Ciao, Irma! Sag mal, seit drei Tagen versuche ich dich zu erreichen, aber dein Handy ist nicht an, was ist los? Du wolltest mir doch Bescheid geben wegen der Beerdigung! Es tut mir leid, ich konnte heute erst weg aus Bari, bin jetzt in Palermo«, sagte jemand auf Italienisch.

»Ich bin nicht Irma …«

»…« Schweigen am anderen Ende.

»Max? Max!«

»Max'e? Max'e!«, wiederholte Alfredo laut lachend.

Aber er hatte schon aufgelegt.

14

Damals auf der Schule war er eine Klasse über ihr gewesen. Alles in seinem Gesicht war groß, aber harmonisch aufeinander abgestimmt: der Mund, die Nase, die Augen.

»Er ist so süß, und seiner Mutter gehört der *Laden*!«, sagten die Mädchen in Valentinas Klasse ehrfürchtig. Maximilian Rodier. Dunkle, glatte Haare, hellgraue Augen, ein Hauch Alain Delon umwehte ihn, obwohl niemand aus seiner Familie in den letzten hundert Jahren aus Frankreich eingewandert war. Er war beliebt, spielte in der Schulband und im Orchester, doch weil er vieles alleine machte, galt er als besonders cool und geheimnisvoll. Die schönsten Mädchen aus der Oberstufe standen Schlange bei ihm, um seine Freundin zu werden. Und die etwas Wohlhabenderen unter ihnen zu diesem Zweck auch vor der Boutique seiner Mutter, *Marlenes Laden*. In seinem letzten Schuljahr hatte Max Valentina dann wie aus Versehen zusammen mit ein paar anderen Leuten aus dem Orchester zu sich eingeladen. »Ihr könnt natürlich auch kommen«, hatte er gesagt und die Blas- und Saiteninstrumente mit einer Handbewegung eingeschlossen, seine Augen waren aber ganz woanders.

»Da kann ich doch nicht hingehen!«, hatte Valentina erklärt, während sie die Oboe in ihrem Kasten betrachtete, der offen neben ihr auf der Küchenbank lag. Das Instrument hatte ihr die Eintrittskarte zu Max verschafft, und nun traute sie sich doch nicht.

»*Der* Max-e?!« Bei ihr klang es wie ›Mackse‹. »*Der* Max-e hat dich eingeladen!!?« Irmas Augen leuchteten.

»Nicht so laut, Irma, sonst hört Papa dich noch, und der erlaubt mir das nie.«

»Um Onkel Enzo kümmere ich mich, natürlich gehst du hin. Jetzt haben wir dauernd über ihn geredet, und du bist extra in dieses langweilige Schulorchester gegangen, weil er da Schlagzeug spielt.«

»Percussion. Er spielt Percussion, Irma«, hatte Valentina geantwortet. »Klangholz, Triangel, alles, was so anfällt. In der *Band* spielt er Schlagzeug. Ich glaube, er hat es auf Arabella abgesehen, er hat eigentlich nur *sie* gefragt.« Nur sie gesehen, fügte sie schweigend hinzu.

»Glaube ich nicht!«

»Und woher willst du das wissen? Du kennst ihn doch gar nicht!«

»Ah, habe ich meine Erfahrung! Er spricht mit deiner besten Freundin ganz locker und mit dir kein Wort? Ah, typisches Zeichen, wirst sehen!«

Und sie hatte recht behalten, beim nächsten Mal war Valentina ganz alleine bei ihm eingeladen.

In dem weitläufigen, von seinem Vater entworfenen Haus hingen Fotografien von Max' halb nackter Mutter Marlene an den Wänden. Max nahm sie bei der Hand, zog sie an den Bildern vorbei in die riesige Küche und servierte ihr dünne Scheiben von tiefgefrorenem Gugelhupf zum Kaffee. »Kuchen-Eis«, sagte er und grinste sie mit einer Zärtlichkeit an, die Valentina irritierte. Dann lagen sie in dem dunkelrot gestrichenen, fensterlosen Fernsehzimmer auf den Polstern am Boden und redeten, bis Valentina gehen musste.

»Und er hat nicht versucht, dich zu küssen?« Irma hatte es nicht fassen können. Gott sei Dank hat er das nicht versucht, ich wäre sofort weggelaufen, dachte Valentina. Irgendwas lief da schief bei ihr. Sie hatte es geahnt.

»Nein, dazu war einfach keine Zeit, wir hatten so viel zu besprechen. Er hat mir alles über seine Familie erzählt.« Valentina wollte so schnell wie möglich in ihr Zimmer, um auf ihrem Bett in Ruhe an ihn denken zu können. Nur noch an ihn, an sein Gesicht, den Klang seiner Stimme, seine dunklen Augen, alles. Außer dem Küssen. Und was dann noch kam.

»Und du über deine Familie? Wie süß! Hast du auch von mir etwas gesagt!?« Valentina hatte stumm den Kopf geschüttelt, aber später oft über Irmas erste Reaktion nachdenken müssen.

Max und seine Schwester Katinka waren in Hamburg aufgewachsen. Eskalierende Partys, ausfallende Mahlzeiten und die exzentrischen Freunde der Eltern hielten sie lange Zeit für normal, bevor es sie in das kleine Westbeken, irgendwo in der Moorlandschaft westlich der Kreisstadt, verschlug. Max' Vater, ein Architekt, dessen Name oft im Zusammenhang mit einigen fensterlosen, umstrittenen Bauwerken in Hamburg fiel, hatte Max' Mutter schon vor mehreren Jahren verlassen. Er wohnte zu dieser Zeit aber immer mal wieder mit im Haus, das er für sie in ihrem Heimatort gebaut hatte und in das sie während des ganzen Hin und Hers der Trennung mit ihren Kindern gezogen war.

»Sie stritten sich fürchterlich, vögelten aber auch noch miteinander«, erzählte Max Valentina, die daraufhin verlegen in ihren kalten Kuchen biss, sodass ihr die Schneidezähne wehtaten.

»Jedenfalls so lange, bis Marlene tablettensüchtig wurde und mein Alter gänzlich zu seiner aktuellen Grete zog. Die hat er dann übrigens auch schnell wieder ausgewechselt. Marlene liebte ihn tatsächlich noch immer und ist damals echt durchgedreht, sie schluckte andauernd irgendwelche Tabletten, zum Aufwachen, zum Beruhigen, zum Schlafen, schleppte komische Typen an, die nur ein paar Jahre älter waren als ich, und außerdem trank sie zu viel. Wir mussten sie manchmal zwingen aufzustehen. Wir haben sie in die Badewanne gesteckt, gefüttert und angezogen, es war, als ob wir noch eine kleine Schwester hätten, aber nicht so schön. Überhaupt nicht schön …«

Als Max fünfzehn wurde, hatte Marlene, frühere Chefdirektrice eines großen Hamburger Modeateliers, sich wieder gefangen und eröffnete eine Boutique in der Kreisstadt. Ein Projekt weit unter ihrer Würde. Um diesen Umstand zu vergessen, trank sie immer noch zu viel, aber nur an den Wochenenden. Den Rest der Zeit stand sie im Laden und war exotisch. Die Boutique lief gut. Max und seine Schwester hatten Zeit, regelmäßig in die Schule zu gehen, dort bestaunt zu werden und sogar ein paar Freunde zu finden.

Max hatte unbedingt Valentinas Zuhause sehen wollen, nachdem er ihr bei ihrem dritten Treffen gestand, dass er sich in sie verliebt habe.

»Das ist mir noch nie passiert, obwohl alles bei dir mit Schwierigkeiten verbunden ist. Dich zu sehen, dich anzurufen. Du bist so ernst, so anders. Ich möchte dich dauernd berühren«, flüsterte er ihr an der Bushaltestelle ins Ohr.

Valentina war stumm vor Glück. Auch, weil er es bis jetzt noch nicht versucht hatte.

Bei Irma gewann Max kampflos. Ihre verschränkten Arme fielen herab, kaum dass sie ihn durch die Küchentür kommen sah. Die Art, wie sie ihn anlachte, hatte Valentina bei ihr noch nie zuvor gesehen.

Irma setzte ihr schauspielerisches Talent ein, um Enzo Valentinas gelegentliches Fehlen beim Abendessen zu erklären. Sie erfand Arbeitskreise, Nachhilfeschüler und Orchesterauftritte, sie dehnte Valentinas Ausgang auf zehn, am Wochenende sogar auf elf Uhr aus.

»Ich tue das, weil er ein guter Junge ist, von denen gibt es nur ganz wenige. Ihr werdet lange zusammenbleiben, das spüre ich.«

Valentina liebte es, wenn sie über ihn redete. Sie liebte es, seinen Namen zu hören. Seinen Namen zu denken. Sie war nur noch Max.

»Frag ihn bloß nicht, warum er sich für dich entschieden hat, niemals!«, schärfte Irma ihr ein.

Ein paar Wochen später, als sie sich immer mehr an ihn gewöhnt hatte, hielt Valentina sich an Max fest, presste sich an seine Brust und schaute ihm von unten in die Augen. Warum hatte er sich gerade für sie entschieden?

Sie war nicht cool wie die anderen Mädchen, sie fühlte sich nicht schön, und außer ihrem strengen, übertrieben besorgten Vater und dem Marmorstaub auf ihren Schuhen war an ihr auch nichts Besonderes.

Sie waren also zusammen. In den ersten Wochen sah sie ihn nicht sehr oft, außer natürlich in der Schule, aber das zählte nicht, denn dort mied sie ihn, weil sie keine Lust auf das Gerede ihrer Klassenkameraden hatte. Auch mit Irmas Hilfe konnte sie nicht dauernd von zu Hause wegbleiben. Vielleicht hatte er in dieser Zeit auch noch andere Freundinnen, die er erst noch loswerden musste, aber das war ihr gleichgültig. Er war so ganz und gar bei ihr, wenn sie sich trafen, sodass sie die Tage, wenn sie ihn nach der Schule nicht sah, brauchte, um über ihn und sich selbst nachzudenken. Um sich an ihn und seine unbegreifliche Neugier auf sie, seine Verliebtheit, seine Lust, seine Nähe zu gewöhnen. Vielleicht war sie erst durch die krankhafte Furcht, ihn zu küssen, und die monatelange Weigerung, mit ihm zu schlafen, auf den allerhöchsten Thron in seinem Anbetungshimmel gehoben worden.

Valentina verglich ihr Leben mit dem von Max und zog ein einfaches Resümee: Max hatte immer alles gedurft – sie nichts. Sie hatte es bisher nur nicht als störend empfunden. Ihr Vater war eben streng. Mein Gott, du bist doch erst zwölf, erst dreizehn, erst vierzehn, hatte er gesagt, während die Jahre vergingen.

Sie war ein absoluter Spätzünder, hatte abends nichts anderes getan, als für die Schule zu lernen und sich irgendwelche öden Fernsehserien anzuschauen und im Sommer im Garten hinter dem Haus zu sitzen und Grasbüschel mit den Zehen auszureißen, während Irma dicke Bohnen aus den Hülsen pulte und dabei sizilianische Lieder sang. Weshalb hatte sie sich nach gar nichts gesehnt, weshalb hatte sie nicht einmal geahnt, dass es so etwas Wunderbares wie Max gab? Und die Freiheit, die dazugehörte. Dass es ein komplett ausgepolstertes Fernsehzimmer gab, in dem sie sich stundenlang umarmten und redeten? Etwas so Schönes wie Max' unordentliches Zimmer, das er nie aufräumen musste, in dem es so herrlich nach ihm roch? Eine Küche, in der sie alles nehmen durften aus den Schubladen voller Süßigkeiten, dem Kühlschrank, in dem sich Delikatessen von Feinkost Hühnefeld, Proseccoflaschen und Bierdosen stapelten? Etwas so Schönes wie das Hinterzimmerchen in Marlenes Laden? Dort saßen sie oft abends bei Marlene und redeten. Max' Mutter behandelte sie wie zwei Erwachsene – keine Verbote, keine Ratschläge. Manchmal packten sie zusammen neue Ware aus, während Marlene den Rauch ihrer Zigarette verstohlen wie ein Teenager auf dem Schulklo aus dem kleinen Fenster blies. Oft schenkte sie Valentina ganz nebenbei etwas: »Hier, die neuen Kleider von LaBoutin, das bist du, probier mal das ohne Schleifen an!«

LaBoutin war sie heute noch treu, obwohl sie den Laden nach der Trennung von Max nicht mehr betreten hatte.

15

Valentinas Augen brannten vor Müdigkeit. Bis ein Uhr nachts hatte sie der Betrieb der Sprachschule Faro wach gehalten und nach wenigen Stunden voll wirrer Träume, durch die ein telefonierender Max geisterte, um sechs Uhr morgens schon wieder geweckt. Die rote Katze! Sie hatte sich immer noch nicht von dem erholt, was sie gefressen hatte. Valentina schüttelte den Kopf. Max sollte sie in Ruhe lassen! Das rote Tier sollte sie in Ruhe lassen! Für das kleine Viech würde es heute jedenfalls nur Trockenfutter geben, so viel war sicher.

Beinahe freute sie sich auf die himmlische Ruhe des Krankenhauses, in das sie jetzt gleich mit Angelina fahren würde. Dort gab es kein Klingeln, kein Klopfen, kein Telefon, kein: Verzeihung, aber wie funktioniert mein Handy hier? Könnte jemand unsere blonden Haare aus dem Abfluss holen, die ihn verstopfen? Könnte mir jemand die Blase an der Ferse aufstechen? Mich jemand in den Schlaf singen?

Wie hielt Irma das nur aus!?

Sie hatte gestern Abend für das vollbusige Mädchen, das Melanie hieß, ihre Reservetampons herausgekramt, das Erbrochene der Katze im Kleiderschrank aufgewischt, sie hatte die Grille gefangen (mit Alfredos Hilfe), Bettgestelle auseinandergerückt und Matratzen bezogen (mit Gábbries Hilfe). Sie hatte Alfredo nach Hause zu seiner hübschen, gestressten Mutter gebracht und Melanie mit dem Schlüssel, den sie in Irmas Büro gefunden hatten, zum Casa Rosa geschickt. Um Mitternacht hatte sie noch die Reste des Abendessens für die neuen Gäste aufgewärmt, denen es tatsächlich gelungen war, sich in Camaro von der Bahnstation bis zur Sprachschule zu verlaufen und eine Stunde lang durch die Gegend zu irren.

Valentina zog sich an, schaute noch einmal nach der Katze und ging hinunter in die Küche. Es reichte langsam. Sie konnte doch nicht dauernd Irmas Vertretung spielen.

»Wie läuft das denn mit den Kursen hier?«, fragte sie Gábbrie, die ungefragt einen Milchkaffee vor sie hinstellte und ihr ein zerknautschtes Brioche, das in seiner Zellophantüte auf dem Küchentisch lag, neben die Tasse schob.

»Die Lehrerinnen kommen um acht. Gehst du runter und guckst du dir an«, sagte Gábbrie, die nun mit lautem Geklapper die Geschirrspülmaschine ausräumte.

Valentina verzog sich mit ihrem Kaffee die Treppe hinunter in Irmas Büro, das im Untergeschoss des Hauses lag und nach hinten, zur Felsenseite, zeigte. Dort stand ein wuchtiger Schreibtisch an der Wand. Sehnsüchtig betrachtete Valentina den großen Computerbildschirm darauf. Das neuste Modell, erst seit Kurzem auf dem Markt und mit einer wirklich brillanten Auflösung. Musste sehr angenehm für die Augen sein. Valentina zog die weißen Gardinen zur Seite und öffnete beide Fenster. Sie brauchte schon seit Langem einen neuen Computer, war aber bis jetzt immer zu geizig gewesen. Als Übersetzerin verdiente man gar nicht so gut, wie viele Leute annahmen. Sie schaute am Felsen hoch, es war kühler geworden, doch der Himmel, den sie oben über der glatten Steinkante sehen konnte, war wieder knallblau. Ein frischer Luftzug wehte ins Zimmer und ließ die Stadtpläne von Camaro und Palermo an der Wand flattern. Ein Plakat von einer Prozession der *carretti siciliani*, den bunt bemalten sizilianischen Holzkarren, hing neben den Belegungsplänen der Zimmer und Appartements, die Irma bei Bedarf anmietete. Es gab Kurspläne, Gruppeneinteilungen und die ausgedruckten Seiten von Ankunfts- und Abfahrtszeiten der Züge von Camaro *stazione*. Valentina wanderte auf dem kühlen Kachelboden umher. In der Mitte des Raumes stand ein runder Tisch mit vier Stühlen auf einem Flickenteppich. Die Regale waren gefüllt mit Aktenordnern, aber auch Lehrbüchern, Zeitschriften und DVDs zum Italienischlernen. Neben der Tür hing ein großes Schlüsselbrett. Auf den Schildchen über den Haken stand in Irmas schöner Handschrift *Sole, Stella, Mare* und *Luna* geschrieben. Das waren die vier Zimmer hier im Haus. Bis auf *Luna* waren seit gestern alle belegt. Die drei Haken unter dem Schild *Casa Rosa* waren leer. Valentina hoffte, dass Melanie und ihre Mitbewohnerin mit drei Schlüsseln auskamen.

Um kurz vor acht kamen drei Frauen, sich laut unterhaltend, zur Tür herein. Das mussten die Lehrerinnen sein, die Irma für ihre Sprachkurse engagiert hatte.

»Ah, guten Morgen, eine neue Schülerin zum Sprachtest?«, sagte eine von ihnen betont langsam auf Italienisch, als sie Valentina erblickte.

»Nein. Ich bin Valentina Vitale, eine Cousine von Irma aus Deutschland.«

»Ach, Sie sind das mit – Sie haben Ihren Vater hergebracht, Irmas Onkel, nicht wahr?« Sie legten Taschen und Jacken auf den Stühlen ab und reichten Valentina nacheinander die Hand.

»Mein herzlichstes Beileid. Maria Mineo.«

»Mein herzlichstes Beileid. Maria Bordonaro.«

»Auch von mir: Mein herzlichstes Beileid. Maria Cirincione.« Alle drei lächelten verhalten, als sie Valentinas verwirrtes Gesicht sahen.

»Wir werden anders genannt, damit man uns unterscheiden kann. Ich bin Maricetta.« Die Kleinste von den dreien mit rundem Gesicht und großen grünen Augen wies auf sich. »Mári«, sie zeigte auf eine Jüngere, die etwas schüchtern guckte und das Ende ihres langen schwarzen Zopfes zwischen den Fingern drehte. »Und, *finalmente*, aber ganz einfach: Maria, ohne alles.« Maria, vermutlich die Älteste von den dreien, hatte tiefe Querfalten auf der Stirn, die ihrem Gesichts etwas dauerhaft Besorgtes verliehen, aber ihre Augen lächelten, als sie ihre Strickjacke noch enger um sich zusammenzog.

»Wieder kälter heute. Wie geht es Irma, gibt es Neuigkeiten?«

»Leider bis jetzt nicht. Ich bin jeden Tag im Krankenhaus gewesen und fahre auch heute Mittag wieder hin.«

»Kann man sie denn noch gar nicht ansprechen?«

»Sie ist immer noch im künstlichen Koma, sie ist noch zu schwach.«

Die drei Marias verharrten einen Moment, ohne sich zu bewegen.

»Eine Tragödie!«, sagte Maricetta dann und hielt beide Hände mit den Handflächen nach oben in die Luft. »Da gehst du zu einer kleinen Operation ins Krankenhaus und wachst nicht mehr auf! Die arme Irma, so von heute auf morgen!«

»Es war ja ein Blinddarmdurchbruch, das ist keine kleine OP, sondern lebensgefährlich«, gab Maria zu bedenken, während sie ein Buch aus dem Regal hervorzog, kurz reinschaute und es dann wieder zurückstellte.

Mári öffnete die Abdeckplatte des Kopierers, der vor einem der Fenster stand, und begann eine Seite aus einer Zeitschrift zu vervielfältigen.

»Sie ist jetzt drei Tage weg. Es ist so leer ohne sie.« Niemand sagte etwas.

»Wie viele Schüler gibt es denn im Moment?«, fragte Valentina, als ihr das Schweigen unerträglich wurde.

»Wir haben zurzeit zwei Gruppen. *Livello* III, die Fortgeschrittenen, und I, Anfänger mit leichten Vorkenntnissen. Und ab morgen gibt es noch *livello zero*, das sind die beiden Damen aus Dresden, die fangen ganz ohne Vorkenntnisse an, die übernehme ich dann«, sagte Maria.

»In jeder Gruppe nur zwei Schülerinnen?!«

»Ja, wenn es nicht anders passt. Irma möchte es so. Da ist sie sehr genau, jeder soll in die Gruppe, die für ihn richtig ist. Manchmal heißt das eben auch Einzelunterricht. Aber genau deswegen kommen auch die meisten immer wieder.«

»Und wo wird der Unterricht abgehalten? Hier?« Valentina zeigte auf den Tisch.

»Nur ganz selten. Wenn es geht, im Freien, also draußen auf der Terrasse, oder im Hof von Casa Rosa. Bei Regen hier im Büro oder oben im Salon, das ist dann Unterricht *de luxe*! Oder in der Küche des Casa Rosa. Da ist auch viel Platz.«

»Und wie viele Schüler werden diese Woche noch erwartet?«

»Da müssen Sie mal in die Anmeldungen schauen. Nächste Woche haben wir Mai, ab da ist immer viel los!«

»Kennt sich Gábbrie damit aus?« Valentina wusste die Antwort bereits, bevor sie die Frage gestellt hatte.

Mári schüttelte den Kopf. »Ich glaube, sie kann die einzelnen Dateien gerade mal öffnen.« Sie legte einen Zettel auf den Tisch. »Meine Registrierung bei der innpsss, das muss Irma eigentlich bis Ende des Monats nachreichen. Kann ich das jetzt bei Ihnen abgeben?«

»Was ist das denn?« Valentina schaffte es nicht, den Laut, der wie eine abstürzende Wespe klang, zu wiederholen.

»Die I-N-P-S? Das ist die – na ja, eine Krankenkasse. Kennen Sie die gar nicht?«

»Nein, die heißt bei uns in Deutschland anders.« Valentina merkte, wie genervt ihre Stimme klang. Aber woher zum Teufel sollte sie so was auch wissen?

»Mári, das hat doch noch ein paar Tage Zeit. Wenn Irma zurückkommt, wird sie das erledigen. Wir müssen jetzt erst mal hier weitermachen«, sagte Maricetta. »Bleiben Sie länger?«

Valentina zuckte ratlos mit den Schultern. »Höchstens

noch ein paar Tage. Ich kann mich hier nicht um alles kümmern, ich kenne mich ja gar nicht aus.« Sie hob einen Stapel ungeöffneter Briefe vom Schreibtisch. »Wer soll das machen?«

»Wenn das mit den Gehältern für April jetzt gerade nicht geht, können wir das natürlich verstehen. Viele Betriebe zahlen spät. Bei Irma gab es so was allerdings nie. Deswegen ist das für uns überhaupt kein Problem«, sagte Maria ermutigend.

»Ich muss aber nach Hause!«

»Nein, du musst nicht nach Hause, du musst bleiben, das hat Gábbrie auch gesagt! In der Küche sind die beiden altenTanten aus Deutschland, die verstehen gar nichts!«

»Alfredo, was machst du denn schon wieder hier?«

»Die sollen in die Bar gehen, weil wir keine Croissants mehr haben, und die Milch ist auch alle. Aber sie verstehen nicht, was Gábbrie ihnen sagt. Sie wollen nicht raus, dabei habe ich ihnen mit den Buntstiften einen so schönen Plan von Camaro gemalt.«

Alfredo zeigte Valentina ein Stück Papier mit bunten Linien. »Wunderbar!«, sagte sie abwesend und legte das Blatt auf Irmas Schreibtisch.

Doch er ging nicht weg, sondern starrte sie mit großen Augen durch seine Professoren-Brillengläser an. »Wenn Irma hier ist, ist es viel schöner.«

Die Lehrerinnen tauschten verstohlene Blicke untereinander, aber Valentina hatte es genau gesehen.

»Ich kann sie auch führen, das habe ich für Irma immer gemacht, ich zeige ihnen die großen Anker am Hafen. Und die Bar, wo sie Cappuccino trinken sollen. Kannst du ihnen das sagen? Wenn ich Irma viel helfe, dann sieht Gott das, und dann macht er sie ganz schnell wieder gesund.«

Valentina verdrehte heimlich die Augen. Deine Gläubigkeit in Ehren, kleiner Alfredo, dachte sie, hoffentlich schaut Gott in diesem Moment dann auch hin. »Na komm, dann werden wir uns mal um die beiden kümmern.«

Was Irma anging, schien Gott konsequent beide Augen geschlossen zu halten, denn in dem blau gestrichenen Zimmerchen übertrug Camera 04 ihnen auch heute wieder das ewig gleiche Bild der bewusstlosen und künstlich beatmeten Irma. Valentina wurde wie jedes Mal schwindelig, es gab einfach zu wenig Sauerstoff in der Luft. Sie starrte auf Irmas reglosen, verkabelten Körper, die Maschinen an ihrer Seite, und war froh, als sie den kleinen Raum verlassen konnte und sich Angelina mit ihr auf die Stuhlreihe setzte. Hier warteten sie auf *la dottoressa* Buongiorno, die ihnen den täglichen Bericht in immer kürzeren Sätzen vortragen würde. Leichtes Kopfwiegen, ernstes Lächeln, Hände, deren fließende Bewegungen über die Hoffnungslosigkeit der Lage hinwegtäuschen sollten. Dabei war doch alles vergeblich. Die Ärzte wussten trotz all ihrer Fachkenntnisse nicht, ob Irmas Körper den Kampf gegen die Infektion und deren schreckliche Folgen gewinnen würde. Man könne nichts tun, außer sie zu unterstützen. Beobachten, was passiere. Wir tun, was wir können! *Pazienza*, Geduld, das würde auch heute das abschließende Wort der *dottoressa* sein.

»Erzähl mir weiter von Pinu!«, bat Valentina ihre Cousine, die ihr eine Tüte mit Mandarinen hinhielt.

»Möchtest du eine?«

»Nein danke, ich kann hier nichts essen.«

»Ich auch nicht«, sagte Angelina und schaute bekümmert in die Öffnung der braunen Papiertüte.

»Nun dann, wo waren wir?«

»Der Unfall, sein armer skalpierter Kopf ...« War Pinu nun eigentlich Irmas Vater, oder warum verweilte Angelina so lange bei ihm in ihrer Erzählung? Aber Irmas Vater hatte Beine!

»Ist er nun eigentlich ... Irmas Vater?«

»Moment, Vale, das kommt später. Ich kann die Geschichte von Irmas Vater nicht erzählen, ohne die Familiengeschichte zu erzählen! Soll ich?«

»Natürlich, ich liebe es, wie du erzählst. Entschuldigung.« Und du darfst meinen Namen auch zu Vale verstümmeln, bei dir klingt das sogar ganz nett, dachte sie.

»Also. Mit zwölf Jahren beginnt Pinu, bei einem Schuster zu arbeiten. Zunächst erledigt er nur Botengänge für ihn, bringt den Leuten die fertigen Schuhe nach Hause und schlägt jedes Mal drei Lire auf den Preis drauf. Damit verdient er ganz gut, und der alte Schuster tut, als würde er nichts merken. Doch während er wartet, schaut Pinuzzo sich alles genau ab. Besonders die Pferdegeschirre haben es ihm angetan, das derbe Zaumzeug und die Schlaufen aus schwarzem Leder, säuberlich genäht mit der großen gebogenen Ahle. Mit seiner gesunden Hand kann er nach einiger Zeit wunderbar damit umgehen, die andere Hand leistet ihm gute Dienste beim Festhalten. ›Ein Handwerk, das du so lernst, langsam, vom Zuschauen, das vergisst du nie mehr!‹, sagt er zu seiner Mutter. Rosa ist um ihn besorgt, sie findet die Arbeit zu anstrengend für ihren Sohn, der neuerdings ganze Tage bei dem alten Schuster auf dem Boden hockt, zwischen Lederabfällen, alten Sohlen und dicken Gummiblöcken, aus denen die Absätze geschnitten werden. Sie bringt ihm am Mittag das Essen, sie schimpft mit ihm, wenn er spät nach Hause kommt. Aber Pinu ist glücklich, er fühlt sich erwachsen. Wenn man eine richtige Arbeit hat, ist man kein Kind mehr!

Er wächst heran, seine Gesichtszüge werden männlich, er ist schön – der schönste unter den Brüdern, von denen es mittlerweile fünf gibt: Antonio, Enrico, Isidoro, Enzo und Tuzzu. Auf alten Fotos – ach, ich versuche daran zu denken, sie dir beim nächsten Mal mitzubringen«, sagte Angelina und knüllte die Tüte mit den Mandarinen oben ein wenig mehr zusammen. »Auf den Fotografien aus dieser Zeit sitzt er immer im Kreise dieser fünf, da ist er siebzehn, zwanzig oder fünfundzwanzig, sie verehren ihn, das sieht man, sie scharen sich so um ihn, dass man seine fehlenden Beine nicht bemerkt. Der Kleinste, Tuzzu, sitzt immer direkt vor ihm. Auch die anderen sehen gut aus, 'Ntoniu, Rico, Sidoro und Enzo, dein Vater, der Pinu sehr ähnlich ist. Offene, intelligente Gesichter, sie lachen in die Kamera. Doch Pinu hat etwas ganz Besonderes in seinem Gesicht. Etwas außer den hohen Wangenknochen, den großen Augen, die in perfektem Abstand zueinander stehen, außer dem warmen Lächeln und den guten Zähnen. Nicht selbstverständlich damals, o nein, ganz bestimmt nicht … Aber da ist noch etwas: Pinu leuchtet von innen. Er ist gesegnet mit Liebe!«

Jetzt trägst du aber ein bisschen dick auf, meine liebe Angelina, dachte Valentina und schnaubte leise vor sich hin. Gesegnet mit Liebe? Jede Liebe ist irgendwann vorbei, nämlich dann, wenn einer geht. Und was danach kommt, sind Schmerz und Leere, und wenn das endlich vorbei ist, kann man froh sein, wenn man überhaupt noch weiß, wonach man suchen möchte.

Doch Angelina schien ihre Zweifel nicht bemerkt zu haben. Sie strahlte, als sie weitererzählte. »Abends sieht man ihn jetzt manchmal mit seinen Brüdern und den anderen jungen Männern auf der Piazza sitzen. Dort hocken sie zusammen, die Brüder schützen ihn ganz beiläufig mit ihren Körpern vor neugierigen Gaffern, sie reden und sehen den wenigen Mädchen nach, die mit ihren Müttern vorbeihuschen. Mädchen sind Pinus Welt so fern und gleichzeitig doch so faszinierend für ihn. Wenn sie ihn in dem Verschlag des Schusters sitzen sehen – nicht mehr auf dem Boden, nein, zu einem eigenen Hocker hat er es jetzt schon gebracht –, die Schürze über seinen Beinchen, schauen sie ihn verstohlen an, so blendend sieht er aus. Er könnte ein Schauspieler sein. *Schpentscha Tratschi* nennen sie ihn.«

Valentina brauchte einen Augenblick, bis sie verstand, dass Angelina mit *Schpentscha Tratschi* Spencer Tracy meinte.

»Er hat dieses ernste Lächeln und die kräftigen Haare, die ihm in leichten Wellen rechts und links in die Stirn fallen. Und er hat eine magische rechte Hand. Wenn er die Maße der Frauenfüße bestimmt oder ihnen die fertigen Schuhe überstreift, macht er das mit viel Gefühl und verbirgt dabei geschickt seine Linke, die Hummerhand.

Wer ihn kennt, mag ihn gerne, auch die Mädchen aus der Nachbarschaft behandeln ihn mit Respekt. Sie sind seinen Anblick gewöhnt, er ist nichts Besonderes für sie. Doch die fremden Mädchen, die ihm ihre Schuhe bringen, die Mädchen, denen Pinuzzo so gerne näherkommen würde, wenden sich bestenfalls mit Schrecken in den Augen ab, wenn er doch einmal aufstehen muss. Oder sie kichern. Es ist schrecklich, wenn sie kichern, dennoch versucht Pinu in ihrer Nähe zu sein, wann immer er kann.

Eine hat es ihm besonders angetan: Elisabetta. Sie ist die Freundin seiner Schwester Lina und ganz anders als die anderen. Einmal hat sie sogar mit ihm gesprochen. ›Pinuzzo‹, hat sie gesagt und ihm verträumt in die Augen geschaut, ›du bist wirklich geschickt in deinem Handwerk.‹ Pinu dreht und wendet diese Worte ganz vorsichtig in seinen Gedanken, als seien sie zerbrechlich. Jeden Abend, wenn er im Bett liegt, versucht er sich den Klang in Erinnerung zu rufen, den ihre Stimme hatte, als sie seinen Namen aussprach. Ihr Haar ist dunkel, wunderschönes Haar, das ihr, wenn sie es ganz selten einmal offen trägt, bis zur Taille reicht. Dazu hat sie kohlschwarze Augenbrauen und ebenso dunkle Augen, deren Blick er immer noch fühlt, sodass ihm ganz heiß unterhalb seines Nabels wird und er die kreisrunde Narbe pochen spürt, die auf seiner Haut zurückgeblieben ist.«

Valentina schaute Angelina bewundernd an. Diese kleine rundliche Frau war eine sensationelle Geschichtenerzählerin, sie ließ so intensive Gefühle und Bilder in ihr entstehen, dass sie Elisabetta genau vor sich sah und spürte, was Pinuzzo abends unter seiner Bettdecke empfand. Angelina schaute triumphierend zurück: »Das mit dem Bett habe ich mir ausgedacht!«

»Aber so wird es gewesen sein!«

»Möglich, möglich ...Also: Pinu ist das erste Mal verliebt, er will das ganze Thema für sich behalten, aber da sind seine jüngeren Brüder, Antonio und Enrico, die dauernd über Mädchen sprechen. Sie beschreiben die Vor- und Nachteile ihrer Körper, geben damit an, welche Stellen sie schon berührt haben, und behaupten, sie würden sich bald mit irgendeiner von ihnen verloben. Pinu will nichts damit zu tun haben, dennoch hört er ihren Angebereien mit einer Mischung aus Abscheu und Faszination zu.

›Wetten‹, sagt Enrico eines Tages zu Antonio, ›wetten, dass mich Antonella von nebenan bald küssen wird?‹

›Dich? Niemals‹, erwidert 'Ntoniu. ›Aber mich! Ich hatte sie neulich schon fast so weit.‹

Pinu schweigt, beschließt aber, Antonella zukünftig im Auge zu behalten. Und was ist mit Elisabetta, haben die beiden sie etwa auch schon im Visier?

Die Nachbarstochter Antonella ist tagelang Gespräch zwischen den Brüdern. Einmal, zweimal, dreimal hat Enrico sie angeblich schon geküsst. Das ist einfach, beide Familien teilen sich einen Hof zwischen ihren Häusern. Ein Hof, der immer mehr zuwuchert von Oleanderbüschen, die dort trotz des Felsenschattens wachsen, zwischen denen die Hühner ihre Eier legen und man sich herrlich verstecken kann.«

Angelina sah Valentina in die Augen. »Warst du schon da?«

Valentina schüttelte den Kopf.

»Irma hat es Casa Rosa genannt und vermietet es jetzt

an die Sprachschülerinnen. Das Haus unserer Großeltern und Eltern, aber von denen wollte nach all den Jahren keiner mehr dort wohnen. Zu dunkel, zu feucht und zu dicht am Felsen. Sie haben ja alle in dem Neubau wunderschöne Wohnungen, die hast du ja gesehen. Es stand sogar eine Zeit lang leer, als Pinu ausgezogen war, die Familie wollte es schon verkaufen. Doch Enzo hat sich dagegen gewehrt, er hat wiederum, wie so oft, aus Deutschland Geld geschickt und seine Geschwister ausbezahlt. Als Irma dann wieder da war, hat sie es renoviert, viele Fenster einbauen lassen und irgendwas in den hinteren Räumen für die Lüftung. Den Schülerinnen gefällt es angeblich, und Irma verdient sogar noch etwas mit dem Haus. Aber wo war ich stehen geblieben?«

»Angelina, warte mal, warte mal. Irma hat es ganz alleine renoviert?«

»Nein, mit den Handwerkern.«

»Und wie hat sie es bezahlt?«

»Mit Enzos Geld natürlich. Es war ihm so wichtig, dass das Haus in der Familie bleibt. Soll ich jetzt weitererzählen?«

»Ja.« Jetzt wusste Valentina, was Papa Irma vererbt hatte. Das Casa Rosa. Er hatte ihr das Geld gegeben, und Irma hatte es renoviert. Papa hatte auf diese Weise, aus Liebe zu seinem Elternhaus wahrscheinlich, das Marmorkontor in den Ruin geführt, und sie hatte nichts! Das große Haus am Felsen, das die boshafte *La Signora* als einzigen Besitz von ihrem Mann behalten hatte, würde Irma, nebenbei bemerkt, auch erben. Von ihrem anderen Vater ... Valentina lachte innerlich auf. Galgenhumor. Dennoch musste sie jetzt die ganze Geschichte hören, sonst würde sie ihren Vater Enzo nie verstehen. »Wir waren bei Antonella, der Nachbarstochter.«

»Genau. Dreimal hat Enrico sie geküsst, dreimal hat sie zu ihm gesagt, nein, sie sei nicht verlobt. Dann ist sie es jetzt, und zwar mit mir, beschließt Enrico, und daraufhin wird es still um Antonella. Pinuzzo sieht sie nicht mehr im Hof unter den Oleanderbüschen oder vor dem Haus, er hört Enrico und auch Antonio nicht mehr über sie reden. Als er sich irgendwann einmal beiläufig nach ihr erkundigt, sagt Enrico abfällig, ›sie gäbe sie jedem‹, sie sei nichts wert! Pinu fragt sich, was man als Mann tun muss, um ein Mädchen dazu zu bewegen, ›sie zu geben‹, das herzugeben, was es zwischen den Beinen versteckt hält. Und warum bloß sind erst alle hinter der Feige, der Blume, dem Mäuschen oder wie auch immer es genannt wird, her, und wenn sie es dann endlich bekommen, verachten sie das Mädchen dafür? Pinu versteht es nicht und ahnt, dass er dieses Geheimnis nicht so schnell lüften wird.

Antonella, das erfährt er dann doch noch, wird nach Trapani verheiratet, weit weg, wo man sie nicht kennt. Irgendwie hat Pinuzzo das Gefühl, dass seine Brüder nicht unschuldig an dem Schicksal des Mädchens sind, aber viel Gedanken kann er sich darüber nicht machen, denn nun brechen herrliche Zeiten für ihn an. Elisabetta, seine Angebetete, kommt immer öfter mit seiner Schwester Lina zu ihnen nach Hause, sie sitzen mit den anderen Schwestern in der Küche und häkeln filigrane Spitzen zu runden kleinen Deckchen zusammen, danach häkeln sie mehrere runde kleine Deckchen zu großen Decken zusammen, die dann in Linas Aussteuertruhe verschwinden. Pinuzzo ist fortan jeden Abend zu Hause, um Elisabetta ja nicht zu verpassen. Die Mädchen reden über ihre kleinen Probleme, sie tratschen über alles, was in Camaro passiert, und lachen zusammen. Eigentlich hat ein Mann keinen Zutritt zu dieser Frauenversammlung, doch Pinuzzo lassen sie bei sich sitzen, kichern über seine trockenen Scherze und necken ihn. Pinu läuft unter Elisabettas Augen zu Hochform auf, er ist schlagfertig, er ist wortgewandt, er fühlt sich als richtiger Mann. Was ist er denn sonst, sie flirtet ja richtig mit ihm! Er muss nur Geduld haben. *Pazienza!*

Die Jahre vergehen, 1957 ist Pinu zweiundzwanzig Jahre alt und ein geschickter Schuster, der mittlerweile seinen eigenen Kundenstamm hat. Mit seiner besonderen Ausmesstechnik für Füße sind seine Schuhe sorgfältiger hergestellt als die der anderen Schuster. Seine Hände besäßen eine magische Wärme, behaupten die Leute. Vielleicht kommt es daher, dass er die Füße immer ein wenig länger festhält, als zum Messen nötig wäre. Er ist begierig darauf, die verschiedenen Formen zu ertasten, seine Hände prägen sich die knöchernen Ballen an den Seiten ein, die Form und Länge der Zehen. Durch die Beschaffenheit der Hornhaut unter den Sohlen weiß er, wo der Schuh seines Kunden nicht gepasst hat und welchen Schuh dieser Fuß stattdessen braucht. Er tut alles, um ihm ein bequemes Bett zu geben. Wer es sich leisten kann, lässt sich von ihm neue Schuhe anfertigen, die anderen bringen ihm die billig gekauften immer wieder zum Reparieren, bis sie eines Tages auseinanderfallen. Für seine Mutter Rosa hat Pinu ein paar Halbschuhe aus dem feinsten, weichsten Leder hergestellt, das er bekommen konnte.

Natürlich wohnt er immer noch zu Hause, inmitten seiner acht Geschwister. Sieben Jahre zuvor, 1950, ist als Letzte das Nesthäkchen Concetta dazugekommen. Maria und auch 'Ntoniu sind schon verheiratet und ausgezogen. Die Familie ist immer noch arm, und obwohl alle Geschwister mithelfen, Geld zu verdienen, essen sie manchmal wochenlang kein Fleisch. Enrico und Isidoro sind nur bis zur fünften Klasse zur Schule gegangen und dann Maurer geworden, auch sie geben ihr verdientes Geld zu Hause ab. Die Schwestern gehen bei reichen Leuten putzen, seine Lieblingsschwester Lina arbeitet seit ein paar Monaten bei der Schneiderin des Viertels. Dort sitzt sie in einer dunklen Kammer und heftet Stoffe zusammen. Lina beschwert sich bei Pinu; das Stillsitzen wäre eine wahre Strafe für sie, außerdem sei sie unbegabt, dauernd würde sie sich an der Nadel stechen, und die Stoffe trügen dann dunkelbraune Flecken von ihrem getrockneten Blut. Doch die Eltern haben es so für sie entschieden. Leider sieht Pinu dadurch auch Elisabetta nicht mehr. Er läuft wieder öfter durch die Straßen, aber er kann sie nirgends entdecken.

Es ist August, die Tomaten sind überreif und platzen schon fast auf, so viel Sonne haben sie bekommen. So billig wie nie werden sie direkt an den Feldern verkauft. Rosa macht wie alle Nachbarinnen auch in diesem Jahr Tomaten ein. In einem großen Kessel werden sie über einem Holzkohlenfeuer gekocht, dann streicht man sie durch ein feines Sieb und füllt die so entstandene Soße in Flaschen ab. Ihre Töchter helfen ihr dabei. Wenn alle verfügbaren Flaschen gefüllt sind, wird Extrakt gemacht, *astrattu* sagt man im Dialekt – Tomatenmark. Wieder werden kiloweise Tomaten gebraucht, man entfernt die Haut und die Kerne, gibt reichlich Salz zu dem zerkleinerten Fruchtfleisch und verteilt es mit den Händen auf Holzbrettern, so groß wie Tischplatten, die man in die Sonne stellt. Ist die Masse erst mal etwas angetrocknet, werden die schweren Bretter, die *maidde*, mithilfe von Holzkisten aufrecht hingestellt und zur Sonne gedreht. Die Gassen und der Marktplatz von Camaro stehen voller Bretter, die Finger der Frauen haben Kringel und wilde Kreise in dem roten Püree hinterlassen. Die Hausfrauen tragen Kopftücher und wegen der Hitze nur Baumwollkittel auf der Haut, sie helfen sich gegenseitig, die *maidde* hin und her zu tragen, immer dem Stand der Sonne nach. Die Nachbarinnen konkurrieren miteinander, wer den feinsten, den konzentriertesten *astrattu* hat. Je weniger aus einem Kilo Tomaten herauskommt, desto besser, manchmal sind es kaum mehr als hundert Gramm! Die Frauen beugen sich tief hinunter, um die langsam trocknende Paste immer wieder anders zu verteilen, Pinuzzo kann dabei manchmal einen Blick auf ihre mächtigen Brüste erhaschen. Schon als Junge, mit elf, zwölf Jahren, hat ihn dieser Anblick erregt. Er saugt den köstlich schweren Geruch ein, der schon seit Tagen über der ganzen Stadt hängt und der bei ihm auf ewig mit dem Geruch der verschwitzten Frauenkörper und seinen ersten Gefühlen für sie verbunden sein wird. Auf seinen kleinen Füßchen läuft er zwischen den nackten Waden und nachlässig hervorquellenden Brüsten herum, unauffällig hält er dabei nach Elisabetta Ausschau. Da hört er plötzlich ihren Namen! Ihm wird bewusst, dass er wie ein Mann für sie fühlt, gut, dass niemand ihn und seine Beule in der Hose beachtet, denn er ist ja nur so groß wie ein Kind, sein Kopf reicht normalen Menschen bis zum Oberschenkel. Am liebsten würde er Elisabetta gleich hier zwischen den Tomatenbrettern auf dem Boden nehmen ...«

»Angelina!«

»Ja was!? Natürlich will er sie, das Leben ist doch so, und die Männer sowieso, oder?!«

»Okay, okay, erzähl weiter!«

»Die Älteste der Giardinos, die Elisabetta, habe sich mit einem Cousin aus Milazzo verlobt, erzählt eine Nachbarin. Pinu verharrt reglos neben dem Brett, auf dem sich der salzige Tomatenbrei im Laufe der vergangenen Stunden zu einer dunkelbraunen Paste verdickt hat. Wie kann sie nur, sie liebt doch ihn, ihn und seine geschickten Hände! Hat er ihr nicht unzählige ausgestanzte Lederdoubletten mit bunten Schleifen daran geschenkt? Von seinen Händen erschaffen, verziert und mit mehrfarbigem Filz unterlegt, viel schöner als die für die Pferde, und nur für sie! Oder die Tasche, die er aus einem Futtersack für sie gemacht hat, mit kleinen Lederblumen daran, besser als jede Handtasche aus Palermo! Und hat sie diese Geschenke nicht immer mit einem ganz besonderen Lächeln angenommen? Und ihm manchmal, na gut, nur zweimal, einen mit süßem Schafsricotta gefüllten *cannolo* gebracht, deren Geschmack er so liebt?

Sie ist eine Verräterin! Dennoch lauscht er weiter, während die Frauen den fertigen *astrattu* von den Brettern kratzen und in Schüsseln füllen. Er will mehr erfahren: Wann wird Elisabetta heiraten, und wo?

Als die Hochzeitsgesellschaft acht Monate später, im April, vor die Kirche tritt, kann man Pinuzzo schon von Weitem am Rande des Platzes sehen. Er sitzt auf dem Kutschbock eines kleinen Karrens, den er sich für diesen Tag geliehen hat, das Pferd des Vaters davorgespannt. Plötzlich ist er groß, er überragt alle um Haupteslänge und kann ihnen sogar auf die Köpfe gucken. Er fühlt sich so gut wie damals auf dem Rücken der Pferde, als er all die Wetten gewann. Er steht strategisch günstig, die Braut muss an ihm vorbei. Mit klopfendem Herzen fiebert er ihr entgegen, er kann die Heirat nicht mehr rückgängig machen, aber sie soll wenigstens erkennen, dass sie die falsche Wahl getroffen hat, so stolz und erhaben, wie er hier über den vielen Menschen thront. Elisabetta wird umarmt und geküsst, es dauert lange, bis sie endlich am Arm ihres Ehemanns an Pinu vorbeischreitet, ihre Augen treffen die seinen, ihr Mund formt lautlos seinen Namen, sie lächelt ihm glücklich zu und geht weiter, auf ihren eigenen Wagen zu, größer als seiner, über und über mit weißen Blüten geschmückt. Der Cousin aus Milazzo soll ein reicher Mann sein, ein sehr reicher Mann, aber er ist faltig und hat oben auf dem Kopf einen runden blanken Kreis statt anständiger Haare. Viel zu alt ist der für seine Elisabetta. Pinu fährt nach Hause, er möchte nicht mehr herunter vom Kutschbock, möchte nicht mehr auf winzigen Hockern tief am Boden zwischen Lederabfällen und Schuhsohlen sitzen. Er beschließt, kein Schuster mehr zu sein.«

16

Max hat angerufen. Er hat Irma angerufen und nicht dich! Er hat nicht mit dir sprechen wollen. Als Valentina an diesem Mittag aus der Pforte des Krankenhauses trat, hämmerten die Sätze von innen gegen ihre Stirn. Gestern Abend und auch heute Morgen hatte sie diese Gedanken noch erfolgreich verdrängen können, doch nun wiederholten sie sich, ohne dass Valentina sie stoppen konnte. Kurz vor Camaro bat sie ihre Cousine anzuhalten.

»Ich möchte das letzte Stück in die Stadt hineinlaufen.«

»Du willst laufen? Das ist gefährlich, du könntest überfahren werden. Hier läuft niemand!« Das stimmte, nur die Allerärmsten der Armen, Ausländer mit dunkler Hautfarbe oder Touristen mit Sonnenhüten und Rucksäcken sah man auf Sizilien am Rande der Straßen außerhalb der Stadt gehen.

»Ich muss mich bewegen!«

»Was ist mit dem Essen für die Schülerinnen heute Abend? Hat sich jemand angemeldet? Tante Agata oder ich könnten etwas vorbeibringen.«

»Das ist sehr lieb von euch, aber wir haben das Menü für heute gestrichen.«

»Gestrichen?! Aber sie müssen doch die Möglichkeit haben, etwas zu essen! Irma bietet immer etwas an, sie sagt, sie kocht ja sowieso für sich. Wir sollten es weiter so machen, wie Irma es gehalten hat. Wir sollten nichts ändern, nur weil sie im Krankenhaus ist.«

Valentina holte tief Luft. »Es ist einfach ein bisschen viel gerade. In fünf Minuten ist man im Ort. Sie sollen alle zusammen mit Maricetta in die Pizzeria gehen. Italienisch lernen in der Praxis.«

»Na gut. Aber morgen bringen wir wieder was. *Pasta al forno*, das kann man gut aufwärmen. In Ordnung?«

Valentina nickte ergeben. »Wenn du dir die Mühe machen willst.«

»Ich mache das gern. Ist doch für Irma. Und du willst wirklich laufen?« Angelina hielt am Straßenrand. Valentina nickte.

»*Va bene.* Pass auf dich auf!«

Valentina stieg aus. Zweimal hupend fuhr Angelina an ihr vorbei. Sie winkte und wandte sich dem Felsen zu, der aus dieser Entfernung wie ein gigantischer Schlapphut aus Stein aussah, den jemand direkt neben der Stadt abgelegt hatte und auf dessen Krempe es sich die Häuser und der normannische Dom gemütlich machten. Der Wind war kühl, doch die Sonne wärmte ihre Schultern.

Sie spürte ihre Schritte beruhigend fest auf dem Asphalt. Sie musste ihre Gedanken ordnen. Wie lange sollte sie noch bleiben? Irma konnte jeden Moment oder auch erst in einem Jahr aufwachen. Oder nie mehr. Das Haus am Felsen gehörte ihr bereits, und das Casa Rosa hatte sie von Papa vermacht bekommen. Das wusste aber niemand. Valentina spürte, wie sich ihre Stirn vor Unbehagen in Falten legte, aber sie brauchte doch auch das Geld, Irma würde es ihr bestimmt geben. Würde sie? Gab es vielleicht noch ein weiteres Testament? Bei den Geschwistern nachzufragen traute sie sich nicht. Was würde sie Eric bei ihrem nächsten Telefonat sagen? Sie hatte noch immer nichts erreicht.

Und dann war da noch dieser Gedanke, bei dem ihr Magen neuerdings wieder diese kleinen Verrenkungen machte. Sie wusste nicht, wie sie das abstellen sollte. Max.

Von wo aus hatte er angerufen? War er in der Stadt?

Der Ort fiel abschüssig zum Meer hinab. Er bestand aus zahlreichen kleinen Hügeln, die dicht mit Häusern bebaut worden waren. Viele der Hügel waren innen ausgehöhlt. Angelina hatte ihr erzählt, dass diese natürlichen Höhlen den Menschen im Zweiten Weltkrieg als Luftschutzbunker dienten.

Valentina erreichte den Ortseingang, sie ging an der Tankstelle vorbei, die kannte sie schon vom Vorbeifahren, passierte eine Reihe Müllcontainer – diesmal ohne Katzen –, die ersten Häuser in den typisch mediterranen Farben Gelb, Orange, Ocker. Camaros Grundriss war nicht schwierig zu durchschauen, alle Straßen zogen sich auf verschiedenen Ebenen parallel zum Felsen entlang oder führten hinunter zum Hafen. Für die Fußgänger gab es zudem noch Treppen, um die außergewöhnlichen Höhenunterschiede schneller zu überwinden. Valentina ging eine Reihe von Stufen hinab und kam in eine Straße mit verschiedenen kleinen Geschäften. Es war kurz vor eins, gleich würde alles schließen. Vor dem Verkaufsstand eines Fischhändlers standen zwei Hausfrauen, die offensichtlich spät dran waren. Valentina stellte sich neben sie. Wer weiß, vielleicht gab es diesen Fischladen bereits seit vielen, vielen Jahren, und ihr Vater hatte bei dem Vater des Mannes hinter dem Tresen schon Fisch gekauft. Der Gedanke gefiel ihr, sie lächelte dem Mann zu. Er sah sie aber nicht an, sondern hackte dem Fisch vor ihm mit Schwung den Kopf ab.

»Wer bekommt's?« Er grinste in die Runde, von der Holzplatte plätscherte blutiges Wasser auf den Boden.

Valentina stöhnte angewidert auf, die Frauen drehten sich zu ihr, sie ging weiter. Nebenan befreite der Gemüsehändler Artischocken von ihrem Grün, er warf Stiele und Blätter auf einen Haufen, der sich bereits unter dem Stand türmte. Sie würde in Zukunft nur noch Gemüse essen, dem tat man wenigstens vorher nicht weh. Die Blätter knirschten. Oder vielleicht doch? Gab es nicht auch Menschen, die nur das aßen, was freiwillig von den Bäumen fiel? Wie nannte man die noch? Wenn sie jetzt in ihrem Büro vor dem Computer säße, würde sie schnell nachgucken. Sie musste ihren Verlag anrufen, nur zur Sicherheit. Wer konnte schon sagen, wie viel Zeit noch vergehen würde, bis sie sich endlich an das neue Buch setzen konnte. Valentina betrachtete die Holzstiegen voller Orangen, Zitronen und Mandarinen, die vor dem Geschäft ausgestellt waren. Das weiße Tuch, mit dem sie für die Mittagspause abgedeckt wurden, lag schon bereit. Ohne Ziel lief sie die Gassen zum Meer hinab. Von den Höhlen, von denen Angelina erzählt hatte, war nichts zu sehen. Plötzlich kam ihr eine Straßenecke bekannt vor. Wenn sie hier rechts weiterginge ... Nein, das war falsch. Wie hätte sie sich auch erinnern sollen? Sie war damals sechs Jahre alt gewesen, es war nur eine Gasse von vielen. So schmal, dass ein etwas größerer Laster zwischen den Wänden der zweistöckigen Häuser stecken bleiben würde.

Von den Balkonen hing Wäsche, darüber das übliche Kabelgewirr, bepflanzte Blumentöpfe säumten die Stufen zu den Hauseingängen. Niemand war auf der Straße, kein einziges Auto quetschte sich mehr vorbei, nur das Genöle eines Fernsehers, das hier und da aus einem Fenster drang, unterbrach die mittägliche Ruhe. Aber vielleicht dort vorne? Valentina lief schneller, und richtig: Links von ihr lag der kleine, dreieckige Platz, an dem, etwas zurückgesetzt, das Casa Rosa zusammen mit dem Nachbarhaus schon fast unter dem Felsüberhang stand. Andächtig blieb sie davor stehen: Sie hatte es gefunden, das Haus ihrer Großmutter. Das Haus von Mamma Ro'.

Lange betrachtete Valentina die blassrosa Fassade. Meine Güte, wie viele Fenster! Als ob so wenig Stein wie möglich in der Hauswand hatte übrig bleiben sollen. Und auch an den Haustüren hatte Irma offenbar nicht sparen wollen, gleich zwei hatte sie eingebaut. An eisernen Haken, über die Wand verstreut, hingen Töpfe mit Gummigewächsen, ihre winzigen, hellgrünen Blätter dick wie Tropfen. Triumphierend hingen sie da. Seht her, auch in der sengenden Hitze vertrocknen wir nicht, würden sie den anderen Pflanzen im Sommer zurufen.

»Casa Rosa« war in blauer Schreibschrift zwischen die Türen gepinselt. Hinter einem Türchen aus Drahtgitter, geschützt von einem kleinen Dach, befand sich ein Hausaltar. Sie konnte nicht sehen, wem hier mit einer roten Kerze und einem weiteren Gummibaum gehuldigt wurde, vielleicht der Heiligen von Mamma Ro', der mit dem Tuch. Sie hatte schon wieder ihren Namen vergessen. Die heilige Anna?

Der Hof, der die beiden zurückgelagerten Häuser miteinander verband, war von einer hohen Mauer vor neugierigen Blicken geschützt. Weiße und rote Oleanderblüten überragten sie, und auch durch die Gitterstäbe der darin eingelassenen Pforte zwängten sich Äste und Blätter. Valentina stieg die drei Stufen hoch und lauschte, doch sie vernahm nur leises Stimmengemurmel. Es musste herrlich sein, dort im Freien Unterricht zu haben. Die Hühner, die ihr damals Angst gemacht hatten, gab es natürlich schon lange nicht mehr. Waren wahrscheinlich alle zu Brühe geworden.

Valentina zögerte. Gerne hätte sie sich im Inneren des Hauses umgeschaut. Jetzt, wo sie wusste, was an diesem Ort alles passiert war, wollte sie sehen, wo sich Pinu unter dem Bett versteckt und wo das Pferd gestanden hatte. Das Pferd? Auch wenn es die Stufen überwinden könnte, hätten sie in dieses Haus niemals ein Pferd hineinbekommen. Es sei denn, Irma hätte die Stalltür verkleinert und zur Haustür gemacht.

Sollte sie klopfen oder besser warten, bis jemand herauskam? Der Unterricht war bestimmt gleich zu Ende. Valentina ging näher und zupfte eine weiße Oleanderblüte von dem ehemaligen Busch, der im Laufe der Jahre zu einem großen Baum geworden war. Er war ihr schon damals, vor fünfundzwanzig Jahren, riesenhaft vorgekommen, was allerdings auch an ihrer eigenen geringen Körpergröße gelegen haben konnte.

»Aber das stimmt doch nicht! Was sagst du da!?«, rief jemand in diesem Moment auf der anderen Straßenseite aus dem Fenster. Valentina drehte sich um. Im Inneren des Hauses wurde gestritten, zwei italienische Frauenstimmen hackten im Stakkato-Takt immer schneller aufeinander ein. Sie konnte die einzelnen Worte nicht mehr verstehen. Plötzlich erinnerte sie sich an die Händler, die ständig mit ihren Wagen durch die Gasse gerollt waren und mit verzerrten Megafontönen ihre Waren anboten. Jeder von ihnen hatte seinen ganz speziellen Ruf gehabt. Sardinen! Feigen! Tischdecken! Putzlappen! Im tiefsten Camaro-Dialekt. Sie, die Sechsjährige, hatte diese Rufe nachgeahmt, und *talè cu c'èèèè! Talè cu c'èèèè!* gerufen. Valentinas Lippen formten die Worte ganz von allein. Schau mal, wer da ist! Schau mal, wer da ist! Und dann antwortete der Rufer sich selbst mit: *Ma cu èèè? Ma cu èèè?* Aber wer ist da? Aber wer ist da?

Die anderen hatten gelacht. Nur ihre Mutter Martina nicht. »Hör auf«, hatte sie gesagt, »hör sofort auf damit«, und sie mit eisigem Blick angeschaut.

Bei einem der Händler hatte Papa eine kleine Pfeife aus gebranntem Ton gekauft, es gab ein Foto von ihr mit der Pfeife. Wo war die Pfeife eigentlich geblieben? Es gab sie nicht mehr. Genau wie Papa. Den gab es auch nicht mehr.

Valentina fühlte, wie der Schmerz in ihr aufstieg. Er war tot. Hier in diesem Haus war er geboren – und nun war er tot. »Warum sind wir nie zusammen nach Sizilien gefahren und haben uns alles angeschaut?«, fragte sie ihn, doch er antwortete nicht. Kein Wunder, sie hatte seinen Letzten Willen zerrissen und verbrannt und schaffte es noch nicht einmal, ihn auf dem Friedhof zu besuchen und sich dafür zu entschuldigen.

An der Wand des Nachbarhauses lehnte ein blauer Wischmopp, darüber hing eine Reihe Wäscheklammern an einer Leine, daneben ein mit Weißbrotstücken gefülltes, rotes Plastiknetz. Das Brot sollte offenbar in der Sonne hart werden. Irma hatte das bei ihnen zu Hause auch immer gemacht, um ihr eigenes Paniermehl herzustellen. Viele sizilianische Gerichte waren ohne Paniermehl undenkbar. Einfach unvollständig. Ach, Irma, seitdem du von uns fortgegangen bist, haben Papa und ich uns um Haltung bemüht. Mehr nicht. Unser Leben war nicht undenkbar, aber unvollständig ohne dich.

Valentina kribbelte die Nase. Würde sie jetzt womöglich vor dem Geburtshaus ihres Vaters in Tränen ausbrechen? Nein. Stattdessen knurrte ihr Magen. Sie war eben nur ein gefühlloser Klotz, der etwas essen wollte. Gábbrie hatte bestimmt wieder gekocht. Aber vorher würde sie beim Casa Rosa klopfen. Sie könnte den dritten Schlüssel bei Melanie mit den großen Brüsten wieder abholen, bevor er verloren ging. Sicher war sicher.

Ihr Handy klingelte. Eric. Er rief gerne in seiner Mittagspause an und störte sie dann zu Hause meistens beim Übersetzen.

»Hallo!«

»Hallo?! Ja, ist das denn eine Begrüßung für deinen geliebten Partner? Klein-Laut?« Valentina musste lachen.

Er war gut gelaunt. Er war manchmal richtig lustig, wenn er gut gelaunt war.

»Hej, schön, dass du anrufst!«

»Du tust es ja nicht, da muss der Onkel Doktor aus Deutschland sich eben ab und zu mal melden.« Valentinas Lachen flaute ab. Sie fand es albern, wenn er sich Onkel Doktor nannte. »Wie geht es dir? Wie lange bleibst du noch? Also Folgendes: Ich habe mal die Flüge gecheckt. Wenn du morgen Mittag fliegen würdest, könnten wir am Montag gleich um zwölf Uhr zusammen zum Notar.«

»Gute Idee …« Wie stellte er sich das eigentlich vor? Dass sie hier alles stehen- und liegenließ? »… aber Irma ist immer noch nicht aufgewacht, und die Schule läuft weiter. Außer mir kann sich da im Augenblick keiner drum kümmern. Sie verstehen die Deutschen ja nicht.«

»Jetzt hör mir mal zu, kleine Maus! Sorry, dass ich dir das so sage, aber bei dieser Form der fulminanten Sepsis mit Mehrorganversagen kann es – ich betone: kann es – Wochen dauern, bis der Körper sich erholt hat und es keine Folgeschäden gibt. Je länger es dauert, umso wahrscheinlicher wird es weitere Komplikationen geben wie eine schwere Lungen- oder Harnwegsentzündung, wenn sie Pech hat sogar mit ganz üblen, schwer zu behandelnden Erregern. Bei der intensivmedizinschen Therapie werden Katheter benötigt, deren Anlegen nicht immer komplikationslos vonstattengeht. Dazu weiß noch keiner, wann und wie denn der Darm seine normale Funktion wieder aufnimmt. Das alles kann einen fatalen Verlauf zur Folge haben.«

Valentina stöhnte auf, doch Eric ließ sich nicht bremsen.

»Und dann, wenn sie dies alles überstanden zu haben scheint, ist es fraglich, ob sie danach sofort wieder aufwacht. Es gibt nach schweren septischen Verläufen auch massive Auswirkungen auf das periphere Nervensystem mit, und das ist auch nicht selten, einer ausgedehnten Lähmung aller Extremitäten, die nur ganz langsam zurückgeht. Dann müsste man sich auch mit einem Luftröhrenschnitt zum Schutze des Kehlkopfes und zur Erleichterung der Entwöhnung des geschwächten Körpers von der Beatmungsmaschine beschäftigen.«

Er machte eine Pause. Valentina hielt den Atem an. Was kam jetzt noch? Doch plötzlich sprach er in einem anderen, ja geradezu heiteren Ton weiter: »Sie könnte natürlich auch gerade in diesem Moment wieder stark genug sein, um sie nach und nach von den Maschinen zu nehmen, und übermorgen schlägt sie die Augen auf und lächelt dich an, aber …« Wieder eine bedeutungsvolle Pause.

Valentina schloss die Augen und schwieg. Das war unwahrscheinlich, so viel wusste sie auch.

»Verstehst du jetzt, was ich meine? Du kannst doch deiner Halbschwester, wenn sie es denn ist, nicht von heute auf morgen die Schule führen. Denn wie ich ja gerade erläutert habe, geht das wahrscheinlich noch wochenlang so. Du hast doch auch deine Verpflichtungen und bist schließlich nicht ihre Privatsekretärin, oder?«

»Nein. Aber andererseits … Alle machen hier irgendwie weiter, die Tanten bringen das Essen für die Schülerinnen, die Praktikantin arbeitet zwölf Stunden am Tag, ohne sich zu beklagen. Die Lehrerinnen machen ihren

Unterricht, obwohl sie ihr Gehalt für April noch nicht bekommen haben. Da fragt niemand: wie lange noch?«

»Die werden froh sein, überhaupt einen Job zu haben, dort unten im Süden liegt die Arbeitslosigkeit bei bis zu vierzehn Prozent. Bei den Jugendlichen unter fünfundzwanzig Jahren sogar über fünfundvierzig Prozent. Habe ich gerade heute Morgen in der Zeitung gelesen.«

Sie wusste nicht, was sie ihm antworten sollte. Was fiel ihm ein, so abfällig ›dort unten im Süden‹ zu sagen? Er war noch nie hier gewesen. Er sollte einfach die Klappe halten.

»Du weißt, dass ich recht habe! Und was ist nun, willst du morgen fliegen, oder nicht? Sollen wir das mit der Wohnung abblasen, damit du der Praktikantin noch ein bisschen helfen kannst, Klein-Vieh?«

Richtig, Kleinvieh macht auch Mist, dachte sie, genau wie ich. Ich habe keine Ahnung von dem, was ich hier eigentlich auf Sizilien tue. In diesem Moment ging die rechte Haustür des Casa Rosa auf, und ein Mann wurde über die Schwelle gedrängt. Valentina konnte nur seinen Rücken und seine langen Beine sehen, sein Kopf wurde von zwei Armen, die sich um seinen Hals schlangen, nach unten gezogen. Valentina schaute weg und gleich wieder hin; waren die jetzt bald mal fertig? Endlich ließ er sie los, seine Arme hingen an den Seiten herab. Doch die Frau wollte offenbar mehr von ihm als er von ihr und hörte nicht auf, ihn zu küssen. Melanies Lover? Oder der der Mitbewohnerin?

Seine Haare waren kurz, aber die Art, wie er die Schultern nach vorne beugte, kam ihr bekannt vor. Sehr bekannt. Er bewegte sich noch wie früher. Sie flüchtete mit einem Satz hinter den Oleanderbaum. Ihr Herz klopfte, als habe es einen furchtbaren Schreck bekommen. Hatte Irma nicht gesagt, er sei in Apulien, würde eine Kirche in Bari restaurieren? Er wandte sich zum Gehen, schlenderte nach links über den Platz, ohne sie zu sehen. Valentina drehte sich um und lief die Straße ein paar Schritte in die andere Richtung hinunter. *MaxMaxMax*. Anscheinend konnte ihr Gehirn nur noch diesen Namen auswerfen. Hör auf, beschwor sie sich, hör sofort damit auf! Es war doch unausweichlich, ihn wiederzusehen, oder? Er lebte nun mal hier. Sie schlüpfte in einen Hauseingang, eigentlich nur eine Treppenstufe im Schatten, hinter der die Haustür lag, das Handy noch immer am Ohr.

»Valentina? Was ist denn los, bist du noch da?«

In ihrer Kehle pochte es hart und schnell. »Ich weiß nicht.«

»Wie, du weißt nicht?«

Sie atmete tief ein und bemühte sich um eine ruhige Stimme. »Ich entscheide das heute Abend und rufe dich an, okay?«

»Na gut. Mach dir doch ein paar Stichpunkte und trag der komischen Familie deines Vaters dann ganz in Ruhe vor, dass du bald verkaufen möchtest, weil du Geld brauchst. Das ist doch verständlich. Auch da unten auf Sizilien, oder? Ich warte auf dich, kleine Kirchenmaus! Liebst du mich noch?«

Oje. Jetzt musste sie ganz schnell antworten. Sie starrte auf den Boden vor ihren Füßen, rechts neben ihrer Schuhspitze lag eine aufgeplatzte Tomate. Eine bunt schillernde Fliege krabbelte darauf herum. Eric hatte recht, sie war arm wie eine Kirchenmaus. »Ja klar!«

»Sag es mir! Du liebst mich noch, oder?«

»*Sì. Ti amo.*« Ein Trick.

»Sag es auf Deutsch!«

Meine Güte, warum war er ausgerechnet jetzt so hartnäckig? »Klar liebe ich dich noch!« Geschafft. Sie legte auf.

»Valentina!«, sagte eine Stimme dicht vor ihr.

17

Warum hat das mit uns so seltsam enden müssen?, fragte Valentina sich, als sie in sein Gesicht sah. Na ja, weil es auch seltsam angefangen hat, erinnere dich doch mal. Fast hätte sie gelacht. Die vergangenen elf Jahre hatten sie zu einer besseren Schauspielerin gemacht, immerhin. Obwohl ihr Körper meinte, Adrenalin ausschütten zu müssen, um ganz schnell weglaufen zu können, hielt sie seinem Blick stand, schaute ihn in Ruhe an, ließ den Zeitraffer in ihren Augen noch einmal ablaufen. Andere Haut, mehr Haare, nicht auf dem Kopf, sondern im Gesicht, mehr Augenbrauen, mehr Bartstoppeln, erste kleine Falten um die Augen. Er war immer noch schön, seine Stimme dieselbe, aber er war nicht der, den sie gekannt hatte. Er lächelte sie nicht an, sah ernster aus, männlicher. Er hatte etwas mit Irma gehabt, und mit tausend anderen Frauen vermutlich auch. Die blöde Melanie hatte ihn gerade erst abgeknutscht. Er hatte wahrscheinlich bei ihr übernachtet. Hatte sie gevögelt. Hatte sich durch die halbe Welt gevögelt.

Valentina schluckte. Wenigstens benutzte sie mittlerweile ganz selbstverständlich Worte wie ›gevögelt‹. Sollte er doch vögeln, wen er wollte. Es war ihr egal. Immer noch sah er sie an. Es war ihr überhaupt nicht egal. Sie hätte losheulen können.

Sie war sechzehn, gerade in der elften Klasse, und plötzlich wollte der beliebteste Junge der Schule mit ihr zusammen sein – mit ihr, die noch nie vorher einen Freund gehabt hatte. Er wusste ja nicht, dass sie gestört war.

»Vielleicht bin ich gestört«, hatte sie Arabella anvertraut.

»Wo ist das Problem, riecht er aus dem Hals?«

»Nein. Überhaupt nicht.« Sie hoffte, dass niemand jemals etwas Ähnliches über sie sagen würde: Valentina? Wo ist das Problem, riecht sie aus dem Hals? Wie beschämend.

»Was dann? Du machst den Mund auf, gibst ein bisschen von deiner Zunge her, den Rest wird *er* erledigen, er wird dir schon zeigen, wie es geht!«

»Ich kann es nicht, ich mag diese fremde Zunge an meiner nicht, obwohl es seine ist. Es ist mir zu weich, zu nass, zu nah. Dabei bin ich doch total verliebt in ihn.«

»*Total* verliebt, und du schaffst es nicht, ihn zu küssen, ohne Panik zu bekommen? Da läuft aber irgendwie was falsch.«

»Sag ich ja«, hatte Valentina gejammert.

»Hast du denn nicht früher geübt, beim Flaschendrehen in der Sechsten, du weißt schon, Wahrheit oder Pflicht, da ging es doch ab.«

»Ich war beim Flaschendrehen nie dabei, erinnere dich doch mal!«

»Stimmt. Wo warst du da eigentlich immer? Auf'm Klo?«

»Ach, vergiss es … Vielleicht liegt es daran, dass ich meine Eltern nie beim Küssen gesehen habe«, versuchte Valentina eine Erklärung zu finden, »und meine Großeltern auch nicht. Es hat mir nie jemand vorgemacht.«

Arabella winkte ab. »Habe ich auch nie mitbekommen. Manchmal hat mein Vater meine Mutter beim Abwaschen in die Seite gekniffen, das war wohl ein geheimes Zeichen, da hat sie immer so komisch gelacht. Aber *dich* haben deine Eltern doch geküsst, so gute Nacht und so. Oder etwa nicht?«

Valentina hatte den Kopf geschüttelt. »Die Einzigen, die mich geküsst haben, waren die Verwandten auf Sizilien, und das war mir damals schon völlig unangenehm, daran erinnere ich mich noch. Ich habe immer ganz steif dagestanden und gebetet, dass sie bald durch sind mit mir. Es waren so viele, weißt du?«

Einen Monat hatte es gedauert, bis Valentina sich überwinden konnte, Max zu küssen. Er war so verliebt, er drängelte nicht, er umarmte sie und küsste vorsichtig ihr Gesicht, während sie stumm dalag und sich fragte, warum sie seine Küsse nicht erwidern konnte. Dann hatte sie langsam Gefallen daran gefunden, ihn zurückgeküsst. Und irgendwann hatte sie ihn berühren wollen, aber auch das gelang ihr nicht. Vor seiner Hose stoppte sie jedes Mal.

Das männliche Geschlechtsteil fand sie sonderbar. Wie sollte sie es anfassen, wenn ihr noch nicht mal die Begriffe, mit denen es benannt wurde, gefielen? Und ihr eigenes? Kaum erwähnt. Man sollte es sauber halten und nicht darüber sprechen. Auch dafür hatte sie keinen Namen, selbst heute nicht. Das war der ganze unausgesprochene Klumpatsch, den ihre Mutter ihr feige zurückgelassen hatte und den Irma in ihrer direkten Art noch verschlimmert hatte.

Meine Güte, er muss doch manchmal kurz vor dem Platzen gewesen sein, dachte Valentina jetzt, als er ihr Gesicht in diesem schattigen Hauseingang nach etwas absuchte, was er offensichtlich nicht fand.

War er aber nicht. Auch die folgenden neun Monate nicht, bis sie endlich so weit war, mit ihm zu schlafen. Ihr Vater wusste natürlich nichts davon, Irma half ihr dabei, ihre Liebe zu Max vor ihm geheim zu halten.

»Er muss es nicht wissen«, sagte sie. »Jetzt noch nicht. Für ihn bist du das kleine Mädchen. Obwohl … Als er jung war, waren die Mädchen in deinem Alter, mit sechzehn, siebzehn ja auch schon meistens verlobt und standen kurz vorm Heiraten.«

»Du bist eine harte Nuss, weißt du das? Ich kenne niemanden, der es elf Jahre ausgehalten hätte, sich nicht zu melden! Wo doch Irma hier war, und ich … Egal.« Er wandte sich ab, als ob er gehen wollte, drehte sich dann aber wieder zu ihr. »Wie geht es ihr? Ich war heute Morgen im Krankenhaus, habe mich bis zur Intensivstation vorgekämpft, aber sie haben mich nicht zu ihr reingelassen.«

»Nur die Verwandten dürfen hinein, einmal mittags, einmal am frühen Abend. Wir können sie aber auch nicht direkt sehen, nur über eine Kamera. Ihre Werte sind immer noch schlecht, sie halten sie immer noch im Koma, alles, was sie noch nicht selber schafft, wird von Maschinen übernommen. Damit sie sich endlich erholt.«

»Scheiße«, flüsterte er. »Verdammte Scheiße. Irma.« Er hatte Tränen in den Augen, er hatte schon früher oft und leicht geweint. Meistens aus Wut. Oder wie jetzt. Aus Liebe.

Keiner von ihnen sprach, nur sein Schniefen und Atmen war zwischen den Wänden des Hauseinganges zu hören. »Ihr werdet lange zusammenbleiben, das weiß ich«, hatte Irma ihr damals prophezeit. Sie hatte recht, dachte Valentina. Was wir miteinander erlebt haben, war einmalig. *Vor* der Sache. Wäre die nicht passiert, wären wir noch heute zusammen. »Harte Nuss« hat er mich gerade genannt. Weiß er denn nicht, dass ich so hart werden musste, um zu überleben?

Nach neun Monaten kam der Wandel. Plötzlich war es, als sei etwas in ihr eingebrochen, ein Damm, der ihre Seele vor irgendetwas hatte beschützen müssen, der nun aber nicht mehr nötig war. Sie küsste ihn mittlerweile ausgesprochen gerne und lief sogar manchmal in seinem Zimmer nackt vor ihm herum. (Wenn die Vorhänge zugezogen waren und sich außer ihnen niemand im Haus befand.) Sie glaubte seinen Beteuerungen, dass ihre Brüste ihm überhaupt nicht zu klein seien und es auch niemals sein würden, dass ihr Po phänomenal sei und er die beiden Grübchen darüber, rechts und links der Wirbelsäule, sowieso von ihr angemietet habe, um etwas darin aufzubewahren. Was genau, wusste er noch nicht. Salz? Zucker? Oder Wimpern, die ihr ausgefallen waren? Er war sich nicht sicher. Manchmal musste sie sich auf den Bauch drehen, dann legte er seinen Kopf auf ihren Rücken, damit er seinen Besitz in Ruhe von Nahem betrachten konnte.

Irgendwann, es war im November, stand sie vor seiner Haustür. Noch bevor er öffnete, spürte sie, wie ihr Körper sich anspannte, als ob er unbedingt eine Sehnsucht stillen wollte, von der sie bis dahin nichts geahnt hatte. Max öffnete die Tür, sie flog ihm in die Arme, presste sich mit Gewalt an ihn, beinahe hätte sie seinen Oberschenkel in die Kneifzange ihrer Schenkel genommen. Er sah sie überrascht an, sie lachte ihm ins Gesicht: So fühlte sich das also an.

»Heute machen wir es, das ist dein Tag«, sagte sie kichernd. Es wurde sein Tag, und es dauerte nicht lange, bis auch ihr Tag kam. Ihr Körper hatte endlich gelernt, nicht mehr auf ihren Kopf zu hören.

Valentina wurde die Unersättliche, die, die plötzlich nur noch mit ihm schlafen wollte, wenn sie bei ihm war, die ihren Körper nicht mehr für sich brauchte, sondern ihn ausschließlich durch ihn erleben wollte. Auch außerhalb des Bettes genoss sie es, mit einem Teil von ihm in Berührung zu sein, seinem Arm, seiner Hand, seinem Bauch. Seinem Penis. Sie hatte beschlossen, ihn so zu nennen. Es war ganz leicht.

»Winter ade, Scheide tut weh«, trällerte Max, wenn Valentina sich wieder einmal beklagte, ganz wund zu sein.

»Warum musst du auch immer so scharf auf mich sein?«, fragte sie ihn gespielt vorwurfsvoll.

»Du willst es, weil ich es will, also halt die Klappe und ganz still«, sang er weiter.

»Äußerst jämmerlich gereimt, Herr Rodier. Geben Sie es endlich auf, aus Ihnen wird nie ein Dichter.«

Sie alberten herum und verbrachten jede freie Minute miteinander. Ganz selten waren sie bei Valentina zu Hause, dann sagten sie kurz im Marmorkontor Hallo. Für Papa war Max ein Freund aus dem Orchester, obwohl beide dort schon längst nicht mehr spielten. »*Musica* ist das Salz von das Leben!«, rief ihr Vater jedes Mal, Max nickte, *sì sì*, und dann ließen sie ihn weiterarbeiten, gingen nach oben und tranken mit Irma Kaffee.

Ihr eigentliches Leben fand bei Max statt. Während sie nackt auf seinem Rücken lag, fragte Valentina ihn für seine Abiturprüfung in Kunstgeschichte ab, das Buch an der Seite, damit er nicht hineinschauen konnte. Wenn sie bei seinen Freunden waren, hielt er nicht nur ihre Hand, nein, er drückte seine Schläfen ganz fest an ihre, sie musste den Gegendruck erzeugen, sonst wurde er ungeduldig. Die Freunde verdrehten schon die Augen, wenn sie die beiden sahen. »Da kommen die Klammeraffen wieder«, sagten sie. »Ich muss sowieso gleich nach Hause«, entschuldigte Valentina sich dann automatisch.

»Ihr müsst verhüten.«

»Du bist ein bisschen spät dran mit deinem Rat, Irma«, antwortete Max, packte sie an der Taille und tanzte mit ihr durch die Küche. »Machen wir doch schon längst.«

Beim Frauenarzt hatten sie sich zusammen für die Spirale entschieden.

Jetzt ist Ruhe, und wir können endlich pausenlos vögeln. Komm zu mir!, hatte Max ihr an dem Abend per SMS geschrieben, nachdem die kleine Kupferschleife nachmittags in ihrer Gebärmutter versenkt worden war. Sie hatte die Nachricht nie löschen wollen, es aber zwei Jahre später doch getan.

»Du siehst irgendwie verändert aus, mein Mädchen«, sagte Papa Enzo einmal zu ihr. »Deine Haare, hast du was mit deinen Haaren gemacht?« Nein, Papa, hätte sie am liebsten geantwortet. Ich habe nur gerade Sex gehabt, mit einem Jungen, den ich liebe!

Ein Jahr später bekam Valentina den gleichen Satz von Irma zu hören. Es war an dem Tag nach der Heimkehr aus London, sie war froh, alle wieder zu sehen, aber auch unruhig. Sechs Monate hatte sie jetzt mit Max zusammengelebt, sie konnte nicht wieder zurück in die Heimlichtuerei. Sie war neunzehn, sie hatte ihr Abitur gemacht, hatte ihr CAE-Zertifikat von Cambridge in der Tasche und sollte eigentlich im nächsten Semester auf der Fachhochschule in der Kreisstadt mit dem Studium zur Übersetzerin anfangen. Sie strich durch das Haus und die Geschäftsräume des Marmorkontors, verteilte die englischen Whisky-Fudge-Plombenzieher-Bonbons an Herrn Mader und Kaffeetassen mit »God-save-the-Queen« drauf, die sie noch schnell am Flughafen gekauft hatte, an die Belegschaft der Sägehalle. Ihrem Vater hatte sie einen großen Paddington-Bär mitgebracht, der lehnte in seinem karierten Hemd am Computerbildschirm und starrte unter dem Schlapphut hervor etwas missmutig ins Leere. Wahrscheinlich vermisste er seine großen und kleinen Kollegen, mit denen er am Tag zuvor noch im Regal des Souvenirshops gesessen hatte.

Wie sollte sie es anstellen? Wann wäre der beste Zeitpunkt, es ihm zu sagen? Sie liebte ihr Zuhause, ihr Bett, Irmas Geruch in der Küche, die Weite der Moorlandschaft, die hinter dem Haus begann, das spießige Wohnzimmer mit Papas Wonderboy-Sessel, in dem er sich Abend für Abend vor dem Fernseher zurückkippte und dann einschlief. Doch sie war nicht glücklich. Sie hatte gestern sogar bei einem Werbespot zu heulen angefangen, nur weil eine vorwitzige kleine Katze eine Ladung Schnee auf den Kopf bekam, und heute Morgen, beim Zähneputzen mit der vertrauten deutschen Zahnpasta, war ihr ganz schlecht geworden. Wahrscheinlich vor Rührung, oder war es vorweggenommener Abschiedsschmerz?

»Du siehst irgendwie verändert aus, iste alles in Ordnung?«

»Klar, Irma!« Sie hatte sie schnell umarmt und von ihren Plänen erzählt. Sie wolle mit Max zusammenziehen, dorthin, wo immer er auch studieren würde. Das wäre noch nicht raus, aber Übersetzerin könne man fast in jeder Stadt werden. Entweder an einer Fachhochschule oder einer Uni.

»Papa wird es verstehen, ich muss es ihm endlich sagen. Max findet das auch. Und Marlene, also seine Mutter, wundert sich sowieso schon, warum wir da so ein Geheimnis draus machen.«

»Sie wundert sich? Sie kennt die sizilianischen Väter nicht …«, hatte Irma gesagt und prüfend über Valentinas Hüften gestrichen. »Du bist runder geworden, und deine Haare …«

Ihren wissenden Blick würde Valentina nie vergessen.

»Gestern am Bahnhof hast du noch gesagt, London hätte mir gutgetan!«

»Das meinte ich auch so, du siehst ja auch blendend aus. Dein Haar glänzt, du bist nicht mehr so mager. Wie wir auf Italienisch sagen: *bene in carne*.«

Gut im Futter. Na, danke schön. »Verstehe ich auch nicht. Ich habe das englische Essen gar nicht besonders gut vertragen und trotzdem vier Kilo zugenommen.«

»Wenn ich es nicht besser wüsste, würde ich behaupten, du bist schwanger.«

Max drehte sich von ihr weg und trat aus dem Hauseingang auf die Straße. Valentina wollte unbedingt etwas sagen, etwas, das die ganzen letzten Jahre zusammenfassen sollte, ihm zeigen sollte, wie gut es ihr jetzt ging. Dass sie die Sache vergessen hatte. Ihn vergessen hatte.

»Hast du mit ihr geschlafen?!«

»Ich wusste, dass du das fragen würdest!«

»Das konntest du gar nicht wissen, ich war nie eifersüchtig, erinnere dich mal!«

»Ach, Valentina. Es ist seltsam, dich nach dieser langen Zeit zu sehen. Noch dazu hier, auf Sizilien.«

»Also hast du mit ihr geschlafen. Und mit Irma? Nein, nein, nein, ich bin nicht eifersüchtig, es ist mir eigentlich auch egal. Ich will es einfach nur wissen, nur für mich.«

»Ich habe nie mit Irma geschlafen, also bitte! Wie kommst du denn darauf?!«

Er starrte sie an, sie kannte diesen Blick, so böse hatte er schon früher gucken können. Wenn er von seinem Vater erzählte oder von stumpfsinnigen Lehrern, die ihn wütend machten, wurden seine hellen Augen zu Gletschereis.

»Es tut mir leid, was passiert ist. Das habe ich dir damals schon gesagt. Mehr konnte ich doch nicht tun! Aber du! Du hast nie auf meine Briefe geantwortet. Nie angerufen, nie Irma etwas für mich ausrichten lassen. Wieso?«

Nie, nie, nie. Er wiederholte sich. Valentina holte tief Luft, atmete ein, bis sie den Klumpen aus Wut, Enttäuschung und Traurigkeit in ihrem Hals nicht mehr spürte. Luft wieder raus, schon war der Klumpen wieder da.

»Du bist weggegangen!«

»Nach einem Jahr, Valentina, nach *einem* Jahr! Und weißt du, warum? Auch ich war traurig, ich habe gelitten wie ein Hund, ich wusste nicht, was ich noch tun sollte. Für dich, oder für uns. Aber als ich mich dann entschieden hatte zu gehen, tat mir das verdammt weh, und doch war ich gleichzeitig auch froh, meine Trauer nicht ständig ›beweisen‹ zu müssen. Man durfte neben dir nicht mehr lachen, selbst wenn man es vielleicht schon ab und zu wieder gekonnt hätte.«

Er ging davon. Valentina blieb stehen. Ihre Beine kribbelten, und in ihrem Magen lag ein eiskalter Schwamm, der immer weiter Kälte aufzusaugen schien. Plötzlich hielt Max an, drehte sich um und hob entschuldigend die Hände.

»Hier auf Sizilien konnte ich endlich wieder atmen.«

18

Max war ein Feigling. Er war weggerannt, als es schwierig wurde. Er war egozentrisch. Hatte damals nur an sich gedacht, wiederholte Valentina in Gedanken wieder und wieder. Doch sein letzter Satz brannte am nächsten Morgen noch immer in ihr. Tief drinnen, in dem unbenutzten Hohlraum zwischen Herz und Zwerchfell.

»Erzähl mir weiter, Angelina, ich bin so traurig.«

»Wir sind alle traurig, Schätzchen, aber davon wird es auch nicht besser. Ich war heute Morgen in der Messe. Sie wird aufwachen, Gott wird sie ganz sanft wieder erwecken.«

Wenn ich doch nur daran glauben könnte, dachte Valentina. Ich lese stattdessen die Artikel im Internet. Durchstöbere die Foren auf der Suche nach Prozentzahlen, weiß nicht, ob ich den Horrorberichten oder den Wundergeschichten glauben soll, habe Mitleid mit den naiven Fragestellern voller Hoffnung und hasse die abgeklärten Antwortgeber, die ihre Erfahrungen meist ohne große Zuversicht herausposaunen.

»Pinu wollte kein Schuster mehr sein, nachdem seine Elisabetta geheiratet hatte«, erinnerte sie Angelina.

»Genau. Auch Mamma Ro', seiner Mutter, ist es recht, dass Pinu das Schusterhandwerk aufgibt, sie möchte schon seit Langem eine leichtere Beschäftigung für ihren geliebten Pinuzzo und überredet ihren Mann, einen kleinen Wagen zu kaufen, in dem man Personen befördern kann. Pasquale gehorcht, er zahlt eine erste Rate an, und schon bald sieht man Pinuzzo mit dem bescheidenen Gefährt durch Camaro fahren. Er bringt die Leute zum Friedhof, der weit außerhalb der Stadt liegt, und wartet dort auf sie. Bald hat er einen festen Kundenstamm, den er an verschiedenen Wochentagen abholt. Montags die Schwestern Scaduto, dienstags die Witwe Cuffaro und jeden Freitag um fünf den einzig übrig gebliebenen Sohn der Familie Martorana, einen schlaffen Mann, weit in seinen Fünfzigern, der seinen Eltern Blumen bringt und jedes Mal mit verweinten Augen wieder in Pinuzzos Wagen steigt.

Fast alle Schwestern sind jetzt schon aus dem Haus, aber sie wohnen nicht weit weg, ihre Männer sind Maurer wie die meisten ihrer Brüder, oder Bauern, die ein Stück Land bearbeiten. Zitronen anbauen, ein mühsames Geschäft. Pinuzzo liebt seinen Wagen, vom Kutschbock aus hat er den Überblick, und er kommt herum! Wenn er nicht fährt, versucht er günstige Lebensmittel zu ergattern. Die fahrenden Händler, die an den Straßenecken stehen und durch die Gassen ziehen, kennen ihn, Pinuzzo weiß genau, was die Lebensmittel kosten dürfen, er feilscht mit den Männern und bekommt vieles billiger, weil er dabei lacht und seine fehlenden Beine kommentiert, bevor es die anderen tun. Nur wenn ihm jemand aus Mitleid etwas umsonst zustecken will, wird er wütend. Er ist nicht auf Almosen angewiesen, er hat Geld, das er in solchen Situationen gern aus seiner Hemdtasche zieht und herzeigt.

Eines schönen Herbsttages ist Pinu wieder mit seinem inzwischen abbezahlten Wägelchen unterwegs, es ist der 24. September 1967, doch er kann nicht wissen, dass sein Leben nach diesem Tag ein anderes sein wird …«

Angelina machte eine bedeutsame Pause.

»Ah, nein, bitte, Angelina! Du weißt, wie ich es hasse, wenn du solche Redewendungen wie: *er kann nicht wissen, dass … – er ahnte nicht, dass …* benutzt! Das ist unerträglich!«

Aber Angelina zuckte nur die Schultern, lächelte und fuhr fort: »Pinu befindet sich also auf der schmalen Via Pietragrosse, die rechts und links von Felsen gesäumt ist, und fährt auf eine T-Kreuzung zu, dort, wo die Via Pietragrosse auf die Via Avvocato Vincenzo Cirincione trifft, die zu der Zeit noch anders hieß, nämlich Via Ducato. Hinter ihm fährt ein Linienbus. Überall fuhren damals Busse, sie fuhren öfter als die Züge, allerorten konntest du mit den Bussen hin, in das letzte abgelegene Bergdorf, Strecken, die heute längst nicht mehr befahren werden. Er juckelt also auf die Via Ducato zu, die heutige Avvocato Vincenzo Cirincione …«

»Das sagtest du schon!«

»Warum so angespannt, kleine Cousine?«

»Weil die kleine Cousine nicht möchte, dass ihm das passiert, was jetzt gleich passieren wird!«

»Aber du weißt doch noch gar nichts.«

»Erzähl schnell, dann habe ich es hinter mir!«

»Er fährt da also auf der Straße, es ist ein wunderbarer, sonniger Tag, wie so oft bei uns auf der Insel, und mit einem Mal hört er das Zischen von Bremsen und das Aufheulen eines mächtigen Motors – ganz nah. Er schaut sich kurz um und sieht einen Bus knapp hinter sich, der anscheinend Mühe hat, sein Tempo zu drosseln. Pinuzzo ruft seinem Pferd ein paar beruhigende Worte zu, es ist ein Pferd, das er sich erst wenige Monate zuvor gekauft hat, schon ein paar Jährchen alt, aber doch kräftiger und nervöser als das vorherige von seinem Vater, das sie zum Abdecker bringen mussten. Es gibt keinen Seitenstreifen und keine Chance, auf die andere Straßenseite auszuweichen, denn schon nähert sich die Kreuzung, von rechts kommt ein weiterer Bus, auch er blau und auf seiner Fahrt quer über die Insel. Eine scharfe Linkskurve wäre jetzt das Beste, doch dann würden sie an Geschwindigkeit verlieren, und der Bus von rechts würde sie vermutlich erwischen. Pinuzzo schlägt hastig das Kreuzzeichen und setzt alles auf eine Karte. Wenn er im selben Tempo weiter geradeaus fährt, kann er dem Bus von rechts entkommen. Zwischen der Fahrbahn und der flachen Mauer, die vor der Schlucht schützt, ist eine große ausgetrocknete Rabatte, vielleicht zehn Meter lang, genug Platz für einen Stopp mit Pferd und Wagen. Der Bus, der ihn jagt, schafft entweder noch eine Bremsung, eine Linkskurve oder wird vom rechten Bus aufgehalten. Das liegt jetzt allein in Gottes Hand. Pinuzzo sieht sich von oben, sein Pferd, der Wagen, er auf dem Kutschbock, dann sieht er viel Blau, das auf ihn zuschießt, er erkennt den erschreckten Gesichtsausdruck des Busfahrers durch die Scheibe, riecht die verbrannten Gummibeläge der Bremsscheiben hinter sich, reißt an den Zügeln des durchgehenden Pferdes. Schrilles Quietschen, Passanten, die aufschreien …!«

Angelina hielt die Luft an. Valentina hielt die Luft an. Ihre Cousine mit ihren verdammten Spannungspausen – sie hatte soeben den perfekten Cliffhanger für das Ende eines Kapitels konstruiert! Nach fünf Sekunden hielt sie es nicht mehr aus, sie atmete weiter. »Und? Hat er es geschafft?«

Ihr Handy klingelte. Gerade jetzt! Sie schaute kurz auf das Display des Telefons und steckte es dann tief in ihre Handtasche, wo es nach ein paar weiteren Klingeltönen verstummte. Eric hatte wirklich ein feines Gespür für den falschen Moment.

»Hat er es geschafft? War das Pferd tot?«

»Später, später. Zunächst mal zu Rosa: Sie hat in diesem Augenblick zu Hause gesessen und Auberginen für das Abendessen geschnitten. Mittendrin, als sie die Scheiben gerade dick mit Salz bestreuen und ziehen lassen will, spürt sie einen Druck in der Brust, sie weiß mit einem Mal, ihrem Pinuzzo ist etwas zugestoßen. Sie reißt das Salzfass um, so schnell springt sie auf, um das Tuch, das sie in einem ganz besonderen Kästchen aufbewahrt, zu holen, dann rennt sie auf die Gasse. Schon hört sie den Tumult ein paar Straßen weiter, wie ein Lauffeuer verbreitet sich die Nachricht vom Unfall mit den zwei Bussen am Ortsausgang.

Es dauert lange, bis die ineinander verkeilten Fahrzeuge endlich zurücksetzen können. Die Menschen helfen, sie schieben sie mit vereinten Kräften auseinander und holen dann den Karren dazwischen hervor, platt bis zur Deichsel, nur noch Kleinholz. Das Pferd hängt in seinem

Geschirr, geschockt, das rechte Hinterbein pendelt etwas schief an ihm herab, aber es lebt. Man räumt das Holz Stück für Stück beiseite, Metallbeschläge, geborstene Radspeichen. Diejenigen, die den Unfall beobachtet haben, meinen, der Fahrer müsse irgendwo zerquetscht inmitten der Trümmer liegen. Sie kennen ihn, es ist der, der ohne Beine geboren wurde und vierzig Tage in einem Schrank überlebt hat.«

»Vierzig Tage?« Valentina schnaubte ungläubig.

»Na ja, aus den drei Tagen wurden im Laufe der Jahre immer mehr. Und du erinnerst dich: In der Bibel steht, dass unser Herr Jesus vierzig Tage in der Wüste zugebracht hat, ohne Essen und Trinken. Vielleicht ist diese Zahl deswegen im Umlauf. Einige wissen auch seinen Namen: Vitale, Giuseppe, genannt Pinu, der Sohn von Rosa und Pasquale, dem ehemals reichen Pasquale, dessen Vater sich mit der Flinte ... Ach, die Geschichten halten sich lange bei uns auf Sizilien.

Aber zurück zu Pinu. Sie finden ihn nicht! Sie rennen zum Abgrund, schauen über die Mauer zehn Meter in die Tiefe – aber auch dort liegt er nicht, keine Spur von ihm, er ist weg! Wie durch ein Wunder ist den anderen Fahrern nichts passiert, und auch die Passagiere sind größtenteils unverletzt geblieben, nur kleinere Schnittwunden und Prellungen. Rosa steht wie versteinert dabei, allein ihre Hände drehen und wenden das Tuch, sie weint nicht. Vater Pasquale und die Geschwister laufen fassungslos zwischen den zerknautschten Karosserien der Busse und den Resten des Karrens umher. Doch Rosa spürt die Verbindung zu ihrem Sohn, sie ist nicht abgerissen, im Gegenteil, er ist ganz nah, hier bei ihr, die Heiligen beschützen ihn. Ihre Hände fangen an zu kribbeln, dann auch die Beine. Die anderen Söhne wollen sie wegführen, sie wehrt sich, stemmt ihre Absätze in die Erde wie ein Maultier. Es kommt zu einem Streit. ›Mama, jetzt komm, du stehst unter Schock, der Arzt wird dir eine Spritze geben!‹ Rosa schlägt nur die Hände vors Gesicht und bleibt stehen.

Da meldet sich eine Stimme von oben. ›Wie aus dem Himmel‹, erzählt Rosa noch Jahre später, wenn die Rede darauf kommt. ›Weinet nicht, ihr geistig Armen‹, ertönt es klar und laut, ›denn Euer ist das Himmelreich!‹«

Valentina kamen die Tränen, das erste Mal seit dem Tod ihres Vaters spürte sie, wie sie ihre Augen überschwemmten und heiß an ihren Wangen herunterliefen, ein wunderbares Gefühl, das sie so schnell nicht wieder loslassen würde.

»Aaach, na, na, na! Weine ruhig, weine!«, sagte Angelina und zog Valentinas Gesicht in ihre weiche Halsbeuge. Valentina heulte und schluchzte und ließ alles laufen. Sie war so glücklich für Rosa, dass Pinu lebte! Sie war so traurig! Max' Gesicht schob sich vor ihre Augen, mit dem Ausdruck, den es bei seinen Worten ›Hier auf Sizilien konnte ich endlich wieder atmen‹ gehabt hatte. Sie dachte an ihr Baby, das zu früh gekommen war, und sie weinte um die Liebe, die sie verloren hatte. Doch schon im nächsten Moment war sie gar nicht mehr traurig, sondern von einer wahnsinnigen Liebe zu diesem kleinen Wesen erfüllt, das achtzehn Wochen in ihrem Bauch gelebt, aber nur eine Stunde zum Abschiednehmen in ihren Armen gelegen hatte. Mehr Tränen, immer mehr Tränen, als ob sie damals noch nicht fertiggeweint hätte. Ella war da gewesen, so zart und wunderschön, aber anstatt dass ihr kurzes Leben ihre jungen Eltern noch enger miteinander verband, waren Max und sie dadurch auseinandergetrieben worden. Sie hatte Max unterstellt, dass ihm Ella gleichgültig sei, hatte ihn immer wieder gezwungen, Ellas Namen auszusprechen. O Gott, ein neuer Gedanke tauchte auf in ihrem Kopf: Wie grausam sie zu ihm gewesen war! Sie weinte heftiger. Was hatte sie ihm nur damit angetan? Darüber hatte sie in ihrem Zorn und ihrer Enttäuschung nie nachgedacht. Plötzlich musste sie an die gelben Ohrenschützer ihres Vaters denken, die für immer unbenutzt in der Sägehalle hingen. An die ungegessenen Karamellbonbons in seiner Schreibtischschublade, die er so liebte. Sie schluchzte laut. Wie aufgeregt und stolz sie auf seinem Schoß gesessen hatte, als er ihr das Gabelstaplerfahren beibrachte!

Er hatte sich immer schuldig an ihrem Unfall gefühlt, dabei hatte sie das Ding doch heimlich aus der Halle gefahren, um ihren Freunden zu imponieren. Monatelang sah es aus, als ob ihr Fußgelenk steif bliebe. Ihre Mutter hatte es ihm bei jeder Gelegenheit vorgeworfen, sie waren beide von Martinas schneidender Stimme paralysiert gewesen.

Pass anständig auf sie auf!

Du mit deinen wahnsinnigen Ideen!

Du wirst sie noch umbringen!

Immer nur Kritik – immer hatte er mit ihr irgendetwas falsch gemacht.

Danach war er noch ängstlicher gewesen, hatte kaum mehr etwas mit ihr unternommen.

Valentina griff nach Angelinas Schultern und drückte sie ganz fest. Wenn es das alles gab, das mit dem Himmel und dem Universum und der Vereinigung aller Seelen, wie auch immer, dann würde er wissen, dass ihr die Heimlichtuerei leidtat, aber auch, dass sie ihm verziehen hatte. Wenn es all das gab, dann würde er auch Ella kennenlernen. Sie lachte, während sie aufschluchzte. Er würde sich um sie kümmern, er würde sie festhalten, er würde sie natürlich erkennen, obwohl sie ihm das kleine Wesen verheimlicht hatte. Warum hatte sie das eigentlich getan? Er war ein guter Vater gewesen. Sie würde ihm morgen alles erzählen und sich endlich richtig von ihm verabschieden!

Valentina nahm den Kopf aus Angelinas Halsbeuge und bekam von ihr ein Taschentuch gereicht. Dankbar schniefte sie hinein. Ihre Cousine war eine von den Frauen, die solche Dinge bei sich hatten, wenn es drauf ankam.

»Erzähl weiter«, bat Valentina, nachdem sie sich die Nase fertig geputzt hatte.

»Alles wieder gut?«

Valentina nickte. Nie würde alles wieder gut, das wusste Angelina sicher auch, aber für den Moment ging's. Sie lächelte.

»Was war passiert? Pinu ist in weitem Bogen über die Mauer geflogen, doch genau an dieser Stelle krallt sich ein Feigenbaum an den Abhang, dessen Krone bis knapp über die Mauer reicht. Diese Krone hat ihn aufgefangen, ohnmächtig hängt er kopfüber in einer Astgabel, verdeckt vom dichten Blätterwerk, keiner hat ihn dort sehen können. Dann kommt er langsam zu sich, noch immer benommen, beobachtet er alles: die rennenden Leute, sein armes, fast zu Tode erschrecktes Pferd, Mutter, Vater, Geschwister. Über eine Stunde schaut er dem Treiben zu, stumm, ohne sich zu rühren, bis er seine Mutter mit seinen Brüdern streiten sieht. Er steckt seinen Kopf durch die sattgrünen Feigenblätter, die seinen Hals wie eine Krause umschließen, und ruft den später so oft zitierten Satz: ›Weinet nicht, ihr geistig Armen, denn Euer ist das Himmelreich!‹

Von diesem Tag an, dem 24. September 1967, fühlt Pinu sich wirklich auserwählt. Er muss einfach unter dem Schutz der heiligen Anna stehen, wie sonst ist es zu erklären, dass er seine eigene Geburt überlebte? Dass er länger als drei Tage im Schrank überlebte, mit der Milch, die seine Mutter ihm in ihren Träumen gegeben hat? Die Nadelattacke der Schwiegermutter überlebte? Den Schlag des Pferdes überlebte? Und nun auch noch diesen schweren Verkehrsunfall, der tödlich für ihn hätte verlaufen müssen?

Pinu liegt eine lange Zeit im Bett, sein Schultergelenk ist ausgekugelt, zwei Rippen vermutlich gebrochen, sein ganzer Torso ist bandagiert, er leidet bei jedem Atemzug unter heftigen Schmerzen. Auch wenn er noch einen Wagen hätte, wäre es ihm unmöglich, ihn zu lenken, er könnte nicht einmal die Zügel halten. Pinu verändert sich in diesen Wochen, er wird selbstbewusster, ungeduldiger, nimmt nicht mehr alles so hin, sondern will mehr aus seinem Leben machen. Er, der mit viel Mühe das Lesen gelernt und gleich wieder vergessen hat, bringt es sich noch einmal bei und liest in dem einzigen Buch, das außer der Bibel im Hause ist. »Robinson Crusoe«, weiß der Himmel, wie dieser Roman in die Familie gelangt ist. Als er es im Bett nicht mehr aushält, schickt Mamma Ro' ihn ins Nachbarhaus. Dort wohnen die drei jüngeren Schwestern von Antonella, die damals von Enrico und Antonio verfolgt wurde und nun als verheiratete Frau im Westen der Insel lebt und bis dahin nie wieder nach Hause zu Besuch gekommen ist. Sofia, die Zweitälteste, war schon immer von schwacher Gesundheit, doch nun ist sie schwer erkrankt. Isoliert, um die Geschwister nicht anzustecken, liegt sie blass und mager auf ihrer Bettstatt in einer winzigen Dachkammer. Das Mädchen ist neunzehn, sieht aber aus wie eine Elfjährige. Man munkelt von Tuberkulose, doch auch wenn es eine richtige Untersuchung gegeben hätte, die Eltern haben kein Geld für Medizin, sie haben nicht einmal Geld für ausreichende Nahrungsmittel. Also ernährt man sich vorwiegend von getrockneten Kichererbsen und Spaghetti mit Öl, vielleicht ab und zu eine Sardelle dazu. Die Familie versucht, ihre Armut und auch die Krankheit geheim zu halten, die anderen Nachbarn in der Straße sollen nicht beunruhigt werden. Auf Pinuzzo achtet keiner, jeden Tag geht er nun durch den Hof und zieht sich langsam die drei Außentreppen hoch, um dann Stufe für Stufe die Steintreppe im Haus zu erklimmen. Er muss nach oben, hinauf zu Sofia, dort sitzt er stundenlang bei ihr auf dem Hocker.

Normalerweise hätte man den Zweiunddreißigjährigen nicht zu einem jungen Mädchen gelassen, aber durch seine Behinderung ist er für die Leute, auch für seine Mutter Rosa übrigens, kein richtiger Mann. Er ist ein Neutrum. Ein Neutrum, das jetzt im größtmöglichen Abstand zum Bett unter dem Türstock sitzt und der hustenden Sofia Gesellschaft leistet. Er erzählt ihr die Geschichte von Robinson Crusoe. Häufig muss er seine Erzählung unterbrechen, denn Sofia hustet so laut und ausdauernd, dass sie ihn über Minuten nicht verstehen würde. Manchmal schläft sie danach ein, so erschöpft ist sie von den Anfällen. Durch das Dachfensterchen kann man nur ein Stück Himmel sehen. Wenn es Sofia besser geht, fragt sie, wie das Wetter ist und was auf der Straße passiert. ›Ich bin selber auch nicht mehr draußen‹, antwortet Pinu, ›wir beide müssen hierbleiben, wie Robinson auf seiner Insel.‹ Längst ist er näher gerutscht, inzwischen sitzt er an ihrem Bett auf einem kleinen Hocker mit einem zerfaserten Sitz aus Sisal.

Eines Tages hört er sie schon von unten husten, doch als er sie endlich in ihrem Bett erblicken kann, spuckt sie Blut. Das Bettzeug, ihr Nachthemd, alles ist besudelt. Pinu bewegt sich mithilfe seiner starken Arme rasch auf ihr Bett zu, sie würgt und klammert sich an ihn.

›Ich will nicht sterben!‹, keucht sie wieder und wieder. Er hält sie fest, die Rippen tun ihm immer noch weh, doch er spürt es kaum.

›Du hast nur eine kleine Erkältung‹, sagt er ruhig, ›das kommt schon in Ordnung!‹

Sofia weiß, dass das nicht stimmt, doch sie spürt die Wärme, die aus seinen Händen strömt, und schaut ihm vertrauensvoll ins Gesicht. ›Nur eine kleine Erkältung!‹, wiederholt sie flüsternd. Sie umarmen sich minutenlang, erst dann ruft Pinu nach Sofias Mutter, die beim Anblick des Blutes vor Entsetzen aufschreit und ihn sofort aus dem Raum scheucht.

Am nächsten Tag bringt er Sofia ein neues Nachthemd von seinen Schwestern, damit sie etwas Hübsches zum

Wechseln hat. Außerdem muss Rosa ein Huhn schlachten, das frechste, das ihm immer den Sand ins Gesicht scharrt, wenn er an ihm vorbeiläuft, und eine fette, nahrhafte Brühe daraus zubereiten. Die bringt er Sofia am Abend hoch. Sie weint vor Rührung.

Um sie zu schonen, erzählt er ihr nichts mehr, sondern summt nur leise vor sich hin, die Melodien, die seine Mutter immer sang, dabei kann sie am besten schlafen.

Eines Tages liegt auf dem Küchentisch ein Brief für ihn. Pinu wundert sich und betrachtet ihn lange, er hat noch nie einen Brief bekommen. Mamma Ro', die außer Pinu als Einzige im Haus ist, steht am Herd und brät Zwiebeln an, sie sagt keinen Ton. Endlich öffnet er den Umschlag und liest seiner Mutter vor. Die staatliche Busgesellschaft hat ihre Schuld an dem Unfall eingestanden und ihm tatsächlich eine große Summe zugesprochen. Er soll zur Post gehen, da würde man ihm am nächsten Monatsanfang das Geld auszahlen, viel Geld! Ein Wunder ist geschehen, Mamma Ro' bekreuzigt sich und dankt Gott für dieses Geschenk. Danach wischt sie sich die Hände an ihrer Schürze ab, faltet den Brief ganz klein zusammen, beugt sich zu Pinu hinunter und steckt ihn in seine Hemdtasche. Sie sehen sich in die Augen, sie müssen nicht erst darüber reden, der Brief und sein Inhalt bleiben ihr Geheimnis.

Gemeinsam machen sie sich zwei Wochen später auf den Weg zur Post. ›Nur eine Unterschrift für seine Rente, nur eine Unterschrift!‹, ruft Mamma Ro', als sie mit ihrem Sohn an der Schlange der Wartenden vorbeigeht. ›Ja, sollen wir einen Stuhl mitbringen, damit mein Sohn an den

Schalter reicht und unterschreiben kann?‹ Rosa sorgt dafür, dass jeder mitbekommt, was sie dort im Zimmer des Postdirektors tun werden.

Erst als Pinu die vielen Scheine in der Hand hält, glaubt er, was in dem Brief stand. Er ist wohlhabend! Er kann sich einen neuen Wagen kaufen, selbst für ein nicht ganz so teures Pferd würden die vielen Tausend Lire reichen. Er stopft sich die Scheine vorne in seine Hose.

Mamma Ro' verliert kein Wort darüber. Ihr Sohn ist erwachsen, er kann damit machen, was er will. Sie tut so, als merke sie nicht, dass Pinu an den nächsten Tagen rastlos durch das Haus streift, auf der Suche nach einem Platz, an dem er das dicke Bündel glatter neuer Banknoten verstecken kann. Abends beim Essen ist er unruhiger als sonst, seine Blicke kreuzen sich öfter als zuvor mit den ihren. Doch dann ist er wieder der Alte. Freundlich. Still. Aber auch zum Scherzen aufgelegt. Er muss etwas anderes gefunden haben, denkt Mamma Ro' für sich, die lose Kachel hinter dem Ofen hat er jedenfalls verschmäht, genauso wie das Kabuff unter der Treppe. Erst als die Frau des Fleischers sie freundlich grüßt und ›Ah, habt ihr gestern gut gegessen, was?‹ herüberruft, obwohl sie schon seit Tagen nichts bei ihr gekauft hat, und Sofias Mutter sie zum Kaffee einlädt, ahnt Mamma Ro', was ihr Sohn tut.

Das Geld, das er für einen neuen Wagen anlegen wollte, gibt er jetzt für Sofias Medizin und neue Hühner aus, die alle ihren Weg in den Topf finden und dann als *brodo* von ihm zu Sofia hochgebracht werden. Er kauft teures Obst für das kranke Mädchen, versorgt sie und die ganze Familie mit Olivenöl, Reis, Nudeln und Eiern. Sofia tut ihm den Gefallen und versucht zu essen, was er ihr bringt. Doch nicht immer gelingt ihr das, an manchen Tagen ist das Mädchen sogar zu schwach zum Reden. Wochen vergehen. Pinu ist ein gern gesehener Gast bei seinen Nachbarn. ›*Trasi! Trasi!*‹, ruft Sofias Mutter im Dialekt. ›Setz dich, setz dich!‹ Der Winter kommt, immer noch besucht Pinu seine Sofia jeden Tag, er passt auf, dass der kleine Ofen nicht ausgeht und sie von seinen mitgebrachten Speisen isst. Er rutscht mit dem Hocker an das Fußende des Bettes, von dort unten erzählt er ihr noch einmal die ganze Geschichte des Robinson Crusoe. Er erfindet sogar noch manches Detail dazu, denn er mag Sofias gespannten Blick in seine hellbraunen Augen, wenn er erzählt. Manchmal streckt sie ihm ihre immer kalten, wunderschönen Füße hin, damit seine Hände sie massieren.

Als die ersten Februartage wieder mehr Licht und Sonne bringen, kann Sofia das erste Mal länger aufstehen. Nun geht es ihr mit jedem Tag, der vergeht, ein wenig besser. Sie sitzt unten in der Küche bei ihren jüngeren Schwestern, blass, wie immer, aber sie stickt sogar ein bisschen, sie lacht wieder. Pinu ist, sooft er kann, dabei. Sogar seine Brüder Enzo und Tuzzu schauen manchmal am frühen Abend unter einem Vorwand vorbei. Sofia, die sie früher nicht wahrgenommen haben, ist gar nicht so übel, mit ein paar Kilo mehr und ihren nicht mehr ganz so schmalen Wangen fast schon eine Schönheit, wer hätte das gedacht? Sofias Mutter hat nicht vergessen, wer ihre Familie den ganzen Winter über versorgt hat. *Trasi! Trasi!*, ruft sie und bietet Holunderlimonade an. Pinu hockt dabei und wacht stolz und bescheiden wie ein gutmütiger Hund über Sofia. Das einst so schwer kranke Mädchen ist nicht mehr krank, weil er es gesund gepflegt hat! Fast tut es ihm leid, dass ihre Zweisamkeit dort oben in der Kammer beendet sein soll. Er hat Sofia in den vergangenen Monaten so gut beobachtet, er weiß, wie er sie zum Lachen bringen kann, wie zum Schlafen, wie zum Essen. Er kennt jede Linie ihres Gesichts auswendig, und erst ihre zarten Füße! Und auch sie blickt immer wieder zu ihm, um sich zu vergewissern, dass er noch da ist. ›Erzähl ihnen, wie du Turrídu, den man das Maultier nennt, beim Orangenkaufen ausgetrickst hast, Pinu!‹ ›Erzähl ihnen von Robinson und seinem Freitag!‹ Sie hat sich alles gemerkt, sie möchte, dass er auch ihren Eltern und Schwestern gefällt. Nur manchmal, wenn er nach Hause gehen muss und sich nach einem Abend voller Geplauder und Neckereien von seinem Stuhl schwingt, bemerkt er ihren irritierten Blick hinunter auf seinen Rumpf, aber blitzschnell huschen ihre Augen dann wieder nach oben, um sich inniglich in seine zu versenken.«

19

Dein Essen schmeckt wunderbar, Angelina, ich kann mich nicht daran erinnern, jemals so köstliche gefüllte Artischocken gegessen zu haben.«

»*La mollica*, die Füllung aus Paniermehl ist das Geheimnis«, antwortete Angelina bescheiden, »man reibt altes oder auch frisches Brot, da kommen angebratene Zwiebeln hinein, geriebener *parmigiano*, Pinienkerne, Korinthen. Jeder hat da sein eigenes Rezept.«

»Sie ist eine sehr gute Köchin«, warf Angelinas Mann Aldo ein, »das hat sie von meiner Mutter gelernt! Sie haben sich nie gestritten, wie das zwischen Schwiegertochter und -mutter sonst üblich ist, nur in der Küche zusammen über die Töpfe gebeugt gestanden, stundenlang.«

Aldo arbeitete als Nachtportier in einem Hotel etwas außerhalb von Camaro, er hatte einen kahl rasierten Kopf, was ihn seltsamerweise wesentlich jünger als seine Frau aussehen ließ. Noch einmal lobte er Angelinas Essen und berichtete von ein paar wirklich lustigen Begebenheiten mit den Gästen.

»Erzähl doch Valentina mal etwas über dein Jurastudium!«, forderte Angelina ihre Tochter auf. Und an Valentina gewandt: »Sabina ist erst dreiundzwanzig und schon bald fertig!«

»Ja und? Kann Cosima doch auch erzählen, studiert ja das Gleiche und ist schon ein Jahr weiter.« Sabina klang wie ein Maschinengewehr, sie schoss die Silben heraus, als ob sie einen Schnellsprechwettbewerb gewinnen wollte. Bis auf ihre gelangweilten Augen war sie recht hübsch.

Cosima hingegen hatte leider die heftig hervorspringende Nase ihres Vaters geerbt. Was bei ihm markant aussah, war bei ihr schlichtweg störend.

Danach wurde nicht mehr viel geredet, nicht über Papa Enzo, nicht über Irma, und niemand fragte Valentina über ihr Leben aus, auch Sabina und Cosima nicht, die nach dem Essen ohne zu meckern den Tisch abräumten und dann in ihre Zimmer verschwanden, um sich in dicke Gesetzbücher zu vertiefen.

Valentina trank ihr zweites Glas Rotwein und saß angenehm betäubt auf der Couch zwischen Aldo und Angelina vor dem Fernseher. Schließlich musste Aldo zur Arbeit; er nahm Valentina ein Stück im Auto mit.

Als sie um zehn in der Sprachschule Faro ankam, war die Stimmung spürbar schlecht. Schon auf der Treppe nach oben wurde Valentina von den beiden blonden Frauen abgefangen, die sie für sich »die Angestellten« getauft hatte. Selbst um diese Tageszeit waren sie noch korrekt gekleidet: die eine in Bluse und Bleistiftrock, die andere sogar im Hosenanzug. Das Abendessen habe erst halb zehn auf dem Tisch gestanden, und der Zimmerservice ließe zu wünschen übrig. Lampen brannten nicht, weil es an Glühbirnen mangele, Toilettenpapier fehle auch, die Handtücher seien nicht ausgewechselt worden, obwohl es so im Vertrag stünde, und es gebe im ganzen Haus kein Mineralwasser mehr.

»Aber der Kurs macht euch Spaß?« Doch, der Kurs sei sehr zufriedenstellend, ihre Lehrerin Maricetta ganz erstklassig. »Um die anderen Sachen kümmere ich mich!« Valentina schaute an ihnen vorbei, oben aus der Küche hörte man laut das Radio plärren. Sie ging hoch und nahm das rothaarige Mädchen, das mit trotzigen Bewegungen den Herd putzte, beiseite.

»*Buonasera* – du hast gekocht? Warum sind nicht alle in die Pizzeria gegangen, wie wir mit Maricetta verabredet hatten?«

»Sie wollten nicht.«

»Und du hast es nicht übers Herz gebracht, ihnen zu sagen, dass es heute am Sonntag ausnahmsweise mal kein Essen gibt?«

»Nein. Irma hat immer geschafft, etwas auf den Tisch zu stellen, auch wenn sie viel hatte um die Ohren. Und schmeckte immer gut bei ihr, viel besser als bei mir.«

»Ach, es hat ihnen geschmeckt, ganz bestimmt, darüber haben sie sich auch gar nicht beschwert! Was hast du gemacht?«

»*Spaghetti alla Carbonara*, es waren noch Eier und Speck da, als *primo piatto*, als ersten Gang.«

»Gábbrie!« Sie musste sich zurückhalten, um die Kleine nicht in den Arm zu nehmen. »Du machst das ganz toll, seitdem Irma weg ist. Wirklich!«

»Ich vermisse sie so!« Gábbrie hielt sich die Hand mit dem Putzschwamm vor die Augen. Jetzt drückte Valentina sie doch an sich. Wie klein sie war. Gábbrie schluchzte an ihrer Brust.

»Was ist, wenn sie nie wiederkommt, sie liegt jetzt schon so lange da. Was wird dann aus Schule? Und aus mir? Ich werde keine solche Arbeit mehr finden, nur putzen und die Alten pflegen, denen bezahlen sie kaum was, die das machen. Ich will nicht zurück nach Rumänien!«

»Das wird nicht passieren!«

Wie sich herausstellte, hatte Gábbrie den ganzen Morgen für die neuen Anmeldungen gebraucht, für die E-Mails und die Gruppeneinteilungen.

»Und das alles, ohne Deutsch zu können?«

»Ich habe manchmal bei Irma zugeschaut. Muss doch weitergehen; wenn keiner antwortet, fragen die bei Konkurrenz, sofort. Zwei haben sich neu angemeldet, nur weil sie meine Worte über die Schule so schön fanden!« Sie nickte. »Und wenn *sie* nicht dazwischengekommen wäre«, sie zeigte unauffällig auf eine alte Dame, die am Küchentisch saß, »hätte ich auch Zimmer noch fertigbekommen!«

»Buonasera«, sagte die Beschuldigte, nippte freundlich lächelnd an einem Glas Sherry, um dann wieder in der Schmuckschatulle zu wühlen, die sie anscheinend mitgebracht hatte.

»Der Junge mit den Kanistern für die Wasserzapfer ist nicht gekommen, weil sein Fuß einen Verband hat. Ich habe ihn am Hafen gesehen!« Alfredo kaute an einem Stück Melonenschale, sein Gesicht war mit Saft verschmiert.

»Dann soll jemand anderes kommen, haben wir die Nummer von denen? Wie heißt der Laden?«

Gábbrie zuckte mit den Schultern.

»›Die-die-das-Wasser-bringen‹ heißen die«, rief Alfredo.

Valentina stöhnte entnervt auf. »Nimm dir ein neues Stück Melone, Alfredo – auf der Schale herumzukauen ist ungesund. Und wisch dir das Gesicht ab!« Sie machte sich auf den Weg ins Büro und knipste unterwegs die Lampen aus, die überall brannten. Wirklich überall. Es schienen anscheinend doch genügend Glühbirnen im Haus vorhanden zu sein.

Sie sah die Zettel an der großen Pinnwand über Irmas Schreibtisch durch, fand aber keine Telefonnummer, die irgendetwas mit Wasser zu tun hatte, außer der von Paolo Mazzei (Tauchkurse auf Filicudi) und Massimo Grignano (Rohrverleger & Klempner).

»Also, Alfredo, vielleicht kannst du morgen zum Hafen gehen und den Typ mit dem verletzten Fuß suchen.«

Gábbrie lächelte jetzt wieder, ja, sie grinste Valentina direkt an.

»Was ist los?«

»So machen wir es hier.«

Aha. Sie hatte etwas richtig gemacht.

»Kannst mich auch Fredo nennen«, sagte Alfredo.

»Schön. Fredo. Und morgen kann Gábbrie mir vielleicht zeigen, was sie heute mit den Mails gemacht hat, ja?«

Gábbrie nickte.

»Und wer sind Sie, wenn ich fragen darf?« Sie schaute die alte Dame freundlich an.

»Ich bin die *Napolitana*.«

Valentina zog erstaunt die Augenbrauen hoch. Sie sah alt aus, aber nicht sooo alt … Das sollte die Nachbarin sein, die Mamma Ro' das Tuch zugesteckt hatte? Unmöglich.

»Kannten Sie die alte Signora Vitale noch, die man *La Signora* nannte?«

»Nein, bedaure.«

»Also nennt man Sie die *Napolitana*, weil Sie aus Napoli kommen?« Sehr einfallsreich waren die Menschen hier ja nicht.

»Natürlich! Bin zwar schon seit über vierzig Jahren hier in der Gegend, aber man nennt mich immer noch so. Fremd bleibt fremd, so ist es nun mal, und mein Mann liegt ja auch in Napoli begraben. Der wollte zurück.« Gábbrie verdrehte die Augen und wandte sich wieder dem Herd zu, um die letzten Spuren der *Spaghetti alla Carbonara* zu beseitigen.

»Entschuldigen Sie meine Neugier, ich bin Valentina Vitale, eine Cousine von Irma.« Valentina drückte vorsichtig die trockene, knochige Hand, die ihr gereicht wurde.

»Hier, das ist der Schmuck, den ich 1958 zu meiner Hochzeit bekommen habe.« Die alte Dame hob abwechselnd goldene Ohrringe, Ketten und Armreifen hoch. Valentina rechnete schnell nach: 1958 war Pinu dreiundzwanzig Jahre alt gewesen. Hatten sie sich gekannt?

Gábbrie machte mit den Händen kreisende Bewegungen neben ihren Ohren: Sie hört nicht mehr auf, sollte das wohl bedeuten.

»Mein Mann war ja gebildet, er hatte eine Kreditkarte, damals schon, als sonst noch *keiner* eine hatte. Am ersten Abend unserer Hochzeitsreise, wir hatten auf Capri Quartier genommen, hat er mich zum Essen ausgeführt, und da am Tisch hat er mir gesagt: Du bist meine Frau, du bist die Mutter meiner zukünftigen Kinder, und ich liebe dich. Aber zuerst kommt meine Mutter. Dann du!«

Valentina nickte, Schwiegermütter waren auf Sizilien offenbar schon immer ein Thema gewesen. Sie schaute auf die Uhr. Schon Viertel nach zehn.

»Wenn Irma jetzt hier wäre, was würde sie dann mit ihr tun?«, raunte sie Gábbrie ins Ohr.

»Sie würde ihr zuhören.«

»Ich habe ihn so geliebt. Er war ein guter Mann. Das Tuch aus der Hochzeitsnacht, der Jungfernschaftsbeweis, das habe ich immer noch. Und ich rieche ab und zu daran, es riecht sehr gut …«

»*Sì, bene, bene!* Es tut mir leid, Signora, aber wir müssen jetzt ins Bett, alle! Alfredo, du auch, was machst du eigentlich so spät noch hier? Sucht deine Mama denn gar nicht nach dir?«

»Nö. Sie weiß, dass ich hier bin. Oder bei Onkel Dario.«

»Ich bringe dich.«

»Nö.«

»Ja, willst du denn hier übernachten?«

»Kann alleine gehen.«

»Um Viertel nach zehn?«

»Aber *mich* müsste jemand begleiten, wären Sie so lieb? Ich sehe in der Dunkelheit nicht mehr so gut, und die Straße ist steil, ich werde mir noch den Fuß brechen.« Die *Napolitana* packte ihren Schmuck ein und erhob sich.

Vielen Dank auch, Irma, sagte Valentina tonlos, als sie mit der alten Frau am Arm auf den Hafen zutrippelte. Sie hakte sie ein bisschen fester unter, darauf bedacht, dass dieses gebrechliche Knochengestell neben ihr auch auf den Beinen blieb. Fredo lief wie ein Hund immer ein Stück voraus, kam dann wieder zurück, um kurz ihre Hand zu nehmen und sofort wieder davonzuflitzen.

Valentina brachte die alte Dame bis vor eine Wohnungstür, lehnte das Kennenlernen ihrer Tochter und ein Glas Sherry für dieses Mal – aber ganz bestimmt nächstes Mal! – ab und klingelte dann zwei Ecken weiter, im schäbigsten Haus der ganzen Straße, bei Alfredos Mutter. Die lauten Töne eines Fernsehers und der Geruch von altem Frittierfett drangen unter der Tür hindurch, der Summer ging, Fredo drückte die Tür mit der Schulter auf. Mit hastigen Schritten kam ihnen Alfredos Mutter über den Hausflur entgegen.

»Fredo? Ich dachte, du bist bei Onkel Dario?«

Im harten Neonlicht konnte Valentina erkennen, wie jung sie war. Ihr Gesicht wurde von zwei großen grünen Augen beherrscht; eine Farbe, die Valentina bis jetzt immer für unmöglich und für reine Fantasie ihrer englischen Romanautorinnen gehalten hatte. Ihr Mund war blass, mit einem wunderbar wehleidigen Zug um die vollen Lippen, das Haar lag in kurzen Wellen an, eine Frisur wie aus den Dreißigerjahren. Sie war groß, schlank, schön, schien sich dessen aber nicht bewusst zu sein.

»*Scusi*, ich bin Elisa.« Sie reichte Valentina die Hand. »Sie haben ihn ja neulich schon gebracht, da habe ich mich in der Eile gar nicht vorgestellt, vielen Dank! Ich weiß nicht, was ich ohne Irma machen würde, ich habe nächste Woche wieder Nachtschicht. Aber die Arme ist im Krankenhaus, ist es richtig, was Alfredo erzählt hat?«

Ja, leider. Schnell erzählte Valentina, wie es um Irma stand, während Fredo sich an seine Mama klammerte und sie sich an ihn. Die beiden taten ihr leid.

»Fredo kann jederzeit zu uns kommen, er stört überhaupt nicht!«, sagte sie zum Abschied.

»Bald kommt mein Freund für ein paar Wochen, der hat dann Zeit für ihn!«, sagte die schöne Elisa. Es klang eher traurig als erleichtert. Sie zog Fredo an sich hoch, setzte ihn auf ihre schmalen Hüften und ging mit ihm in die Wohnung.

Als Valentina später alleine zurückging, sah sie an einer Hausecke einen Transporter stehen. *Wir sind die, die das Wasser bringen* stand in großen Lettern quer über die Seite des Wagens geschrieben, darunter eine Telefonnummer. Vielleicht sollte ich öfter auf dich hören, kleiner Fredo. Sie musste grinsen, während sie im Weitergehen die Nummer der Firma in ihrem Handy speicherte. Der Sternenhimmel war heller und strahlender, als sie ihn in Deutschland je gesehen hatte, das Meer roch stark nach Algen und nicht mehr ganz so frischem Fisch, die Grillen sägten irgendwo in den Büschen und Bäumen am Straßenrand. »Dein Sizilien fühlt sich gut an, Papa«, flüsterte sie, »morgen werde ich dich endlich auf dem Friedhof besuchen.« Sie tupfte sich die Tränen aus den Augen.

Am nächsten Morgen rief sie Eric in seiner Praxis an. Er war nicht zu sprechen.

»Montagmorgen haben wir unsere wichtigen OP-Termine, Frau Vitale.« Schnippischer Unterton. Wahrscheinlich Tabea, eine von den hübschen Sprechstundenhilfen, die Eric gerne einstellte. ›Meine Empfangsschnepfen‹

nannte er sie. Vermutlich waren sie alle seinem Grinsen erlegen und verknallt in ihn.

»Oh«, stammelte sie, »das hatte ich ganz vergessen.« Die Empfangsschnepfe versprach auszurichten, dass Valentina immer noch nicht entschieden hatte, wann sie einen Rückflug nehmen würde.

Gemeinsam mit Gábbrie ging Valentina später durch die Zimmer der Schülerinnen, sie füllten auf, was fehlte, nahmen die gebrauchten Handtücher mit und legten frische hin.

»Alle zwei Tage frische Handtücher? Finde ich übertrieben, macht man doch zu Hause auch nicht.«

»Irma möchte es so!«

Valentina zuckte mit den Achseln. Irma möchte es so, Irma möchte es so – dann würde sie es auch nicht ändern.

Am Computer zeigte Gábbrie ihr die einzelnen Dateien: Vordrucke für neue Listen, Zimmerbelegung, Anreise, Abreise, Gruppen. Sie öffnete die Abrechnungen für die Lehrerinnen.

»Da steige ich nicht durch!«, stöhnte Valentina. »Diese Abkürzungen verstehe ich nicht. Was ist denn TFR?«

»Das heißt *Trattamento di Fine Rapporto*«, sagte Gábbrie.

»Am Ende von einer Arbeit, wenn du kündigst oder sie dir kündigen, du bekommst eine TFR, das sind ungefähr zehn Prozent Abfindung auf das, was du verdient hast. Das ist Gesetz, das muss der zahlen, der dir Arbeit gegeben hat.«

»Wow, woher weißt du das?«

»Bei meiner letzten Arbeit wollten die es nicht zahlen, so reiche Leute, bei denen hatte ich nicht mal eigenes Zimmer. Irma hat dafür gesorgt, dass ich das TFR bekomme.«

Irma war umwerfend.

»Die Abrechnungen macht sowieso der Steuerberater, Massimo Grassa, Nummer hängt hier, falls du ihn anrufen möchtest. Und fragst du gleich, warum ausgerechnet diesen Monat so spät«, sagte Gábbrie und schloss die Datei wieder.

Gábbrie war umwerfend.

»Und nun zu den Schülern. Viele buchen über Internet, das ist einfach. Was am meisten Arbeit macht, sind die Mails. Stellen die Leute komische Fragen ... Irma hat mir immer die lustigsten vorgelesen! Einer wollte wissen, aus welchem Metall unsere Wasserleitungen bestehen, bevor er nicht wusste, hat er sich nicht angemeldet, und eine Frau hat gefragt ...«, sie senkte die Stimme zu einem Flüstern, »... hat gefragt, ob sie in Palermo machen könnte eine Abtreibung im Krankenhaus. Einfach so, stell dir vor!«

Valentina lächelte sie ungläubig an. »Nee, oder?!«

»Bei denen, die ich gestern beantworten konnte, war aber nichts Besonderes. Einer wollte nur sicher sein, ob wir auch Sandstrand in Camaro haben. Aber haben wir. Sand. Viel Sand, habe ich geschrieben.«

Valentina machte sich an die Arbeit. Gábbrie hatte nicht übertrieben. Als ob sich alle Welt überlegt hätte, ausgerechnet jetzt, Anfang Mai, einen Sprachkurs auf Sizilien zu belegen, musste sie achtzehn eingegangene Mails bearbeiten.

Gibt es bei Ihnen auch vegetarisches Essen?, war eine der harmloseren Anfragen. *Natürlich*, schrieb Valentina zurück, *die sizilianische Küche besteht kaum aus Fleischgerichten.*

Kann ich meinen Hund mitbringen? Nein, schrieb Valentina. Hier sollte kein Hund seine Haufen auf der Terrasse verteilen und womöglich Zorro, wie Alfredo die Katze nannte, jagen.

Gibt es eine Betreuung für meine einjährigen Zwillinge? Nein. Sie würden überall herumkrabbeln und die Treppe hinunterfallen.

Gibt es Mücken? Ist es im August heiß? Zweimal ja.

Ein Mann aus Hannover schrieb, er würde gerne ein Bett in einem Doppelzimmer buchen. Das war möglich und die günstigste Variante, die Irmas Schule bereithielt. Sie hatte im Ort einige Zimmer, die sie bei Bedarf anmieten konnte. Mit Familienanschluss, ohne Familienanschluss, Einzel, Doppel, auch Appartements. Bis zu dreißig Schüler konnte die Schule unterbringen. Auf die Frage, mit wem er sich bei einer Doppelzimmerbuchung das Zimmer gerne teilen würde, kam die Antwort prompt: *Mit einer schönen sizilianischen Señorita, die keine Brüder hat.*

Viel Glück, schrieb Valentina zurück, *vielleicht findet sich ja eine sizilianische Spanierin.* Smiley dahinter. Sie hasste Smileys, wollte den potenziellen Schüler aber nicht wegen seiner Verwechslung beleidigen.

Sie brauchte eine Stunde, bis sie mit den Mails fertig war. Zehn neue Anmeldungen. Ob das für den Mai reichte?

»Wie alt bist du eigentlich, Gábbrie?«, fragte Valentina nach einem Blick in den Kühlschrank. »Kannst du Auto fahren?«

»Natürlich, ich erledige oft etwas für Irma, dann fahre ich mit ihrem Auto!«

»Wunderbar! Wir brauchen Käse, Schinken und Brot und vielleicht einen Salat.«

»Wir brauchen einen Karton H-Milch für den Kaffee morgens, wir brauchen Kaffee, *sugo* für die Pasta, Pasta selbst, *spaghetti, fettuccine, penne*, Gemüse, Mehl, Zucker. Wir brauchen alles!« Gábbries Blick ließ Schlimmes ahnen.

»Gut, gehe ich eben später zum Friedhof.«

Als sie die Küche nach zwei Stunden schwitzend und außer Atem, mit Tüten und Kartons beladen, wieder betraten, war Valentina froh, Gábbrie nicht alleine losgeschickt zu haben.

Sie suchte die Straße zum Friedhof, wo waren sie am Tag der Beerdigung nur langgefahren? Sie konnte sich einfach nicht erinnern. Draußen, draußen, die Leute zeigten mit der Hand die Straße hinauf. Eher zufällig kam sie am Casa Rosa vorbei, sie hielt kurz an. Der kleine Platz wurde gerade von einem alten Mann gefegt, der die abgefallenen gelben Blätter und Blüten des Oleanderbaumes zusammenkehrte.

»Bello, questo posto, vero?«, sagte eine Männerstimme neben ihr. Sie zuckte zusammen, die letzte Begegnung mit Max war ihr noch frisch in Erinnerung. Doch es war nicht Max.

»Ja, ein schöner Platz, wirklich.« Was wollte der denn von ihr? Sie musste gehen, den Friedhof suchen. Valentina schaute den Mann genauer an, vielleicht konnte er ihr eine bessere Wegbeschreibung als ›draußen, draußen‹ liefern. Er war um die vierzig, hatte ein trauriges Hundegesicht mit leicht herabhängenden Backen, aber wachen Augen hinter einer randlosen Brille.

»Mein Vater! Immer beschäftigt, würde am liebsten den ganzen Ort sauber machen. Uns gehört das Haus.« Er zeigte mit dem Kopf auf den fegenden Mann, dann auf das Nebenhaus.

»Wohnen Sie schon lange dort?«

»Nein. Hab's meinem Vater gekauft, vor sieben, acht Jahren ungefähr. Es wollte ja keiner haben. Zu nah am Felsen, hinten ganz dunkel. Aber für ihn ist es in Ordnung.«

Valentina nickte.

»Das da nebenan ist jetzt eine Sprachschule. Bei schönem Wetter hört man die immer, wenn sie im Hof Unterricht machen. Ach, meinen Vater stört das nicht, der schaltet sein Hörgerät sowieso immer ab. Und wer sind Sie, wenn ich fragen darf?«

»Ich habe es geerbt.« Lügnerin. Du hast es dir genommen.

»Ah, mein herzliches Beileid! Sie sind die Tochter.« Ja, eine von den zweien. Valentina wollte die Hand nicht nehmen, die er ihr hinstreckte, doch das gehörte sich nicht. Also nahm sie sie doch.

»Ja, ja, er ist dahingegangen, haben die Leute erzählt. Sie kommen aus Deutschland?« Valentina nickte. »Dann sind Sie ja nicht oft hier!« Valentina schüttelte verneinend den Kopf. »Lohnt sich nicht, so ein Haus, sage ich Ihnen, die Kosten fressen einen auf. Jetzt haben Sie ja wohl Zimmer, die Sie vermieten, aber im Winter – vergessen Sie es. Da ist hier nichts los!«

»Ja. Kann ich mir vorstellen.« Irma hatte ihr erzählt, dass sie auch im Winter immer wieder Dauergäste hatte, Schriftsteller, Künstler oder solche, die einfach eine Auszeit von ihrem Leben in Deutschland nahmen.

»Wo ist denn die Verwalterin, die das Haus betreut? Die hat aber auch mit Ihrer Familie zu tun?« Er wartete Valentinas Antwort nicht ab. »Ist sehr energisch, ich hab sie beim Umbau kennengelernt, da habe ich unser Haus gerade gekauft. Was für ein Lärm, monatelang. Na, und der Hof, den habe ich ihr abgetreten. Bereue ich heute. Aber nichts für ungut. Wenn Sie es sich überlegen sollten …« Er zog eine Visitenkarte aus der Innentasche seines Jacketts. Valentina nahm sie und zog eine Augenbraue hoch: Renato Campanella. *Affari*. Geschäfte. Sehr aussagekräftig.

»Wenn ich mir was überlege?«

»Das Haus zu verkaufen. Ich würde Ihre Lage nicht ausnutzen, da bin ich anders als die anderen, machen Sie sich darüber keine Sorgen! Ich würde Ihnen schon den korrekten Preis dafür geben! Rufen Sie mich an.«

»Gut. Danke. Auf Wiedersehen.« Um ihm nicht noch einmal die Hand geben zu müssen, machte Valentina ein paar Schritte rückwärts, drehte sich dann um und ging schnell die Straße hinauf. *Fuori, fuori*, bloß raus aus der Stadt, zum Friedhof.

Sie fand das erste *Cimitero*-Schild und folgte ihm, es war weit. Obwohl es schon fast sechs Uhr war, knallte die

Sonne auf ihren Kopf. Autos fuhren dicht an ihr vorbei, jedes zweite hupte. Was wollten die bloß von ihr? Sie warnen? Oder nur blöd anmachen?

Der Friedhof hatte gerade erst wieder geöffnet. Heute Mittag hätte ich vor verschlossenen Toren gestanden, dachte Valentina. »*Buongiorno*«, sagte der Mann am Eingang in der grauen Uniform. »Brauchen Sie Hilfe?«

»Nein danke.« *Dabei* kannst du mir nicht helfen. Valentina ging die Wege zwischen den Grabsteinen entlang. Sie fand das Mausoleum der Familie Vitale, ohne sich zu verlaufen. Meine Familie, sagte sie in Gedanken und erschrak fast über die Leichtigkeit, mit der sie ›meine‹ statt ›Papas‹ gedacht hatte. Sie wollte hineingehen, aber das Gitter ließ sich nicht öffnen. Natürlich abgeschlossen, was hatte sie denn gedacht. Sie setzte sich ein kleines Stück entfernt auf eine steinerne Bank, die zu einer Grabstelle gehörte. Es war ganz still, nur die bunten Plastikblumen machten hier und da ein leises Geräusch, wenn ein aufkommender Windstoß sie in ihren Vasen wippen ließ. Sie konnten doch auch hier miteinander reden. Oder, Papa? Keine Antwort. Valentina legte den Kopf an den Stein hinter sich und döste ungefähr zwanzig Minuten mit geschlossenen Augen vor sich hin, fast wäre sie eingeschlafen. Plötzlich hörte sie Stimmen; eine kleine Gruppe schwarz gekleideter Menschen kam den Weg entlang, direkt auf sie zu. Valentina stand auf. Sie wollte niemandem den Platz wegnehmen. Doch dann erkannte sie, wer ihr da entgegenkam. Irmas Vater, den sie schon im Krankenhaus gesehen hatte, um ihn herum Agata, Maria und Concetta, wie besorgte Hühner. Valentina stellte verwundert fest, dass sie die Schwestern auseinanderhalten konnte und sich ihre Namen gemerkt hatte. Sie hatten den alten Mann in die Mitte genommen, stützten ihn von beiden Seiten. Dabei sah er gar nicht besonders gebrechlich aus. Warum hatte sie ihn bis jetzt weder begrüßen noch sprechen dürfen? Warum hatte Angelina ihn von ihr ferngehalten?

Sie zog sich hinter das Grabmal zurück, um nicht von ihnen gesehen zu werden. Die vier waren besser vorbereitet, sie hörte das Klimpern von Schlüsseln, das Knarren des Gitters, dann Stille.

Valentina wartete. Eine ältere Frau ging an ihr vorbei, sie trug einen Plastikeimer, aus dem ein Staubwedel ragte, und nickte ihr zu, als wüsste sie, warum sie hier war. Warum war sie denn hier? – Warum versteckst du dich vor ihnen? – Ich weiß nicht, Papa. – Geh doch hin, es ist deine Familie. – Du hast recht. Schnell fügte sie hinzu: Und übrigens, ich wollte dir noch sagen, dass ich dich liebe und dass ich glücklich bin, dich als Vater gehabt zu haben. – Ich weiß!

Valentina ging zur Grabstätte hinüber und blieb auf der Schwelle zum Eingang stehen. Irmas Vater hatte auf einem kleinen Klappstuhl Platz genommen, sein Kinn auf den Stock gestützt. Zwei der Schwestern standen neben ihm, nur Agata wischte über die Marmorsimse und versuchte dabei, die schon etwas welken Blumen wieder so zurückzulegen, wie sie sie vorgefunden hatte.

»Valentina!« Concetta entdeckte sie zuerst. »Komm her, lass dich umarmen. Wir wollten sowieso gerade gehen, gerade im Moment, wir lassen dich allein!« Sie wurde von den Schwestern herzlich gedrückt und auf die Wangen geküsst. »Du willst sicher allein sein«, wiederholte Maria.

Valentina schaute von einem zum anderen. Irmas Vater saß abwesend auf seinem Stuhl.

»Ich bin Valentina, *piacere*«, sagte sie und streckte ihm die Hand hin. Er nahm sie und lächelte. Wissend. Müde. Als hätte er Schmerzen. Sein Leben lang schon. »Ich weiß?, ich weiß?«, sagte er im Dialekt. Dann stemmte er sich hoch und wurde von den Schwestern nach draußen geleitet.

»Valentina!« Agata war zurückgekommen. »Bitte nimm es nicht persönlich, es ist eine schwere Zeit für ihn, er ist nicht ganz gesund und ein wenig durcheinander.«

Valentina winkte ab und lächelte, als ob sie verstünde.

Als sie eine Viertelstunde später aus dem kühlen Mausoleum in die Sonne trat, wühlte sie im Gehen in ihrer Handtasche nach einem Taschentuch, fand aber keins. Stattdessen fiel ihr die Visitenkarte in die Hände. Renato Campanella. *Affari*. Das Haus verkaufen? Valentina blieb stehen.

Irma hat doch schon die Schule, sagte sie sich und ging langsam weiter. Was immer Papa wirklich mit ihr zu tun hat, sie ist gut versorgt, oder? Ich werde meiner Familie nur ein Blatt Papier verschweigen, um in Ruhe mein Leben führen zu können. Das hat doch noch nicht mal etwas mit Schwindeln zu tun. Oder, Papa? Jetzt, wo du weißt, wie die Lage hier ist, und auch sicher einsiehst, dass deine Firma pleite ist, hättest du auch nichts dagegen. Oder? Er antwortete nicht, aber er protestierte auch nicht. Na also.

Aber das Gefühl der Beklemmung in ihrer Brust wollte einfach nicht verschwinden. Es begleitete sie den ganzen Weg bis zu Irmas Schule.

20

Valentina träumte. Sie hatte Ella in einem Schuhkarton gefunden, ganz winzig, etwas bläulich, aber sie lebte. Sie war erleichtert, so grenzenlos erleichtert, und nahm das kleine Wesen auf den Arm, ihr Körper entspannte sich, jetzt würde alles gut. Warum hatte sie jemals gedacht, ihr Kind sei tot? Die Ärzte hatten ihr das einreden wollen. Dabei atmete sie doch! Valentina wickelte den zarten Körper behutsam in eine Mullwindel und legte ihn in den kleinen Korb zu den Katzen, dort hatte ihre Tochter es schön warm. Sie ging beruhigt weg. Das Glücksgefühl war überall in ihrem Körper. Plötzlich stand sie auf einem Dreimeterbrett, unter sich das blaue Rechteck des Wassers, sie sprang, ohne zu zögern, herunter. Selbst das kann ich jetzt, dachte sie erstaunt. Irgendwann fiel ihr das Kind wieder ein, sie hatte nicht mehr nach ihm geschaut. Auf einmal wusste sie, dass mehrere Tage vergangen sein mussten. War sie verrückt? Wieso hatte sie Ella nicht längst zu sich geholt? Schnell lief sie zum Wandschrank, hinter der geschlossenen Tür maunzten die kleinen Katzen. Eine furchtbare Gewissheit beschlich Valentina, sie wusste, ihr Kind war tot, sie hatte nicht darauf aufgepasst, sich nicht genügend gekümmert. Sie öffnete die Tür, Hoffnung flackerte in ihr auf, vielleicht täuschte sie sich, vielleicht lebte Ella doch noch. Sie schob die Katzen zur Seite – da lag ihr Baby, tot, von grauen Schimmelfäden überzogen, eingesponnen in einen wattigen Kokon, ganz abscheulich. Sie hatte es vergessen. Sie hatte ihre kleine Ella vergessen. Valentina wollte weinen, aber sie bekam keine Luft.

Mit einem Laut, den sie mit unendlicher Mühe aus sich herauspresste, erwachte sie. Sie atmete schwer, das Weinen steckte ihr noch in der Kehle, schnürte ihren Hals zu.

Was für ein schrecklicher Traum! Valentina schaute zum Wandschrank, die Katzen maunzten laut. Sie waren in den letzten Tagen kräftiger geworden. Was war da los? Sie stand auf, knipste das Nachttischlämpchen an und ging hinüber zum Schrank, dessen Tür wie immer nur angelehnt war. Dasselbe Grausen wie im Traum überfiel sie, dasselbe grässliche Gefühl in der Brust. Im Korb herrschte Gedrängel, im Kampf um den besten Platz krochen die Kleinen übereinander, ihre Pfoten machten tretende Bewegungen an den Zitzen. Zorro schaute beruhigend zu ihr hoch. Alles in Ordnung, sie benehmen sich nur gerade ein wenig flegelhaft, schienen ihre hellen Augen sagen zu wollen. Valentina atmete erleichtert aus. Es gab keinen wattigen Kokon, kein graues, eingesponnenes Gebilde. Es gab nur ein Kind, das sie vermisste, sein Lachen, das sie nie gehört hatte, seine ersten Schritte, die sie so gerne gesehen hätte. Ein totes Kind, das in ihren Gedanken lebte, schon so viele Jahre lang.

»Zwölfte Woche schon, und du hast gar nichts gemerkt?«

»Es war mir schon manchmal ein bisschen komisch, aber ich hab es immer auf irgendetwas anderes geschoben. Ich hab doch die Spirale.«

»Ja, toll, die hast du immer noch. Und was machen wir jetzt? Als Erstes müssen wir es deinem Vater sagen!«

»Ich sage ihm gar nichts, ich muss erst mal herausfinden, was ich selber will.«

»Ach, Titina«, Max hatte sie fest in den Arm genommen, »du hast noch zwei Tage Zeit, aber eigentlich ist es doch keine Frage für dich, oder?« Sie hatte den Kopf geschüttelt, aber nicht wirklich gewusst, was das bedeuten sollte – ja oder nein. Sie wusste in letzter Zeit gar nichts mehr, ihr Kopf war leer, ihre Gedanken sprangen hilflos von einer vagen Idee zur nächsten. Unfähig, irgendwo zu verweilen und zu einer Lösung der tausend Probleme zu kommen, denen sie sich stellen musste. Noch nicht einmal mit Arabella hatte sie darüber gesprochen, sie schaffte es nicht, den Telefonhörer in die Hand zu nehmen, war wie gelähmt.

»Die Ärztin sagt doch, es besteht keine Gefahr für das Kind. Es wächst einfach an der Spirale vorbei ...« Max' Stimme klang sanft. »Aber ein Restrisiko bleibt. Du könntest sie natürlich auch möglichst schnell ziehen lassen, aber dann ...« Er sprach nicht weiter.

Valentina zuckte mit den Schultern. Sollte sie es wachsen lassen oder nicht? Sie fühlte sich so grässlich, so schrecklich erschöpft, sie hatte keine Kraft. Für gar nichts.

»Es ist deine Entscheidung, Titina«, sagte Irma immer wieder, als sie sich mit ihnen am Küchentisch beriet, aber ihr Gesicht, ihre Augen leuchteten dabei vor schlecht verborgener Freude. Valentina durchschaute sie, sie rastete doch bei jedem fremden Baby, das ihr im Supermarkt begegnete, förmlich aus vor Zärtlichkeit, sie sprach mit ihnen in hohen *Duziduzi*-Tönen. Irma hätte es haben sollen, warum war nicht *sie* trotz Spirale schwanger geworden? Aber von wem? Irma hatte nie etwas von einem Mann in ihrem Leben erwähnt.

Valentina wäre am liebsten den ganzen Tag im Bett geblieben und hätte die Decke angestarrt. Ihre Entscheidung! Alles blieb an ihr hängen. Sie konnte es nicht mehr hören. Sie konnte nur noch aufs Klo gehen und ihren Magen bis auf den Grund leer würgen. Sie konnte nicht lesen, nicht fernsehen, nicht Oboe spielen. Vom Geruch des hölzernen Mundstücks wurde ihr schlecht. Sie konnte auch keinen Kaffee mehr riechen, geschweige denn trinken. Erst vor zwei Tagen hatte sie morgens um sechs das Bett fluchtartig verlassen müssen, um sich zu übergeben, weil Papa unten in der Küche den ersten Espresso aufgesetzt hatte.

»Das ist doch nicht normal«, hatte Max gesagt. »Als du es noch nicht wusstest, war dir nie schlecht, und jetzt, in der zwölften Woche, ist dir plötzlich ständig übel?«

Das erste Mal in zwei Jahren hatte sie die Stimme gegen ihn erhoben. »Nicht normal?« Sie hatte ihn so laut angeschrien, dass ihr danach die Stimmbänder wehtaten. »Schon klar, Max, ich mache das absichtlich!«

Was sollen wir tun, was sollen wir nur tun? Die Frage kreiste unaufhörlich in ihrem Kopf. Max hatte recht, die Schwangerschaft zu unterbrechen kam für sie nicht infrage. Die Spirale ziehen lassen und hoffen, dass es danach zu einem Abbruch käme, war auch keine Lösung, es wäre nur eine getarnte Abtreibung gewesen.

Dennoch zögerte sie, es ihrem Vater zu sagen. Was, wenn sie doch kein Kind bekommen würde? Dann hätte sie ihn unnötig aufgeregt. Sie begann Statistiken zu lesen. Wie viele Schwangerschaften nahmen ein vorzeitiges Ende? Das Risiko einer Fehlgeburt vor der 5. Schwangerschaftswoche betrug über 50 Prozent. Bis zur 7. etwa 10 bis 15 Prozent. Es wurde immer geringer. Von der 12. bis zur 16. Woche sank das Risiko dann unter 3 Prozent. Drei von hundert. Immerhin.

Sie wollte nichts entscheiden, es sollte einfach ohne ihr Zutun geschehen, so wie auch diese Schwangerschaft einfach geschehen war. Valentina verachtete sich für ihre Gedanken, sie fühlte sich ihrem Körper ausgeliefert, war wütend auf ihn. Sie hatte verhütet, trug also keine Schuld an ihrem Zustand. Sie legte sich ins Bett und wollte niemanden sehen. In welche Stadt wollten sie ziehen, wo sollte Max studieren, auf welcher Schule konnte sie ihr Übersetzer-Diplom machen? Alles Nebensache, völlig bedeutungslos.

Max meldete sich nur noch selten bei ihr, denn wenn sie seine Stimme am Telefon hörte, starrte sie an die Decke und antwortete kaum. Ob er vorbeikommen solle. Nein. Ob er etwas für sie tun könne. Nein. Wie es ihr ginge. Scheiße. Ob sie sich etwas überlegt habe. Nein.

Nach zwei Wochen des Herumliegens – Irma hatte Papa Enzo etwas von einem Magen-Darm-Virus erzählt – dann die plötzliche Besserung. Eines Morgens konnte sie problemlos aufstehen, ihr war nicht mehr total übel, sondern nur noch ein bisschen, ihre Beine waren nicht mehr schwer, ihr Kopf funktionierte wieder. Sie ging hinaus in den Garten und merkte, dass sie sich wieder am Blau des Himmels erfreuen konnte, am weiten Blick über das Moor, am Wind, der nach Frühling duftete. Während der nächsten drei Tage hielt sie öfter misstrauisch inne. Kam es zurück? Die Schwäche, die ihr die Beine wegknicken ließ, das eklige Gefühl, sich gleich wieder übergeben zu müssen, das Atmen, das im ganzen Körper wehtat? Sie griff zu ihrer Oboe, lutschte am Mundstück herum, ohne dass sie würgen musste, und spielte sogar ein bisschen. Ein trauriges Stück, dann ein schnelles, zuletzt ein lustiges. Sie lauschte in ihren Körper hinein: nichts. Nichts kam zurück, es ging ihr gut! Sie rief Max an.

»Hallo!«

»Hallo.« Er war vorsichtig geworden.

»Ich glaube, mir geht es gut«, sagte sie verlegen.

»Ah, du redest wieder!«

Valentina konnte ihn wieder küssen, seine Arme um ihre Taille, seine Schläfe an ihrer wieder ertragen. Schon ein paar Tage später sehnte sie sich wie früher nach diesen Berührungen. Die Statistiken aus dem Internet waren vergessen, Kaffeegeruch empfand sie noch immer als unangenehm, dafür liebte sie Orangenflipper am Stiel. Drei Stück hatte sie an einem Nachmittag davon gegessen und Irma gebeten, noch mehr von diesen nach knalligem Aroma schmeckenden Eislutschern zu besorgen.

»Und?« Max hatte sich nicht getraut weiterzureden, aber Valentina grinste ihn und Irma nur abwechselnd an.

»Wenn Papa zurückkommt, sagen wir es ihm!« Ihr Vater war auf einer dreitägigen Fahrt mit dem Männerkegelverein »Alle Neune von 1977 e.V.« – einer Phalanx der deutschen Vorortkultur –, in den er sich irgendwann mit seinem schlitzohrigen Charme hineingeschmuggelt hatte. »Und dann entscheiden wir, wo wir hinziehen!«

»Du willst nicht hierbleiben?!«, fragten Max und Irma gleichzeitig.

Valentina schüttelte den Kopf. »Langsam erinnern sich mein Kopf und mein Körper wieder daran, wie wunderbar ich mich in London gefühlt habe. Wenn es mir in den nächsten Wochen nur halbwegs so gut geht wie dort, halte ich die Schwangerschaft locker aus. Wo immer wir hingehen, Berlin, Hamburg, Freiburg. Wie wär's mit Hamburg, Max? Da kennst du dich doch aus. Und wir schaffen das mit dem Kind!«

Max hatte sie umarmt und ihr »du wirst die schärfste sizilianische Mamma der nördlichen Halbkugel« ins Ohr geflüstert. Bei Irma flossen die Tränen.

»Ich werde *madrina*, die Patentante, und ganz oft vorbeikommen, und wenn ich auf dem Boden vor seinem kleinen Bettchen schlafen muss!«

Doch als Valentinas Vater drei Tage später mit einem goldenen Plastikpokal unter dem Arm nach Hause kam, war Irma gerade beim Gardinenaufhängen von der Leiter gefallen und hatte sich den Fuß gebrochen. Als sich die Aufregung ein paar Tage danach gelegt hatte, fuhr Max nach Hamburg, um bei einem Freund eine Wohnung zu besichtigen, während Valentina die Programme der Schulen verglich, bei denen sie sich eventuell bewerben wollte. Irma bewegte sich mit geheimnistuerischer Miene auf ihren Krücken durchs Haus, bestellte bei einem Versandhaus Folsäure- und Vitamintabletten für Valentina und stopfte sie mit Grünzeug aus dem Bioladen voll. Morgen! Morgen sagen wir es ihm, dachte Valentina jeden Abend beim Einschlafen, während sie die pampelmusengroße Ausbuchtung streichelte, die sich seit ein paar Tagen unter ihrem Bauchnabel erstaunlich hart hervorwölbte.

Als Max endlich wieder aus Hamburg zurück war, gingen sie zusammen zu Valentinas Frauenärztin. 17. Woche, korrigierte die Ärztin, nachdem sie das zappelnde Wesen in Valentinas Bauch vermessen hatte. Max hielt ihre Hand ganz fest, während sie auf den Monitor starrten, immer wieder tauchten aus einer wabernden dunkelgrauen Masse erkennbare Körperteile auf. Ein Kopf, ein Bein, kleine Oberschenkelknochen, die Rippen, hell und akkurat angeordnet wie bei dem Skelett, das Arabellas Vater früher an seinem Rückspiegel hängen hatte.

»Unser Kind«, sagte Max andächtig. »Es wollte zu uns kommen, dagegen konnte selbst die Spirale nichts ausrichten.« Valentina stiegen Tränen der Rührung in die Augen, sie sahen dem kleinen Herz beim Schlagen zu und waren sich einig, dass sie nicht wissen wollten, ob es ein Junge oder Mädchen würde.

»Eine kleine Überraschung am Ende muss sein«, sagte Valentina leise. Die Ärztin zeigte ihnen stattdessen die kupferne Schleife, die sich gegen die Wände von dem, was wohl ihre Gebärmutter war, drückte.

»Was sagt Marlene eigentlich dazu, hast du es ihr erzählt? Ich würde sie gerne besuchen!« Sie waren auf dem Rückweg von der Ärztin, morgen würden sie Papa die gute Nachricht mitsamt dem Ultraschallbild präsentieren.

»Mmh.«

»Oder lieber nicht?«

»Doch. Sicher. Aber sei nicht enttäuscht. Sie war nicht allzu begeistert, um die Wahrheit zu sagen.«

»Was hat sie denn genau gesagt?«

Max sah auf die Straße und fuhr ein paar Kilometer, ohne zu antworten. Erst als sie in die Hofeinfahrt des Marmorkontors einbogen, sprach er wieder. »Sie hat gefragt, warum ich ihr nicht eher Bescheid gesagt habe, als noch ›was zu machen war‹. So hat sie es ausgedrückt. Und dass wir beide ein anderes Leben verdient hätten als das, was uns jetzt bevorsteht. Mit einundzwanzig und neunzehn sollte man andere Dinge tun können.«

Valentina war verletzt, sogar tief verletzt. Sie hatte immer gedacht, Marlene hätte sie gemocht, sie war so sympathisch und ehrlich gewesen, hatte normal mit ihr geredet, fast wie mit einer Freundin.

»Meint sie, ich hätte es darauf angelegt?«

»Nein! Ich denke nicht. Aber was weiß ich, was im Kopf meiner Mutter vorgeht?«

»Findest du auch, dass man in unserem Alter ›andere Dinge‹ tun können sollte?«

»Sie war neunzehn, als sie mich bekam. Ungeplant. Das ist doch wohl Erklärung genug.«

»Ich denke, sie war Direktrice in einem Modeatelier? Das hat sie anscheinend doch trotz Kind geschafft.« Valentina mochte das Wort Direktrice, obwohl sie immer noch nicht wusste, was es genau bedeutete.

»Ihre Eltern haben sie unterstützt. Ich bin ganz oft bei ihnen gewesen, später, als Katinka geboren wurde, auch. Oma und Opa waren das einzig Konstante in meiner Kindheit. Bis auf die betrunkenen, bekifften Typen in unserer Küche am Morgen nach den Partys.«

Valentina seufzte. Nürburgring-Seufzen, nannte Max das, weil es sich angeblich anhörte, als fahre ein schneller Rennwagen an einem vorbei.

»Bis morgen«, sagte er und küsste sie zärtlich, »ich werfe mich in meine beste Lederjacke und bin um acht Uhr zum Essen da! Enzo wird staunen.«

Aber dazu sollte es nicht kommen.

21

Es gab da einen ehrgeizigen Professor in Florenz …«, begann Angelina, als Valentina am nächsten Mittag auf dem Krankenhausflur neben ihr saß.

»Christiaan Barnard hatte in Südafrika ein paar Monate zuvor die erste erfolgreiche Herztransplantation durchgeführt, immerhin hatte der Patient achtzehn Tage überlebt – und *il professore* di Turco möchte seinen eigenen Ruhm nun auch mit einem waghalsigen Experiment vermehren. Pinu wird über einen Kollegen aus Palermo eingeladen, aufgeregt und freudig macht er sich auf den Weg nach Florenz, Vater Pasquale begleitet ihn und fährt dann wieder nach Hause. Die Zeit, die Pinu im Krankenhaus verbringen muss, kann für ihn nicht schnell genug vorübergehen. Es werden mehrere Voruntersuchungen gemacht, niemand redet dabei mit ihm, niemand erklärt ihm etwas. Pinu ist dennoch zufrieden, die Mitpatienten im Krankensaal sind nett zu ihm und bringen ihm Kartenspiele bei. Allen erzählt er, dass er den Saal auf zwei Beinen verlassen wird. Als der Professor ihm erklärt, dass seine neuen Beine aus Fleisch und Blut sein werden, kommen ihm erste Zweifel. Von wem stammen diese echten

Beine? Der Professor redet ein bisschen über dieses und jenes, bis Pinu ihn anherrscht:

›Von wem?!‹

›Von einem Toten‹, muss der Arzt gestehen und kann gar nicht so schnell schauen, wie Pinu sich auf seinen starken Armen aus dem Raum bewegt hat. Er legt sich in sein Bett, hört auf zu essen, verweigert weitere Untersuchungen und schreibt seiner Mutter einen Brief, seinen ersten. Rosa kommt ins Krankenhaus, sie hat die weite Reise gemacht, um ihren Sohn zu unterstützen, der die Beine eines Toten ablehnt. Wird er jetzt gar nicht operiert werden? Sie bringt den Ärzten eine ganze Kiste Zitronen mit und feines Salinensalz, beides eine Rarität in der fernen Toskana. *Professore* di Turco nimmt die Geschenke entgegen und verwirft seine ehrgeizigen Pläne. Pinu hat sich durchgesetzt, seine Füßchen sollen ihm unter den stark verkürzten Oberschenkeln abgenommen werden, dann müssen die Stümpfe abheilen, bis ihm ganz normale Prothesen aus Holz angepasst werden. Die Operation verläuft gut, nach acht Tagen ist Pinu schon wieder munter. Er verlangt nach einem Wagen, mit dem er über die Flure rollen kann. Der Professor ist von dem Lebensmut seines Patienten beeindruckt, er zeigt ihm die abgenommenen Füßchen, die er als Präparat in einem Glas eingelegt hat.

›Das sind meine!‹, sagt Pinu.

Der Arzt zögert. ›Für die Wissenschaft sind sie sehr interessant‹, versucht er seinem Patienten zu erklären.

›Die Wissenschaft kann sich andere Füße holen, diese da haben mich zweiunddreißig Jahre lang getragen, sie sollen würdig bestattet werden.‹

Pinu bekommt eine kleine Nische in der Friedhofsmauer zugewiesen. Rosa weint, als die Öffnung zugemauert wird.«

Auch Valentina wischte sich ein paar Tränen aus den Augenwinkeln. Sie heulte wegen einem Paar Füße. Es war lächerlich. Es war wunderbar. Endlich wieder weinen können. Angelina streifte Valentina mit einem kleinen Seitenblick, sie lächelte.

»›Kein Foto von mir oder den Füßen, aber immerhin stehen mein Name und das Datum auf der Plakette an der Mauer‹, wird Pinu seinen Geschwistern später stolz erzählen.

Wochen und Monate vergehen. Pinu möchte in der Zeit, in der er ohne Füße und ohne Prothesen auskommen muss, nicht zu Hause sein, er hat sich bei einem Bruder seiner Mutter in der Nähe von Florenz einquartiert. Er kann nicht mehr laufen und ist zunächst ans Bett, dann an einen Stuhl gefesselt. Doch mit seiner heiteren Art hat er sich auch hier schnell beliebt gemacht. Da er sein Werkzeug nicht bei sich hat, putzt er die Schuhe, die die Leute ihm vorbeibringen.

In Gedanken entwirft Pinu die wundervollsten Briefe an Sofia. Tage werden zu Wochen, die Ungeduld nagt immer stärker an ihm und macht ihn mürrisch. Nach zehn Monaten ist es endlich so weit, man fährt ihn wieder nach Florenz, wo die ersten künstlichen Beine bei einem Prothesenbauer zur Anpassung auf ihn warten. Nun wird er endlich lange Beine haben, wie alle anderen auch, er wird lässig durch die Straßen schlendern, man wird ihn *sehen*, ansehen, aber nicht mehr anstarren! Doch in den Räumen des Prothesenmachers liegen schwere, hölzerne Gliedmaßen, lang und sperrig, mit Lederverbindungen statt Kniegelenken. Sie werden oben an der Hüfte festgeschnallt, wie in eine Hose muss Pinu hineinsteigen. Der Traum vom leichtfüßigen Gehen und zwanglosen Schlendern ist sofort ausgeträumt, der Schock umso größer: Er kann mit seinen neuen Beinen nicht laufen! Sein Rücken schmerzt sofort von der ungewohnten Beanspruchung der Muskeln. Die Prothesen drücken, obwohl er die Stümpfe mit Mullbinden umwickelt hat, er schwankt, sein Kopf befindet sich ungewohnt weit oben, und ihn schwindelt, er kann das Gleichgewicht nicht halten. Abends liegt er im Bett und weint. Das erste Mal, seit er denken kann, fühlt er sich behindert. Jetzt ist er wirklich ein Krüppel! Warum bloß hat er seine Füße weggegeben? Da liegen sie nun in einem kleinen Fach der florentinischen Friedhofsmauer. Man hat ihm gesagt, dass sie manchmal vielleicht noch wehtun würden, doch er spürt sie nicht mehr, noch nicht einmal die versprochenen Phantomschmerzen bereiten sie ihm. Sie sind unwiderruflich weg. Er weint wie nie zuvor in seinem Leben, er ist nicht mehr schnell und wendig, er ist gar nichts mehr, er kann nicht einmal alleine aufstehen, er kann die ›Stelzen‹, so nennt er sie, nur von sich strecken, er ist gefesselt, unbeweglich, zum Sitzen verurteilt.

Pinu fällt in tiefe Depressionen, die Prothesen lehnen in der Ecke seines Zimmers und stauben ein. Er steht nicht mehr auf, isst nicht mehr, der Onkel weiß sich keinen Rat.

Wieder kommt Rosa angereist. ›Pinuzzo‹, ruft sie und stürzt zu seinem Bett. ›Mein geliebter erster Sohn!‹ Da schämt er sich vor seiner Mutter, die ihn aus dem Schrank gerettet hat, die immer das Beste in ihm sah. Er steht auf, lässt sich von Rosa beim Anlegen der Prothesen helfen, gemeinsam üben sie das Laufen. Sie stützt ihn, massiert seine Beine und reibt ihm die schmerzenden Stümpfe mit einer Wundsalbe ein, die ihr die *Napolitana* mitgegeben hat. Pinu schöpft Hoffnung, er weiß wieder, warum er die Schmerzen und Strapazen der Operation auf sich genommen hat. Jetzt muss er durchhalten, damit all das auch einen Sinn hat. Er will so schnell wie möglich nach Camaro zurückkehren und Sofia als richtiger Mann, als Mann auf Augenhöhe, begegnen.

Zwei Wochen später, als Pinu seine ›Stelzen‹ schon um einiges besser beherrscht, geht Mamma Ro' mit ihm einkaufen. Er braucht Hosen, richtig lange Hosen, nicht die umgenähten, kurzen Fetzen, die er bisher trug. Sie finden ein wunderbares Stück aus grauem Tuch. Ein weißes Hemd dazu, einen blauen Pullunder darüber, Pinu tritt vor den Spiegel. Wie hoch er über dem Erdboden ist, noch immer hat er sich nicht daran gewöhnt, doch wenigstens dreht sich in seinem Kopf nicht mehr alles wie in einem Kettenkarussell. Er krempelt sich die Ärmel hoch und steckt die Hände in die Hosentaschen, so kommen seine kräftigen Unterarme am besten zur Geltung. Nun noch zum Friseur. Rosa muss die Tränen abtupfen; langsam, aber ohne zu schwanken oder zu hinken, verschwindet ihr Pinuzzo in dem Laden. Ihr Kind ist nun nicht mehr von den anderen zu unterscheiden, es wird behandelt wie ein ganz normaler Mensch. Niemand gafft, nirgendwo hört man spöttische Kommentare. Sie macht sich mit ihm auf den Rückweg. Auch im Zug ist Pinu nicht wiederzuerkennen. Er kommt zwar noch nicht ohne Hilfe die hohen Stufen des Waggons hinauf, handhabt seinen neuen Stock aber im Abteil mit Eleganz. Ein wahrer Schauspieler, ein echter *Schpentscha Tratschi!* Er konnte nicht ahnen, dass zu Hause eine große Überraschung auf ihn wartet.«

»Ach, wie schön! Er hat seine Beine, er kann laufen!« Valentina schluckte, ihr versagte die Stimme. »Also ist der, der mit uns vor zwei Tagen hier gewartet hat, doch Pinu gewesen. Pinu *ist* Irmas Vater!«

»Ja, natürlich! Was hast du denn gedacht?«

»Ich …« Verdammt, warum hatte Papa Irma dann in seinem Testament als *seine* Tochter bezeichnet? *Figlie mie.* »Aber *du* hast doch so ein Geheimnis daraus gemacht!«

»Das nennt man *suspense*, Hitchcock hat das in seinen Filmen benutzt, aber das weißt du als Romanschreiberin sicherlich.«

Valentina versuchte ihre Verwunderung über Angelinas Wissen nicht allzu offensichtlich zu zeigen und verkniff sich auch diesmal den Hinweis, sie sei nur Übersetzerin. War sie eben Romanschreiberin. Wenn sie einfach so tat, als ob, würde es eines Tages vielleicht sogar wahr werden.

»Oh, du machst mich fertig mit deinem *suspense*, aber erzähl weiter, Angelina! Hör jetzt bitte nicht auf!«

Angelina grinste nur.

»Also, was war jetzt die Überraschung zu Hause für Pinu?«, fragte Valentina ungeduldig.

Ihre Cousine holte tief Luft: »Sofia, natürlich muss er unbedingt Sofia sehen, Pinus Gedärme sind vor lauter Nervosität ganz durcheinandergeraten, er kann das Haus am nächsten Tag nicht verlassen, zu sehr regt ihn allein die Vorstellung auf, Sofia einen Antrag zu machen. Nicht sofort, erst muss er ja den Ring kaufen, dann mit seinen Eltern zu ihren Eltern gehen, und ein Strauß roter Rosen darf auch nicht fehlen, neunzehn rote Rosen, für jedes Lebensjahr von Sofia eine. Er weiß schon, wo er den herbekommt. Sofia wird staunen, wenn er auf seinen eigenen, langen Beinen daherkommt! Wird er sich hinknien müssen vor sie, wenn er sie fragt? Nein, das geht auch im Stehen. Sie werden Kinder bekommen, denn an dieser Stelle ist ja alles bei ihm in Ordnung, und wie! Herrje, er träumt so oft davon, bei Sofia zu liegen, hoffentlich hat er nicht alles schon verschossen, wenn es dann endlich so weit sein sollte. Wie viel Schuss hat man? Seine Brüder haben darüber geredet, so um die tausend? Er muss sofort damit aufhören, aber die Bestie der Versuchung kommt jede Nacht wieder und überredet ihn, zuzugreifen …« Angelina kicherte.

»Angelina!« Valentina gab ihr einen leichten Klaps auf den Oberarm. »Das kannst du nun wirklich nicht …«

»Nicht wissen? Stimmt. War reine Fantasie … aber du weißt schon, was ich meine!« Unbekümmert redete sie weiter: »Pinuzzo ist optimistisch. Sofia ist immer noch ein wenig schwach und kränkelnd, ihre Eltern werden froh sein, sie an einen redlichen Mann wie ihn geben zu können, der so gut für sie und die ganze Familie gesorgt hat! Und er wird weiter für sie sorgen, er wird sie zeit seines Lebens lieben und genug Geld für sie und die Kinder verdienen. Als Schuster hat er mehr eingenommen als mit dem Pferdekarren. Wird er eben wieder Schuster, obwohl er die Fahrten mit dem Wagen so geliebt hat. Alles wird er für Sofia tun.

Am frühen Abend des 24. September, es ist der gleiche Tag, an dem vor zwei Jahren der schreckliche Unfall mit den beiden Bussen passierte, fasst er sich ein Herz und geht in den Hof, um Sofia ein Zeichen zu geben, dass er sie unbedingt sehen will. Irgendwie hat sich nie eine richtige Gelegenheit ergeben, weicht sie ihm aus? Nein, sie ist ein anständiges Mädchen. Jetzt, wo er ein richtiger Mann ist, kann sie ihn nicht einfach so sprechen, und er kann nicht einfach so wie früher in ihr Haus gehen, egal, wie lange sie sich schon kennen. Sie müssen sich heimlich treffen. Willigt sie ein, ist die Sache schon halb beschlossen, und er wird den Mut finden zu fragen, ob sie sich mit ihm verloben möchte. Doch sie zeigt sich nicht, obwohl ihre Schwestern und ihre Mutter schon längst von ihm Notiz genommen haben, wie er da so mit seinen zwei wunderschönen Beinen aufrecht im Hof steht. Niemand ruft ihn. Niemand winkt ihn hinein. Er geht wieder ins Haus zurück.

Später am Abend klopft es laut an die Tür, Sofias Mutter kommt hereingestürmt. ›Habt ihr sie gesehen, habt ihr meine Sofia gesehen?‹, kreischt sie. Alle schütteln den Kopf, schuldbewusst, wie Pinu scheint, irgendetwas stimmt da doch nicht …

Ich bin hier, möchte er rufen, ich habe es noch gar nicht getan, sie nicht gesehen, sie nicht gefragt, doch er hält sich zurück. Seine Augen suchen die seiner Mutter. Mamma Ro' weiß immer alles. Ihr Blick huscht über die Ecke am Eingang, wo die Schuhe seiner Brüder stehen. Pinu beugt sich vor, alle Schuhe sind da, bis auf ein Paar ... Aber das muss nichts heißen. Seine Schwestern laufen hinaus, gemeinsam gehen sie Sofia suchen, die schon längst von der Schneiderin wieder hätte zurück sein müssen. Doch Sofia kommt nicht zurück, die ganze Nacht nicht. Pinu liegt im Bett, er weiß, was das bedeutet. Er kann nicht weinen, er kann kaum atmen. Sie haben sie geraubt, sein kleines, schwaches Mädchen ist entführt worden, gewaltsam hat jemand ihr das genommen, was ihm beinahe gehört, was sie ihm sicher mit viel Liebe und Vertrauen gegeben hätte. Sie hat ihm doch damals auch vertraut, als sie todkrank war und er sie wieder gesund gemacht hat. Sie liebt ihn, das weiß er genau, allein wie sie ihn immer angeschaut hat ... Und nun? Wo ist sie jetzt? Bestimmt weint sie und ist völlig verängstigt. Pinuzzo kann es nicht fassen. Wieso läuft sie denn auch alleine da draußen herum, ist sie denn überhaupt schon kräftig genug dafür?

Am nächsten Morgen hört er vor der Tür des Nachbarhauses einen Tumult, der Vater von Sofia schreit herum: ›Ich will dich nicht mehr sehen, du Hure, du bist nicht mehr meine Tochter!‹ Er hört Schläge, Verwünschungen, Sofias Mutter, die laut jammert: ›Diese Schande, was werden die Leute sagen ...!?‹ Türen knallen.

Er richtet sich auf, holt sich die Prothesen, die am Bettende lehnen, und versucht sie festzuschnallen. Aber er kriegt die Schlaufen nicht in die dazugehörigen Ösen, seine Finger zittern zu sehr. Es geht langsam, viel zu langsam, ungeduldig schwingt er sich wie früher, nur mit der

Kraft seiner Arme, auf das Fensterbrett. Im diesigen Morgenlicht sieht er Sofia mit gesenktem Kopf vor der Tür stehen. Ihr sonst immer so blasses Gesicht ist rosig, ja es glüht förmlich, als ob sie schnell gelaufen sei. Neben ihr, Hand in Hand, ein junger Mann, der sich die Wange reibt. Von seinem Platz aus kann er ihn nicht gut erkennen, Sofia verdeckt ihn halb, aber irgendetwas an ihm kommt Pinu bekannt vor. Jetzt verschwindet das Mädchen mit hochgezogenen Schultern im Haus, und Pinu sieht plötzlich, wer der Mann ist: einer seiner Brüder. Der, der ihm besonders ähnelt!«

»Darf ich Sie kurz stören?« Wie aus der Versenkung war *la dottoressa* Buongiorno plötzlich neben ihnen aufgetaucht, in der Hand hielt sie einen Plastikbecher mit dampfendem Espresso darin.

»Aber natürlich.« Angelina erhob sich umständlich. Vor einer Ärztin musste man Respekt haben. Valentina stand auch auf, sie war noch ganz durcheinander, voller Mitgefühl für Pinu, der da auf dem Fensterbrett hockte … Sie schaute sich den Becher genauer an, von dem die Ärztin jetzt nippte, er ähnelte sehr stark einem dieser Becher, in denen man seinen Urin abgeben musste.

»Ja, das ist genau das, was Sie vermuten, aber unbenutzt, keine Angst«, scherzte die *dottoressa*, die ihrem Blick gefolgt war. Doch ihr Lächeln schien gezwungen. »Wir würden gerne mit Ihnen morgen früh etwas besprechen. Es geht um unser weiteres Vorgehen. Die Werte haben sich so weit gebessert, und wir würden gerne versuchen, die Maschinen nach und nach zurückzufahren. Wir haben eine Chance, dass sie es schafft, aber es gibt natürlich das Risiko, dass wir sie überfordern und es zu einer Verschlechterung kommt. Vielleicht müssen wir sie auch verlegen, in eine Klinik in Palermo. Wo sie besser für solche Patienten ausgerüstet sind als wir hier. Gibt es einen nahen Verwandten? Wer könnte denn Entscheidungen für die Patientin treffen?« In der Kitteltasche der Ärztin piepste es plötzlich.

»Ihr Vater«, sagte Angelina. »Und ihre Geschwister, die könnten das doch auch.«

Dottoressa Buongiorno bedankte sich mit einem Kopfnicken für die Auskunft, im Davonlaufen rief sie noch: »Dann besprechen wir alles Weitere morgen!«

Und ich, dachte Valentina, ich könnte das auch. Wann kommt endlich der Teil der Geschichte, in der Irma zu meiner Halbschwester wird?

Da fasste Angelina sie zart unter dem Kinn und schaute ihr tief in die Augen. »Ich werde den anderen Bescheid geben, wir treffen uns alle heute Abend bei Isidoro, um die Sache mit Irma zu besprechen. Wie es weitergeht, was wir tun wollen ... Ich denke, so gegen halb zehn, nach dem Essen.«

Ihr Atem roch nach Aprikosen und Zigaretten. Da sie das Rauchen zu Hause offiziell aufgegeben hatte, musste sie immer heimlich im Auto auf der Fahrt zum Krankenhaus rauchen.

»Du kommst natürlich auch!«

»Natürlich! Ich wollte die Familie sowieso etwas fragen.« Aber Stichpunkte werde ich nicht vortragen, Eric, vergiss es. Und was war mit dem Testament? Einem Zettel, den es nicht mehr gab? Was würden die Geschwister von ihr halten? Isidoro, ’Ntoniu, Maria, Agata und die anderen, deren Namen und Leben sie mittlerweile kannte.

Und was hielt sie selbst von sich? Darauf wusste sie keine Antwort.

22

»Du hast nicht angerufen!«, sagte eine vorwurfsvolle Stimme auf Italienisch zu ihr. Giorgio. Er saß auf der Treppe, drehte seinen Helm in den Händen.

»Nein.« Valentina hob entschuldigend die Hände. »Es gibt ja auch leider keine Neuigkeiten.«

»Das kann doch nicht sein, sie muss doch wieder aufwachen, das kann doch nicht einfach so passieren …!«

Valentina schaute in sein Gesicht. War er verliebt? Ein Fan von Irma? Das Leuchten in seinen Augen, der atemlose Ton waren ziemlich eindeutig. Aber dafür war er eigentlich zu jung. Zehn Jahre Unterschied, mindestens. Sie beschloss, nach dem Ausschlussverfahren vorzugehen.

»Wenn du Geld brauchst, weil sie dir noch etwas schuldet …«, begann sie vorsichtig.

»Sie schuldet mir gar nichts!« Er sprang auf. »Es geht um etwas ganz anderes. Geld! Als ob es darauf ankäme im Leben! Was nutzt mir das viele Geld, wenn ich jeden Morgen aufwache und denke, dass ich eine Zumutung bin. Für alle, die mit mir zu tun haben. Ich bin nichts.« Er setzte sich wieder.

Valentina stieß die Luft aus. Das klang nach Schwierigkeiten. Sie hockte sich neben ihn auf die Stufe. Er rückte ein wenig von ihr ab, um sie besser mustern zu können.

»Valentina.« Er sprach ihren Namen langsam aus, melodisch, als würde er ihn singen. »Du bist also ihre Cousine.«

»Ich bin ihre Schwester.«

Giorgio runzelte die Stirn. Er sah hübsch aus, sauber rasiert, mit glattem Schädel und offenem Blick, als ob er niemals die Unwahrheit sagen könnte.

»Ich wusste gar nicht, dass sie eine Schwester hat.«

»Ich glaube, sie auch nicht. Wenn sie es *dir* schon nicht gesagt hat?«

Giorgio wandte den Blick ab, richtete ihn auf die Stufen, auf das Meer unter ihnen, dann auf seine Armbanduhr. »Ich muss los, meine Frau wartet mit dem Abendessen«, sagte er.

Valentina schnaubte leise durch die Nase. Noch mehr Schwierigkeiten.

»Ich würde ihr gerne sagen, dass ich ihre Schwester bin, wenn sie aufwacht.«

»Und ich bin ein Feigling. Das würde ich Irma auch gerne sagen!«

»Dann haben wir beide etwas Wichtiges an ihrem Bett zu erledigen. Denk an sie, und bete für sie. Sie wird das spüren!«

Valentina wunderte sich, wie sie, die Ungläubige, auf einmal an die Dinge glaubte, die da aus ihrem Mund kamen.

»Ja. Das mache ich! Weil ich selbst zu feige bin, frage ich erst mal, ob *er* nicht die Arbeit für mich tun kann.« Er lief die Stufen hinab, schwang sich auf sein Fahrrad, winkte und fuhr davon. Wen hatte er jetzt gemeint? Gott? Valentina stand auf und ging ins Haus.

»Keine Anmeldungen zum Essen für heute Abend!«, rief Gábbrie ihr schon auf der Treppe entgegen.

»Haben deine *Spaghetti alla Carbonara* sie gestern alle in die Flucht geschlagen? Das war ein Witz«, setzte Valentina schnell hinzu, als sie Gábbries Gesicht sah.

»Sind alle bei ›Palermo bei Nacht‹. Mit dem Bus hingefahren.«

»Ist doch auch mal ganz schön. So alleine.« Na ja. Alleine. Fredo stand am Fenster und titschte alle zwei Sekunden einen Tennisball neben sich auf die Erde, die Katze schrie herzzerreißend nach Futter, und am Tisch saß die *Napolitana* mit ihrer Schmuckschatulle, die sie unablässig auf- und zuklappte. Auf und zu, auf und zu, im Takt mit Fredos Ball. Hoffentlich fing sie nicht wieder an, von gebrauchten Jungfernschaftstüchern zu erzählen.

»Wie kommt sie eigentlich hier immer hoch, bei der steilen Straße muss das doch äußerst mühsam für sie sein«, nuschelte Valentina Gábbrie ins Ohr, so leise, dass es niemand anderes hören konnte.

»Jemand bringt sie«, antwortete Gábbrie ebenso leise und stocherte mit einem Löffel im Dosenfutter herum, bis es mit einem ekelhaft schmatzenden Laut auf den Katzenteller plumpste. »Ihre Tochter oder so.«

»Ihre Tochter bringt sie!?«, zischte Valentina mit gespielter Entrüstung. »Ja, sind wir denn ein Club, in dem man seine alte Verwandtschaft zur Unterhaltung stundenweise loswerden kann?«

Gábbrie kicherte unterdrückt. »Du benutzt immer so schöne Worte, es klingt Italienisch, aber auch nicht. So schön umständlich.«

»*Grazie!*«

»Gern geschehen. Nein, sie kommt sonst immer, um dem *calzolaio* Gesellschaft zu leisten.«

»Dem Schuster? Dem Pinu? Wohnt er denn sonst hier?«

»Natürlich, unten in den Räumen, da hat der *calzolaio* auch seine Werkstatt.«

»Wieso hast du mir das denn nicht gesagt? Und warum nennst du ihn immer so?«

»Vielleicht, weil er das mag? Wieso fragst du immer so?«

Valentina lachte. »Ich würde gerne mal seine Werkstatt sehen. Meinst du, wir können da reingehen?«

Gábbrie schüttelte heftig den Kopf. »Nein. Nein. Bleib lieber oben! Ich gehe da nicht rein, wenn er nicht da ist.«

»Aber putzt du da nicht auch?«

»Doch. Ist auch Wohnung von ihm. Aber geputzt ist alles. Seit Irma im Krankenhaus liegt, wohnt er bei einer der Schwestern, bei der jüngsten, Concetta.« Als sie Valentinas enttäuschten Blick sah, fuhr sie fort: »Er kommt bestimmt in den nächsten Tagen mal vorbei, vielleicht um etwas zu holen, dann kannst du ihn ja fragen!«

Valentina gab auf. Gábbrie war eine harte Nuss. Dann würde sie sich die Werkstatt eben alleine anschauen.

»Also«, sagte sie, um einen fröhlichen Ton bemüht, »was essen wir heute? Signora *Napolitana*, können Sie kochen?«

Signora *Napolitana* konnte. Sie ließ einen goldenen Armreif in die Schmuckschatulle fallen und klappte sie zu, und während Valentina zusammen mit Fredo Kiwis, Orangen und Bananen zu einem Salat schnippelte – Gábbrie durfte nur zuschauen und sich ausruhen –, zauberte sie ihnen aus Zwiebeln, Knoblauch, Sardellenfilets, Oliven, Kapern, *peperoncini* und Tomatensugo köstliche *Spaghetti alla Puttanesca.* Sich selbst gab sie noch eine ordentliche Prise geriebene Peperoncinischoten darüber. »Das wäre zu viel für euch, aber ich brauche ein bisschen Feuer für mein napolitanisches Blut«, sagte sie trocken.

Es wurde ein sehr gemütliches Essen: Gábbrie schaffte es, nicht alle zwei Minuten aufzuspringen, sondern blieb entspannt sitzen, Fredo schlief ein, sein Kopf wäre fast in seinem halb vollen Teller gelandet, und die *Napolitana* begann erst zu reden, nachdem sie von Valentina dazu aufgefordert wurde, ihnen vom glücklichsten Moment ihres Lebens zu erzählen.

»Der glücklichste Moment meines Lebens? Das war, als ich meinen Mann kennenlernte. Ach, das war so romantisch!« Gábbries Gabel hing sekundenlang vor ihrem offenen Mund, bis die *Napolitana* endlich fortfuhr.

»Es war 1958. Ich ging durch die Straßen meines Dorfes, da gab es zwei alte Leutchen, denen brachte ich manchmal etwas Brot. Ihre Kleider waren irgendwann mal elegant gewesen, doch schon überall gestopft, sie taten alles, damit man nicht merkte, wie arm sie waren. Dabei hungerten sie oft. An manchen Tagen legten sie die übelsten Abfälle vom Metzger auf den Rost des kleinen Kohleöfchens, *bracieri* genannt. Gekröse und so Zeug, das man nicht einmal mehr der Katze geben würde.«

Sie warf einen Blick auf Zorro, die sich wie direkt aus der Werbung entsprungen mit genießerisch geschlossenen Augen die Nase leckte. Fehlte nur noch der Petersilienstängel auf dem leeren Tellerchen vor ihr. »Geh du mal wieder zu deinen Kindern, die warten auf dich, husch husch!«

»Und das Zeug haben die wirklich gegessen?« Valentina schob ihren Teller von sich. Die Geschichten der *Napolitana* eigneten sich nur bedingt für eine Unterhaltung bei Tisch.

»Nein, natürlich nicht, aber sie wedelten den Geruch aus dem Fenster, damit die Nachbarn dachten, sie hätten Fleisch zum Braten im Haus. Allerdings wussten die Leute Bescheid, das war ja kein Geheimnis, und sie waren ja beileibe nicht die Einzigen, die so etwas taten. Jedenfalls wollte ich ihnen auch an diesem Tag Brot bringen, doch sie hatten Besuch, ihren Enkel, und ich ließ mein Brot in der Tasche, um sie nicht zu demütigen. Natürlich stellten sie uns vor.« Sie machte eine Pause, schüttelte in Gedanken den Kopf, um dann mit schwärmerischer Stimme zu verkünden: »*Ma come era bello lui!* Wie schön er war! Am selben Tag hat er vor dem Haus meiner Eltern auf mich gewartet und mich geküsst! Und dann blieben wir vierzig Jahre zusammen.«

»Wie schön!«, sagte Valentina leise.

»Wie schön!«, hauchte Gábbrie.

»Kann ich jetzt ganz viel Obstsalat haben?«, fragte Fredo und rieb sich die Augen.

»Ja klar, gut geschlafen?«, antwortete Valentina. »Du bleibst sitzen, Gábbrie!« Sie stand auf, sammelte die Teller ein und holte die Schüssel aus dem Kühlschrank. Aber in ihrem Kopf klangen die Worte der *Napolitana* noch nach.

Kein Wunder, dass die Italiener aus dem Süden so gefühlsbetont und vielleicht ab und an auch mal ein wenig irrational sind, dachte sie, ihr Leben ist immer schon ärmer und härter gewesen als anderswo. Zugegeben, manchmal gehen sie mir mit ihren Dramen ziemlich auf den Wecker, aber es ist nicht ›alles ganz furchtbar‹ hier auf Sizilien, Martina. Ganz im Gegenteil, die Geschichten sind spannend, rührend und manchmal sehr traurig. Und ich brauche sie, bin süchtig nach ihnen, sie erinnern mich daran, was wirklich wichtig ist im Leben und dass man selbst nach einem Vormittag, an dem man nur Brot verteilen wollte, am Abend noch mit dem Besten rechnen kann.

Nachdem sie die alte Dame nach Hause begleitet und Fredo diesmal, da seine Mutter Nachtschicht hatte, bei seinem Onkel Dario abgeliefert hatte, ging Valentina ein paar Straßen weiter zu dem vierstöckigen Haus am anderen Endes des Ortes, in dem acht der elf Geschwister wohnten.

In Isidoros Salon waren schon die meisten von ihnen versammelt, nur die Schwestern räumten noch in der Küche herum, brachten Espresso, Gebäck und eine Flasche Amaro. Valentina schaute sich um, es waren mindestens fünfzehn Leute im Raum, Irmas Vater Pinu konnte sie nicht entdecken.

»Wir sind hier zusammengekommen«, begann Isidoro, und es klang wie in einer überfüllten Kirche, »um über unsere liebe Nichte und Cousine Irma zu sprechen!« Espressotassen klirrten, man aß Erdnüsse und knackte mit den Zähnen Pistazienschalen auf. »Morgen soll entschieden werden, ob sie die Maschinen abstellen.«

»*No!*« Ein Riesentumult brach los.

»Wer hat das behauptet?!«

»Aber das ist doch nicht wahr!«

»Damit sie uns stirbt?!«

»Die *dottoressa* hat doch etwas anderes gemeint!«, hörte Valentina Angelinas Stimme.

»Ruhe!«, schrie jemand. »Ruhe!«

Angelina stand auf: »Entschuldigung, *zio*, da hast du etwas falsch verstanden. Von ›abstellen‹ war keine Rede.«

»Habe ich aber gehört, du hast mir doch so was erzählt, nicht wahr, Francesca?«

»Nicht so direkt …«, sagte Isidoros Frau, und man sah, dass sie am liebsten wieder in die Küche verschwinden wollte, von wo sie gerade mit einer großen Schale voller Kürbiskerne und Kichererbsen gekommen war.

Angelina erhob sich: »Ich habe heute Morgen noch mit der *dottoressa* Buongiorno gesprochen, wie manche von euch sicherlich auch, es ging nur darum, es zu versuchen, die Maschine langsam zurückzufahren, damit Irma wieder anfängt, alleine zu atmen. Und sie von der Dialyse zu nehmen. Weil es Irma jetzt wieder besser geht, probieren sie es. Es ging nur um Informationen, damit wir über die Risiken Bescheid wissen. Und darum, wer für Irma entscheiden darf, wenn es zum Beispiel um eine Verlegung in ein anderes Krankenhaus ginge, wo sie bei Misslingen besser versorgt werden kann.«

»Misslingen? Sie haben Angst, es könnte misslingen?«, rief Isidoro.

»Gestern hat mir Franco Giammarresi erzählt, dass seine Tochter fünf Wochen im Koma gelegen hat, dann ist sie nach Bergamo gebracht worden und dort nach zwei Tagen aufgewacht«, rief einer der Onkel dazwischen. Tuzzu, erkannte Valentina, der sich auf den Fotos immer vor Pinus fehlende Beine gesetzt hatte.

Allgemeines Geraune, Bergamo!

»Und wenn sie wirklich verlegt werden soll? Vielleicht ja erst mal nur nach Palermo. Wer geht dann mit?«

»Na alle! Abwechselnd!« Die meisten nickten.

Valentina wunderte sich, in Deutschland ginge es längst um die Kosten, doch hier war bis jetzt noch kein einziges Wort darüber gefallen. Sie war gespannt. Wer würde sich jetzt aus der Verantwortung ziehen, viel Arbeit vorschützen, behaupten, unabkömmlich zu sein oder es gerade finanziell nicht zu können?

Aber niemand hatte Einwände. Alles schien geklärt. Angelina setzte sich, stand dann aber erneut auf. »Ach, Valentina wollte euch noch etwas sagen.«

Oh, mein Gott, das Testament. Sie hatte den Willen ihres Vaters einfach verbrannt. Sollte sie ihnen davon erzählen oder nicht? Noch war es nicht zu spät. *An Dich, meine geliebte Irma, sollen alle Güter auf Sizilien gehen. Für Dich, Valentina, mein Schatz, wird die Firma und das Haus sorgen, da Dir beides jetzt nach meinem Tod sowieso gehört.* Ja oder nein, wie kam sie aus dieser Situation nur wieder raus?

Sie erhob sich, ihr Kopf war leer. »Äh, ja! Oder eher nein, ich wollte gar nicht groß was sagen, eher wollte ich mich bedanken bei euch, für eure Hilfe und Zuneigung und die ganze«, jetzt kämpfte sie tatsächlich mit den Tränen, »die ganze Beerdigung. Es war schön, meinen Vater zurück in seiner Heimat, zurück bei euch zu sehen. Danke!« Sie setzte sich wieder. Von links kam ein Taschentuch.

Sie hörte vereinzeltes Schniefen.

»Man merkt, dass sie Schriftstellerin ist«, wisperte eine Stimme. Valentina lächelte in das Taschentuch hinein. Sie war Übersetzerin, das würden sie nie lernen. Es war nicht so schlimm. Schlimm war, dass sie immer noch log und sich selbst nicht mehr im Spiegel ansehen konnte. Sie biss die Zähne zusammen und merkte, wie ihr Lächeln hinter dem Taschentuch gefror.

23

Wo wohnte Pinu, wo war seine Werkstatt? Am nächsten Morgen schlich Valentina nach dem Frühstück in die Eingangshalle und von dort die Treppe hinunter, bis sie in einem großen Vorraum vor einer metallenen Tür stand. Sie berührte die Klinke und drückte sie nieder. Abgeschlossen. Das Schlüsselloch funkelte sie abweisend an, hier kommst du nicht rein, schien es zu sagen. Valentina schaute sich um. Es gab nur zwei kleine, vergitterte Fenster. Zwei Stühlchen mit einem einzigen Brett als Rückenlehne, von deren Sitzflächen die Sisalschnüre herunterhingen, standen an der kahlen Wand. Von der Decke, fast direkt vor dem Aufgang zur Treppe, hing ein an vier Stricken befestigtes Stück Stoff. Vielleicht eine alte Waage? In diesem Gewölbe hatten vor langer Zeit vermutlich die Teile der Zitronensortiermaschine gelagert. Es fröstelte sie. Sie ging ein paar Schritte umher. Stellte sich auf die Zehenspitzen, um aus den Fenstern zu schauen, sah aber nur den Himmel. Mit einem Finger stupste sie das Stück Stoff an, das wie eine Hängematte pendelte. An den Kanten waren Spitzen angebracht, entdeckte Valentina, die groben Stricke wurden weiter unten zu breiten glatten

Bändern, die früher einmal blau gewesen sein mochten. Es war keine Waage, sondern eine Wiege! Wer hatte sie hier aufgehängt? Und wer hatte die Blüten dort hineingelegt? Blassrosa und verwelkt wiegten sie sich mit. Plötzlich spürte Valentina, dass jemand hinter ihr stand. Sie wusste allerdings auch, dass niemand zu sehen sein würde, wenn sie sich umdrehte. Aber sie war da! Ihr Herz begann wie verrückt im Hals zu klopfen, sie hielt sich an der Wiege fest und wurde sogleich von einer Wolke aus Trost und Wärme umgeben.

»Du bist immer noch da!«, flüsterte sie in den leeren Raum und ließ das breite Band zwischen ihren Fingern hindurchgleiten.

»Bist hier eingesperrt mit dem Kind, das du so gehasst hast, weil es dir nicht gelungen ist, es zu töten.« Sie atmete die Luft ein, die nach Stein, Staub und Mauern roch, aber auch von etwas Süßlichem durchzogen wurde. Gebrannter Zucker? Warme Milch?

»Kannst du nicht mehr raus? Aus diesem dunklen Gewölbe, in dem Pasquale und Rosa mit ihrem kleinen Pinu in den ersten Wochen hatten hausen müssen?« Sie streichelte das Wiegenband noch einmal, ließ es dann los und floh den Treppenaufgang hoch. Überzeugt davon, verfolgt zu werden, hielt sie in der Eingangshalle inne und drehte sich abrupt um. Ein kalter Schauer rann über ihren Rücken. Sie war nicht mehr da, war dort unten geblieben. Ich muss Gábbrie fragen, dachte sie, auch wenn sie denkt, dass ich spinne. Nein, ich muss Pinu fragen, er wird mir etwas über sie erzählen können!

»Ich bekomme das Haus meiner Großmutter«, sagte sie am Telefon zu Eric. Wenn ich stillhalte, gar nichts sage oder tue, ist es meins, so einfach ist das, dachte sie und sah den Oleanderbaum vor ihren Augen, der sich mit seinen dunkelgrünen Blättern und weißen Blüten so klar und frisch vom Rosa der Hausfront absetzte.

»Das Haus, na gut, schauen wir erst mal, was es wert ist, aber klar, das kannst du der Bank als Sicherheit geben. Das wird dauern, bis du das Geld aus dem Verkauf bekommst, geht ja nie schnell, so was.«

»Nein.«

»Und sonst? Die Wohnung haben wir übrigens so gut wie. Habe den Notar noch bisschen hinhalten können. Du musst ja schließlich mit unterschreiben.« Er klang entspannt, richtig fröhlich. Sie war plötzlich wütend auf ihn, fast hätte sie losgeheult. Sie hustete die drohenden Tränen weg.

»Nichts Neues. Keine Veränderung bei Irma, wir werden heute erfahren, was die Ärzte mit ihr vorhaben. Vielleicht wollen sie sie verlegen.«

»Dann kommst du also bald wieder? Sag mir, wann ich den neuen Termin machen soll. Du kannst da unten jetzt sowieso nichts tun, kleine Maus. Ich vermisse dich, weiß schon fast nicht mehr, wie du aussiehst!«

»Ich … dich auch. Spätestens am Wochenende bin ich wieder da!«

Wochenende, das bedeutete Samstag oder Sonntag, noch drei oder vier Tage bis dahin. Es stimmte ja, was Eric sagte, sie konnte wirklich nichts für Irma tun. Ihr noch nicht einmal etwas vorsingen, vorlesen, sie nicht streicheln. Dabei macht man das in Deutschland bei Komapatienten so, dachte sie, das ist total wichtig, das weiß doch jeder.

Hier war die Familie ausgesperrt. Sie alle konnten zwar sehen und hören, was Irma tat, (nichts tat sie, nicht einmal laut atmen oder sich herumwälzen, sie lag einfach nur da, verdammt), aber sie konnten sie nicht ansprechen. Es gab kein Mikrofon in der blauen Kammer, das ihre Stimmen übertrug. Vielleicht auch besser so bei dem Radau, den sie dabei immer veranstalteten. Valentina musste lächeln. Aber in ihrer Brust war noch immer dieser Druck, wie in ihrem Traum, als ob sie etwas Wichtiges vergessen hätte. Als ob sie Schuld an diesem Vergessen hätte.

Angelina musste wieder herhalten, um das Gefühl zu vertreiben, von dem sie sich den ganzen Morgen über bis zu ihrer Ankunft im Krankenhaus nicht hatte befreien können.

»Während wir auf die *dottoressa* warten, kannst du mir doch weitererzählen.«

Angelina knüllte ein Taschentuch in der Hand zusammen. »Ich konnte heute Nacht nicht schlafen, mir ging dieser Satz von *zio* Isidoro nicht aus dem Sinn. Was, wenn das alles nicht funktioniert und sie tatsächlich eines Tages die Maschinen abstellen wollen?«

»Abstellen! Abstellen! *Du* hast doch als einzige von deinen Geschwistern verstanden, was sie vorhaben, Angelina! Denn sie ist doch noch nicht hirntot, oder was!«

Angelina schaute sie mit aufgerissenen Augen hinter ihren Brillengläsern an.

»Entschuldige. Ich wollte dich nicht anbrüllen, war nicht so gemeint. Aber wie viele Tage sitzen wir hier schon?

Ich kann bald nicht mehr. Ich will sie anfassen, ihr etwas ins Ohr flüstern können, meine Güte noch mal.« Valentina heulte. Sie heulte jetzt dauernd. Vor Rührung, wie gestern. Vor Wut, wie gerade bei Eric. Oder vor Trauer.

Angelina räusperte sich. »Also gut. Pinu hatte die beiden da am Morgen vor der Tür stehen sehen, sie mussten also heiraten. Die Hochzeit …«

»Moment, einen Augenblick mal.« Valentina hob den Blick vom Boden, auf den sie ihre Tränen hatte tropfen lassen, und wischte sich mit dem Handrücken die Nase ab. »Welcher Bruder war es denn nun?«

»Ich dachte, das hast du längst geahnt! Der, der ihm so ähnlich sieht. Na?«

Valentina schüttelte den Kopf, das konnte nicht sein! Ihr Vater sollte seinem verliebten, beinlosen Bruder die Verlobte weggeschnappt haben? Er war schon mal verheiratet gewesen? Davon hatte Martina bestimmt nichts gewusst! Aber schon räumte Angelina alle Zweifel aus: »Vincenzo, Enzo, der fünfte der sechs Brüder; dein Vater! Die gute Seele, die jetzt dort unten auf dem Friedhof in Frieden ruht, Gott habe ihn selig!«

»Ich glaub das nicht! Warum waren sie zusammen weggelaufen? War er denn nicht viel zu … viel zu jung?«

»Nun ja, er war einundzwanzig, alt genug für solche Sachen.«

Sie schüttelte immer noch skeptisch den Kopf, obwohl sie längst wusste, dass Angelina recht hatte.

»Es geht also seinen Gang, Enzo wird weiterhin beschimpft, Sofia sei doch noch viel zu jung und er ein Tunichtgut, warum hätten sie nicht warten können, wenigstens bis Enzo eine Arbeit habe? Enzo zuckt die Schultern, fängt sich eine weitere Maulschelle vom zukünftigen Schwiegervater ein, doch als er beteuert, dass er Sofia liebt und sie heiraten will, wird auch er in Sofias Elternhaus gelassen. Sie bekommen den elterlichen Segen; das Ehebett der Eltern wird ihnen gemacht, und fortan behandelt man sie wie Mann und Frau. Schnell wird geheiratet, keine große Hochzeit, denn die Braut geht ja nicht jungfräulich in die Ehe. Auf ein weißes Kleid muss Sofia natürlich verzichten, sie heiratet in Dunkelblau, die beiden dürfen das Hauptportal beim Betreten der Kirche nicht benutzen, sondern müssen sich mit einer schmalen Nebentür begnügen, und auch der Hauptaltar ist ihnen verwehrt. Außer Sofias Familie ist niemand dabei. Aber als sie sich seitlich an den Kirchenbänken vorbeiquetschen, um hinauszugehen, kommt Mamma Ro' aus einer der hintersten Reihen auf das Brautpaar zu. Sie gratuliert den beiden, wünscht ihnen alles Gute. Enzo ist so überrascht, dass er kein Wort hervorbringt. Dann geht sie mit kleinen steifen Schritten davon. Spätestens in diesem Moment weiß der jüngere Bruder, dass es ein Fehler war, den älteren mit einem frechen Mundwerk und einem Paar gesunder Beine übertrumpfen zu wollen und sich einfach, ohne Rücksicht, an das Mädchen von nebenan heranzumachen!«

»Wieso das alles mit dem dunkelblauen Kleid und dem Seiteneingang? Nur, weil man schon vor der Ehe …?«

Angelina stöhnte auf, als ob sie persönlich gerade eine große Enttäuschung verkraften müsste.

»Ja. So war das! Da gab es kein Pardon. Man kann also sagen, Enzo hat Sofia den größten Tag im Leben einer

Frau ganz schön versaut!« Doch dann lächelte sie versonnen: »Wenn ich da an *meine* Hochzeit denke, ein Traum, ich hatte *alles*! Über hundert Gäste, und jeder bekam einen silbernen Schwan. Man konnte ihn aufklappen und als wunderschöne Bonbonniere verwenden oder einfach so, zum Hinstellen. Das war alles sehr teuer!« Angelina schnalzte zufrieden mit der Zunge. »Und Geschenke hatten wir! Das stand alles in der Wohnung meiner Eltern. Du glaubst es nicht, einen Farbfernseher, ein zwölfteiliges Sammeltassenservice, Gläser, Kristallschalen, ein wertvolles, mit echtem Gold überzogenes Kleiderbürstenset, von meiner Patin, eine Vitrine, alles neu. Wir haben einen Wachdienst einstellen müssen, der darauf aufpasste, als wir in der Kirche waren!« Valentina nickte mit angemessen beeindruckter Miene.

»Aber, nur um eines mal klarzustellen, von den fünf Schwestern der Familie haben es ja nur zwei ins weiße Kleid geschafft, und zwar meine Mutter Lina und die Agata. Der Rest machte eine *fuitina*.« Angelina ließ ihre Hände in einer passenden Geste in der Luft flattern: »Das heißt, sie sind zusammen geflüchtet. Aus Liebe abgehauen!«

»Warum?«

»So gefügig und sanft unser Großvater zu Mamma Ro' war, gegenüber seinen Töchtern war er absolut unnachgiebig. Kein Bewerber passte ihm, die Mädchen durften mit niemandem auf der Straße reden, ach, was konnte er streng sein! Zum Beispiel hat er ihnen auch nie erlaubt, sich die Haare abzuschneiden, Frauen mussten in seinen Augen lange Haare haben. Und als Vater konnte er das bestimmen. Waren die Töchter dann verheiratet, fragten sie den Ehemann um Erlaubnis, der meistens nichts dagegen einzuwenden hatte. Als Domenica, also Mimma, nach ihrer Flucht nach Hause kam, hatte sie sich zudem noch die Haare abgeschnitten, unser Großvater Pasquale hat sie gepackt, auf den Platz vor dem Haus gestoßen und ein ganzes Jahr nicht mit ihr geredet!« Angelina rollte mit den Augen. »Aber zurück zu Pinu: Bestimmt kannst du dir denken, dass seine Welt in den Sekunden des frühen Morgens, dort auf seiner Fensterbank, zusammengebrochen ist. Sollte er sich wirklich so in Sofia getäuscht haben? Ist sie wirklich freiwillig zu Enzo gegangen, hat ihn selbst also zu keiner Zeit als zukünftigen Ehemann in Betracht gezogen? Er leidet. Schweigend. Niemand merkt, was mit ihm los ist. Halt, das stimmt nicht, Mamma Ro' weiß sehr wohl, dass ihr Pinuzzo sich der Operation nur wegen Sofia unterzogen hat und immer noch schrecklich verliebt ist. Sie kann es nicht ertragen, ihn so unglücklich zu sehen, und sucht unermüdlich nach einem geeigneten Ersatz für das Mädchen, denn auch sie will, dass ihr Sohn heiratet. Eine Heirat wird alles bereinigen. Wer heiratet, ist kein Außenseiter, keiner, der aus der Gesellschaft herausfällt.

Aber wie das Leben so spielt: Pinu sollte noch mehr als drei Jahre warten und zwei schwere Tragödien überstehen müssen, bis ihm wieder ein bisschen Glück zuteilwurde …« Angelina schwieg.

»Mehr als drei Jahre willst du jetzt aber nicht warten, bis du weitererzählst!«

»Ich dachte, die Ärztin kommt jetzt.«

»Nein, sie ist spät dran, wie immer, also erzähl schon, das ist ja unerträglich mit dir. Welche Tragödien musste der arme Pinu denn noch durchleiden?«

Angelina seufzte und rückte sich die schweren Brillengläser auf der Nase zurecht. »Nun. Zunächst einmal muss er mit ansehen, dass sein Bruder die geliebte Sofia nicht sonderlich gut behandelt. Erst scheinen sie glücklich, und die Schwestern erzählen, dass es ihr gleichgültig ist, dass sie kein weißes Kleid haben konnte, aber nach der Hochzeit ist Enzo plötzlich wie ausgewechselt. Na ja, tratschen die Leute, er ist einundzwanzig. Zwar nicht mehr ganz so jung, aber er ist früher schon sehr hinter den Frauen her gewesen, er will sich weiterhin die Hörner abstoßen. Nun hat er aber eine Frau zu Hause, deren Gesundheitszustand sich wieder verschlechtert hat. Aber so war es nicht.« Angelina streckte den Zeigefinger wie eine Lehrerin in die Luft. »Ich weiß es von meiner Mutter Lina, ihr hat Sofia oft erzählt, was sie bedrückte. Alle gingen damals zu meiner Mutter, um ihr Herz auszuschütten, alle, sie war wie eine Beichtschwester für das ganze *quartiere*.

Sofia bereut es bitter, Enzo genommen zu haben. Enzo, der Pinu so ähnlich sieht, aber überhaupt nicht so wie er ist. Wenn sie Pinu bei der Schwiegermutter Mamma Ro' sieht, denkt sie immer voller Sehnsucht an das halbe Jahr, das sie zusammen in der Dachkammer verbracht haben, und an seine Hände, die ihr die Füße massierten und dabei diese magische Wärme ausstrahlten. Nur weil sie es sich nicht vorstellen konnte, einen Mann ohne Beine zu heiraten, hat sie ihn verschmäht. Doch ihre Blicke werden von Pinu nicht erwidert, sie ist die Frau seines Bruders Enzo, und damit *basta*. Was in seinem Inneren los ist, dass er sie noch liebt, braucht sie nicht zu wissen. Ach«, Angelina stöhnte auf, »was im Inneren der Männer so manchmal los ist, vielleicht besser, nichts davon zu ahnen, was?«

Valentina zuckte mit den Achseln. Sie hatte damals nicht gewusst, was Max dachte, wusste es ja bis heute nicht. Aber selbst wenn, wäre sie dann wirklich anders mit ihm umgegangen?

»Erzähl weiter«, bat sie Angelina. Sie wollte sich mit den traurigen Dingen im Leben anderer Menschen beschäftigen, nicht mit den eigenen.

»Auch Enzo beklagt sich bei seiner Schwester Lina. In der Hochzeitsnacht habe er gemerkt, dass er einen schweren Fehler begangen hat. ›Ich liebe dich …‹, habe seine frisch angetraute Frau zu ihm gesagt. ›Ich liebe dich‹, habe sie geflüstert, während sie sich vereinigten, und dann einen anderen Namen als seinen genannt!

Sofia geht ein wie eine Auster ohne Wasser, Enzo aber hat Glück. Immer hat er irgendwie Glück. Er bekommt Arbeit als Fahrer bei einer Spedition; mit dem Laster fährt er durch ganz Italien. Marmor, Orangen, Marsala, manchmal Kisten, über deren Inhalt er nichts weiß. Er verdient gut, aber auch wenn er wieder in Camaro ist, sieht man ihn nicht oft zu Hause bei Sofia. Kinder haben sie noch keine, wie auch, wenn Enzo dauernd unterwegs ist. Er hat eben zu spät gemerkt, dass seine Frau ihn eigentlich gar nicht meinte, als sie ihn heiratete. Ach, wie das eben manchmal so ist.

Sofia hat nichts zu tun, alles ist eingerichtet, alles ist geputzt, sie holt ihre Aussteuer wieder aus den Schränken und breitet die Sachen in der stillen Wohnung aus.

Überall liegt etwas: auf dem Tisch, dem Sofa, auf den Betten. Obwohl sie bei schwacher Gesundheit war, hat sie im Laufe der Jahre – wie alle Mädchen damals – viele Abende darauf verwandt, zu nähen, zu umhäkeln, die feine Spitze zu klöppeln. Einiges ist zusammengekommen. Lange Nachthemden, kurze Nachthemden, Unterhosen bis zum Knie, und kürzere, *culotte* genannt, lange Strümpfe, mit Spitze umhäkelte Taschentücher, Kopfkissenbezüge, Laken, eine Tagesdecke, natürlich auch mit Spitzen, Handtücher, Küchentücher, Tischdecken. Sie sitzt inmitten ihrer Schätze, dort finden sie Enzos Schwestern, inzwischen ihre Schwägerinnen. Wie bereits bei den Besuchen vor der Hochzeit bewundern sie noch einmal alles, auch die zwölf Binden aus Frotteestoff, die abermals diskret hinter der Tür zur Begutachtung hängen. Für die Augen der Männer unsichtbar. Aber Sofia macht keine Anstalten, die Sachen wieder wegzupacken. Nach einigen Tagen wird es den Schwestern zu bunt, sie räumen die überzähligen Dinge, die zehn Laken, sechs Tischdecken, die viel zu warmen Unterhosen und so weiter und so weiter wieder in die Schubladen und Schränke und nehmen Sofia mit zu Mamma Ro', von dort aus muss sie nur noch über den Hof zu ihren Eltern. Sie ist öfter dort als in der eigenen Wohnung. Es ist fast so, als wäre sie gar nicht verheiratet.

Aber zurück zu Pinuzzo. Ungefähr zwei Jahre später, man glaubt es kaum, findet ein Mädchen seinen Weg zu ihm: Giovanna. Ein ehrliches, sehr gläubiges Mädchen, das früher jede Woche auf seinem Karren zum Friedhof gefahren ist, um das Grab der Eltern zu besuchen. Sie wohnt bei ihrer verheirateten Schwester, verlässt kaum die Wohnung, und wenn, dann nur, um in die Kirche zu gehen. Sie ist schon etwas älter, fünfundzwanzig, und damit also zehn Jahre jünger als Pinu, vielleicht etwas klein, aber nicht hässlich, nein, das nun wirklich nicht. Sie mag ihn, sie macht ihm sogar auf ihre schüchterne Art den Hof, Pinuzzo aber hat Angst, dass sie nur Mitleid mit ihm hat. Vielleicht hat sie irgendein seltsames Gelübde abgelegt, das sie nun an ihm ableisten will! Er möchte nicht zum Ableisten herhalten, also tut er so, als ob er sie nicht sieht. Viel Gelegenheit hat Giovanna ja nicht, ihn zu treffen. Eine ordentliche Frau ist im Haus und tut dort, was getan werden muss. Eine ordentliche Frau geht zur Messe und kauft bei den Händlern in ihrer Nähe ein. Aber sie steht nicht auf der Straße herum. Na ja, zum Tratschen vielleicht. Noch heute ist es in manchen Vierteln so, wenn zwei, drei Frauen zusammenstehen, geht es meistens um Neid und Missgunst. Sie machen die anderen schlecht, die nicht dabei sind. Dann heißt es: ›Hast du gesehen, wie dreckig die Kinder von der sind? Hängen immer auf der Straße herum.‹ Eine Menge Aberglaube ist dabei. Früher hob man zum Beispiel den Nabelschnurrest der Kinder auf, wenn er getrocknet war und abfiel. War das Kind dann erkältet, verbrannte man ein Stückchen davon, ließ es den Rauch einatmen, und die Erkältung ging weg. Wenn man den Nabel im Haus behält, bleiben auch die Kinder, sagte man, wirft man ihn weg, gehen die Kinder auf die Straße. Meine Mutter weiß noch eine Menge darüber, hat aber die meisten Dinge nicht mehr an uns Kindern ausprobiert. Zum Glück, denke ich manchmal.

Wenn nämlich ein Kind zum Beispiel Magenschmerzen hatte, kratzte man den Fliegendreck von den Stricken der

Wiege, *la naca*, wie sie auf Sizilianisch heißt, die neben dem Ehebett hing. Man vermischte ihn dann mit Muttermilch und gab dem Säugling einen Löffel davon. Ist dir kalt?«, fragte Angelina, als Valentina erschauerte.

»Nein, nein, ich stelle mir nur gerade diese Medizin vor!« Ob Rosa auch von den Stricken der *naca*, die dort unten im Keller vor der Treppe baumelt, den Fliegendreck gekratzt hatte? Irma musste sie dort aufgehängt haben, als Barriere, als Bollwerk gegen *La Signora*, die nicht mehr an der kleinen Wiege vorbei die Stufen hochkam.

»Ach ja, das ist heute kaum mehr vorstellbar. Aber auf dem Land gab es noch ganz andere Dinge, die Leute hatten ja damals keine Bildung, sie glaubten alles, was man ihnen einredete.

Nun aber zurück zu Pinu: Endlich nimmt sein Bruder Antonio die Sache in die Hand.

›Schau doch hin‹, sagt er ihm, ›das Mädchen will kein Gelübde, sie will dich, und ihre Schwester und deren Mann haben ganz und gar nichts gegen ihre Wahl! Du musst noch nicht mal eine *fuitina* mit ihr machen!‹

›Wie sollte das auch schon gehen?‹ Pinuzzo lacht gequält auf. Alles, was er in Liebesdingen bis jetzt unternommen hat, ist schiefgegangen. Aber sein Bruder lässt nicht locker: ›Anschauen kannst du sie dir doch mal, sie soll sogar eine gute Köchin sein!‹

Antonio hat Pinu nichts von den Plänen der Schwester erzählt, die die eltern- und mitgiftlose Giovanna lieber heute als morgen an jedweden Kandidaten loswerden möchte und ihm das in einem schrillen Wortwechsel auch deutlich gemacht hat.

’Ntoniu besorgt also ein Auto, er bringt Pinu zu einem Besuch in die Wohnung der Schwester. Vor der Tür dreht er ab. ›Kommst du denn nicht mit?‹, fragt Pinu seinen Bruder verwirrt. ›Warum denn‹, lacht der nur, ›bist du nun ein erwachsener Mann oder meine kleine Schwester?‹ Er klopft ihm auf die Schulter, schon ist er weg. Pinu versteht das alles nicht. Es ist ihm unheimlich, dass Giovanna ihn will. Warum nur? Als er klingelt, macht keiner auf. Pinu tritt auf der Stelle, will schon wieder gehen, als sich die Tür doch noch zögernd öffnet. Vor ihm steht Giovanna, die Ärmel bis zu den Ellbogen hochgekrempelt, die Hände voller Paniermehl. Vor Schreck greift sie sich an den Hals, ein paar Brösel bleiben dort kleben.

›Meine Schwester und der Schwager sind nicht da‹, ist der einzige Satz, den sie hervorbringt.

›Für ein tugendhaftes Mädchen, dem das Leben bisher nicht so gut mitgespielt hatte, legte sie eine ziemliche Entschlossenheit an den Tag‹, erzählt ’Ntoniu später, der alles in einem Versteck von der anderen Straßenseite aus beobachtet. ›Denn obwohl sie alleine war und es sich absolut nicht gehört, bat sie ihn herein!‹

Beide sitzen im Salon, Pinu muss immer auf die Paniermehlbröckchen an ihrem zarten Hals starren, will sie so gerne abwischen, traut sich aber nicht. Niemand sagt etwas.

Kurze Zeit später steht Giovanna auf und geht hinaus.

›Wenn sie mich tatsächlich will, ist es besser, sie gewöhnt sich sofort daran‹, denkt Pinu und zieht beide Hosenbeine ein Stück hoch, bis die fleischfarbenen Prothesen gut zu sehen sind. Giovanna kommt mit einem Tablett herein, ihr Blick geht zu den künstlichen Beinen und zurück auf sein Gesicht. Sie lächelt ihn scheu an, wie sie ihn auch damals immer angelächelt hat, als sie in seinen Wagen eingestiegen ist und sich von ihm zum Friedhof fahren ließ.

Sie stellt das Tablett voller *sarde a beccafico* vor ihm ab, zufällig Pinus Lieblingsgericht, von den eingerollten, gebackenen Sardinen kann er Unmengen verspeisen. Zufällig?

Langsam begreift er, warum Schwester und Schwager außer Haus sind. Die Schwester wollte anscheinend die Hochzeit nicht zahlen, und nun, wo er mit dem jungen Mädchen hier ohne Aufpasser sitzt, ist Giovannas Ruf bereits beschädigt. Eine andere Möglichkeit, ihre Ehre wiederherzustellen, als ihn schnell und ohne großes Aufsehen zu heiraten, gibt es für sie nicht.

Pinu nimmt Giovannas Hand, wischt ihr den Hals sauber, öffnet behutsam zwei Knöpfe ihrer Bluse und küsst sie. Erst dann essen sie die Sardinen. Lauwarm schmecken die übrigens sowieso am besten.« Angelina lacht, als habe sie einen guten Witz gerissen. »Zwei Monate lang geht Pinu nun Abend für Abend zu Giovanna, er isst mit am Familientisch und sitzt noch ein Stündchen im *salotto*, nicht immer scheint die Schwester dabei gut aufzupassen, obwohl sie das Gegenteil behauptete. Denn wie kann man es sich sonst vorstellen, dass Giovanna nur ein paar Wochen später ihrer zukünftigen Schwiegermutter unter Tränen ein kleines Geheimnis anvertraut …« Erst lächelte sie, doch dann schluchzte Angelina mit einem Mal auf.

»Meine Güte, Angelina! Warum weinst du denn?« Auch Valentina schossen automatisch die Tränen in die Augen.

»Ein Engel sollte geboren werden – niemand weiß, wie und wann sie es getan haben. Fest steht nur, noch vor der Hochzeit ist Giovanna schwanger!«

»Aber das ist doch schön! Es ging doch alles gut, oder!? Bitte!«, schniefte Valentina. Eine Gänsehaut überzog ihre Arme, kroch weiter nach oben und rieselte in Wellen ihren Körper herab. Angelina antwortete nicht, denn in diesem Moment steckte *dottoressa* Buongiorno endlich ihren Kopf aus der Stationstür. Sie nahm sie mit in einen ruhigen Teil des Ganges.

»Es ist gar nicht so schlimm, wie Sie denken!«, sagte sie mit ruhiger Stimme, die dennoch nichts versprach.

»Nein, nein.« Die beiden Frauen putzten sich schnell die Nasen und lächelten die Ärztin mit geröteten Augen an.

»Wenn wir aufgeben, wenn wir nicht mehr an Heilung glauben würden, *das* wäre schlimm für uns und für die Patientin, nicht wahr?« *Dottoressa* Buongiorno unterdrückte ein Gähnen, man konnte es an ihren bebenden Nasenlöchern erkennen.

Jaja, jetzt sag uns doch endlich, was ihr vorhabt mit ihr, dachte Valentina.

»Seit gestern versuchen wir, den Atemantrieb der Patientin zu fördern, damit sie für zunächst kürzere Intervalle, dann immer mehr bis dauerhaft selber den unterstützenden Beatmungsstoß der Maschine auslöst. Leider bisher ohne Erfolg. Wir müssen also weiterhin Geduld haben.«

Geduld. Wieder nur Geduld! Und was war mit Entscheidungen, Verlegungen, Veränderungen? Valentina sah, wie Angelina auf die Ärztin einredete, doch sie hörte nicht hin. Eine große Wut machte sich in ihr breit, auf sich selbst, auf ihr Stillhalten und die Lügen, die sie noch immer nicht aus der Welt geschafft hatte, auf die Machtlosigkeit, zu der sie hier verdonnert wurde.

»Einen Augenblick bitte!« Sie fasste Angelina beim Arm und unterbrach sie. »Ich möchte zu ihr reingehen, ich möchte an ihrem Bett stehen, sie anfassen, ansehen, ansprechen! Das bringt doch nichts, sie immer nur durch die Kamera zu sehen. In Deutschland redet man mit den Patienten, liest ihnen vor oder singt leise. Irma braucht jetzt die Stimme eines vertrauten Menschen, sie wird darauf reagieren!«

»*Signora*, ich verstehe, dass Sie durch Ihre Angst um die Patientin sehr emotional reagieren. Aber wir können niemanden zu ihr lassen. Ihre Abwehrkräfte sind geschwächt, das Risiko einer Infektion wäre zu groß.«

»Aber wenn ich mich steril anziehe, mit Mundschutz und allem?«

»Wer sind Sie denn überhaupt?«

Der mitleidige Blick der Ärztin kam Valentina gerade recht.

»Wer ich bin? Ich bin jemand sehr Wichtiges, zumindest für Irma! ›Die Patientin‹, wie Sie sie nennen.«

»Wir sind unterbesetzt – allein, Sie in die richtige Kleidung zu stecken und Ihnen die vielen Schläuche und Maschinen zu erklären, dauert lange. Auch können wir Ihnen nur schwer beistehen, wenn es Ihnen selber schlecht ergehen sollte bei dem Anblick der Pat… Ihrer Angehörigen. Diese Zeit fehlt uns dann wieder bei den anderen Patienten.«

»Klar, das geht nicht, klar, hier ist Sizilien, hier läuft das nicht so wie sonst auf der ganzen Welt, hier schickt ihr uns einfach weg. Keine Zeit, gehen Sie doch lieber in die Kirche, zünden Sie doch eine Kerze an! Haben Sie doch Geduld! *Pazienza! Pazienza!*«

Sie wartete die Reaktion der Ärztin gar nicht ab, aus den Augenwinkeln sah sie noch die beschwichtigenden Gesten von Angelina, dann war sie raus, schon die Treppe runter, im Freien.

Auf einer Bank unter einem Baum weinte sie. Ihre Handflächen berührten die glatte Oberfläche des Steins, aus dem die Bank gehauen war. Marmor. Papa liebte Marmor. Er hatte ihn geliebt. Hatte stundenlang Vorträge über die Unterschiede der einzelnen Sorten halten können. Sie hielt sich daran fest, hob nur ab und zu die Hand, um sich die Nase abzuwischen, bis sich auch der letzte Rest an Empörung und Verzweiflung verflüchtigt hatte.

Was blieb, waren die Wut und ein Plan.

24

Der Knall, mit dem die Tür zuschlug, ließ Gábbrie erschreckt aufschauen.

»'tschuldigung, ist mir aus der Hand gefallen«, murmelte Valentina. Gábbrie konnte nun wirklich nichts dafür. Im Gegenteil, sie hätte der jungen Rumänin, die in diesem Moment mit sparsamen Bewegungen die Betten bezog, am liebsten über ihren roten Zwiebeldutt gestrichen.

»Ich habe mich beeilt. Ist es schon nach drei, ich weiß, bin ich spät, aber ist das letzte Zimmer!«

»Ich helfe dir!« Gemeinsam spannten sie das Laken über die Matratze, schlugen Betttuch und Tagesdecke an den Seiten und am Fußende ein, sammelten die benutzten Handtücher in einen Korb, und während Valentina auf allen Flächen Staub wischte, putzte Gábbrie die Toilette im Badezimmer nebenan.

»Sag mal, Gábbrie, wie lange bist du eigentlich schon hier?«, rief Valentina ihr zu.

»Ein Jahr, im Juni wird es ein Jahr.«

»Dann kennst du bestimmt auch diesen Freund von Irma, diesen Max. Max? Maximilian? Massimiliano?«

»*Sì*, Max'e, *certo*!«

»Ich brauche seine Telefonnummer. Wo kann ich die finden, du hast sie nicht zufällig?« Valentina merkte, dass sie den Atem anhielt.

»*No*, tut mir leid. Irma hat sie in ihrem Handy gespeichert, ich glaube.«

»War er oft hier?«

»Ja, im Herbst, da hatte er keine Arbeit, hat sogar gewohnt in einem der Zimmer. Und manchmal im Ort. Ist total höflich und sympathisch, macht immer viele Witze mit den Frauen, gar nicht so deutsch.«

Aha, viele Witze mit den Frauen und gar nicht so deutsch. Die Mentalität der Italiener hatte in den letzten zehn Jahren wahrlich genug Zeit gehabt, auf ihn abzufärben. Valentina ging ins Büro hinüber und durchsuchte die Pinnwand nach einer Nummer, glaubte aber selbst nicht daran, etwas zu finden.

»Wir sind fertig mit den Zimmern, oder? Ich geh noch mal weg, bin später am Nachmittag wieder da.«

Sie ging am Hafen entlang. Möwen kreisten am Himmel, sie riefen sich etwas zu, es klang, als ob sie jemanden auslachten. Eine von ihnen landete direkt vor ihr auf dem nächsten von Tauen umschlungenen Poller und zupfte an einem Stück Weißbrot, das jemand dort abgelegt hatte. Valentina machte einen Bogen um sie, ihr gelber Schnabel war beeindruckend groß. Nahe der Mole, auf einem erhöhten, mit Schiffstauen abgetrennten Gelände, lagerten riesige Anker, verrostet und ineinander verkantet. Valentina zählte nach, es waren neun Stück, warum lagen die hier? Weil sie sich viel von ihren Reisen an den Schiffsketten zu erzählen haben und dabei auch noch malerisch aussehen, dachte sie. Mein Gott, insgeheim glaubte sie immer noch daran, dass Anker miteinander sprechen können, sie war also immer noch so versponnen wie früher als kleines Mädchen.

Warum saßen denn die alten und die nicht ganz so alten Männer überall herum? Weil sie sich viel aus ihrem langen Leben zu erzählen haben und dabei auch noch malerisch aussehen. Sie kicherte und merkte, wie ihr Körper sich entspannte. Irgendwo hatte sie gelesen, dass man in den Fünfzigerjahren in Deutschland angeblich 18 Minuten pro Tag lachte, heute nur noch sechs. Sechs Minuten, kam sie tatsächlich auf sechs Minuten? In letzter Zeit wohl kaum. Valentina beschloss, es an diesem Tag wenigstens noch auf drei Minuten zu bringen. Vielleicht mit Gábbrie und Fredo. Fredo war ein guter Lachtrainer.

Am Casa Rosa verharrte sie einen Moment unter dem Oleanderbaum. Hier hatte sie schon als kleines Mädchen gestanden, in Hosen, mit ihrem leeren Pferdeschulranzen auf dem Rücken, damals, als der Baum noch ein Busch gewesen war. Der Gedanke ließ sie lächeln, mit neuem Mut marschierte sie auf die Tür zu. Sie würde sich die Blöße geben, bei Melanie nachzufragen. Sie tat es für Irma, nur für Irma, nicht für sich selbst! Außerdem wollte sie einen Blick in das Haus werfen, das schon bald ihr gehören würde. Sie klingelte, augenblicklich wurde die Tür aufgerissen. Melanie. Sie hatte offenbar auf jemanden gewartet.

»Hallo, ich hoffe, ich störe nicht. Ich wollte nur …«

»Du störst nicht«, unterbrach Melanie sie mitten im Satz, drehte sich auf dem Absatz um und ging wieder hinein. Ihr kurzes Kleid wippte um ihre braunen Schenkel, wahrscheinlich Solarium, wie sollte man sonst Anfang Mai schon so braun sein? Hör sofort auf damit, du bist hier, um dir das Haus anzuschauen. Und – noch wichtiger – um eine Telefonnummer zu bekommen, also sei freundlich, ermahnte Valentina sich. Sie trat ein und schaute sich neugierig um. Nichts wies mehr auf die düstere Wohnung der *nonna* hin, die durch ihre Erinnerungen geisterte. Durch die vielen Fenster fiel reichlich Licht in die Küche, die gleichzeitig auch Wohn- und Esszimmer war. Ein Kamin, mitten im Raum ein langer Tisch, eine Holzbank rechts, eine Holzbank links. Mehrere Türen, eine davon stand offen, sie konnte ein ungemachtes Bett sehen. Das waren die Räume, die früher dunkel und kaum bewohnbar gewesen waren.

»Wie schläft es sich da, so nahe am Felsen?«

»Gut.« Melanie zuckte die Schultern und tippte, ohne aufzuschauen, in ihr Handy. Valentinas Blicke irrten umher, sie bekam es nicht zusammen, dass hier irgendwo auch mal ein Pferd gestanden haben sollte, Betten, viele Betten, und eines, unter dem sich eine Blutlache ausbreitete. Sie starrte auf den Boden, konnte man auf dem gesprenkelten Stein davon noch etwas sehen? Nein, natürlich nicht.

»Darf ich nach oben gehen?«

»Klar, da wohnt zurzeit die Sabine aus Dortmund, am Samstag kommt noch ein Pärchen aus Bayern.«

Valentina stieg die Holztreppe hinauf. Dunkelbraune Zimmertüren, eine offen, dahinter ein helles Badezimmer in Grün und Weiß. Sie wollte nicht weiter herumschnüffeln, hier war sowieso alles neu gemacht. Irma hatte die

Wände grob verputzt, ein kleines Tischchen zwischen zwei der Türöffnungen gestellt und einen uralten Hocker mit halbhoher Lehne, wie sie auch im Kellergeschoss in Irmas Schule standen, zwischen die zwei anderen Türen. Schon bekam die Etage ihr ganz eigenes Flair. Sie stieg die Treppe weiter hinauf und gelangte auf ein flaches Dach. Über ihr, beunruhigend nah, der Felsen. Es gab nur eine Stelle in der Stadt, an der man dem mächtigen Stein entkommen konnte: am Hafen, den Blick aufs Meer gerichtet. Doch sobald man sich umdrehte, hatte er einen wieder in seinem Griff.

Zwischen einem Schornstein und irgendwelchen Rohren – wahrscheinlich für die Lüftung – waren Wäscheleinen gespannt, eine Sonnenliege stand vor einem blau angemalten Wassertank, ein paar Plastikstühle, eine grobmaschige Doppelhängematte, die in ihrem Gestell leise schaukelte. Ob Max hier mit Melanie gelegen hatte, um in die Sterne zu sehen? Ach, Quatsch, Sterne, die hatten bestimmt nicht in die Sterne geschaut, sondern etwas ganz anderes zu tun gehabt … Sie wollte nicht darüber nachdenken und ging an die steinerne Brüstung, um hinunterzuschauen. Der kleine Hof zwischen den beiden Häusern war ein einziges Oleandermeer, die Büsche hatten hellgrüne Triebe und drängelten nach allen Seiten, gerade für einen Tisch und einige Stühle war noch Platz.

Valentina atmete tief ein, vom Meer roch es nach bevorstehendem Sommer, vom Hof nach – ja, nach was? In ihren Übersetzungen hatte sie schon oft von süßem Frühlingshauch, Nektarduft und Honigbrise schreiben müssen. Doch wenn sie selbst diesen Duft beschreiben müsste, dann mit welchen Worten? Nach knospenden Blättern?

Warmer Erde, sandig, grün? Wie originell. Sie würde niemals einen Roman zustande bringen.

Aber sie war ja auch wegen Irma hier. Sollte Irma das Meer nie mehr sehen und riechen können, sollte man sie einfach immer weiter in ihrem Bett liegen lassen? Nein, ganz bestimmt nicht, dachte Valentina. Irma musste wieder in ihre Sprachschule zurück, dort gehörte sie hin, auf die sonnige Terrasse unter die Palme, vor den Computer in ihrem Büro, an den runden Tisch in der nach Espresso und Knoblauch duftenden Küche …

Sie, Valentina, würde ihr eigenes Leben zu Hause in Deutschland weiterleben, davon konnte sie niemand abhalten, doch zuvor würde sie noch etwas versuchen. Valentina sprang die Treppe wieder hinunter.

»Melanie!« Jetzt musste sie die Grete da unten auch noch um Hilfe bitten. Das war hart. Grete. So hatte Max immer die Frauen genannt, die er nicht leiden konnte, die ständig wechselnden Freundinnen seines Vaters vor allem.

»Ich brauche die Nummer von Max, er ist ein guter Freund von mir, wir haben zusammen – wir waren zusammen auf der Schule.« Immer schön an der Wahrheit entlanglügen, dann fiel es kaum auf.

»Wer?«

Wer! Der, mit dem du vor zwei Tagen offensichtlich eine heiße Nummer geschoben hast.

»Der vor ein paar Tagen mal hier war.«

»Ach der. Ja, habe ich.« Melanie ging zum Kühlschrank, holte eine Flasche Cola heraus, klemmte sie zwischen die nackten Knie und öffnete sie mit einer Hand, während sie mit der anderen weiter in ihrem Telefonbuch suchte. Sie trank aus der Flasche, diktierte Valentina eine italienische Handynummer, setzte sich dann an den Tisch, schlug Heft und Lehrbuch auf, die brav auf einem Stapel warteten, und begann sich in Vokabelreihen zu vertiefen.

»Anfängerin?«, fragte Valentina.

»Na ja, irgendwie schon«, sagte Melanie.

»Habe ich mir gedacht«, antwortete Valentina und hoffte, dass Melanie sich darüber ärgerte.

Unter dem Oleanderbaum blieb sie stehen.

Er würde ihre deutsche Nummer sehen und wahrscheinlich wissen, dass sie es war. Gar nicht überlegen, sonst würde sie es nie tun. Alles für Irma. Nur für Irma.

Er meldete sich: »Max Rodier?«

»Ich bin's.« Sie fand Leute blöd, die sich nur mit ›ich bin's‹ meldeten, also setzte sie ein »Valentina« hinzu.

»Was gibt's?« So unfreundlich, was hatte sie ihm eigentlich getan? Nichts, oder? Außer sich jahrelang nicht bei ihm zu melden.

»Ich hätte dich nicht angerufen, aber ich habe ein Problem. Ich will Irma auf der Intensivstation besuchen, und ich glaube, du kannst mir dabei helfen.« Du *musst* mir dabei helfen.

»Ich denke, du besuchst sie jeden Tag?«

»Ja, aber ich sehe sie immer nur durch diese Kamera, ich darf nie zu ihr. Ich will an ihr Bett, ihre Hand halten, verdammt noch mal, ich habe seit Tagen das Gefühl, als stände ich bis zu den Knöcheln in einem zähen Hefeteig, ich komme einfach nicht vorwärts.« Das stimmte nicht ganz. In Wahrheit hatte sie gerade erst gemerkt, dass sie sich so fühlte.

»Wer lässt dich denn nicht vorwärtskommen?«

Oh, wie einfühlsam er sein konnte. »Wo bist du gerade?«, fragte sie hastig.

»Camaro.«

»Wo?«

»In einer Bar.«

»Können wir uns sehen? Nur ganz kurz.« Ich bettele nicht weiter, dachte Valentina. Bis hierher, das war's.

»Tja.« Er zögerte. »Ist das schlau?«

»Drriink?« Oh *no*, ihr Wort in London, das hatte sie ganz vergessen, bis eben, als es unkontrolliert aus ihr herausflutschte. Valentina meinte, sein Erstarren am anderen Ende zu spüren. Sie, die ihm seit so vielen Jahren verweigerte, sich gemeinsam mit ihr zu erinnern, hatte etwas aus der Vergangenheitskiste ausgepackt und ihm vor die Nase gehalten: Hier, schau hin, so war es damals, als alles noch möglich war, als wir verliebt ineinander waren.

Der Italiener, der neben dem »Pavillion Theatre« einen Laden mit uraltem Elektrozeug führte, hatte ständig versucht, Valentina einzuladen. Nur auf einen *drriink*. *Only a drriink*. Sie hatte ihm nicht verraten, dass sie Italienisch sprach, und immer wieder abgelehnt, erst nett, dann höflich, später ärgerlich, zum Schluss wortlos. Ab der ärgerlichen Phase hatte er, wenn sie vorbeiging, nur noch ›*drriink*?!‹ gerufen. Manchmal sah sie ihn gar nicht, aber aus den Tiefen des Ladens, zwischen alten Fernsehern und Hi-Fi-Boxen, erscholl jedes Mal zuverlässig: *Drriink*?

Es war ihr gemeinsames Wort geworden, Max und Valentina holten es füreinander zum Beschwichtigen und Mutmachen hervor, wenn der eine einsah, dass er beim anderen völlig danebenlag, oder in Situationen, die hoffnungslos und nervig waren und nach Aufmunterung verlangten.

Max lachte überrascht auf, und Valentina fühlte sich ermutigt weiterzusprechen. »Für Irma. Wir müssen uns was überlegen.«

»Bar Celentano, am Hafen, das findest du.«

Er hatte recht, die Bar war nicht zu übersehen, doch bevor sie Max gegenübertreten würde, noch ein letzter Check. Sie blieb kurz stehen und suchte eine Schaufensterscheibe. Wie sah sie aus? Am Hafen gab es keine Schaufensterscheibe, natürlich nicht, sie blickte an sich herunter.

Da sie damit rechnen musste, ihn bei Melanie zu treffen, hatte es länger als eine halbe Stunde gedauert, bis sie sich dann doch für das einzige Kleid von LaBoutin entschied, das sie dabeihatte. Hohe schwarze Schuhe, in denen sie gerade noch normal laufen konnte, zufällig auch für die Beerdigung passend, die Schuhe waren das Letzte, an das sie beim Packen gedacht hatte. Sollte sie ihren Pushup anbehalten, hatte sie vor dem Spiegel überlegt, während sie eine Extraschicht Wimperntusche auftrug. Er würde es registrieren, damals in der Schule hatte sie so was nie getragen. Na und, nur weil sie ihn traf, musste sie schließlich ihren BH nicht extra ausziehen. Sollte er doch denken, was er wollte.

»Hallo!« Sie umarmten sich nicht. Sein Blick traf sie, ärgerlich und gletscherhell, umrahmt von vielen langen Wimpern, als ob auch er noch mal mit der Mascarabürste darübergegangen wäre. Seine Augen waren phänomenal, ein anderes Wort gab es nicht dafür. Und gleichgültig.

»*Che cosa prendi?*« Max sprach Italienisch mit ihr und bestellte dann ihren *caffè* und eine weitere Dose Bier beim Barkeeper, den er gut zu kennen schien. Sie schaute ihn verstohlen an, es war, als habe sie ihn nur kurz aus den Augen gelassen, einen Moment nicht hingeschaut, und schon beherrschte er diese Sprache fließend. Er war nicht glücklich, das konnte sie sehen. Und sie wusste plötzlich, dass sie es ohne ihn auch nicht war. Sie kannte ihn so gut, immer noch, sie musste an sich halten, um nicht nach seinen Händen zu greifen. Reiß dich zusammen, es ist nur Max Rodier, mit dem du vor einer Ewigkeit mal zusammen warst. Na und? Und warum kommt es dir mit einem Mal so verkehrt vor, ohne ihn zu sein?

Valentina tippte sich mit den Fingerspitzen auf die Stelle zwischen Nase und Oberlippe, bemerkte es, zwang sich, damit aufzuhören.

Seine Hände sahen ziemlich mitgenommen aus, rau und aufgesprungen. Kein Ring. Vielleicht trug er ihn nicht wegen der Arbeit. Sie wollte ihn fragen, was er eigentlich als Restaurator noch mache, außer in alten Gemäuern auf Gerüsten zu liegen und Wandbilder mit frischer Farbe nachzumalen. Aber dafür war nicht der richtige Augenblick.

»Bist du glücklich?« O Gott, sie war nicht zurechnungsfähig.

»Mein Gott, Valentina!« Er hatte ins Deutsche gewechselt. »Was ist denn das für eine Frage? Ich glaube nicht, dass das der richtige Augenblick ist … Sag mir lieber, wie es Irma geht. Gibt es was Neues?«

»Nein. Darum bin ich ja hier. Ich muss sie retten.«

»Warum retten?«

»Ich werde in zwei Tagen wieder nach Hause fliegen und habe das Gefühl, wenn ich nicht wenigstens einmal die Chance gehabt habe, an ihrem Bett zu sitzen und ihre Hand zu halten, ist alles umsonst gewesen. Obwohl es ihr besser geht und die Beatmungsmaschine sie kaum mehr unterstützen muss, wacht sie einfach nicht auf. Und sie lassen mich nicht zu ihr. Niemanden. Angeblich herrscht immer noch hohe Infektionsgefahr, weil ihr Körper noch so schwach ist und so weiter.«

»Ich weiß. Mich haben sie ja auch abgewiesen. Aber warum dich? Verstehe ich nicht, du bist immerhin ihre Cousine! Was ist denn mit Signor Pinu, durfte er zu ihr?«

»Du kennst ihn?« Sie strahlte, er kannte Pinu!

»Ja klar, schon lange, er wohnt ja unten bei Irma.« Er schaute sie trotzig an, als ob er unabsichtlich ein Geheimnis verraten hätte, ihm das aber völlig gleichgültig wäre. »Letzten Herbst habe ich endlich mal meine Schuhe von ihm reparieren lassen, aber das war das letzte Mal, er hat mich nämlich nicht bezahlen lassen, stattdessen hat er versucht, mir ein halbes Pferdegeschirr zu schenken. Wunderschönes Zaumzeug. Aber das konnte ich natürlich nicht annehmen.«

Valentina seufzte und starrte in ihre leere Tasse. Sie nahm den Löffel und aß den Zuckersatz, der dick am Boden klebte. Sollte sie ihm von dem Testament erzählen, ihm sagen, dass sie ziemlich sicher war, Irmas Halbschwester zu sein?

»Das machst du also immer noch.« Er lächelte nicht. »Das mit dem Zucker.«

»Pinu war auch noch nicht bei ihr. Also, was ist jetzt? Hilfst du mir?«

»Wenn es für Irma ist, immer. Du willst also einen Weg finden, um direkt an ihr Bett zu kommen? Das ist einfach, da hilft in jedem Fall ein bisschen Geld …Du musst nur dem richtigen Menschen die richtige Summe in die Hand drücken. Das ist nicht so schwer.«

»Und wie viel wäre das wohl? Ich kann so was nicht!«

»Wer ist denn hier die Sizilianerin?«

»Ich kann auch nicht feilschen. Das sind meine deutschen Gene.«

»Das schaffst du schon. Wenn nicht …« Sein Handy kündigte mit einem Surren den Eingang einer SMS an. Er warf einen Blick darauf. »*Oddio!* War Fredo heute bei euch? Seine Mutter sucht ihn! Ich muss weg!«

»Ja, nein, er war nicht da. Danke für den Tipp …« Sie schaute ihn fassungslos an.

»Wenn du es nicht hinkriegst, ruf mich an!« Er sprang auf, legte einen Schein auf den Tresen und ging. Er ging tatsächlich. Valentina stand auf. Der Barkeeper schaute ihr auf die Beine. Sie hatte Max damals vorschreiben wollen, wie er trauern sollte, sie hatte ihm nicht zugehört. Sie war so in sich gefangen gewesen, dass sie ihm einfach nicht erklären konnte, was in ihr vorging. Verdammt, sie musste endlich anfangen zu reden!

»Max!«, rief sie und rannte hinter ihm her. Erstaunt drehte er sich um, da war sie schon bei ihm und packte ihn mit beiden Händen bei den Aufschlägen seiner Lederjacke. »Ich habe das Testament meines Vaters verbrannt. Ich weiß nicht, warum. Darin stand, dass Irma meine Schwester ist. Ich muss die Wahrheit herausbekommen!«

25

Valentina prüfte, ob sie noch da waren. Ja, da waren sie, sie holte die Scheine hervor, strich sie glatt, schob sie dann tiefer in die Innentasche ihres schwarzen Blazers. Wenn man jemanden schmieren wollte, durfte man nicht erst umständlich sein Portemonnaie hervorkramen. Sie stand auf und bückte sich nach der Visitenkarte, die zwischen den Scheinen gesteckt hatte und nun auf dem Boden lag. Renato Campanella. *Affari.* Sie schaute auf Angelina, die mit auftoupiertem Haar und nach Haarspray duftend vor ihr saß. Wieder der Flur und dieselbe Ecke mit denselben Stühlen. Sie waren immer frei, wie für sie reserviert. Und wieder war die Ärztin nur an ihnen vorübergehetzt. Wie eine gestresste Kellnerin mit diesem Kollegin-kommtgleich-Blick. Sie mussten hier ausharren, wer weiß wie lange, aber irgendwann würde sie es versuchen. Und während sie auf eine passende Gelegenheit für das sehr-sehr-unangenehme Projekt Nummer 1 wartete, konnte sie schon mal das sehr-sehr-unangenehme Projekt Nummer 2 in Angriff nehmen.

»Ich geh mal telefonieren.«

Valentina wählte die Nummer. Es klingelte. In ihrem

Bauch kribbelte es vor Nervosität. Fragen konnte sie ja mal. Fragen, wie der Marktwert so war. Am Eingang von Camaro hing ein Glaskasten voller Fotos mit Häusern. ImmoWorld hieß die Firma. Vielleicht sollte sie auch dort mal vorbeigehen.

»*Pronto?*«

»Herr Campanella, Valentina Vitale.«

»Signora Vitale! Ich bin froh, dass Sie sich melden! Wann können wir uns treffen?«

»Treffen? Ich wollte nur …«

»Nein, nein, für nichts Bestimmtes, einfach mal plaudern, wir sind doch Nachbarn!«

Valentina schaute auf das groß aufgezogene, sepiabraune Foto des Tempels, der zwischen Steinen und Grasbüscheln im Tal von Segesta stand und dem Treppenhaus eine noch trübseligere Note gab.

»Ich könnte Sie abholen, wo sind Sie?«

»Äh, noch im Krankenhaus.«

»Wieso, geht es Ihnen schlecht? Ich hole Sie ab!«

»Nein, nein. Nicht nötig. Ich melde mich, wenn ich wieder in Camaro bin!« Schnell drückte sie die rote Taste, um das Gespräch zu beenden. Der hatte es eilig. Der Herr Campanella mit seinen Geschäften.

Langsam ging Valentina wieder zu Angelina zurück. »Was war denn jetzt mit dem Kind, Angelina? Es ging doch alles gut, oder!?«, wiederholte Valentina ihre Frage. Angelina wiegte den Kopf unentschlossen hin und her. Wie Valentina mittlerweile wusste, konnte das beides bedeuten, ja oder nein. Aber meistens nein. Ihre Cousine machte es mal wieder spannend.

»Weißt du, wie viele Paare jahrelang auf Nachwuchs warten? Nicht so bei Pinu! Er war sehr wohl fähig, seinen Mann zu stehen, wie man ja schon nach der kurzen Verlobungszeit feststellen konnte!« Angelina kicherte wie ein junges Mädchen.

»Die beiden mussten also schnell heiraten, es war schon fast zum Lachen! Giovanna, die nicht mal eine Aussteuer ihr Eigen nennen konnte, weil niemand von ihr erwartet hatte, dass sie überhaupt noch einen Mann abkriegt, lief Gefahr, einen *settimino*, ein Siebenmonatskind zu bekommen, so nannte man damals die Kinder, die ganz offensichtlich vor der Hochzeitsnacht gezeugt wurden. Es gab in diesen Zeiten eine ganze Menge Kinder auf Sizilien mit dem Namen Settimo. Wie die Mädchen genannt wurden, weiß ich allerdings nicht, komisch ...« Angelina verstummte, vermutlich, um darüber nachzudenken.

»Moment, eins verstehe ich nicht«, unterbrach Valentina ihre Gedanken. »Warum hatte sie keine Aussteuer? Was war denn mit ihr los? Du hast doch gesagt, sie wäre nicht unbedingt grottenhässlich gewesen.«

»Nein, sie war überhaupt nicht hässlich, aber sie hatte keine Eltern mehr.«

»Ja und?«

»Sie lebte bei ihrer Schwester und hatte nichts, das wusste jeder. Keine Mitgift. Kein Geld. Und so wurde sie älter und älter. Schwierig.«

Valentina zog die Augenbrauen zusammen. Schwer vermittelbar, mit gerade mal fünfundzwanzig, die arme Giovanna.

»Aber das mit dem Heiraten ließ sich ja einrichten. Sofort am nächsten Sonntag gehen die Eltern mit Pinu zu Giovannas Schwester und ihrem Mann, der in diesem Fall den verstorbenen Vater ersetzen muss, um die Verlobung zu beschließen. Alles ist, wie immer bei diesen Treffen, heimlich besprochen. Man wählt extra den Sonntagnachmittag, da hat man ja sonst nicht viel zu tun. Die Wohnung der Schwester ist geputzt, kleine Törtchen sind in der Bar gekauft worden, es wird noch mal überprüft, ob ausreichend Kaffee im Haus ist und die Likörgläser in der *vetrina* vom unsichtbaren Staub befreit sind, die schönsten Kleider werden angezogen. Der Besuch kann kommen. Man öffnet die Tür und tut völlig überrumpelt: ›Ah, welch eine Überraschung, kommen Sie doch rein!‹ Und einer aus der Familie muss besonders unvorbereitet tun, er sitzt in seinen Alltagsklamotten, unrasiert mit der Zeitung im *salotto* und tut so, als ob er aus allen Wolken fiele: der Vater, also in diesem Falle Giovannas Schwager.«

»Warum, um Himmels willen?«

»Na, weil er als Familienoberhaupt offiziell der Letzte sein muss, der von der ganzen Geschichte etwas mitbekommt. Wer nichts weiß, ist unbefangen: ›Entschuldigen Sie, aber gerade erst hat mir meine Frau erzählt, dass es da anscheinend diese Sache gibt, also so was, ich wusste ja gar nicht …!‹

Fünfundzwanzig rote Rosen und eine Kristallvase haben sie dabei. Mamma Ro' und Pasquale schließen Giovanna in die Arme, sie sollten sich zeit ihres Lebens sehr nahe sein. Rosa hat es sich auch nicht nehmen lassen, *confetti* mitzubringen, mit grünem Zuckerguss überzogene Mandeln, das Zeichen einer offiziellen Verlobung.

Sobald Mamma Ro' dann wenige Wochen später von Giovannas Befürchtung hört, sorgt sie dafür, dass die Hochzeit schneller als ursprünglich geplant arrangiert wird.

Die Schwester verzieht ihr Gesicht, als ob sie Katzendreck unter der Nase hätte, als Mamma Ro' ihr von den vielen Gästen erzählt, die sie einladen möchte. Aber Rosa lässt sich nicht abhalten, auch wenn es schnell gehen muss. Ihr Erstgeborener und seine auserwählte Braut sollen eine Hochzeit *col buono*, mit allem Guten, was sie aufbringen kann, feiern! Der Schwester ist alles recht, solange sie es nicht bezahlen muss.

Rosa kauft Giovanna das bodenlange weiße Brautkleid und lässt extra ein Tischtuch für sie besticken. Über fünfzig Gäste sind geladen, Mamma Ro' gibt sehr viel Geld aus. Neidisch zählen ihre Töchter die Speisen auf, die sie seit einer Woche in der Küche zubereiten. Sauer eingelegtes Fleisch, Schwertfischröllchen, kandierte Feigen. Doch sie gönnen ihrem Bruder sein Fest, er ist nun mal Mamma Ro's Lieblingssohn, und daran wird sich nie etwas ändern!

Es gibt ein Foto von der Hochzeitsgesellschaft, da sind sie gerade alle auf dem staubigen Weg zur Chiesa Santa Maria della Pietà, keine zu große Anstrengung für Pinuzzo, sie wohnen ja direkt um die Ecke. Giovanna trägt ihr weißes Kleid, Spitzen überall, sie sieht entzückend aus. Doch wenn man es genau betrachtet, sieht man, dass das Kleid nicht mehr bis auf den Boden reicht. Eine knappe Handbreit fehlt!«

»Warum? Sollte es nicht dreckig werden?«

»Nein, darum ging es nicht. Die Schwester war es! Sie hat das Kleid am Hochzeitsmorgen eigenhändig mit der

Schere gekürzt. Ritsch, ratsch! Als Zeichen, dass da keine Jungfrau zum Altar geht.«

»Aber sie war es doch, die nicht im Haus war, die nicht aufgepasst hat!«

»Tja, versteh einer das. Anstatt sich für die Kleine zu freuen ...« Angelina betastete die frisch gelegten Wellen ihrer Frisur und erzählte dann weiter: »Pinu sieht natürlich auch wunderbar aus: stolz, ernst und aufrecht, in einem schwarzen Anzug, der ihm bis auf das etwas zu lange Jackett richtig gut passt. Die Kinder und jungen Mädchen tragen weiße Kniestrümpfe und Jacken mit breitem Aufschlag, die Siebzigerjahre, ach, das war eine Mode. Ich hatte damals weiße Sandalen, Lack, mit klobigen Absätzen. Die waren schon drei Sommer lang an den Füßen verschiedener älterer Cousinen durch Camaros Staub getragen worden und nun endlich an meinen Füßen gelandet – ich fand sie todschick!

Nach der Trauung überreicht Mamma Ro' Giovanna eine feine Stola, die sie über dem Nachthemd tragen kann. Das hübscheste Geschenk, das sie jemals bekommen habe, sagt Giovanna später. Es werden noch mehr Fotos gemacht, und es gibt eine wunderbare Torte, die anschließend angeschnitten und verteilt wird. Aber das alles ist nicht so wichtig, viel bedeutender ist: Die beiden haben sich! Sie strahlen vor Glück, weil sie sich gefunden haben.

Sofia ist übrigens nicht dabei, offiziell entschuldigt, eine Unpässlichkeit halte sie im Haus, aber was soll das sein? Schwanger ist sie jedenfalls nicht, Enzo ist nach drei Monaten im Ausland extra für die Hochzeit zurückgekommen, die Taschen voller Geld und mit einem alten Mercedes! Nein, sie kann es nicht aushalten, ihren geliebten Pinu glücklich im Arm einer anderen zu sehen. Niemand spricht es aus, aber alle wissen Bescheid.

Giovanna erträgt die Schwangerschaft mit Leichtigkeit, aus ihren Augen leuchtet die pure Liebe, sie geht nur noch einmal am Tag, frühmorgens, in die Messe, sie singt fröhliche Lieder und hat einen Heißhunger auf Leber. Sie vertilgt Unmengen davon. Vom Lamm. Roh! Ach, ich sehe sie noch vor mir, ich war ja damals schon zehn Jahre alt, diese braunen, blutigen, labbrigen Streifchen, von denen sie eins nach dem anderen vom Teller nimmt und verschlingt.

›Dann wird das Kind mal schlau, vielleicht ein großer Mathematiker!‹, behauptet Pinu. Die beiden sind so verliebt, wie man es selten bei einem Paar sieht. Hier bei uns gehört es sich nicht, das so zu zeigen, nicht so wie im Kino, in den ausländischen Filmen. *Amo'* nennt er sie, wie *Amore*, und sie ihn *Gioia*, Freude. Wann immer sie nebeneinandersitzen, halten sie sich an der Hand!

Gibt es so etwas wie Gerechtigkeit des Schicksals? Das weiß Gott allein, denn diesem Paar war sie gewiss durch ihre Liebe zueinander beschert, doch nicht mit allem, was daraus folgte.

Nach der Hochzeit wohnen sie bei Mamma Ro' und *nonno* Pasquale, bis auf Tuzzu und Concetta sind nun schon alle Geschwister verheiratet und haben ihren eigenen Hausstand gegründet. Antonio, Isidoro, Enrico und Tuzzu, die Maurer der Familie, haben ein Grundstück in einem Neubaugebiet von Camaro gekauft, das gerade erschlossen wird. Hier wollen sie ein Haus bauen. Hoch soll es werden, damit es allen Geschwistern mit ihren Familien Platz bieten kann. Aber auch in Mamma Ro's Haus ist einiges zu tun. Jeden Tag nach Feierabend sind die Brüder da und überbieten sich gegenseitig mit ihren Ideen. Sie ziehen eine Decke in den hohen Wohnraum ein und trennen weitere Zimmer in dem so entstandenen Obergeschoss ab. Man lebt zusammengedrängt, kommt aber gut miteinander aus. Es ist Giovanna, die sie miteinander verbindet. Ihre genügsame Art, ihre Diplomatie. Wie ein zwölftes Kind hat sie ihren Platz zwischen Rosa und Pasquale gefunden.

Sonntagnachmittags kommen Brüder und Schwestern mit ihren Familien und den Enkeln, das ist Tradition, da wird es dann richtig, richtig eng. Die erstgeborenen Mädchen von Antonio, Enrico und Isidoro heißen alle … na, das weißt du ja, nicht wahr?«

Valentina schreckte auf, sie war gerade im Haus von Mamma Ro' gewesen, hatte die dicken Tanten in bunten Kittelkleidern vor sich gesehen, die mit Tabletts voller Selbstgebackenem in den Händen in der Küche Platz dafür suchten, ihre Männer im Schlepptau, rauchend und wortkarg. Den Hof, in dem die Kinder mit ihren Holzkreiseln spielten und die Hühner unter die Oleanderbüsche scheuchten …

»Äh, wie sie heißen? Na Rosa, oder?«

Angelina strahlte. »Natürlich! Die Frau von Enrico heißt ja auch Rosa, das bedeutet, wenn jemand ›Rosa‹ ruft, antworten mindestens fünf Leute. ›Rosa *chi*?‹ Rosa, wer? ›Rosa Isi‹, sagt man dann, oder ›Rosa 'Ntoniu‹.«

»Und wieso heißt du nicht Rosa, du bist doch auch die Erstgeborene!«

»Aber von Lina, sie war ja Mamma Ro's Tochter, also hatte mein Vater das Recht – oder die Pflicht, wie du willst – mich nach seiner Mutter zu benennen, und die hieß Angelina. Meine Schwester, die kam dann mit dem Namen Rosa an die Reihe.«

Valentina blähte die Wangen auf und stieß die Luft aus. Was für ein Durcheinander!

»Heute gibt es ein Gesetz, das besagt, dass man einen Vornamen nicht mehr dreimal in Folge in der Familie verwenden darf. Aber damals, da war das noch erlaubt.«

»Und Lina, deine Mutter?«

»Ist nach Lina, der Mutter von *nonno* Pasquale, benannt worden. Nach der, die man *La Signora* nannte.«

»Genau, *La Signora* ... Was war eigentlich mit der, lebte sie noch, als Pinu geheiratet hat?«

»O ja, aber sicher! Sie ist zäh, und im Jahr der Hochzeit, 1970, ist sie, da brauche ich gar nicht nachzurechnen, einundsiebzig. Sie wurde nämlich im letzten Jahr des vorletzten Jahrhunderts geboren, stell dir vor: 1899! Also ist sie immer ein Jahr älter als das Jahrhundert selbst. Und Lina Vitale, geborene Aiello, ist ein harter Brocken! Keinen Zoll ist sie von ihrem Gelöbnis abgerückt, solange Pinuzzo lebt, wird ihr Sohn Pasquale nichts von ihr bekommen. Erst nach ihrem Tod. Doch so schnell wird sie nicht das Zeitliche segnen, ihr Schwur hält sie am Leben, noch dreißig Jahre lang, bis sie fast hundert ist, stell dir vor! So lebt sie denn alleine in den vielen leeren Zimmern des großen Hauses am Felsen, nur mit einer Hausangestellten. ›Meine Dienerin‹ nennt *La Signora* die Arme, die kaum von ihr bezahlt wird und dennoch bleibt. Treu bis in den Tod. Das Gespann ist berühmt in der Stadt. Das Haus sei verzaubert, sagt man, die Kinder haben Angst, daran vorbeizugehen, die Erwachsenen auch, sie geben es nur nicht zu.«

Valentina zögerte, sollte sie Angelina von ihrer Begegnung mit *La Signoras* Geist erzählen? Nicht jetzt, sie musste erst wissen, wie es mit Giovannas Schwangerschaft weiterging.

»Während der Bauzeit zwängen sich die sechs Menschen, bald sollen es sieben werden, immer noch in Mamma Ro's kleinem Häuschen zusammen.

Giovanna ist schon im neunten Monat und kugelrund, sie hat in den vergangenen Monaten aufgepasst, keine Bilder von irgendwelchem Elend zu sehen und auf der Straße keinen bösen Blick von einem neidischen Mitmenschen aufzufangen. Sie hat, so gut es ihr möglich war, darauf geachtet, dass in ihrer Umgebung bloß kein Spiegel zerbricht oder ein Fass mit Öl kaputtgeht. Das ist eine Katastrophe und verspricht mehrere Jahre Unglück. Um es abzuwenden, kann man höchstens noch versuchen, schnell Salz daraufzustreuen, aber das hilft nicht immer.

Pinu behandelt Giovanna wie ein rohes Ei. Er füttert sie mit gebackener Milz und anderen Innereien, nach denen es sie gelüstet, und hat schon kleine Lederschühchen für das Kind angefertigt. Wenn es ein Junge werden sollte, werden sie ihn nicht nach Pinus Vater nennen, sondern Rosario, so groß ist die Liebe des Sohnes zu seiner Mutter!«

Angelina tupfte an ihren Augen herum. Schon fing es auch bei Valentina an, sie hielt sich die Hand vor den

Mund, konnte es aber nicht mehr verhindern, ihre Kehle schnürte sich zu, und Tränen sammelten sich in ihren Augen.

»Onkel Isidoro hat im Krankenhaus mit der Faust ein Loch in die Wand gehauen, so außer sich war er vor Schmerz.«

»O nein, was war passiert? Woran ist es gestorben?« Valentina nahm das Taschentuch entgegen, das Angelina ihr hinhielt.

»Der kleine Rosario hatte sich die Nabelschnur um den Hals gewickelt, er ist unter der Geburt erstickt. Erwürgt. Es war schrecklich!«

»O Gott.« Die Tränen liefen jetzt ungehemmt, sie liefen für Rosario, der keinen Tag alt wurde, für die viel zu früh geborene kleine Ella, für ihre Liebe zu ihr, die immer noch so grenzenlos war, für die Liebe zu Max.

»Und damit nicht genug. Giovanna hörte nicht auf zu bluten, sie haben ihr alles entfernen müssen, um sie zu retten, sie haben sie regelrecht ausgeräumt.«

Valentina wischte an ihrer Nase herum und räusperte sich, um einen Ton herauszubekommen. »Sie konnte keine Kinder mehr kriegen?«

Angelina nickte, senkte den Blick auf ihre Füße, die in bequemen Lederpantoffeln steckten. Eine endlose Minute verharrte sie in dieser Position, bevor sie Valentina anschaute und weitererzählte.

»Keine Kinder mehr. Dabei war sie erst sechsundzwanzig! Die Leute haben natürlich herumgetratscht, das Kind sei sicherlich behindert gewesen, nicht lebensfähig, kein Wunder, bei dem Vater! Mamma Ro' bekam diese Gerüchte zu hören. Sofort schickte sie die Signora Basilica und die Signora Bruni ins Krankenhaus, die zwei größten Klatschweiber der Stadt sollten sich den kleinen Rosario anschauen! Und das taten sie. Sie kamen zurück, und binnen kürzester Zeit wusste es ganz Camaro: Ein Engel lag dort in der Kapelle des Krankenhauses aufgebahrt, ein vollkommener, wunderschöner kleiner Engel mit blondem Haar. Ich war ja, wie gesagt, selbst noch ein Kind, aber ich kann mich gut an den weißen Sarg erinnern, wie winzig und verloren er in der Kirche stand.«

Valentina sagte nichts. Sie konnte nichts sagen. Gemeinsam mit Angelina verharrte sie schweigend. Gedenkminuten. Noch mehr Minuten. Das Leben war ungerecht.

»Moment!«, rief sie, ihr war plötzlich etwas eingefallen. »Wo war das Tuch!? Hatten sie etwa das Tuch vergessen!?«

Angelina zuckte mit den Schultern, sie tastete nach Valentinas Hand und drückte sie.

»Mamma Ro' hatte es tatsächlich nicht vergessen, sie hatte es ausgeliehen, an Donna Maria Paradiso, die es unbedingt für die Genesung ihrer Tochter Maricella in Catania brauchte. Und die war noch nicht zurück, als der kleine Rosario zwei Wochen zu früh kam. Aber kann man die Kraft der Heiligen ausleihen? Kann man sie weiterreichen?«

»Mit dem Tuch wäre das nicht passiert!« Valentina war mit einem Mal fest davon überzeugt und gleichzeitig zutiefst verzweifelt. Sie wollte ein anderes Ende, völlig widersinnig hoffte sie, durch irgendeine Idee den Ausgang der Geburt noch ändern zu können. So wie sie als Kind schon ihre Bilderbücher durchgelesen und immer wieder gewünscht hatte, dass den armen Kindern durch ein bisher nicht niedergeschriebenes Wunder nichts zustoßen würde, was natürlich doch geschah. Das unausweichliche Happy End konnte sie nur schwer darüber hinwegtrösten. So wie in ihr auch heute noch, wenn sie »Vom Winde verweht« sah, zum Schluss die irrige Hoffnung aufkeimte, Rhett Butler könne die zickige Scarlett doch noch in die Arme schließen. Wenn sie es noch ändern könnte, wenigstens der kleine Sohn von Pinu hätte doch lebend geboren werden können! Lebend geboren werden müssen!

»Obwohl es kaum mehr möglich schien, wird Giovanna nach Rosarios Tod noch gläubiger, sie geht jetzt wieder dreimal am Tag zur Messe, betet zu Hause den Rosenkranz, dreht ihn aber auch danach noch in ihren Händen und wispert unablässig dabei. Dann fängt sie wieder von vorne an. Pinus Liebe zu ihr wächst mit jedem Tag. Er weiß, was es bedeutet, einen versehrten Körper zu haben, wie es ist, wenn man sich unzulänglich fühlt, wenn man Blicke spürt, mitleidige Blicke.

Um beide wird es still. Wenn die Geschwister zu Besuch kommen, bleibt Giovanna meistens in ihrem Zimmer, einer der stickigen Kammern, direkt am Felsen, Pinu leistet ihr dann Gesellschaft. Sie gehen auch nicht mehr zu Einladungen innerhalb der Familie, denn Giovanna kann den Anblick der angeschwollenen Bäuche unter den Kleidern und der Neugeborenen um sich herum nicht ertragen, eine der Frauen ist immer schwanger, oft auch mehrere gleichzeitig. Die zehn Geschwister sind fruchtbar und mehren sich, wie es im Alten Testament von Gott bestimmt worden ist. Mamma Ro' ist erst zweiundfünfzig

Jahre alt, doch sie hat zu der Zeit schon zwanzig Enkelkinder. Eines davon bin ich!« Angelina lächelte kurz, um dann in ihrer Erzählung fortzufahren. »Ach, es war eine schrecklich traurige Zeit. Es musste etwas geschehen, wünschten sich alle, ohne zu wissen, was genau das sein könnte. Dann geschah auch etwas, aber natürlich nicht so, wie es sich alle gewünscht hatten.«

Valentina war erschöpft. »Und was war das?«

»Das erzähle ich dir morgen! Da kommt die Ärztin.«

26

Heute sagen wir es ihm, dachte Valentina an dem Morgen des Tages, an den sie sich ihr Leben lang erinnern sollte. Heute sagen wir es ihm, murmelte sie, bevor sie unter die Dusche ging. Nach ein paar Sekunden fühlte sie sich auf einmal wieder so schlecht, so traurig und irgendwie unwohl, wie bei einer Grippe, die sich langsam an einen heranschleicht. Sie ließ sich an den Kacheln hinunterrutschen und hockte sich in die Duschwanne. Vielleicht half ja das Wasser, das aus anderthalb Metern Höhe heiß auf ihren Scheitel prasselte. Früher hatte sie gerne so gesessen und ›Kind sitzt in Pfütze im warmen Regen‹ gespielt. Sie schaute auf den Boden der Duschwanne, ein dünner Faden von etwas Braunem, Schlierigem bahnte sich gerade seinen Weg mit dem Wasser in den Abfluss. Dann war es weg. Jetzt kam es wieder. Valentina fasste sich zwischen die Beine, lief das etwa aus ihr heraus? Sie stieg aus der Dusche und trocknete sich hastig ab, ein rötlich brauner Streifen blieb als Spur in dem Handtuch zurück. Als sie sich angezogen hatte, wurde das unwohle Gefühl immer stärker, sie horchte in ihren Bauch hinein. Irgendwas war anders, aber die Pampelmuse fühlte sich immer noch rund und wunderbar fest an. Niemand war im Haus; Irma saß beim Friseur, Papa stand seit sieben Uhr in der großen Halle. Sie hörte das Lärmen der Marmorsäge, den Gabelstapler, der über den Hof ratterte. Vielleicht sollte sie sich für einen Moment auf das Sofa legen? Dort kontrollierte sie jede Minute ihre Slipeinlage. Kam noch mehr? Nein. Nichts mehr. Der Rücken tat ihr ein bisschen weh, der Kopf tat ihr ein bisschen weh, alles tat ihr ein bisschen weh. Sie zögerte, eigentlich war es ja nicht wirklich schlimm, nach einer Stunde rief sie dennoch bei ihrer Frauenärztin an. »Kommen Sie halt zur Kontrolle vorbei, es hat gerade jemand abgesagt. Wann können Sie hier sein?«, war die Antwort.

Als sie auf dem Stuhl lag, bereute sie schon, Max nicht Bescheid gesagt zu haben, aber der half heute einem Freund beim Auszug aus dem Elternhaus. Alle verlassen zum Studieren die Stadt, und wir auch bald, dachte Valentina. Daran musste sie nachher noch oft denken. Die Ärztin lächelte sie ermutigend an, sagte wie sonst auch: »Achtung, kalt!«, verteilte den Berg bläulichen Gels auf Valentinas Bauch, wurde dann immer stiller. »Da müssen wir noch mal von einer anderen Position ran«, murmelte sie, legte den Schallkopf weg und stocherte kurz darauf mit dem latexumhüllten Ultraschallstab in ihr herum. Sie guckte auf den Bildschirm, auf dem das kleine Skelettpüppchen sich hin und wieder in der grau pulsierenden Masse bewegte. Nach zwei endlosen Minuten sagte sie: »Es tut mir leid, ich kann da keine Herztöne mehr finden«, und zog den Stab wieder aus Valentina heraus.

Keine Herztöne?! Aber es hatte sich doch bewegt! Nein, das wäre nur der Schallkopf gewesen, antwortete die Ärztin und schrieb mit emsig klackernden Fingern etwas in ihren Computer. Schon seit ein paar Tagen sei das Kind nicht mehr am Leben.

Valentina konnte nichts sagen. Sie zog sich wieder an. Ein paar Tage schon, und sie hatte nichts gemerkt? Die Ärztin drückte ihr eine Broschüre in die Hand. »Es tut mir wirklich sehr leid, aber so etwas kommt schon mal vor«, sagte sie. »Da ist unten ein Stempel mit einer Telefonnummer drauf, da rufen Sie bitte an!«

Valentina starrte sie nur an, das war alles? Mehr hatte sie ihr nicht als Trost anzubieten? In diese Praxis würde sie nie wieder gehen, so viel wusste sie.

Draußen blieb sie minutenlang auf dem Bürgersteig stehen und presste die Hände auf die Rundung, die sich immer noch unter ihrem Pullover ertasten ließ. Sie war angeblich nur noch eine Hülle für … für … Sie wollte den Satz nicht zu Ende denken. Wann war es passiert? Sie hatte nichts gemerkt. Was für eine Mutter wäre sie geworden, wenn sie noch nicht mal bemerkte, wann ihr Kind starb!? Sie erinnerte sich an den vergangenen Sonntag. Als sie gerade auf einem Hocker stand, um Wäsche in einem der oberen Fächer des Schranks zu verstauen, hatte es in ihrem Unterleib kurz einen höllischen Stich getan, vielleicht zwei, drei Sekunden lang. War das der Moment gewesen? Fühlte sich so der Tod an? Sie hatte gedacht, es könne vielleicht vom übermäßigen Recken gekommen sein.

Mit zitternden Händen schaffte sie es schließlich, Max anzurufen. »Unser Kind lebt nicht mehr, keine Herztöne, einfach keine Herztöne mehr!«

»Das kann nicht sein! Wo bist du jetzt? Ich hole dich ab.«

Zehn Minuten später war Max bei ihr, brachte sie nach Hause, sprach mit Irma, während Valentina sich in ihr Bett fallen ließ. Sie wollte nichts mehr hören, sie wollte nicht mehr fühlen, nicht mehr denken; aber sie dachte ununterbrochen.

Sie hatte das Kleine nicht haben wollen. Vielleicht passiert ja noch was – hatte sie diese vage Hoffnung nicht vor einigen Wochen unablässig im Kopf herumgewälzt? Nun lebte es nicht mehr, durch ihre Gedanken getötet. Sie weinte in Max' Armen. Sie weinte in Irmas Armen. Sie sagten es nicht ihrem Vater.

Die Nacht war fürchterlich, Max war nach Hause gefahren, es kamen immer mehr Schmierblutungen, ein anhaltendes Ziehen in Unterleib und Rücken. Beinahe war Valentina froh, nun zeigte auch ihr Körper: Das Kind darin war tot!

Bei einem anderen Arzt dann am nächsten Tag die Voruntersuchung, bevor sie ins Krankenhaus musste, um ihr Kind zu gebären.

»Nein!«, hatte sie gerufen. »Das mache ich nicht, holt es irgendwie aus mir raus, versetzt mich zwei Tage lang in Narkose, aber gebären, niemals!« Doch es musste sein, in der 18. Woche gab es keine andere Möglichkeit, und besser für ihren Körper sei es auch, behauptete der Arzt. Es war ihr egal, was besser für ihren Körper war, jemand sollte ihr Kind wieder zum Leben erwecken oder, wenn das nicht möglich war, ihr wenigstens erklären, woran es gestorben war.

Der gemeinsame Blick auf den Monitor, Max' Hand in ihrer, die unsinnige, atemraubende Hoffnung, dass das kleine Herz wieder zu schlagen angefangen habe. Vielleicht hatte sich die dumme, herzlose Ärztin ja geirrt, vielleicht … Aber nein.

Papa Enzo musste sich von Irma etwas über einen Übersetzer-Workshop in Hamburg erklären lassen. »Workshop?« Er hatte das Wort noch nie gehört.

»Zwei Tage zum Schnuppern, *zio* Enzo, zum Ausprobieren, ob sie das Bücherübersetzen wirklich studieren möchte.«

»Studieren soll sie ja nicht, wenn sie nicht will! Kann sie immer noch hier im Kontor bisschen die Briefe und Rechnungen machen!«

»Sie überlegt es sich, *zio*! Ich wusste, du würdest es verstehen!«

Die Geburt, ein einziges, schmerzhaftes Desaster, an das sie sich nicht mehr erinnern wollte, nur nachher, als man ihnen das kleine Mädchen brachte, in ein Mulltuch gewickelt, diesen Moment wollte sie sich immer wieder in Erinnerung rufen. »Ella«, flüsterte Valentina. Sie weinte, aber das Weinen tat gut, die bleischwere Trauer, die Verzweiflung waren einer anderen Empfindung gewichen, zumindest kurzfristig war sie erfüllt von Liebe und Zärtlichkeit. Sie war ein richtiges Kind, mit allem, was dazugehörte, nur viel, viel kleiner. Winzige Hände, Fingerchen, winzige Füße und ein hübsches, durchscheinendes Gesichtchen mit einer wundervollen Stupsnase. Sie sah aus, als ob sie schliefe, ein kleines Püppchen, kaum größer als ein Handteller, ein kleines Menschlein – ihre Tochter.

Max saß an Valentinas Seite, lehnte seinen Kopf sanft an ihre Schläfe, mit beiden Armen umarmte er sie und ihren leeren Bauch und weinte, während er ab und zu seinen Arm wegnahm, um mit einem Finger über Ellas Köpfchen zu streicheln. Dort, in diesem Zimmer, in dem man sie mit ihrem Kind alleine gelassen hatte, weinte er das erste und letzte Mal in ihrer Gegenwart. Nicht mehr, als sie Ella in einer weich ausgepolsterten Schachtel hinter dem Krankenhaus auf einer angrenzenden Waldwiese begruben, und auch nicht an den Tagen, an denen er sie zu Hause besuchte.

In der ersten Zeit danach fühlte Valentina sich wie in einem Stummfilm. Sie sagte nichts, sah nur noch die Münder der anderen, die sich öffneten und wieder schlossen, alles rauschte in einem endlos elenden Strom an ihr vorüber. Sie mochte nicht mehr essen, nicht lesen, stundenlang lag sie auf ihrem Bett und weinte, bis auch das einfach aufhörte und einer dumpfen Traurigkeit wich, die sie wie ein zäher Schleim ausfüllte und von außen umschloss.

Sie wollte es niemandem erzählen, nicht einmal ihrer besten Freundin Arabella, die nach Hamburg gezogen war und sich, statt Grafikdesign zu studieren, in eine Affäre mit einem alkoholabhängigen Soap-Darsteller gestürzt hatte. Sie konnte sich zu nichts durchringen. Ihr Körper tat vom Herumliegen weh, ihr Kopf konnte sich nichts mehr für sie selbst vorstellen, nicht die einfachsten Schritte, zum Beispiel was sie essen oder anziehen wollte, und schon gar nicht, sich an der Fachschule in der Kreisstadt einzuschreiben oder gar irgendwelche anderen Pläne zu schmieden.

Auch Max wusste nicht, wie es weitergehen sollte, auch ihm hatte es den Boden unter den Füßen weggerissen. Sie verharrten beide in einem Vakuum, nichts war mehr von Bedeutung.

Wie hatte Papa von alldem nichts merken können?, fragte Valentina sich später immer wieder.

Irma versuchte sie zu trösten, sie nahm Valentina wortlos in die Arme und ließ sie weinen, als sie noch weinen konnte. Nicht im Wohnzimmer vor Papa Enzo, aber sonst zu jeder Zeit.

Sie schickte Valentina in eine kirchliche Beratungsstelle. Die junge Psychologin dort zauberte in fünfundvierzig Minuten einen kunterbunten Strauß von Erklärungsvorschlägen und seichten Phrasen hervor. Es war bestimmt richtig so, Gott habe dieses Kind zu sich zurückgeholt. Als Valentina sie gequält anstarrte, versuchte sie die gemäßigtere Variante: Es war bestimmt richtig so, manchmal wisse auch die Natur, warum sie etwas beende. Valentina solle sich richtig Zeit zum Trauern nehmen, denn sie habe noch viele Jahre Zeit, ein Kind zu bekommen, sie sei schließlich erst neunzehn. Und am Ende, bevor Valentina ohne ein Wort den Raum verließ: »Sie werden sehen, die Zeit heilt alle Wunden.«

Irma sagte nichts, wenn sie Valentina festhielt, und das war die beste Medizin für den Augenblick. Aber auch die führte nicht zur Genesung.

Ein Jahr später verließ Max Valentina. Ich habe ihn vertrieben, dachte sie. Nicht nur aus meinem Leben, sondern gleich weiter, aus der Stadt, aus Deutschland, ich habe ihn gründlich in die Flucht geschlagen. Obwohl sie es niemals voreinander zugeben wollten, hatten sie sich nur miteinander gequält. Sie konnten irgendwo auf neutralem Terrain anfangen mit dem Reden, sie landeten immer bei dem einen Thema. Valentina nahm es Max übel, dass er Ellas Namen nicht aussprechen wollte. Dass er nach wenigen Malen nicht mehr mitkommen wollte zu ihrem Stein hinter dem Krankenhaus. Sie hatten einen kleinen Findling auf die Stelle gelegt, unter der ihr Kind lag. Valentina hatte lange gebraucht, um ihn aus dem Berg aufgeschichteter Findlinge auszuwählen, die dort bereitlagen. Für andere traurige Eltern, die dort im Wald unter den hohen Buchen ihre zu früh geborenen Kinderchen, die zu leicht waren, um das Anrecht auf ein richtiges Grab zu haben, in Zukunft begraben würden.

Zunächst hatte ihr der blanke, helle Stein genügt und die Erinnerung daran. Nach ein paar Tagen ertrug sie den Gedanken nicht, dass niemand sehen konnte, wer dort begraben war. Der Stein war namenlos, anonym, als ob ihre Tochter gar nicht existiert hätte. Also quälte sie sich eines Morgens aus dem Bett, hatte sogar die Kraft, sich anzuziehen, Pinsel und Farben zu suchen, und machte sich auf den Weg. *Ella* schrieb sie mit hellblauer Plakafarbe auf den Stein. Aber schon am nächsten Tag erschien ihr das zu wenig, sie ging wieder hin und fügte noch das Datum ihrer Geburt hinzu. Dann malte sie Blumen darauf. Später ein Herz. Bis der Stein voll war. Der Besuch bei Ella war das Einzige, wozu sie sich aufraffen konnte. Immer brachte sie ihr etwas mit. Eine Kerze, eine Puppe, ein Windspiel aus Glasstäben, das sie an einem tief hängenden Ast befestigte und das so traurig und penetrant über das kleine Gräberfeld bimmelte, dass sie es wieder mit nach Hause nahm und in einer Schublade versteckte.

Max weigerte sich, mit ihr auf die Waldwiese zu gehen. »Was soll ich da jeden Tag?«, fragte er. »Es ist schon traurig genug, dass du weinst und ich nicht weiß, wie ich dir helfen kann.« Als er entdeckte, dass Valentina eine teure Holzeisenbahn gekauft hatte, kam es zu ihrem ersten Streit.

»Sag nicht, du willst sie dort ins Gras stellen.«

»Doch, natürlich.«

»Ich finde es ja schön, und wenn es dir hilft, warum nicht, aber mit dieser Eisenbahn könntest du lebende Kinder in einem rumänischen Kinderheim sehr viel glücklicher machen als dein verlorenes Baby!«

»Es ist nicht nur mein verlorenes Baby, es ist auch *dein* Baby. Und nenn sie Ella! Ich will hören, dass du ihren Namen sagst. Ich hasse dich!« Sie war schreiend zusammengebrochen. Hatte um sich geschlagen und alles weggetreten, was ihr in den Weg kam.

Er war dennoch bei ihr geblieben, ein ganzes Jahr lang. Hatte in einer Fabrik Daunen in Kopfkissen gestopft, um Geld zu verdienen, hatte sie besucht, ins Kino eingeladen, zu Spaziergängen überredet. Sie ging mit, war aber innerlich völlig leer. Auf die Idee, dass er sie verlassen könnte, wäre sie nie gekommen.

27

Da saßen sie wieder und warteten. Die Frau Doktor ließ sich mal wieder nicht blicken. Valentina war das mehr als recht, sie war noch nicht so weit. Allein bei dem Gedanken, mit Geldscheinen zu wedeln und dabei so etwas wie »Bitte nehmen Sie doch« zu stottern, wurde ihr ganz heiß vor Scham. Sie musste erst Nachhilfe nehmen, und sie wusste auch schon, bei wem.

Während sie mit Angelina darauf wartete, in die blaue Kammer eingelassen zu werden, dachte sie bei sich: ein letztes Mal, dann werde ich sie richtig sehen, anfassen, mit ihr sprechen. Ich werde meine Fünfzigeuroscheine raushauen, als ob ich täglich nichts anderes mache, ich werde die Ärzte schmieren, bis sie keinen Widerstand mehr leisten. Die können mich alle mal!

»Wo waren wir stehen geblieben, Angelina? Etwas geschah, aber nicht so, wie es sich alle gewünscht hatten. Was war das?«

Angelina schnalzte mit der Zunge. »Na gut. Du musst ja noch einiges erfahren, und so können wir uns die Zeit verkürzen … Aijaijai, dieses Warten …!

Also, eines Tages, im Spätherbst des Jahres 1970, ist dann auch tatsächlich Sofia schwanger. Enzo hat ihr die an seinen Bruder gerichtete Liebeserklärung in der Hochzeitsnacht nie verzeihen können, er weiß, dass sie ihn nicht liebt, aber er, er liebt sie immer noch! Wenn er nach seinen langen Fahrten nach Hause kommt, übermannen ihn die Liebe und die Begierde besonders heftig, vor allen Dingen, wenn er zum Abendessen reichlich Zibibbowein getrunken hat. Doch sie hat ihn schon so oft abgewiesen.«

Valentina zog die Augenbrauen hoch, ihr Vater war verheiratet gewesen, und nun hatte er auch ein Kind gezeugt. Sie ahnte, wie dieses Kind heißen würde, aber hier auf Sizilien konnte man nie sicher sein, zu viele Zufälle, zu viele Unfälle, Drehungen und Wendungen des Schicksals. Eine Menge Dinge konnten dem Kind noch zustoßen, bevor es das Licht der Welt erblicken würde. Sie musste zuhören, sie musste Geduld haben. *Pazienza.*

»›Wie ist das überhaupt passiert?‹, fragt Enzo seine Frau aufrichtig erstaunt.

›Ja, mit wem warst du denn im Bett, um unser Kind zu machen, du Unglückseliger? Kannst du dich etwa nicht mehr erinnern? Mit wem?‹ Sofia ist außer sich, sie sieht, dass Enzo mit ihr nicht glücklich ist, es ist ja ihre Schuld, sie weiß auch von seinen Besuchen in der Pension Amalia, dem einzigen Puff in der Stadt, das hat er ihr selbst gestanden. Aber was kann sie schon tun, außer ab und an der Schwägerin Lina ihr Leid zu klagen. Sie ahnt nicht, wie wenig Zeit sie nur noch zum Klagen hat …«

Valentina zuckte zusammen. Sie hasste es, wenn Angelina geheimnisvolle Andeutungen von sich gab, die schon alles beinhalteten. Nahendes Unheil, Krankheit, Absturz, Tod. Sie probierte einige davon für sich aus:

- Valentina sollte nicht ahnen, dass sie schon morgen …
- Valentina konnte nicht wissen, dass sie erst in zehn Jahren …
- Während Valentina noch darüber nachsann, braute sich am anderen Ende der Stadt ein Unglück zusammen, das auch ihr Leben verändern sollte …

Über jedem Leben schwebten sie, die unheilvollen Satzfragmente, man wusste nur nicht, wann sie sich zu formen begannen. Besser für alle, dachte sie abschließend und konzentrierte sich wieder auf Angelinas Worte.

»Aber bevor Sofia zu Lina eilt, läuft sie nach Hause, um ihrer Mutter die Nachricht zu überbringen. Sie geht durch das Türchen auf den Hof, läuft unter dem Oleander entlang und betritt über die drei Stufen, an denen auch Pinu sich damals hochgezogen hat, um sie zu besuchen, ihr Elternhaus. Dort sieht sie ihre Mutter am Herd stehen, eine Hand hat sie von oben in den Ausschnitt ihres Kleides geschoben und tastet scheinbar versonnen darin herum. Ihr Körper ist im Laufe der Jahre durch die zahlreichen Schwangerschaften auseinandergegangen und gleichzeitig geschrumpft, die Schultern sind nach vorne gebogen, die Hüften breit, der Bauch steht rund und kugelig hervor, ihr mächtiger Busen scheint sich darauf auszuruhen. Obwohl sie es nicht auf die stattliche Kinderzahl ihrer Nachbarin Rosa gebracht hat, war sie doch achtmal schwanger gewesen. Vier Jungen sind ihr im Säuglingsalter weggestorben, vier Mädchen – Antonella, Sofia, Giusi und Tilda – hat sie behalten dürfen. Sofia erschrickt, so ungewöhnlich ist das, was ihre Mutter da mitten in der Küche tut, obwohl niemand sonst im Haus ist. ›Was ist, Mamma, was suchst du?‹ ›Ah nichts, aber die Brust, die Brust ist nicht so, wie sie sein soll.‹

Drei Wochen später ist sie tot! Der Krebs war schon überall, das Geschwür an ihrer linken Brust, groß wie ein Gänseei, hatte Sofias Mutter vor ihrem Mann und ihren Töchtern sorgsam versteckt. Sofia, ihr Vater und die Schwestern beerdigen ihre Mutter, die Verheiratung der Jüngsten, Tilda, wird um vier Jahre verschoben, der Verlobte läuft ihr in der Zeit davon, aber das ist eine andere Geschichte. Alle Töchter werden die nächsten vier Jahre Schwarz tragen, wie es sich gehört. Für Sofia wird es die letzte Farbe in ihrem Leben sein.«

Valentina verdrehte die Augen, schon wieder so ein Satz. Sie schaute an sich herunter, auch sie trug immer noch Schwarz. Würde es für sie auch die letzte Farbe in ihrem Leben sein? Vielleicht wurde sie heute Abend in den Gassen von Camaro von einem herunterfallenden Blumentopf oder einer nachlässig befestigten Satellitenschüssel getroffen. Wer wusste das schon? Dennoch wollte sie weiterhin Schwarz tragen. Für Papa, für Irma. Es fühlte sich richtig an. Das hellrote Kleid, das sie aus unerfindlichen Gründen eingepackt hatte, musste warten.

»Danach eilt Sofia zu Lina, die in dem Rohbau des neuen Hochhauses am Ortsrand wohnt, um ihren Kummer abzuladen.«

Angelina schlug fröhlich die Hände zusammen. »Mein Zuhause, dort, wo ich meine Kindheit verbracht habe, ach, es sollen noch Jahre vergehen, bis das Gebäude wirklich fertig ist. Die Brüder bauen nach Feierabend und am Wochenende. Immer fehlt das Geld, alles wird zwar geschickt improvisiert, aber erst als Onkel Enzo Jahre später Postanweisungen aus Deutschland schickt, kann ordentlich zu Ende gebaut werden.«

Sie wurde wieder ernst.

»Die Familie von Enzo freut sich auf das Kind, obwohl man besorgt darüber ist, ob Sofias Körper – zusätzlich geschwächt von der Trauer über den Tod der Mutter – der Strapaze gewachsen sein wird. Die Frauen der Familie überschütten sie mit Ratschlägen, an die sich Sofia ängstlich hält. Zum Beispiel badet und duscht sie in den nächsten neun Monaten nicht und wäscht sich auch nicht die Haare …«

»Angelina! Stopp! Das glaube ich nicht! Das ist doch nicht möglich.«

»Doch, so war es aber. Sie wohnten damals über dem *panificio*, der Bäckerei, und hatten schon ein richtiges Badezimmer, alles ganz modern, aber man sagte ihr, sie würde Gefahr laufen, das Kind zu verlieren.«

»Na klar. Sie essen lustig und unbekümmert rohe Leber und sonstige Innereien, haben keinen Schimmer von Toxoplasmose, aber vom Duschen – vom Duschen verlieren sie ihr Kind!«

»Ja.«

»Aber das ist doch, wie fühlt man sich … Baah, ob nun schwanger oder nicht – aber neun Monate lang nicht die Haare waschen?«

»Sie haben sich natürlich mit einem Lappen gewaschen, aber Baden oder Duschen hielten sie für gefährlich. Das galt auch, wenn sie ihre Tage hatten. Ist ja immer noch so.«

»Nee, Angelina! Noch heute, mehr als vierzig Jahre später, gibt es Frauen, die während der Menstruation nicht duschen? Weil sie glauben, dass es schädlich ist? Denkst du das etwa auch?!«

Angelina druckste etwas herum. »Heute weiß man ja, dass es nicht wirklich schädlich ist. Aber gut eben auch nicht ...«

Valentina starrte sie ungläubig an.

Angelina winkte ab: »Ja. Auch ich dusche nicht unbedingt. Aber ich mache mir natürlich ein Bidet. Ansonsten gehe ich nicht ans Meer, und meine Haare färbe ich mir an solchen Tagen auch nicht. Die Farbe hält dann einfach nicht!« Sie grinste Valentina unbekümmert an. »Nun ja, wie dem auch sei, in dem Krankenhaus, das Sofia wegen ihrer schwachen Gesundheit einer Hausgeburt vorgezogen hat, liegt sie fast achtundvierzig Stunden lang in den Wehen und kämpft. Das Tuch ist diesmal mit dabei, es geht reihum, kein Enkelkind von Mamma Ro' wird in den nächsten Jahren bei seiner Geburt auf den Beistand der heiligen Anna verzichten müssen. Dennoch hat Sofia es schwer. Man gibt ihr ein Kissen zum Draufbeißen, damit sie nicht so laut schreit, ein Laken ist am Fußende angeknüpft, an dem kann sie sich festhalten und hochziehen. Mehr als einmal droht ihr Kreislauf zusammenzubrechen, es gab damals ja keine Narkose und PDA und wie das alles heißt, es gab auch keinen Kaiserschnitt auf Bestellung, diese abartige Sitte der amerikanischen Stars heutzutage. Es gibt aber auch keinen Kaiserschnitt *ohne* Bestellung, dafür geht es Mutter und Kind noch zu gut. Nein, Sofia muss ohne medizinische Hilfsmittel durch alle Schmerzenstäler, bis sie es endlich geschafft hat.

Die Nachricht verbreitet sich in Windeseile bis in Mamma Ro's Küche, wo Enzo in diesem Moment vor einer ordentlichen Portion frittierter Zucchiniblüten sitzt. Er war kurz mit im Krankenhaus, aber nach ein paar Stunden auf dem Flur bekam er Hunger. Und weil er momentan keine Frau zu Hause hat, die ihm etwas kochen kann, geht er zu seiner Mutter. Er lässt die Blüten stehen, bevor er noch eine probiert hat, das wird nachher immer wieder erzählt, dabei sind sie sein absolutes Lieblingsessen. Er eilt sofort los! Ein Mädchen leider nur, Sofias Familie wäre da wohl vorbelastet, meint er später. Aber immerhin sei das Kind gesund! Dabei hat Enzo vorher überall geprahlt, er habe nur Jungs in sich.

Als er in der Klinik ankommt, sind schon viele Verwandte im Zimmer, in dem Sofia mit zwei anderen Frauen liegt. Und immer mehr drängen sich herein, schick gemacht, mit Sträußen in der Hand, jeder will das kleine Glücksmädchen sehen, das an einem Freitag, den 17. geboren ist. Eigentlich bringt die Siebzehn Unglück, aber an dem Datum geboren zu sein, bedeutet, geimpft zu sein gegen alles Leid und Missgeschick. Außerdem ist sie »*con la camicia*« auf diese Welt gekommen, das heißt, sie hatte noch ein Stück der Eihülle auf dem dunkel behaarten Köpfchen kleben. Mehr Glück geht fast schon nicht! Vor der Zimmertür drückt Lina Enzo einen Blumenstrauß mit einer rosa Schleife in die Hand. Er schaut sie erstaunt an, Blumen für seine Frau mitzubringen hat er ja total vergessen. Gut, dass seine Schwestern für ihn mitdenken! Das Zimmer ist bereits voller Blumen, langstielige Gladiolengebinde stehen neben blühenden Topfpflanzen, die ihre Düfte in die Luft verströmen, aus einer silbernen Schale werden mit einem ebenso silbernen Löffel rosa überzogene Mandeln verteilt, auch daran haben seine Schwestern gedacht. Sogar mehrere mit Gas gefüllte rosa Luftballons taumeln unter der Decke an ihren Bändern, dazwischen Sofia, völlig verausgabt, in ihrem Bett. Um sie herum sind alle in ausgelassener Stimmung. Die frischgebackenen Mütter werden beglückwünscht und umsorgt, wie es Brauch ist. Jede Familie bringt ihrer jungen Mama Essen und redet ihr gut zu. Sie muss mal auf die Toilette, sprich, sie braucht die Bettpfanne? Alle raus aus dem Zimmer. Sie ist fertig? Alle wieder rein ins Zimmer. Sie will versuchen, das Kleine zu stillen? Männer raus aus dem Zimmer, Frauen dürfen bleiben. Sie hat das Kleine gestillt, das aber immer noch brüllt? Jetzt dürfen auch die Männer wieder rein. Sie möchte ihr verschwitztes Oberteil wechseln? Alle wieder raus … Es ist ein Chaos, aber bei der Geburt von Cosima und Sabina, meinen Töchtern, war es genauso.«

Angelina seufzte aus vollem Herzen und starrte in die Ferne. Eine halbe Minute, eine Minute. Dann, als ob ein Motor in ihr wieder anspränge, erzählte sie weiter. »Onkel Enzo zeigt stolz seine Tochter herum, das Kind wandert von einem Arm in den nächsten, jeder soll es einmal halten dürfen. Ist heute auch noch so. Bei einem Jungen werden dabei auch mal die Windeln beiseitegeschoben, damit jeder die Größe des *pisellino* bewundern kann.« Angelina räusperte sich. »Ist den Vätern immer ganz wichtig. Nun ja. Mädchen bleiben angezogen …

Da Sofias Mutter vor einem halben Jahr von ihrem Krebsleiden dahingerafft worden ist, wird das Kind nicht nur Rosa heißen, sondern mit zweitem Namen?«

Sie machte eine Pause. Valentina atmete tief ein, sie spürte, wie Angelina ihre Hand nahm und es dann selbst leise und zärtlich aussprach: »Irma!«

»Irma!«, flüsterte sie, nur einen Sekundenbruchteil später.

Sie hatte es von Anfang an geahnt. Ihr Vater hatte eine Tochter, von der hier alle wussten, aber seine Frau und Tochter in Deutschland nicht. Warum hatte er so ein Geheimnis daraus gemacht, das gab es doch schließlich öfter. Viele Männer verstreuten ihren Samen in der ganzen Welt, hatten Kinder mit zwei, drei, vier Frauen.

Angelina schob Hals und Doppelkinn vor, um ihr ins Gesicht schauen zu können. »Ist es in Ordnung für dich?«, fragte sie in besorgtem Ton. »Das konntest du dir doch denken, oder?«

»Ja. Ich hatte da so einen Verdacht …« Valentina fixierte einen Kaffeefleck auf dem Linoleumboden vor ihren Schuhen und biss sich auf die Lippen.

»Sie ist deine Halbschwester, sie hatte immer schon eine ganz besondere Verbindung zu dir! Und zu Enzo! Sie hat mir damals, bevor sie nach Deutschland gehen wollte, von ihren Träumen erzählt, die sie Nacht für Nacht heimsuchten. Du würdest dich wundern. Das waren schon fast Prophezeiungen. Aber ich durfte ihr doch nichts sagen!« Angelinas glasig werdende Augen zeigten, wie sie immer tiefer in Erinnerungen versank. »Sie wollte nur das Beste für dich und Onkel Enzo!«

Jetzt wäre der perfekte Moment, um die Testamentsverbrennung zu gestehen, dachte Valentina. Sie seufzte. Der perfekte Moment verstrich. Sie seufzte noch einmal, stupste Angelina dann auffordernd an. Nun wollte sie auch hören, wie es dazu kam, dass weder ihre Mutter Martina noch sie etwas von Papas Tochter Irma gewusst hatten.

»Sofia kommt nach der Geburt nur sehr langsam wieder zu Kräften, sie ist zu schwach, um das Kind zu stillen – Mamma Ro' gibt das kleine Mädchen zur jüngsten Tochter einer Nachbarin aus der Straße, die selbst gerade ein Baby bekommen hat. ›So werden sie zu *fratelli di latte*, zu Milchgeschwistern‹, beruhigt sie Sofia. Sofia ist untröstlich, wieso kann ausgerechnet *sie* ihr Baby nicht ernähren? Bei den anderen Frauen in ihrem Zimmer hat es doch auf Anhieb geklappt. Und warum kann sie ihren Mann nicht zu Hause halten? Den Mann, der sie überredet hat, mit ihm zu fliehen, der ihrer wahren Liebe so ähnlich sieht und obendrein zwei starke Beine sein Eigen nennt. Doch sie teilen außer dem Bett, jeder an die Außenkante seiner Seite gerückt, nichts miteinander. Das ist gar nicht so selten, vielen ihrer Freundinnen, Bekannten und zwei der eigenen Schwestern geht es ähnlich. Doch im Gegensatz zu ihnen hat sie ihre große Liebe ja schon fast in den Armen gehalten, einen ehrlichen, liebevollen Mann, der sie anbetete, der ihr Geschichten erzählte, der ihre Füße so wundervoll massieren konnte und mit ihr den

Rest seines Lebens verbringen wollte! Nun macht er das alles mit einer anderen.

Neid und Niedergeschlagenheit breiten sich immer weiter in Sofia aus und vergiften ihre Gedanken. Wie oft hat sie zu meiner Mutter diesen Satz gesagt: ›Ich habe alles falsch gemacht in meinem Leben!‹

Und Enzo? Enzo fährt mit seinem geliebten Lastwagen weiter in Italien herum, bis seine Mutter bei einem seiner seltenen Besuche ein Machtwort spricht. Mamma Ro' verlangt, dass er endlich zu Hause bleibt und sich um Frau und Tochter kümmert. Wenigstens in den nächsten Wochen, bis Sofia sich wieder richtig erholt hat und das kleine Mädchen seinen ersten Brei aus Grieß essen kann. Enzo gehorcht. Was Mamma Ro' sagt, ist immer noch Gesetz in der Familie. Er bleibt zu Hause und trägt Rosa Irma alle vier Stunden zwischen ihrer Amme im Nachbarhaus und der Wiege neben Sofias Bett hin und her. Sofia wacht eifersüchtig über ihr Kind, sie möchte nicht sehen, wie es bei der Nachbarin an der Brust liegt, und kann es kaum erwarten, bis die Kleine wieder zurückgebracht wird. Über Nacht hat sie ihr geliebtes Mädchen noch nie dort gelassen, obwohl das für alle Beteiligten um einiges bequemer wäre.

Die Wochen vergehen, Sofia scheint sich langsam zu erholen, die Geschwister kommen vorbei, um zu kochen, zu putzen und Rosa Irma zu betrachten, die aber schon jetzt nur noch Irma oder auch Irmina genannt wird. Ja ja, manchmal suchen sich die Kinder ihre Namen einfach selber aus.« Angelina lächelte Valentina an und schüttelte mal wieder den Kopf. Ein beunruhigendes Zeichen.

»Wie gerade gesagt, alles scheint sich zum Besseren zu wenden, da bricht am Morgen des 28. September, kurz vor halb vier, unten in der Bäckerei ein Feuer aus. Als die beiden Bäckerjungs als Erste zur Arbeit kommen, steht schon das ganze Erdgeschoss in Flammen. Man kann nicht mehr genau nachvollziehen, wann Sofia es bemerkt hat, fest steht aber, dass sie sehr besonnen handelte. Da das Treppenhaus durch den Rauch längst unbegehbar ist, schleppt sie Irma mitsamt der Wiege auf den schmalen Balkon, der zur Straße geht, und rennt dann noch einmal hinein, vermutlich um nach ihrem Mann Enzo zu suchen, den sie neben sich im Ehebett nicht gefunden hat. Dabei ist sie dann wahrscheinlich durch den Rauch ohnmächtig geworden. Ihre Lunge war ja schwächer als die von normalen Leuten. Oder ist sie absichtlich hineingegangen, weil sie ihres Lebens überdrüssig war?« Angelina stieß einen Laut aus, als ob sie Schmerzen hätte. »Wir werden es nie erfahren ... Die liebe Sofia, ich mochte sie und ihr blasses Gesicht, sie ruhe in Frieden!

Die Bäckergesellen schlagen Alarm, gemeinsam mit den Nachbarn, die aus ihren Häusern gelaufen kommen, versuchen sie den Brand mit Wassereimern zu löschen, natürlich ohne Erfolg. Jemand rennt los, um die Feuerwehr zu holen, die Männer kommen ziemlich spät, man munkelt, sie hätten den Schlüssel für den Fahrzeugschuppen erst suchen müssen. Die zwei Monate alte Irma aber tut das einzig Richtige, was sie um diese Zeit immer tut: Sie schreit! Und wird von Pippo Sottile, der ein Eisenwarengeschäft und damit auch eine lange Leiter besitzt, unbeschadet vom Balkon gerettet. Schließlich finden die Feuerwehrleute mit ihrem alten Spritzenwagen aber doch den Weg durch die engen Gassen. Als Enzo eine halbe Stunde später aus der Pension Amalia nach Hause kommt, steht er vor der tropfenden, verkohlten Hausfront.«

»Arme Sofia, arme kleine Irma, was für ein Drama!« Valentina wusste nicht, was sie denken sollte. Ihr Vater war nicht da gewesen, als seine Familie ihn brauchte. Er hatte sich in einem Bordell vergnügt. Sie sah einen nackten Frauenarm, der ihn hinter rote Samtvorhänge zog, sie sah geschnürte Stiefel, Mieder und Strapse, altmodisch, wie aus einem Western. Als ob Angelina ihre Gedanken erraten hätte, sagte sie: »Er hat dort in der Pension angeblich immer nur Karten gespielt, bis ein Uhr höchstens, und war ausgerechnet in dieser Nacht versehentlich auf einem Sofa eingeschlafen … Na ja, wie dem auch sei. Meine Mutter sagt, nur seine Tochter habe ihn daran gehindert, sich aus Scham das Leben zu nehmen.« Angelina tätschelte Valentina das Knie.

»Er nimmt sein Kind aus den Armen von Pippo Sottiles Frau entgegen und geht zu Mamma Ro's Haus. In diesem Augenblick fängt es an zu stürmen, eine Windhose zieht für wenige Minuten durch den Ort, sie trägt alles mit sich, was sie der Natur und den Orten, durch die sie bereits gezogen ist, entreißen konnte: Blätter, Papiertüten, kleine Zweige und Sand, aber Enzo geht einfach weiter durch den heulenden Wind. Schützend beugt er sich mit dem Oberkörper über den Säugling. Ein Stück Wellblech saust waagerecht durch die Luft, nur wenige Zentimeter an seinem Kopf vorbei, und landet krachend hinter ihm auf der Straße. Enzo wäre davon fast geköpft worden, er hätte sterben können! Matteo Martorana, der Apotheker, hat es von seinem Fenster aus beobachtet. Doch Enzo achtet nicht darauf, er will den Tod anscheinend herausfordern und kämpft sich weiter, schon steht er vor dem Haus, in dem er aufgewachsen ist, der Oleanderbusch davor wird gebeutelt, fast waagerecht peitscht ihn der Wind, auch die Büsche im Hof werden niedergedrückt. Doch so schnell, wie der Sturm aufgezogen ist, ebbt er auch wieder ab. Plötzlich ist es gespenstisch still, als hätte jemand eine große Glasglocke über die Stadt gestülpt. Enzo klopft an die Tür.

Es ist früh, nur Giovanna ist schon wach, mehr als drei, vier Stunden pro Nacht kann sie seit der Beerdigung des kleinen Rosario nicht mehr schlafen. Vor der Sechs-Uhr-Messe geht sie bei jedem Wetter auf den Friedhof, um an seinem Grab mit ihm zu reden. Manchmal stellt sie auch eine Schüssel voll *pappa*, Brei, auf das Sims, mit einem aufrechten Plastiklöffel darin – dorthin, wo eigentlich Blumen stehen sollten. Die Leute tuscheln schon über sie.

Also ist es auch Giovanna, die Enzo an diesem aufziehenden Morgen die Tür öffnet. Sie starrt ihn an. Er ist über und über bedeckt mit Blüten, rosa, roten und weißen Oleanderblüten, sie stecken in seinen Haaren, liegen auf seinen Schultern, und vom Himmel regnet es noch mehr Blüten herab, ganz still und leise wie in einer Schneekugel, wie verirrte, ermattete Schmetterlinge.

Wortlos legt er ihr das ebenfalls mit Blüten übersäte Bündel in die Arme, umarmt sie einmal ganz fest und geht. ›Seid ihr bessere Eltern als ich, und lasst sie niemals wissen, was für ein schändlicher Vater ich war‹, soll er noch gesagt haben.

So wurde aus Sofias und Enzos Tochter die kleine Irma von Giovanna und Pinu.«

Valentina presste ihre Hände zusammen. Was für eine Bürde der Schuld hatte ihr Vater sein ganzes Leben lang mit sich herumgetragen. Einen Sack voller Vergehen, die er nie mehr ungeschehen machen konnte. Plötzlich ergab alles einen Sinn. Deshalb war Papa so ängstlich darum bemüht gewesen, dass ihr nichts passierte, deshalb hatte Martina ihn herumkommandieren können. Jetzt verstand Valentina endlich, warum er sich nie vor ihrer Mutter verteidigt hatte. In seinen Augen hatte er schon einmal versagt, er wollte nicht noch ein zweites Mal etwas falsch machen. Er hatte sich vor seiner zweiten Tochter so für sein Verhalten geschämt, dass er die erste nie erwähnte.

Sie spürte Angelinas Hände auf ihren. »Jetzt hast du alles gehört. Das ist die Geschichte deiner Familie.«

28

Sie würde ihn sehen! Heute Abend schon. Valentina rannte die Treppe in ihr Zimmer und kehrte gleich darauf wieder um, weil sie den Staubsauger vergessen hatte. Irmas Etage sollte sauber sein. Wer weiß, vielleicht würde er ja mit hochkommen in den kleinen Salon. Ein kribbelnder Schreckensstoß fuhr ihr bei dem Gedanken an ihn in die Gegend zwischen Zwerchfell und Lunge. Meine Güte, es gab keinen Grund, sich aufzuregen. »Und ihr benehmt euch heute!«, sagte sie in den Wandschrank hinein, wo es gerade wieder Geboxe, Getrete und Gemaunze um die Gunst der Mutter gab. Zorro gab einen erfreuten Laut von sich und schnurrte, als Valentina sich zu ihr niederbeugte und sie sanft zwischen den Ohren kraulte. »Ja, ja! Du bist die beste Zorro-Mamma, die es je gab, das wissen wir doch alle!« Dann füllte sie den Teller noch einmal mit frischem Wasser, damit die mit dem männlichen Namen gestrafte Katze wenigstens nicht immer zum Trinken hinunter in die Küche laufen musste.

Nachdem Valentina im Büro die eingegangenen Mails beantwortet hatte, blieb sie noch eine Weile vor dem Computer sitzen. Irgendwer musste prüfen, ob die Zahlungen für Kursgebühren und Zimmer in der letzten Woche auch wirklich eingegangen waren. Puuh, wie sollte das denn gehen? Sie hatte keinen Zugang zu den Konten der Schule. Ob Irma sie online verwaltete? Gab es überhaupt schon Onlinebanking auf Sizilien, wo die Leute immer noch am Anfang des Monats Schlange vor den Postschaltern standen, um Gas, Wasser, Strom zu bezahlen oder sich dort ihre Rente auszahlen ließen? Den Steuerberater hatte sie auch noch nicht angerufen. Wer sollte das alles weiterführen, wenn Irma nicht wiederkam? Jemand aus der Familie? Eher nicht. Eine der Lehrerinnen? Alle drei Marias sprachen ein bisschen Deutsch.

Valentina runzelte die Stirn. Nein, nein, nein! Die Vorstellung, dass Irma nie mehr die Leitung der Schule innehaben würde, war so unerträglich, sie durfte nicht einmal gedacht werden! Die Schule lebte von ihrer Ausstrahlung, das war in jedem Zimmer zu spüren. Irma hatte das Haus an der Via del Faro für sich vereinnahmt und den Geist der *La Signora* für immer in den Keller verbannt. Dorthin, wo sie gezwungen war, die Existenz ihres Enkelsohns zu ertragen.

Valentina stand auf, um Gábbrie bei den letzten Zimmern zu helfen. Er würde vorbeikommen. Nach zwei Tagen in Palermo, wo er mit einem Kollegen Fresken in einer Villa begutachten musste, war Max heute wieder in Camaro.

Nachdem Valentina ihm in der Bar Celentano alles über das verbrannte Testament und ihre Zweifel erzählt hatte, hatte er sie kurz in den Arm genommen. Nach elf Jahren spürte sie wieder seinen Brustkorb an dem ihren, atmete seinen Geruch ein, den sein Körper und seine Kleider ausströmten, mit sizilianischem Einschlag zwar, aber immer noch er, Max. Bevor sie darüber nachdenken konnte, wie es sich anfühlte, ließ er sie los. Sie hatten sich für den Abend zum Essen und zur Nachhilfe im Fach Bestechung in der Sprachschule verabredet. Valentina hatte Eric per SMS von der Verzögerung benachrichtigt. Die Wahrheit – Max kommt erst in zwei Tagen zum Essen, deshalb kann ich noch nicht weg – war von ihr mit wenigen Worten über Verkaufsverhandlungen und die umständlichen Geschwister umgeschrieben worden.

Valentina wollte es sich nicht eingestehen, aber sie wusste, dass das Rumoren in ihrem Bauch nicht von den vielen Mispelfrüchten kam, die sie seit dem Frühstück gegessen hatte. Sie aß sie nicht, weil sie ihr besonders gut schmeckten, sondern eigentlich nur wegen der glatten braunen Kerne in ihrem Inneren, die man wunderbar mit der Zunge im Mund herumdrehen konnte.

Auch Gábbrie war nervös.

»Was sollen wir zu essen machen?«, fragte sie Valentina und streifte die Gummihandschuhe mit einem flitschenden Laut ab.

»Irgendetwas, was du immer machst. *Pasta*?«

»*Pasta*?! Es muss etwas Besonderes geben, Irma hat immer etwas Besonderes gekocht, wenn Gäste kamen!«

»Dann mach doch einfach das, was sie zum letzten Mal …«

»Zum letzten Mal?! Ist doch kein Abschied? Ist Abschied von Irma, hast du mir nicht erzählt, dass sie ist gestorben?!« Gábbries sonst so raue Stimme bekam einen schrillen Klang.

»Gábbrie! Niemand ist gestorben. Max kommt und isst mit uns, und dann müssen wir etwas besprechen. Kauf einfach etwas am Hafen, drei Doraden vielleicht, die füllen wir mit grobem Salz, Petersilie und Zitronenscheiben und schieben sie in den Ofen. Die machen sich von selbst. Dazu junge Kartoffeln mit Rosmarin. Haben wir Voranmeldungen für heute Abend?«

»Drei. Agata bringt später Lasagne.«

»Na wunderbar. Vorher *agrodolce*, das zieht schon seit gestern, und als Dessert?«

»Obst? Kirschen. Erdbeeren. Haben wir alles noch da. Mispeln auch, die sind schon sehr reif. Sehr Matsch«, sagte Gábbrie.

»Oder wir machen *nespole al vino*, das geht ganz einfach im Ofen. Reife Mispeln, Wein, bisschen Zucker, das kennen die Deutschen nicht, und es macht etwas her! Die Schülerinnen müssen ja nicht jeden Tag mit uns essen. Wie wär's, wenn wir heute für uns oben im kleinen Salon von Irma decken? Ein bisschen Privatsphäre in den Privatgemächern.«

»Und Fredo und die *Napolitana*?«

Valentina schnalzte nervös mit der Zunge. »Dann hol vier Fische. Fredo isst keinen ganzen. Und die alte Dame auch nicht. Wenn sie nicht kommen, frieren wir eben einen ein.«

Gábbrie lächelte Valentina an.

»Was grinst du schon wieder?«, lachte Valentina. »Immer grinst du! Ist es so lustig, was ich sage?«

»Du bist schnell geworden. Zackzackzack, machen wir sososo. Fast wie Irma!«

Valentina sah sie an, mit einem Mal schossen ihr die

Tränen in die Augen. »Oh, verdammt. Was sollen wir nur tun, Gábbrie?«

»Wir? Weitermachen! Ich brauche Geld. Gehe ich Fisch kaufen.«

Valentina wischte sich über die Augen, zog kurz die Nase hoch und holte einen der Bestechungsgeldscheine aus ihrer Hosentasche. Geld! Geld war Sicherheit. Auf ihrem Konto schmolzen die Zahlen zusammen. Eric war auch Sicherheit. Eric und die Wohnung, für die sie ihren Vater eigentlich um ihre Mitgift hatte bitten wollen, in der sie eigentlich mit Eric leben wollte. Weil sie ihn doch eigentlich liebte. Valentina stöhnte innerlich auf. Was stimmte davon überhaupt noch? Gar nichts, oder? Und dann dreimal ›eigentlich‹. Ihre Lektorin, Frau Urkorn, würde alle drei streichen.

Wenn sie nach Hause kam, musste sie sich wirklich zügig an die Übersetzung von »House of Roses« setzen. Für einen Roman wie diesen hatte sie zwei Monate Zeit, war aber meistens schon nach vier bis sechs Wochen fertig. Drei Wochen waren schon vergangen. Außer einigen Zeilen beim kurzen Durchblättern im Flugzeug hatte sie nicht darin gelesen. Die ersten fünfzig Seiten waren aber das Wichtigste, dafür brauchte sie absolute Ruhe und viel länger als für den Rest. Es war ein Kennenlernen des Textes, ein Erspüren seiner Melodie, seines Charakters. Keine Panik, sagte sie sich, das schaffst du noch, und zur Not kannst du beim Verlag ausnahmsweise mal um zwei Wochen Aufschub bitten.

»Valentina!!«

»Was?«

»Musst du Geld loslassen, wenn ich es nehmen soll!«

Valentina lachte, Gábbrie schnappte den Fünfzigeuroschein aus ihrer Hand, an dem sie offenbar schon eine ganze Weile gezogen hatte, und eilte mit ihren typischen Hopsern die Treppe hinunter, hielt inne, drehte sich dann um. »Er ist übrigens da!«

»Wer?«

»Der *calzolaio*. Er sitzt in seiner Werkstatt.«

»Wie das, so plötzlich?«

»Concetta hat ihn gebracht. Kann er ohne seine Pferdegeschirre nicht leben, sagt sie, muntert es ihn auf zu arbeiten. Du wolltest doch immer in seine Werkstatt, kannst du jetzt. Sitzt er da und schneidet Leder zu.« Sie winkte und war schon weg.

Valentina schaute ihr nach, während sie die anderen Scheine wieder in ihre Tasche stopfte. Im Keller lauerte *La Signora*, auf die hatte sie im Moment gar keine Lust. Langsam ging sie die Stufen hoch, an der Küche vorbei, auch hier alles bereits sauber und ordentlich, sie stieg weiter in Irmas Salon und warf sich auf das Sofa, dass die Sprungfedern krachten.

Die Gläser in der Vitrine funkelten, das Sonnenlicht brach sich im dicken Kristallrand einer Karaffe und warf regenbogenfarbene Streifen an die Wand. Es war still, aber nicht zu vergleichen mit der abgeschirmten Stille in ihrem Büro. Man hörte das Rauschen der Palmenblätter im Wind, der auch das Lachen der beiden Schülergruppen auf der Terrasse zu ihr hinauftrug, das Ticken der Wanduhr aus hellem poliertem Holz, das Tuckern der Fischerboote, ab und zu ein Horn, vom nahen Hafen. Mit einem Knall donnerte in diesem Moment die schwere Haustür ins Schloss. Mittagszeit, die Schülerinnen und

Lehrerinnen kamen herein, verteilten sich auf ihre Zimmer oder gingen auf den Flur vor Irmas Büro, um sich dort Wasser aus dem Spender zu holen oder noch ein Schwätzchen zu halten.

Irgendwie schön, nicht so alleine zu sein, nicht so isoliert wie in ihrem Büro, in dem sie bald wieder abgeschirmt von der Außenwelt sitzen würde, mit den Figuren einer Geschichte ins Gespräch vertieft. Nichts durfte sie dabei stören, kein Radio, keine Musik, kein Telefon. Eric beschwerte sich immer, dass sie selbst in der Mittagspause ihr Handy oft nicht anschaltete.

Aber ich mag meine Einsamkeit beim Arbeiten, dachte sie trotzig, ich genieße sie. Du bist wunderlich, beharrte die Stimme in ihr, außer den Mails von deinen beiden Übersetzerkolleginnen aus dem Studium hast du den ganzen Tag keinen Kontakt zur Außenwelt. In der Mittagspause rennst du jeden zweiten Tag ins Fitnessstudio, kämpfst dich verbissen durch deine Rückenübungen gegen die Verspannungen, gönnst dir beim Bäcker einen Florentiner und einen Milchkaffee zum Mitnehmen und bist froh, wenn du, ohne mehr als drei Sätze mit einem menschlichen Wesen gewechselt zu haben, wieder am Schreibtisch sitzen darfst.

Ach, Quatsch, dachte Valentina, so schlimm ist es ja gar nicht. Ich habe doch noch Freunde. Na ja. Seit sie Eric kannte, sah sie die auch nicht mehr so oft. Eigentlich machte sie in ihrer freien Zeit nur das, was er vorschlug, zum Beispiel anspruchsvolle Filme in kleinen Programmkinos anschauen. In Berlin war er drei Jahre mit einer Regieassistentin zusammen gewesen und betrachtete sich seitdem als Cineast. Bei ihm kochen. Ihn vom Squash abholen und dann zusammen mit seinem redseligen Kollegen Miro eine Stunde im Grünen Jäger flippern. Eric liebte das Bier, das dort ausgeschenkt wurde. Dunkles Bier mit eingelegten Mirabellen darin, die man mit einem langen Holzstab aufspießen musste. Jeden Donnerstag also Mirabellen angeln und über Patienten reden. Und natürlich mit ihm ins Bett gehen.

Es war schließlich nicht seine Schuld, wenn ihr kein Alternativprogramm einfiel, oder?

Valentina erhob sich und ging im Salon umher. Sie wischte mit der Hand über die Truhe aus dunklem Holz, die an der Wand stand. Ihr zukünftiges Leben, das beginnen würde, wenn sie zurück nach Deutschland kam, war wie eine große Truhe, mit vielen unbekannten Dingen darin. Sie hatte allerdings überhaupt kein Verlangen danach, sie zu öffnen. Ihr Herz begann stark zu klopfen, fast, als hätte sie Angst. Das war doch albern! Wenn sie Angst haben wollte, dann bitte vor echten Geistern, nicht vor irgendwelchen unwägbaren Zukunftshirngespinsten.

Sie ging die Treppe hinunter bis in die Eingangshalle, von dort tastete sie sich weiter. Das Licht ging nicht, war dort unten eine Glühbirne kaputt? Oder war es das Werk von *La Signora*, um sie einzuschüchtern? Ein leichtes Unbehagen kroch an ihren Beinen hoch. Nun werd mal nicht gleich panisch, beschwor sie sich, war aber froh, als sie die Bänder der *nacca* zu fassen bekam. In Sicherheit. Fürs Erste. Wärme durchströmte ihren Arm. Du bist verrückt, jetzt klammerst du dich schon an Wiegenbänder! Nach einer kurzen Verschnaufpause durchquerte sie mit hastigen Schritten den Raum und klopfte an die Tür.

»Herein, herein«, rief eine heisere, aber kräftige Stimme. Sie stemmte sich gegen die Tür, die sich zu einem schmalen Spalt öffnete, quetschte sich hindurch und schloss sie gleich wieder. Ein köstlicher Geruch nach Leder und Klebstoff schlug ihr entgegen. Valentina sog erleichtert die warme Luft in ihre Lungen, es roch noch viel besser als bei Mister Quick im Kaufhaus der Kreisstadt. In dem großen Raum war es schummerig, ein paar vereinzelte Wohnzimmermöbel drückten sich an die Wände, nur eine Leselampe bog sich mit langem Arm über ein Tischchen und erhellte die Gegenstände, die sich darauf häuften. *La Signora* hatte hier keinen Zutritt, das spürte man sofort, sie konnte sich in dieser gemütlichen Atmosphäre nicht aufhalten. Vor dem Tisch saß eine Gestalt auf einem Stuhl. Der *calzolaio*. Der Schuster ohne Füße. Pinu. Pinuzzo. Giuseppe Vitale.

Valentina ging auf ihn zu und schaute sich dabei um. Er sollte nicht gleich merken, wie glücklich sie war, ihn zu sehen. Auf dem Boden waren einige Lederriemen verstreut, wie runde Schlangen wanden sie sich, mit groben Nähten an den Bäuchen. Auf dem kleinen Tisch lagen offene Blechdosen mit verschieden großen Nägeln und Nieten darin, ein Hammer, seltsam gebogene Zangen, zerdrückte Klebstofftuben. Neben einem Hocker stand eine Schleifmaschine auf dem Boden. Plastiktüten, aus denen schwarze, braune, bunte Lederabfälle herausschauten, lehnten an seinen Beinen. Eine kurze Eisenröhre war wie ein Sonnenschirmständer auf ein Brett montiert worden, darauf steckte eine eiserne Schuhsohle in der Waagerechten. Vorn, neben der Fensterfront, hingen Vogelkäfige an der Wand. Sie waren leer.

»*Buongiorno, zù* Pinu!«, sagte Valentina im sizilianischen Dialekt und streckte ihm ihre Hand hin. Erst jetzt fiel ihr ein, mit welchen Worten Angelina seine Hände beschrieben hatte: Eine Hand sei normal, die andere habe keine ausgeprägten Finger, sei eher eine zusammengepresste Zange, wie bei einem Hummer. Valentina versuchte, nicht daraufzuschauen, sondern blickte lieber in seine Augen. Sie fühlte, wie ihre Hand von fünf unversehrten Fingern umschlossen wurde, sie sah ein kleines Lächeln über sein Gesicht huschen.

»Meine Nichte Valentina kommt mich besuchen«, sagte er leise. Eine warme Welle brandete durch ihren Brustkorb und verscheuchte die letzten Kälteschauer aus dem Vorraum. Endlich war sie seine Nichte, endlich hatte er ihren Namen ausgesprochen. Am liebsten hätte sie sich dafür bedankt, stattdessen schaute sie sich suchend im Raum um, sie wollte unbedingt etwas Gutes für ihn tun.

»Es ist dunkel hier drinnen. Soll ich die Rollläden weiter hochmachen?«

»Wenn du willst. Ich mag es manchmal dunkel. Schuster sitzen oft im Keller.«

»Aber das ist ja kein richtiger Keller. Von vorne sieht es aus wie ein Laden. Und draußen ist es so schön!« Froh, eine Aufgabe zu haben, öffnete sie die Glastür und bückte sich unter dem Eisenrollo hindurch. Sie stemmte ihre Hände darunter und drückte es mit aller Kraft noch vierzig, fünfzig Zentimeter weiter nach oben, für mehr waren ihre Arme zu kurz. Und nun?

»Gábbrie hat es so gemacht, wie ich es mag«, ertönte es von innen.

»Soll ich es wieder herunterziehen?«

»Nein. Aber stell bitte einen Stuhl raus, sonst wissen die Leute nicht, dass ich da bin.«

Valentina holte den Stuhl, stellte ihn dicht an die Hauswand und verharrte mit hängenden Armen unter dem Rollladen. Warum versuchte sie ihm das Leben schöner zu machen, wenn er es gar nicht wollte? Ein paar Sekunden vergingen. Dann winkte er sie wieder herein.

»Guck dich um, hier wohne ich! Mein Salon und gleichzeitig meine Werkstatt. Irma hat mir alles eingerichtet. Und Gábbrie, ach, die Kleine sorgt so gut für mich, bringt mir Kaffee, dabei kann ich mir den doch auch alleine machen!« Er zeigte mit seiner Hummerhand auf die Lederstreifen in seinem Schoß. »Schau, das ist für die Pferde. Ist es nicht wunderschön?« Jetzt strahlte er, der Schein der Lampe warf tiefe Schatten unter seine Augen und in jede Falte seines Gesichts.

Verwirrt von so viel Frohsinn, nickte Valentina. Auf einer Seite des Zaumzeugs sah sie glänzend rotes Leder, die andere Seite war mit schwarzem Filz gepolstert.

Jemand klopfte an die Scheibe. Valentina zuckte zusammen.

»Ah, Filippo, der kommt immer am Samstag, will was verkaufen. Seine Frau backt manchmal.« Pinu legte die Zange beiseite, stand langsam auf und ging an die Tür.

»Filippo, du Schwerenöter, was hast du heute? Brokkoli und Artischocken? Brauche ich nicht. Gib mir lieber von den guten Sachen deiner Frau!« Er kicherte, als der andere Alte seiner Entrüstung lautstark Luft machte. »Komm, gib schon her, du weißt doch, wie ich das meine. Hier, wie du siehst, habe ich Besuch!«

Filippo grüßte Valentina mit einem Kopfnicken, er trug eine Schiebermütze, seine Bartstoppeln waren weiß, und auch aus seinen Ohren wuchsen weiße Haare.

»Immer hast du Besuch von hübschen Frauen, Pinu! Wo ist die *Napolitana* denn? Gehst du ihr fremd?«

Nach einigem Hin und Her nahm Pinu von ihm einen Pappteller mit Gebäck entgegen und reichte ihn weiter an Valentina. »Pistazienküchlein. Die musst du probieren!«

Filippo warf sein dreirädriges Lastwägelchen an und knatterte hupend den Berg hinunter Pinu schloss die Tür.

»Wenn du willst, machen wir uns einen Kaffee dazu. Die Küche ist dort.« Valentina zögerte, Pinu schaute sie kurz an und wusste sogleich, warum.

»Keine Bange. In der Küche ist sie auch nicht. Sie kommt nicht zu mir herein. Ich verströme zu viel von dem, was sie hasst.«

Valentina lief mit dem Teller in der Hand durch den Raum, hinter der nächsten Tür fand sie eine große Küche, auch hier gab es nicht viel Licht, denn die Fensterläden waren geschlossen. Sie suchte eine ganze Weile nach dem Schalter. Rund um den Küchentisch standen uralte Holzschränke an den Wänden, vermutlich aus den Dreißigerjahren, für die man in Deutschland viel Geld bezahlen würde. Es gab einen modernen kleinen Kühlschrank, verblichene gelbe Kacheln an den Wänden und einen sauber geschrubbten Spülstein, über dem sechs unterschiedlich große Schöpfkellen hingen. Ein Einmachglas mit Zucker stand neben einer Espressokanne am Herd. Die Zeit war stehengeblieben, Valentina konnte sich Rosa hier unten vorstellen, den kleinen Pinuzzo an der Brust, darauf bedacht, nichts Schlechtes zu essen, nichts Schlechtes zu denken, um ihre Milch nicht zu vergiften. Darauf bedacht, ihrer Schwiegermutter in den oberen Stockwerken nicht in die Quere zu kommen, um das Leben des Sohnes nicht zu gefährden.

Sie schraubte die *caffettiera* auseinander, befüllte sie mit Wasser und Espressopulver. Während die silberne Kanne auf der Gasflamme langsam zu zischen und dann zu brodeln begann, suchte sie Tassen, Untertassen, einen Teller und Löffel zusammen, stellte alles auf ein Tablett und trug es hinüber.

»Stell es dort drüben ab.« Pinu deutete auf die Hälfte eines runden Tischs, den Valentina bisher noch nicht wahrgenommen hatte, weil er mit seiner glatten Kante an die Wand geschoben war. Dort saßen sie zusammen, rührten sich gegenseitig Zucker in den Espresso, und Valentina aß drei von den vier mit Puderzucker überstäubten Pistazienküchlein, die aussahen wie grünlich schimmernde Muffins und wie süßer Schaum im Mund zergingen. Sie redeten eine ganze Weile nicht mehr. Schauten sich ab und zu an. Schwiegen.

Schließlich erhob Pinu sich, wobei er sich schwer auf den Tisch stützte, und ging langsam in die Dunkelheit des Zimmers. »Jetzt zeige ich dir etwas Schönes!« Er kam zurück und gab ihr ein gerahmtes Foto. »Welcher von denen bin ich?«

»Vielleicht der in der Mitte? Der da?«, tat sie ihm den Gefallen und zeigte auf den ungefähr fünfunddreißigjährigen Pinu, der stolz zwischen einer jungen Frau, ganz sicher Giovanna, und ihrer kleinen Oma, genannt Mamma Ro', stand. Die linke, die Hummerhand, hielt er lässig in der Hosentasche. Vater Pasquale war ein wenig abseits postiert, eine winzige Lücke klaffte zwischen ihm und Giovanna, er schaute unsicher – oder vielleicht nur bescheiden –, doch auch er lächelte.

»Richtig!« Pinu lachte, sie sah, dass ihm unten ein paar Zähne fehlten. »Und das da sind die beiden Menschen, die ich sehr vermisse.« Er schüttelte den Kopf, Tränen standen ihm in den Augen. »Jeden Tag denke ich an sie, rede mit ihnen. Meine Liebsten.«

Valentina überlegte. Sollte sie jetzt etwas über Irma sagen und ihn noch trauriger machen? Eine Uhr schlug viermal mit melodischen Big-Ben-Schlägen von der Wand und verstummte dann. Ein Uhr. Pinu setzte sich wieder auf seinen Stuhl am Arbeitstisch, klemmte einen Teil des Ledergeschirrs zwischen Hand und Oberschenkel und griff nach einer Zange. Seine Finger waren vom Arbeiten mit Gummisohlen, Kleber und Leder dunkel gefärbt.

Eine Zeit lang sah sie ihm beim Stanzen von Nieten in einen Lederstreifen zu. Dann bückte er sich, zog eine Plastiktüte unter dem Tisch hervor und wühlte darin herum.

»Hier! Ein Geschenk.« Er drückte ihr ein ovales Stück Leder in die Hand, drei silberne Halbkugeln klebten darauf, kurze bunte Bänder hingen daran herunter. Sie waren auf der Rückseite festgetackert, sah Valentina, als sie es jetzt zwischen ihren Fingern drehte. Sie hörte wieder Angelinas Worte, mit denen sie Pinus Enttäuschung über Elisabettas Verlobung beschrieb: Hat er ihr nicht unzählige ausgestanzte Lederdoubletten mit bunten Schleifen daran geschenkt? Von seinen Händen erschaffen, verziert und mit mehrfarbigem Filz unterlegt, viel schöner als die für die Pferde, und nur für sie!

»Oh, danke! Das werde ich mir aufhängen. Zu Hause.«

Wo, von welchem Zuhause sprichst du?, fragte sie sich. »In meinem Büro über dem Computer, da kann ich es immer sehen.«

Ohne an *La Signora* zu denken, durchquerte Valentina eine halbe Stunde später den Vorraum. Lautes Lachen und Rufen drang hinunter ins Kellergeschoss. Irma hatte die drei Marias wirklich gut ausgesucht, sie machten ihren Schülern gute Laune. Beschwingt stieg Valentina die Treppe hinauf.

Auch aus dem Büro erscholl Gelächter, niemand hörte ihr Klopfen, also öffnete sie die Tür. Max stand mitten im Raum, er hatte beide Hände erhoben und beendete gerade auf Deutsch einen Satz: »… ich bin einfach nicht mehr hingegangen!« Alle lachten wieder, der Raum war – bis auf Max – voller Frauen, wie Valentina mit einem Blick erfasste.

»Hallo, Valentina! Ich bin jetzt schon mal vorbeigekommen, weil mir heute Abend etwas dazwischengekommen ist. Können wir doch eben auch hier besprechen, oder?«

Valentina zwang sich zu einem Lächeln und merkte, wie ihre Mundwinkel sich dabei verkrampften. Diese Blicke! Sie starrten ihn an, drehten sich in die vorteilhaftesten Positionen, selbst die älteste der Marias hatte ihre Falten von der Stirn gebügelt und schenkte Max einen weichen Gesichtsausdruck. Sie wollten ihm gefallen. Alle.

Valentina atmete tief ein, um den Klumpen in ihrem Bauch zu verdrängen. Zum Teufel mit den Doraden, Gábbrie, essen wir sie eben allein.

»Ja, klar, warum nicht.« Ihre Stimme klang dünn. Max nickte.

»Also gut, vielleicht für alle hier, *per questo ci possono aiutare le nostre insegnanti.*«

Die Marias neigten zustimmend die Köpfe, ganz bestimmt würden sie ihm dabei helfen, aber sicher, bei was auch immer ...

Die vier Schülerinnen lächelten erwartungsvoll. Es waren die Stewardessen mit ihren sorgfältig geföhnten Bobs und professionell geschminkten Gesichtern, die vor zwei Tagen angekommen waren. Zu viel Rouge und übertrieben bunter Lidschatten für Valentinas Geschmack. Die vier hatten den Kurs *Livello II* belegt, um sich ein I, wie Italienisch, in ihre Papiere schreiben lassen zu können. *Livello II*, immerhin noch Anfänger, und sie hatten dennoch verstanden, was er sagte! Großes allgemeines Gekicher.

»Eine kleine Einführung, ganz umsonst: Wie schmiere ich auf Sizilien richtig? Ach, allein das Wort ist ja schon hässlich! Bestechen, *corrompere*, schmieren ... Ich besteche, du bestichst, *io corrompo, tu corrompi*, na, das nehmt ihr sicher in der nächsten Stunde bei Maricetta durch. Angenommen, ich möchte in einem Restaurant einen besonders guten Platz, dann zahle ich dafür eben ein bisschen mehr. Also. Wie mache ich das?«

Die Mädchen kicherten wieder.

»Du gehst hin, beschreibst, was du willst, und sagst dann: ›Ich habe da auch was für Sie.‹ Steckst demjenigen einen Schein zu, und gut is' das!«, sagte eine der Vierlinge betont lässig in ihrem Hamburger Akzent und strich sich dabei eine nicht vorhandene Haarsträhne aus dem Gesicht.

Die ist ganz schön selbstbewusst, trotz ihrer gerade mal zwanzig Jährchen und ihrer Kicherei, dachte Valentina.

»Okay, schon mal ganz gut. Wichtig ist natürlich, sich den *richtigen* Menschen auszusuchen. Einen, der auch in der Lage ist, mir das zu geben, was ich möchte!«

Max gestikulierte mit seinen großen Händen. Valentina war wütend auf ihn. Gleich würde er wohl auch noch Rollenspiele mit ihnen machen. Wie in einer Theatergruppe: Wer will die Kellnerin sein, wer der Gast, wer seine Frau? Sie sah die Zeigefinger der Stewardessen schon begehrlich in die Luft schnellen.

»Wir Deutsche sind ja sowieso die Meister der Bestechung, Deutschland steht auf der Liste noch vor Ländern wie Kenia und Griechenland. Dennoch fällt es den meisten von uns schwer.« Max schaute Valentina nicht an. »Daher ist zunächst mal ganz entscheidend: Du musst sicher sein, dass es richtig ist, was du tust! Man sollte niemandem schaden, um sich selbst einen Vorteil zu verschaffen, das hinterlässt schlechte Schwingungen, die kommen irgendwann auf einen zurück.«

Seit wann beschäftigte er sich denn mit Schwingungen? Valentina zog überrascht die Augenbrauen nach oben.

»Wichtig ist das Bewusstsein, das du vor dir herträgst. DU bist jemand, der recht hat mit seinem Anliegen!« Er lächelte in die Runde. Ohne es zu wollen, fing Valentina für eine Sekunde seinen Blick auf. Du bist die Tollste hier, sagte der Blick, die tollste Frau überhaupt, und ich liebe dich, nur dich, wir haben ein kleines Haus, wir hören das

Meer in unserem Bett, die Sonne scheint ohne Unterlass, wir sind oft draußen, wir reisen zusammen, ich restauriere die schwierigsten Fresken in allen Kirchen im Land, und du schreibst die besten Romane und kochst deine fantastische *minestrone* für unsere guten Freunde, wir haben Ninjo, den Hund, den du immer wolltest, und ab und zu reden wir über früher ... Doch schon wanderte sein Blick weiter, streifte die vier Stewardessen, die im gleichen Augenblick sicherlich Ähnliches dachten, weiter zu den Lehrerinnen, deren Gesichter für einen Moment aufblühten, wie Mittagsblumen um zwölf.

»Und wenn die Person vor dir eben zu dumm ist, das zu begreifen, wenn sie nur stumpf nach Vorschrift handelt, packst du sie da, wo es für sie unwiderstehlich wird: bei ihrer Gier!«

Valentina hörte nicht mehr zu. Sie hatte gerade etwas erkannt, was ihr Angst machte. Leise ging sie zur Tür und verließ den Raum.

Oben in Irmas Salon lief sie nervös auf und ab. »Nein!«, rief sie mehrmals gegen die Wände. »Nein!«

Doch. Es ist so. Gesteh es dir ein, sagte eine Stimme in ihr. Du liebst ihn noch. Du willst ihn zurück. Um dich selbst zu schützen, hast du all die Jahre gelogen. Hast gesagt, dass er dir völlig gleichgültig ist. War er aber nicht. Nie. Immer hast du gelogen, um dich selbst zu schützen. Schlechte Schwingungen, die auf dich zurückfallen.

Und Irma?!, wehrte sie sich in ihrem inneren Dialog. Die hat Papa doch auch angelogen, von ihr habe ich das alles doch!

Bei Irma ist das was anderes, Irma hat nie für sich gelogen, immer nur für andere. Um anderen nicht wehzutun, um sie zu schützen, um etwas Ungutes von ihnen abzuwenden, sie abzuschirmen, zu behüten.

Toll, wie viele Worte es für »schützen« gibt, gratuliere, das Wörterbuch der Synonyme ist nichts gegen dich.

Mag sein. Aber gib es endlich zu.

Um die Sprungfedern zu schonen, ließ Valentina sich diesmal vorsichtig auf dem altersschwachen Sofa nieder. Sie liebte ihn immer noch. Es war nicht zu fassen: ein Fingerschnippen – und elf Jahre der Gegenwehr waren wie weggefegt, sie wollte ihn wiederhaben, seine Hand nehmen dürfen, seinen – ach, alles nehmen dürfen. In ihrem Bauch und in ihrer Brust zog und flatterte es. Er sollte sie Titina nennen. Sie war mit ihren Gefühlen wieder an dem Zeitpunkt gelandet, als es am schönsten mit ihm gewesen war. In London, inmitten dieser großen Stadt, in Freiheit, mit dem Gefühl, alles tun zu können. Dort bleiben, wenn sie wollten, oder zurückkehren nach Deutschland, aber natürlich nicht in die kleine Kreisstadt, sondern woanders studieren, zusammenleben, überall.

Wenn es am schönsten ist, soll man aufhören. Sie hatte diesen Spruch noch nie verstanden.

Sie sehnte sich nach ihm. Dort unten im Büro hatte sein Blick ihr gerade für eine Sekunde vorgegaukelt, was hätte sein können, was für ein Leben sie beide hätten führen können, trotz der kleinen Ella. Wer *sie*, Valentina, hätte sein können, trotz der kleinen Ella. Valentina krümmte sich zusammen. Es tat so weh.

Die zunächst ungewollte Schwangerschaft hatte ihr Leben komplett durcheinandergebracht. Und dann hatte der

Tod, für den niemand etwas konnte, den Rest besorgt. Sie war so jung gewesen und hatte sich alles prima zurechtgelegt: Die Schuld lag bei Max, er hatte nicht in der Art und Weise um Ella getrauert, wie sie meinte, dass er trauern sollte, und sie hatte ihn deswegen mit Liebesentzug gestraft. Vielleicht nicht absichtlich. Aber konnte das zusammen mit ihrer Jugend zu ihrer Verteidigung dienen?

Er hatte in den ersten Monaten und Jahren anscheinend sehnsüchtig auf ein Zeichen von ihr gewartet. Doch seitdem war viel Zeit vergangen, und mittlerweile interessierte er sich überhaupt nicht mehr für sie. Hielt dort unten im Büro lieber allgemeine Vorlesungen über das Thema Bestechung. Mit Theatereinlage und großem Trallala.

Er hatte sich verändert, er war eben nicht mehr der Max, dessen Körper sie so gut gekannt hatte, der ihr seine Gedanken erzählte, so freimütig, dass es sie anfangs mit Peinlichkeit erfüllte. Bis sie merkte, dass seine Bewunderung für sie aufrichtig war. Ohne etwas von ihr zu fordern, ohne sie ändern zu wollen, hatte er sich ihr dargeboten. Langsam, nach vielen Wochen erst, hatte sie begonnen, ihm zu vertrauen, und sich dann ihrerseits hineingeworfen in das, was auch heute, nach all den Jahren, noch viel mehr als nur eine Teenagerliebe für sie war.

Sie hatte etwas Derartiges seitdem nicht mehr erlebt, und es sah auch nicht danach aus, als ob die Liebe in den nächsten Jahren mit rauschenden Flügeln auf sie zukommen würde, um sie einzuladen. Ihre Beziehung zu Eric hatte damit nichts zu tun. Sie, Valentina, hatte mit Eric nichts zu tun. Und mit der Liebe nicht. Valentina spürte stechende Kopfschmerzen hinter ihrer rechten Schläfe, ihr Mund war trocken.

Sie ging hinunter, um sich ein Glas Wasser zu holen. Die Küche strahlte blau und weiß im Sonnenlicht, das durch das hohe Fenster hereinfiel. Valentina strich mit der Handfläche über die marmorne Arbeitsfläche neben dem alten Gasherd, dann über die Tischplatte, sie wollte mit einem Mal alles berühren. Es war so schön hier, so laut und voller Leben, aber auch so friedlich. Als sie den Kühlschrank schloss, hörte sie, wie jemand die Stufen heraufkam, eine Frauenstimme, offenbar telefonierend.

»… hat er mir noch nicht gesagt. Dieses Jahr ist er anders drauf. Ich glaube, er hat hier irgendwo eine Frau, keine Ahnung, ob verheiratet. Heute Abend kommt er wahrscheinlich mit, ›Palermo bei Nacht‹, da kann er uns bestimmt noch ein paar andere Sachen zeigen.« Ausgiebiges Kichern. »… worauf du dich verlassen kannst!«

Valentina spürte, wie etwas ihre Lungen zusammenpresste. Sie lauschte, um kein Wort zu verpassen.

»… ach, noch so zwei andere Mädchen, die mit im Haus wohnen, nix Besonderes, keine Konkurrenz jedenfalls. Obwohl, mit der einen hatte er garantiert auch mal was, die war schon öfter hier und kennt ihn offenbar ziemlich gut!« Giggeln ins Telefon.

Es war Melanie, die da sprach, vermutete Valentina und merkte, wie sie sich an den Kühlschrank drückte, um nicht gesehen zu werden. Wie dämlich, sie konnte in diesem Haus doch stehen, wo sie wollte.

»Kein Grund zum Klagen … Weiß ich doch nicht!« Jetzt stand sie oben am Treppenabsatz, kicherte wieder. »Das heißt heute nicht mehr Weiberheld, Mama, heute nennt man so jemanden *womanizer*! *Carpe diem*, sagst du doch immer! Genau. Solange es dauert. Mach ich! Du auch! *Ciao, ciao!*«

Mama? Sie hatte mit ihrer Mutter gesprochen?! Valentina musste an ihr letztes Telefongespräch und Martinas Offenherzigkeit bezüglich ihres Liebeslebens denken. Niemals würde sie ihr derartige Dinge erzählen. Sie schaute nach unten, weil etwas Weiches ihr Bein streifte.

»Zorro!«, sagte sie dankbar und öffnete die Kühlschranktür. Mit mehr Lärm als nötig leerte sie den restlichen Doseninhalt auf den Teller der Katze. Zartes Kaninchenragout. Die Telefoniererin steckte den Kopf zur Tür herein. Melanie, wie Valentina vermutet hatte.

»Oooch! Ist die goldig! Die will ich mit nach Hause nehmen!«

»Man kann nicht immer alles nehmen, was einem nicht gehört«, sagte Valentina streng.

»Hä?«, fragte Melanie und guckte dabei so entgeistert, dass Valentina zu lachen anfing. Es klang ein wenig schrill.

»Schon gut!«, sagte sie und lief nach oben in Irmas Salon. Diesmal mussten die Sprungfedern dran glauben, sie ließ sich wie angeschossen mit dem Gesicht nach unten auf den ockergelben Stoff fallen und blieb so liegen, bis es nach einer Weile klopfte. Sie rührte sich nicht. Die Tür wurde dennoch geöffnet.

»Valentina! Hier bist du!«

»Max …« Es klang schwach. So schwach, wie sie sich fühlte, als sie sich jetzt aufsetzte.

»Soll ich morgen mitkommen? Ich hätte jetzt durch die Verschiebung des Termins auf heute Abend morgen Zeit. Vielleicht kann ich irgendwie dabei helfen, dass du endlich zu Irma reindarfst. Ich bin mittlerweile ganz gut im … sagen wir, Lösungen finden.«

Was für einen Termin du heute Abend hast, weiß ich ja jetzt, dachte sie und wandte den Blick ab. Er sollte nicht darin lesen können wie in einem ausgeweideten Rehkadaver. Gott, was für ein schräges Bild.

»Das schaffe ich schon alleine!«

»Ich verstehe dich nicht, erst willst du von mir lernen, wie du das ganze Krankenhaus bestechen kannst, und dann …«

»… und dann will ich eben nicht mehr das ganze Krankenhaus bestechen. Im Übrigen verstehe ich dich auch nicht. Lass es einfach. Alles wunderbar. Übermorgen fliege ich zurück nach Deutschland, dann hast du wieder freie Bahn.«

»Was heißt *das* denn?«

O nein, sie würde ihm nicht antworten, sie hatte sich schon jetzt fast um Kopf und Kragen geredet. Valentina ging in ihr Zimmer, machte die Tür hinter sich zu und lauschte. Er stand noch immer da, vor dem Sofa. Was wollte sie, dass er tat? Noch nicht einmal darauf wusste sie eine Antwort. Doch, sie wusste es, sie traute sich nur nicht, es überhaupt zu denken. Hatte sie alles falsch gemacht in ihrem Leben – so wie Sofia? Eine Zeit lang passierte nichts. Endlich hörte sie Bodendielen knarren, dann wieder Stille.

Er war weg. Alles war zu spät. Sie kniete sich vor das Bett, legte den Kopf auf die Matratze und weinte. Erst nach einigen Minuten fiel ihr ein, dass sie Papa in genau dieser Position gefunden hatte. Noch mehr Tränen.

29

Das erste Mal, dass sie ohne Angelina auf dem Flur saß. Das erste Mal, dass es ruhig war, nur die Neonlampen gaben unangenehme, kaum hörbare Geräusche ab. Die Stühle waren verwaist, die Fahrstuhltür wie an den Tagen zuvor verschlossen. Valentina starrte auf das Schild über der milchigen Glastür. Mittlerweile wusste sie sogar, was U.T.I.R. bedeutete:

UNITÀ TERAPIA INTENSIVA RIANIMATORIA.

Sie war zu früh, der nette Signor Pipia von der Pforte hatte sie mit einem Augenzwinkern eine halbe Stunde vor der Besuchszeit hineingelassen. Am Pulk der Wartenden vorbei. Lautstarke Proteste folgten, die er souverän abschmetterte. »Lassen Sie die Signora passieren! Es ist wichtig!«

Oben könne sie sich ein bisschen ausruhen, sie sehe müde aus, hatte er zu ihr gesagt und ihr ›Alles Gute!‹ hinterhergerufen. Warum ausgerechnet heute? Nur weil Sonntag war? Egal. Gutes konnte sie wahrlich jede Menge gebrauchen.

Kein Mensch war zu sehen, noch nicht mal einer der Gelben von der Putzkolonne. Ein dünnes Surren drang von draußen herein, das waren die Elektrokarren, die über das Krankenhausgelände fuhren. Valentina lehnte ihren Kopf an die Wand und dachte an die vergangenen Tage zurück. Sie sah sich selbst hier auf diesem Stuhl, umgeben von Menschen, mal mehr, mal weniger, die in einem Zeitraffer um sie herumwuselten, Ärzte und Nonnen, die rasch vorbeihasteten, es wurde hell, es wurde dunkel, während Angelina, der einzige Fixpunkt auf dem Stuhl neben ihr, die Geschichte erzählte.

Valentina schreckte hoch, sie war tatsächlich eingenickt. Ein ansteigendes Gemurmel erklang zwischen den Wänden des Krankenhauses, Schritte näherten sich. Besuchszeit. Die Familien kamen die Treppe herauf, wie jeden Mittag strömten sie nach oben, breiteten sich in den Fluren aus, nahmen die Stühle in Beschlag. Immer wieder die bekannten Gesichter, manchmal eine neue Gruppe besorgter, aufgelöster Verwandter. Die Krankheitsgeschichten machten schnell die Runde, es wurde geweint, getröstet, geklagt, geseufzt, gestöhnt – mal theatralisch, mal aus echter Verzweiflung – und Mut zugesprochen.

»*Novità! Novità!*« Angelina kam auf Valentina zugeschossen, so schnell ihre Körperform es zuließ, und umarmte sie. »Große Neuigkeiten! Jemand von uns darf heute zu Irma! An ihr Bett! Ist das nicht großartig?«

Oh! Und dafür hatte wirklich niemand bezahlt? Valentina versuchte die Menschenmenge zu überblicken. An diesem Sonntag waren die Mitglieder der Familie Vitale besonders zahlreich erschienen. Sie erkannte alle Brüder – sogar Pinu wurde von seiner Lieblingsnichte Laura auf einen Platz geleitet –, ihre Frauen und natürlich die Schwestern Agata, Maria und Lina.

»Mimma kann heute nicht dabei sein, ihr Mann hat sich einen Nagel in den Fuß getreten. Concetta kommt später, muss Valerio, ihren Jüngsten, zur Bahn bringen. Er fährt heute mit den Freunden das erste Mal alleine nach Palermo!«

»Valentina!« Sie schaute auf. Antonio, genannt 'Ntoniu, hatte sich vor ihr im Kreise der anderen Geschwister aufgebaut: drei Jahre jünger als Pinu, so kahl wie Isidoro, so klein wie Tuzzu, große Ohren, netter, scharf geschnittener Mund. Ein Clownsgesicht. Der Arme hatte als kleines Kind schon arbeiten müssen, fiel Valentina ein, hatte Heu für Matratzenfüllungen gesammelt und mit seinem Vater Kuhfladen und Pferdeäpfel auf dem Karren ausgefahren. Er knetete seine Hände.

»Da ist noch was, das wollten wir dich fragen«, setzte Antonio zu sprechen an. »Wir haben ja gewartet, aber jetzt, nach fast zehn Tagen, ist es vielleicht an der Zeit. Hat unser Bruder Enzo, die gute Seele, irgendetwas aufgeschrieben?«

»Er meint, ob er ein Testament gemacht hat. Daran gedacht, seinen Letzten Willen zu hinterlassen?«, unterbrach ihn jemand ungeduldig. Es war Enrico, vier Jahre jünger als Antonio. Er trug ein lavendelfarbenes T-Shirt, und an der dicken Goldkette um seinen Hals baumelte ein Kreuz. Er sah aus wie ein gealteter Rapper. Im Alter von zwei Tagen war er bei der Flucht vor den Bomben fast in einem Wassereimer ertrunken. Und aus dem Wettstreit mit Antonio um die Nachbarstochter als Sieger hervorgegangen.

»Bei unserem Notar in Camaro liegt nichts, den habe

ich angerufen«, sagte er mit tiefer Stimme. Valentinas Herz klopfte. Jetzt war der Moment gekommen, es ihnen zu sagen. »Wenn da für uns Geschwister oder für Irma selbst etwas ist, könnten wir es jetzt für sie ausgeben. Ich meine, ich bin Maurer, kein Arzt, ich weiß nicht, was sie braucht, aber was es auch ist – wir sollten nicht daran sparen, und wenn wir sie doch nach Bergamo verlegen lassen ... Wer weiß, vielleicht hilft es ja.«

Allgemeines Getuschel, Bergamo war offensichtlich noch nicht vom Tisch, es schien immer noch eine gewisse Magie auf die Familie auszuüben.

»Ja, also ...«, sagte Valentina und stand auf. Schlagartig wurde es still. Auch die anderen Familien um sie herum senkten die Stimmen, um mehr von dem wichtigen Thema mitzubekommen. »Er hat aber anscheinend kein Testament hinterlassen, ich habe jedenfalls nichts gefunden. Wahrscheinlich hat er noch nicht damit gerechnet, so früh ...« Sie zuckte beschämt mit den Schultern.

»... zu unserem Herrgott gerufen zu werden. Gott habe ihn selig!«, beendete Angelina Valentinas Satz und schlug das Kreuzzeichen. Alle taten es ihr nach. Auch Valentina, die die Zähne zusammenbiss und sich wieder setzte. Sie hatte es tatsächlich getan, hatte alle angelogen, nur um mit möglichst viel Geld von Sizilien nach Deutschland zurückzukehren. Sie wollte hier weg. Wollte sich aus Scham für immer in ihrem stillen Büro hinter ihren Übersetzungen verkriechen. Nichts mehr sehen, hören, fühlen, eine unaufgeregte Beziehung mit Eric führen ...

Antonio räusperte sich. Valentina zog den Kopf zwischen die Schultern. Was denn nun noch? Ihr Gesicht brannte.

»Gut. Das ist auch nicht so wichtig. Aber wir haben gestern beschlossen, dass *du* es sein sollst, die als Erste zu Irma darf.«

Valentina merkte, wie ihr noch mehr Blut in die Wangen schoss. »Nein! Das kann ich nicht annehmen!«

»Doch, natürlich!« Angelina umarmte Valentina so stürmisch, dass ihr dabei die Brille von der Nase rutschte und an ihrem Kinn hängen blieb. »Irma hat es sich immer so sehr gewünscht, dass du nach Sizilien kommst! Schon seit Jahren redet sie davon. Immer wieder. Sie hat nie verstanden, warum du ihre Einladungen nicht angenommen hast«, rief sie und schob die Brille zurück an ihren Platz. »Aber nun bist du da! Wenn sie dich hört, dann wird sie, dann *muss* sie aufwachen!«

»Du musst dich gut verpacken! Mit sterilen Sachen und so. Bringst ja sonst den ganzen Dreck von draußen zu ihr rein«, sagte Antonio.

»Wann? Wann kann ich zu ihr?!«, stotterte Valentina.

»Die *dottoressa* holt dich, sobald es möglich ist. Nachdem die Familien im blauen Zimmer waren.«

Gott sei Dank ist Angelina mitgekommen, dachte Valentina, nachdem sie endlich die geheiligte Tür zur Intensivstation passiert hatte und sich nun in einem unspektakulären, stickigen Vorraum umziehen musste. Angelina hatte ihr in den langen weißen Kittel geholfen, eine Haube aus Vliesstoff über ihre Haare gestülpt, Überzieher aus demselben Material über die Schuhe gestreift und war nach getaner Arbeit neben ihr sitzen geblieben. Umständlich putzte Angelina ihre Brille mit einem Taschentuch, kramte in ihrer Handtasche nach etwas, dann saß sie wieder bewegungslos da. Valentina strich den Mundschutz auf ihrem Oberschenkel glatt, den würde sie erst später vor Irmas Zimmer anlegen.

Krankenhausgeklapper und Gemurmel, leise quietschende Schritte von den verschwommenen, grün gekleideten Gestalten, die an der Milchglastür vorbeihuschten. Denen war egal, ob sie hier saß. Nebenan stieß ein Gerät alle paar Minuten einen schrillen Warnton aus, der aber niemanden zu beunruhigen schien. Valentina zitterte vor Anspannung. Endlich durfte sie an Irmas Bett stehen! Würde sie es schaffen, Irma aus ihrer Welt herauszuholen, oder hatte sie sich schon zu weit entfernt, um Valentina überhaupt hören zu können?

»Mach dir nicht allzu große Hoffnungen«, hatte Eric am Telefon gesagt. »Das kann dauern. Auch wenn sie vielleicht etwas hört oder fühlt, ist es unwahrscheinlich, dass sie dich wahrnimmt oder sogar reagiert. Ist das jetzt fest mit dem Flug? Oder besteht die Gefahr, dass du wieder spontan umbuchst, Klein-Gerät? Habe keine Lust, morgen umsonst am Flughafen zu stehen!«

»Nein, nein, ich habe nicht umgebucht! 20.20 Uhr lande ich«, hatte sie ihn beruhigt, während sich ihr Magen aus Ärger über seinen letzten Satz zusammenzog. Sein ›ich liebe dich‹ vor dem Auflegen hatte sie schweigend übergangen.

Warum konnte sie ihm nicht das Gleiche zurücksagen?, überlegte sie jetzt. Sie liebte ihn doch, sie war nur nie so richtig verliebt in ihn gewesen, richtig verliebt war sie damals nur in Max. Das wusste sie, seitdem sie ihn wiedergesehen hatte.

Scheiße, Valentina, du liebst ihn gar nicht.

Man sagt nicht Scheiße. Und natürlich liebe ich ihn. Irgendwie.

Eric hasste es, wenn sie Scheiße sagte. »Scheiße, Valentina?!«, sagte er dann vorwurfsvoll. »Scheiße?! …« Sie sah Fragezeichen, Ausrufezeichen und die tadelnden Pünktchen in der Luft stehen.

Nein, tust du nicht. Du planst nur deine Zukunft mit ihm, ohne zu wissen, warum.

Scheißzukunft.

Valentina blies die Wangen auf, hielt die Luft an, ließ sie dann langsam wieder herausströmen und schaute Angelina von der Seite an. Wie sollte man hier sitzen, warten, warten, immer länger warten und sich nicht doch Hoffnungen machen?

Die Familiengeschichte war zu Ende erzählt, konnte also nicht mehr dazu herhalten, sie abzulenken. Aber Moment, nicht ganz. Was passierte mit Papa, nachdem er Irma weggegeben hatte? Und wie ging es Irma? War sie glücklich bei ihren neuen Eltern?

»Was war eigentlich mit meinem Vater? Er legte Pinus Frau seine Tochter Irma in die Arme, und dann?«

Angelina hob die Handflächen gegen die Decke und führte sie dann vor der Brust zusammen, als ob sie beten wolle.

»*Sì, sììì* … Enzo fuhr weiter Lastwagen. Auch wieder ins Ausland, bloß weit weg, Spanien, Frankreich, Deutschland, da hat er dann deine Mutter Martina, die deutsche Martina, kennengelernt.«

»Und mich bekommen. Zehn Jahre später …«

»Ja, auch das. Er hatte eine gute Partie gemacht, entschuldige, dass ich das so sage. Ausgerechnet Marmor, den liebte er doch so! Aber hat er seine Familie deswegen vergessen? Einen Teil davon wollte er vergessen, ohne Frage, aber er hat immer Geld geschickt, viel Geld. Pinu konnte sich alle paar Jahre die neusten, modernsten Prothesen anpassen lassen, die Onkel haben das Haus zu Ende bauen können, in dem sie jetzt fast alle wohnen, meine Mutter ja auch, das hat größtenteils dein Vater bezahlt.«

»Er hatte wahrscheinlich immer ein schlechtes Gewissen. Darum ist er auch nicht zurückgekehrt.«

»Nur einmal, mit euch. Da wollte er es uns allen recht machen, schwierig war das, wie du dir denken kannst. Wir haben ihn gefragt, wie es ihm so geht in Deutschland in seinem Geschäft. Aber er wollte nicht antworten. Schämte sich schon wieder. Diesmal, weil alles seiner Frau gehörte.«

»Ich glaube, als meine Mutter Papa heiratete, war richtig viel Geld da. Wir waren anscheinend reich, das habe ich aber als Kind nie gemerkt.« Valentina seufzte. Bei den evangelischen Großeltern hatte es zwar kein Fasten, kein Beten, kein Bußetun, aber auch sonst nichts gegeben, um den Wohlstand zu feiern. Keine Feste, keine Verrücktheiten, keine Begeisterung. Irgendwann hatte Valentina begriffen, weshalb sie als Kind so empfänglich für die heiligen Messen war, die Papa mit ihr besuchte. Die Kirchen waren herrlich geschmückt, es gab Gold im Überfluss, die Bilder waren brutal und gruselig, die Atmosphäre viel feierlicher und geheimnisvoller als zu Hause.

Der Reichtum war durch Enzos Großzügigkeit dahingeschmolzen. Die zwei roten Sparbüchlein, die sie nach seinem Tod auf dem Boden einer grünen Metallkassette gefunden hatte, gaben genaue Auskunft darüber. Die darin verzeichneten Summen waren in den Jahren vor dem Tod der Großeltern beeindruckend angewachsen, in der Zeit nach Martinas Weggang dann bis auf null runtergegangen. Mehrfach gelocht und mit einem lila Stempeldruck quer über alle Seiten, waren die Sparbücher jetzt als »Geschlossen« markiert.

»Meine Mutter hat das Marmorgeschäft ihrer Eltern gehasst. Es machte sie unfrei, weil erwartet wurde, dass sie eines Tages einen ›feinen, tüchtigen jungen Mann‹ heiraten würde, der das Marmorkontor übernahm. Nicht *sie* – sie sollte weiter als Schreibkraft oder vielleicht in der Buchhaltung arbeiten und dann Enkelkinder liefern. Der künftige Schwiegersohn! Mit der Wahl des kleinen – entschuldige bitte, Angelina –, bauernschlauen Sizilianers ohne große Schulbildung versuchte Martina, ihnen dann eins auszuwischen.«

Angelina lachte leise auf.

Valentina zuckte mit den Schultern. »Aber sie hatte nicht damit gerechnet, dass meine Großeltern ihn mochten. Als er dann begann, Geld nach Sizilien zu schicken, ging die Streiterei los. Martina hätte das viele Geld gerne mit vollen Händen verschwendet, an jeden, nur nicht den Sizilianern in den Rachen geworfen. Deine Familie da unten, die ist ein Brunnen ohne Grund, hat sie immer gesagt.«

Angelina verzog keine Miene.

»Fass ohne Boden heißt es im Deutschen«, übersetzte Valentina und hoffte, Angelina nicht gekränkt zu haben.

Martina hat sich ihre Freiheit von uns erkauft, indem sie die Firma zur Hälfte an mich überschrieb, dachte sie wütend. Die andere Hälfte ging an Noch-Ehegatten Enzo. In den Jahren ohne Martina hat Papa das Marmorkontor dann ordentlich heruntergewirtschaftet. Manchmal habe ich später irgendetwas unterschrieben, ohne mich darum zu kümmern, was. Und nun wahrscheinlich Bankrott. Insolvenz. Auch auf meinen Namen. Was für eine Überraschung!

»Und niemand hat Irma je erzählt, dass der reiche Onkel Enzo in Deutschland eigentlich ihr richtiger Vater ist?«, fragte sie Angelina, um sich nicht weiter von der schlechten Laune hinunterziehen zu lassen, die in ihr aufstieg.

»Nein, Giovanna und Pinu haben es ihr nie gesagt, und wir haben es ihr auch nicht verraten. So wie Enzo es gewünscht hat.«

Valentina dachte nach. Eine ganze Familie hatte über vierzig Jahre dichtgehalten, nur um Enzos Geheimnis zu bewahren, nur um seinen Wunsch zu erfüllen. Dabei redeten sie alle so gerne, machten Andeutungen, ließen sich genüsslich über das Leben anderer Leute aus.

»Sie weiß also nicht, dass ihr richtiger Vater gestorben ist. Soll man ihr es überhaupt sagen?«, dachte sie laut und schaute Angelina an. »Gut, dass sie noch Pinu hat! Warum ist Irma eigentlich zu uns gekommen, als meine Mutter mit ihrem Typ nach Kanada abgehauen ist? Das wird Papa euch doch sicher nicht haarklein gebeichtet haben.« Noch immer, dachte Valentina, noch immer hört man meiner Stimme an, wie übel ich Martina ihre Untreue genommen habe.

»Na weißt du, wir Sizilianer sind ja überall. Da gab es eine Frau bei euch da oben in, wie heißt die große Stadt in eurer Nähe noch?«

»Äh, große Stadt …? Die Kreisstadt, nein. Bremen?«

»Genau. Die war eine Cousine von Pietros Frau, sie hat uns immer auf dem Laufenden gehalten, wie es Enzo ging. Vielleicht hatte sie selber ein Auge auf ihn geworfen. Man kennt das doch …, aber ich komme vom Thema ab, wie früher in der Schule. Da stand auch oft ›Thema verfehlt‹ neben meinen Aufsätzen.

Irma wächst also mit ihren Großeltern und Eltern in dem Haus unter dem Felsen auf. Giovanna versucht, alle Krankheiten von dem kleinen Mädchen fernzuhalten, sie hängt ihr Amulette um den Hals und lässt sie besprechen, gegen Würmer, die ein Kind vergiften können, und gegen den bösen Blick. Die Leute sagen, mach dir nicht so viele Sorgen, sie ist doch an einem Freitag, den 17. geboren worden. Doppelte Unglückszeichen ergeben einen Glückstag und ein Glücksdatum. Aber Giovanna kann nicht anders, die schreckliche Angst, auch dieses geschenkte Kind, das auf so tragischem Wege zu ihr gekommen ist, zu verlieren, ist tief in ihr verwurzelt. Also verwöhnt sie das kleine Mädchen, liest ihm jeden Wunsch von den Augen ab. Als Irma älter wird, muss sie sich um nichts kümmern. Aber sie ist nicht etwa undankbar, nein, sie liebt ihre Mutter. Sie liebt alle dort im Haus, auch Mamma Ro', deren Augen immer schlechter werden, und *nonno* Pasquale, die beide von Giovanna versorgt werden. Pinu hat sich oben in einem der Zimmer eine Werkstatt eingerichtet, an der Wand hängen Käfige mit verschiedenen Vögeln darin, die den ganzen Tag singen. Pinu pfeift mit ihnen, er ist glücklich. Ein paar Jahre geht es ihnen richtig gut.

Doch Giovanna soll in diesem Leben anscheinend nicht viel Glück vergönnt sein, ihre Leber versagt eines Tages, dabei hat sie so gut wie nie Alkohol getrunken. Sie fühlt sich krank, wird gelb, wird lethargisch. Pinu steht hilflos an ihrem Bett, weder seine magischen Hände noch das Tuch können ihr helfen, innerhalb einer Woche ist sie tot! Er kann es nicht glauben, er sucht auf der Straße nach ihr, dabei liegt sie in ihrem Sarg im mit Kerzen geschmückten *salotto*, wo seine Eltern und seine Geschwister die Totenwache halten. ›Wir müssen erst Giovanna fragen‹, gibt er bei jeder Entscheidung, die er fällen soll, zu bedenken. Nach der Beerdigung bleibt er tagelang im Bett liegen, nur ganz langsam sickert die Wirklichkeit in sein Bewusstsein: Seine zweite große Liebe hat ihn ebenso wie die erste verlassen, so jung, mit kaum dreiundvierzig Jahren! Dabei hätte sie ihn doch überleben sollen. Auch für die siebzehnjährige Irma ist es ein Schock. Ihre liebevolle Mutter, die ihr abends die langen Haare kämmt und für die Nacht zu zwei Zöpfen flicht, die ihr mittags das Fleisch klein schneidet, falls es welches gibt, die einen feuchten Lappen parat hält, wenn sie ein klebriges Marmeladenhörnchen isst, ist fort. Irma, die nie etwas im Haushalt tun musste, der das Lernen immer leichtfiel, die sich aber nie festlegen mochte, was sie einmal studieren wollte, nimmt Giovannas Platz ein. Innerhalb kürzester Zeit lernt sie kochen und putzen. Wir haben es ihr gezeigt, ach, sie wusste ja gar nichts! Sie kümmert sich liebevoll um die Großeltern und natürlich um Pinu, der schließlich das Bett verlassen hat und nun den ganzen

Tag oben in der Kammer tatenlos vor seinen Leisten sitzt und mit Giovannas Foto spricht, das Irma für ihn hatte vergrößern lassen.

Mamma Ro' stirbt im Sommer 1990, mit zweiundsiebzig Jahren, kurz nach Pasquale. Ach, die Beerdigung war ein wahres Fest, so schön, so traurig, da wurde an nichts gespart. Wie eine Diva, wie eine Adelige ist Rosa zum Friedhof gefahren worden, auf einem Bett von Blumen, was haben wir alle geweint!«

Weder Martina noch ich waren dabei, dachte Valentina. Und Papa? War das in dem Sommer, wo ich zwei Wochen alleine mit Oma und Opa war, weil Martina plötzlich zur Kur musste? War sie zu diesem Zeitpunkt schon mit anderen Männern unterwegs gewesen? Wo hat sie den Kanadier, diesen Arnie, eigentlich kennengelernt?

»Innerhalb von zwei Jahren ist Irma also plötzlich alleine mit ihrem Vater Pinu in dem Haus unter dem Felsen.«

»Aber was war mit dem Haus von *La Signora*? Konnten die beiden da nicht endlich einziehen?«

»Aah, *La Signora*. Die! Nein, nein, noch geht es nicht, sie lebt ja immer noch, stell dir vor. Fast hundert Jahre alt ist die alte Hexe geworden, und ihre Angestellte, die Dienerin, ist auch schon weit über siebzig. *La Signora* gibt nicht auf, sie ernährt sich nur noch von einem Brei aus Kleie und Wasser und sitzt in ihrem Palazzo wie eine dürre, von Altersflecken übersäte Spinne! Ach, was sage ich, da war kein Fleck mehr zu erkennen, ihre Haut *war* der Fleck. Ich habe sie kurz vor ihrem Tod noch mal gesehen. Kein schöner Anblick, so viel Hass in ihren Zügen, Vale, immer noch so viel Hass! Zwei Tage vor dem Hundertsten hat sie der Herrgott dann gnädig erlöst.« Angelina schlug das Kreuz. Valentina machte es ihr automatisch nach.

»Irma wird eine Arbeit in der *comune* angeboten, ein Posten bei der Gemeinde, du weißt schon, um den sich alle reißen, auf dem man nicht viel tun muss und der dennoch ein sicheres Einkommen beschert. Jemand hatte ein Auge auf sie geworfen, wollte sich einschmeicheln bei ihr ... Den Posten hat sie genommen, den Mann nicht.«

»Das habe ich mich schon immer gefragt, warum hat Irma eigentlich nicht irgendwann geheiratet?«

»Oh, das kann ich dir nicht sagen. Sie wurde von allen geliebt, hatte viele Freundinnen in der Schule, war aber doch eine Einzelgängerin. Nein, ich will es anders sagen: eine Anführerin. Eine einsame Anführerin. Bewerber gaben außer diesem einen in der *comune* noch mehrere, und sie ging auch mit dem einen oder anderen jungen Mann aus. Daraus ergab sich aber nichts von Bedeutung. Als junges Mädchen trug sie den Kopf in den Wolken, dachte, alles stünde ihr offen.«

»Hier auf Sizilien?«, wagte Valentina zu fragen.

»Na ja, im Rahmen der Möglichkeiten für Mädchen natürlich ... In den zwei Jahren, die dann folgten, die sie zu Hause mit Pinu und in den Amtsstuben der Gemeindeverwaltung verbrachte, hat sie sich von der Welt zurückgezogen. Wir, die Frauen aus der Familie, versuchten, sie auf andere Gedanken zu bringen. Wir boten ihr an, Pinu zu uns zu nehmen oder zu bekochen, falls sie mal ein Wochenende mit einer Freundin auf Sizilien herumreisen wollte, mal ein bisschen was von der Welt sehen, nicht wahr? Wir haben hier ja auch viele schöne Plätze, die man besucht haben sollte. Taormina zum Beispiel. Warst du schon mal in Taormina?«

Valentina schüttelte den Kopf.

»Dann begann eine Zeit, da reiste sie recht oft, es gab da so Busfahrten, ganz günstig, manchmal bis rüber nach Calabrien, Apulien, Rom. Und eines Tages sagt sie zu uns: Ich weiß jetzt, wo mein Glück liegt! Nun ja, wir dachten natürlich, sie hätte vielleicht einen netten Mann kennengelernt. Aber Irma sagte: ›Mein Traum ist es, fremde Sprachen zu studieren, Englisch und Deutsch.‹ Ausgerechnet Deutsch!

Als sie erfuhr, dass ihr vermeintlicher Onkel in Deutschland ohne Frau dasteht, wollte sie unbedingt dort hinfahren. Da war sie einundzwanzig. Pinu hat es ihr sofort erlaubt, er war nicht in der Lage, ihr einen Wunsch abzuschlagen, so sehr hat er sie geliebt. Und wir? Wir haben sie unterstützt, natürlich. Pinu konnte bei seiner jüngsten Schwester Concetta wohnen, die beiden hatten sich schon immer gut verstanden, und unten im Keller des neuen Hauses gab es genug Platz für seine Werkstatt. Doch wir versuchten sie von ihrem Ziel abzubringen, schlugen das schöne München vor, *Monaco di Baviera*, mit seinem Oktoberfest, auch dort hätte es Verwandte gegeben, oder England, in Cardiff lebt eine Schwester von Isidoros Frau, aber sie hatte nun mal den Eigensinn einer bestimmten Person geerbt, das wussten alle.«

»Was war mit den Prophezeiungen?«

»Du hast ein recht gutes Gedächtnis, was?«

»Du hast gesagt, sie hat von mir geträumt ...«

»Nun ja. Sie hat immer wieder von einem Regen geträumt, von Onkel Enzo, den sie kaum kannte, und einem kleinen Kind inmitten von Blüten.«

»Das war ich?«

»Oder sie selbst, wer weiß …?«

»Signora Vitale, wir können dann!« Die Krankenschwester schaute in ihrem türkisgrünen Anzug zur Tür herein, ein müde lächelndes Nickelbrillengesicht, schon wieder auf dem Sprung. Valentina holte tief Luft, sie steckte noch im Blütentraum von Irma, die sich, von einem unsichtbaren Draht gezogen, nach Deutschland zu ihrem leiblichen Vater begeben hatte.

Sie hatte plötzlich Angst. Sie war hier, um Irma aufzuwecken, was war, wenn sie irgendetwas verkehrt machte? Sie hatte sich schon so daran gewöhnt, Irma auf einem Monitor zu betrachten, dass ihr die Aussicht, tatsächlich an ihrem Bett zu stehen, irgendwie beängstigend vorkam. Was Irma wohl anhatte? Durch die Schwarz-Weiß-Kamera war immer nur weißer Stoff zu sehen, dazu viele Kabel, die darunter verschwanden, wahrscheinlich für Elektroden, die an ihrem Oberkörper befestigt waren.

»Ach, Angelina?«

»Ja, was denn, meine Liebe?«

»Ich …« Valentina wollte endlich gestehen, dass sie gelogen hatte, dass sie sich deswegen für die Liebe und das Vertrauen schämte, das die Menschen in ihrer Familie ihr entgegenbrachten. Doch schon zogen sich die Worte wieder zurück, waren plötzlich nicht mehr verfügbar.

»Schon gut, Schatz, wir alle möchten, dass du es bist. Bei dir wird sie am stärksten reagieren. Nur Mut! *Coraggio!*«

30

Ich bin furchtbar. Ich habe es nicht geschafft. Sie wird noch monatelang dort liegen, ihr Körper wird einfallen, wie er es jetzt schon langsam tut, sie wird vergehen, ihre schöne Haut wird noch grauer und schlaffer werden, ihr Haar noch stumpfer. All die grüngelben Flecken am Handrücken, wo die Kanülen stecken und miteinander wetteifern, wer sie am meisten quälen kann, werden sich weiter verfärben. Sie wird weiterhin künstlich beatmet werden, am Tropf hängen, gewaschen, gedreht und gewendet. All die Mühe, aber wofür, wenn sie doch nie mehr aufwachen soll? Wer entscheidet das? Irgendein Gott? Eine Kraft, eine Macht? Der Macht ist es egal, ob sie da liegt oder nicht! Eine gleichgültige Macht. Scheißegal ist es ihr! Valentina sagte es mehrmals laut vor sich hin: »Scheißegal!« Sonst wäre doch längst etwas geschehen. *Ich* kann nichts tun. *Ich* kann wirklich nichts tun. Ich bin furchtbar. Die Sätze kamen wie von selbst, durchzogen hämmernd ihr Gehirn und wiederholten sich. Wiederholten sich den ganzen Weg zurück zur Sprachschule.

Valentina hatte Irmas Hand gehalten, gedrückt und gestreichelt. »Gib mir ein Zeichen«, hatte sie ihrer Halbschwester zugeflüstert, »wenn du mich hörst.« Doch es passierte nichts. Die EKG-Ausschläge am Monitor beschleunigten sich nicht, keine Regung, kein Zucken in Irmas blassem Gesicht, als sie ihr erzählte, dass sie in der Sprachschule auf sie warten würden. »Alle freuen sich auf dich: Fredo, die Katze, die *Napolitana*, dieser Radel-Giorgio und natürlich Gábbrie und ich!« Ihre Stimme war lauter geworden, als sie sich über sie beugte. »Irma, ich warte auf dich, damit ich dir erzählen kann, wie schlimm ich mich benommen habe, damit ich endlich nach Hause fahren kann! Hörst du, du musst wissen, was für eine miese Schwester ich bin! Denn ich *bin* deine Schwester, leider keine gute …« Die Tränen waren Valentina über das Gesicht gelaufen und auf eine der Elektroden getropft, die aus dem Ausschnitt ihres Krankenhaushemdes hervorlugte. Keine Reaktion. Die Krankenschwester war hereingekommen. »Wir wollen unseren Patienten nicht schocken oder in Tränen ertränken, sondern mit vertrauten, angenehmen Dingen in Berührung bringen!«, hatte sie gesagt und hinter ihrer Nickelbrille missbilligend mit den Augen gerollt.

Valentina warf einen Blick auf ihre Armbanduhr. Gerade mal zwölf, eigentlich noch früh, obwohl die Stunden im Krankenhaus so zäh verstrichen waren. Während sie die Stufen hochging, bemerkte sie, dass der Rollladen vor dem Torbogen halb hochgezogen war, sie beugte sich über die Brüstung, wollte Pinu zuwinken, doch hinter der Fensterscheibe war es dunkel, sie konnte nichts erkennen. Im Büro traf sie auf Gábbrie, die vor dem Computer saß.

»Schon wieder so viele Mails, gut, dass du gekommen bist, kannst du die beantworten, ja?«

»Ist Pinu da?«

»Der *calzolaio*? Ja, ist da. Machst du aber noch die Mails später? Wenn die auf Italienisch fragen, schreibe ich zurück, aber Deutsch kann ich nicht.«

»Natürlich. Wenn die Mails nicht schnell beantwortet werden, gehen die Schüler doch sofort zur Konkurrenz! Hat mir eine schlaue Person gesagt.«

Gábbrie grinste. »Schlaue Person …«, murmelte sie, ohne Valentina dabei anzuschauen, denn sie tippte schon wieder mit zwei suchenden Fingern auf der Tastatur herum.

Im Keller angekommen, stürmte Valentina durch die Vorhalle, klopfte nicht einmal, sondern riss hastig die Tür auf. Sie musste an sich halten, um sich nicht von innen dagegenzulehnen. So was sah man nur in Filmen, in schlechten Filmen.

»Hohoo! Schau mal, wer da ist!«, kam es aus dem dunklen Raum.

»*Ciao*, Onkel Pinu. Entschuldige, dass ich hier so reinplatze. Ich kann da draußen nicht langsam gehen. Ich muss einfach rennen …«

Er schüttelte den Kopf und lachte leise in sich hinein. Das Lachen ging in Husten über, einen trockenen, tief sitzenden Husten.

»Nimm sie einfach nicht ernst, zu Lebzeiten war sie gewohnt, andere Leute einzuschüchtern, also versucht sie es auch aus dem Jenseits noch«, sagte er, als er wieder zu Atem gekommen war. »Aber bei mir hat sie keine Chance. Wollte mir gerade einen Tee machen, möchtest du auch einen?«

Valentina begleitete ihn in die Küche, wo auf dem Herd schon Wasser in einem offenen Topf kochte. Pinu nahm einen weiteren Becher aus dem Schrank, holte zwei grüne Blätter aus einem Glas mit Schraubverschluss und ließ jeweils eines in einen Becher fallen. »Lorbeertee«, sagte er. »Jetzt muss noch Honig hinein, und dann, ganz heiß, in kleinen Schlucken getrunken, wirkt er Wunder gegen Bronchitis. Und auch gegen schwache Nerven und Traurigkeit.« Valentina schaute ihn an. Dieser kleine Schuster schien zu wissen, wie es in ihrem Inneren aussah.

Mit den Tassen in der Hand gingen sie in den Salon, in dem noch mehr Lederstreifen und Lederabfälle auf dem Boden lagen als am Tag zuvor. Wieder setzten sie sich an den halbrunden Tisch. Beide rührten sie lange in ihren Tassen, obwohl der Honig sich längst aufgelöst hatte, und tranken dann schweigend den heißen, süßen Tee. Etwas löste sich in Valentina, ihre Nackenmuskeln gaben ein wenig nach. Mit einem Mal spürte sie, wie verkrampft ihr ganzer Körper bis dahin gewesen war, wie sehr ihr die Stunden im Krankenhaus zugesetzt hatten, wie sehr sie gehofft hatte, Irma durch ihre Gegenwart aus dem Koma zu lösen. Valentina fing Pinus Blick auf. Nachdenklich. Ernst. Zufrieden.

»Warum …?«, setzte sie an.

Warum was? Was wollte sie ihn fragen? Warum und wie er so oft überlebt hatte? Was ihm geholfen hatte, den Verlust von so vielen geliebten Menschen zu überstehen?

Wie er sein Leben aushielt? Valentina presste die Lippen zusammen. Sie musste diese Frage jetzt stellen, auch auf die Gefahr hin, keine Antwort zu bekommen. Aber dann sagte sie etwas völlig anderes.

»Ich stand gerade an Irmas Bett, aber ich hatte keinen Erfolg. Sie hat mich nicht gehört. Kein Zeichen gegeben. Nichts. Sie ist schon fast weg.« Sie trank den Tee aus, wie die letzten Schlucke einer rettenden Medizin. »Ich habe solche Angst, dass Irma stirbt!« Meine Güte, du solltest den alten Mann nicht so aufregen. Doch Pinu schaute nur auf das Foto, das in seinem silbernen Rahmen auf dem Tisch stand.

»Nein, nein. Keine Angst. Sie wird wieder aufwachen. Ich weiß es«, sagte er ruhig, ohne das Foto aus den Augen zu lassen. »Sie haben es mir gesagt, meine beiden, sie haben es mir gestern gesagt, dass Irma wieder aufwacht. Haben sich Zeit gelassen.« Er zuckte mit den Schultern. »Als ich hörte, dass mein Bruder Enzo, die gute Seele, nicht mehr unter uns ist, da kamen so viele Bilder, die machten mich ein paar Tage stumm. Konnte an nichts anderes mehr denken. Habe sie nicht mehr gehört. Aber jetzt …«

Valentina schüttelte den Kopf. Seine verstorbene Mutter und seine tote Frau sagten ihm, dass Irma wieder aufwacht? Das war doch ein Scherz, oder? Mit einem Mal bemerkte sie, dass sie ihn heftig beneidete, sie wollte auch gerne an irgendetwas glauben, wollte den Toten zuhören und vertrauen, doch sie konnte es nicht. Woher nimmst du das, wollte sie ihn fragen, woher nimmst du diese Überzeugung, dass alles gut wird? Du hast keinen Grund, an irgendetwas zu glauben und den drohenden Tod deiner

Tochter abzustreiten. Du solltest schlauer sein, das Leben hat es dir bewiesen, und zwar ziemlich erbarmungslos!

Sie musste sich zusammenreißen.

»Aber du hast so viele traurige Sachen erlebt«, sagte sie, leiser als beabsichtigt, fast flüsternd.

»Ach, traurige Sachen! Das Leben hat mir doch auch so viele Geschenke gemacht!«

»Geschenke?«

»L'amuri«, sagte er, *»l'amuri* ist ein Geschenk. *L'amuri*, tut weh, die Liebe tut weh, wenn man sie verliert. Und gefährlich ist sie! Je mehr du liebst, desto größer könnte der Schmerz sein.«

Valentina atmete tief ein. Der Schmerz. Den verdammten Schmerz kannte sie. Daran gemessen musste ihre Liebe ja riesig gewesen sein.

Pinu schaute sie forschend an. Noch einen Tee?, wollte sie aus Verlegenheit fragen, doch sie brachte keinen Ton heraus.

»Aber die Liebe nie gehabt zu haben ist viel schlimmer, ist das Schlimmste, was einem im Leben passieren kann«, sagte er bedächtig. »Ich habe meine beiden hier, ich habe Irma, ich habe so viel!«

Ich habe so viel, sagte dieser kleine Mann, den das Schicksal alle paar Schritte hochgeschleudert und wieder fallen gelassen hatte, der nach jedem Glück, an dem er sich aufgerichtet hatte, wieder brutal umgestoßen worden war!

Er nahm ihre Hand in seine beiden schwarz verfärbten Hände, sie spürte die eigenartige Kraft, die immer noch von dem alten Mann ausging, und plötzlich verstand sie ihn.

Die Liebe war es.

Ganz einfach.

Er wurde geliebt. Von Mamma Ro', seinen Geschwistern, Sofia, Giovanna, Irma. Und er liebte. Was immer ihm auch geschehen war, seine Liebe hatte ihn nie verlassen.

»Wehr dich nicht dagegen. Das Leben hat noch so viel mit dir vor. Du bist jung!«

»Na ja, einunddreißig!«

»Ich werde dieses Jahr siebenundsiebzig, ich bin alt und ein wenig müde, aber sterben, nein, sterben werde auch ich noch lange nicht!« Er lächelte verschmitzt, wie ein kleiner Junge, und Valentina sah, wie gut er einmal ausgesehen haben musste. Spencer Tracy.

»Trau dich, es ist ein Risiko, aber ohne Liebe, ohne Trauer, ohne Schmerz ist das Leben nichts. Wenn du nichts fühlst, bist du tot!«

Valentina schnappte nach Luft. Nein, sie war noch nicht tot wie *La Signora*, sie fühlte noch, und zwar so einiges!

»Danke!« In einer plötzlichen Anwandlung beugte sie sich runter zu seinen Händen, die ihre Rechte noch immer umschlossen hielten, und küsste die, die obenauf lag. Es war die Hummerhand, die da weich auf ihre Lippen traf.

31

Als Valentina ihn anrief, nahm er sofort ab.

»Pronto!«

»Max! Ich würde mich gerne bei dir entschuldigen, für alles. Geht das?«

Er lachte. »Titina! Was ist los?« Erst dann bemerkte er seinen Fehler. »Oh, *scusa*, ist mir so rausgerutscht.«

Titina! Ihr wurde warm im Bauch, wie gerne würde sie jetzt mit ihm schlafen. Ihn an sich ziehen, ganz fest. In diesem Moment. Sofort. Sie starrte auf die Blätter der Palme und wünschte ihn sich so sehr herbei, dass sich ihr Herz aufblähte wie ein … Ja, wie denn? Wie ein Kopfkissenbezug im Wind. Sie sollte all die komischen Bilder aus ihrem Kopf wirklich mal aufschreiben. Nur so zum Spaß.

»Ich war bei Irma, sie ist nicht aufgewacht, natürlich nicht. Ich weiß auch nicht, was ich erwartet habe. Es war total deprimierend und traurig. Aber ich habe auch mit Pinu gesprochen, und danach war ich irgendwie glücklich. Ich glaube, ich drehe langsam durch.«

»Äh, Valentina, ich arbeite.«

»Du arbeitest am Sonntag?! Aber bevor ich morgen

Abend zurückfliege, muss ich dir sagen, was ich entdeckt habe. Es ist wichtig, bitte!«

»Na gut. Ich muss noch etwas vorbereiten, aber wir könnten uns dann direkt hier in der Chiesa Santa Maria della Pietà an der Via Umberto treffen.«

In dieser Kirche hatte der Trauergottesdienst für Papa stattgefunden. Sie konnte sich kaum mehr erinnern, wie es darin aussah. »Okay? Wann?«

»Heute Nachmittag, so um fünf?«

»Gut. Und Max …?«

»Ja?«

»Ich komme allein.«

»Ich auch, was dachtest du denn?«

Na, vielleicht, dass du eine Handvoll Stewardessen mitbringst und einen Kurs *Wie schleppe ich am schnellsten deutsche Männer auf Sizilien ab* hältst, dachte sie.

Valentina strich unruhig durch das Haus, bis fünf waren noch mehrere Stunden herumzubringen. Sie suchte nach etwas, wusste aber nicht genau, was es war. Sie wollte noch etwas Nützliches, Sinnvolles tun, bevor sie wieder abreiste. Morgen schon! Unfassbar. Als sie in Irmas Büro vor den Regalen stand und ein paar nagelneue Schreibhefte zwischen den Büchern entdeckte, hatte sie plötzlich eine Idee.

In der Küche saß Fredo schon am Tisch und wartete auf die Lasagne, die aus dem Ofen duftete und langsam eine gebräunte Kruste bekam. Valentina begrüßte ihn und strich ihm zärtlich über seine zurückgekämmten Haare. Er ließ es sich wie ein zahmes Haustierchen gefallen.

»Fredo, du kommst doch im September zur Schule.«

»Ja, endlich komme ich in die Schule. Dann bin ich gut aufgehoben, sagt Mama.«

»Kannst du eigentlich schon die Buchstaben?«

»Ja. Alle. Alle, die ich für ›Fredo‹ brauche.«

»Willst du die anderen auch lernen?«

»Ja.«

»Gut. Ich bringe sie dir bei. Wir fangen mit dem A an, wir fangen mit dem Wort ›Ave‹ an, wie ›Ave Maria‹. Das war nämlich *mein* erstes Wort. Okay?«

Fredo nickte begierig, und seine Augen wurden ganz groß vor Erstaunen, als Valentina ein Schulheft und einen Bleistift vor ihn auf den Tisch legte.

»Für mich?!« Valentina nickte und schlug das Heft auf. Mit Inbrunst malte Fredo kurze Zeit später den Dachgiebel vom A nach und setzte den Querstrich so fest, dass kleine Rillen auf den Seiten darunter zurückblieben.

»Kommt Pinu heute hoch zum Essen, oder bringen wir es ihm wieder runter? Hier gibt es gar nichts für ihn, keinen Aufzug, keinen Treppenlift«, wunderte Valentina sich.

»Sagst du das Wort ›Treppenlift‹ besser nicht zu ihm«, warnte Gábbrie. »Er sagt zu Irma, wenn du mich damit hochfahren willst, ziehe ich aus!«

Gut, wenn er Treppen steigen wollte, würde sie ihn nicht davon abhalten.

»Vale, Vale, Vale!« Fredo zupfte an ihrem Ärmel. »Guck dir meine As an!«

»Großartig!«

»Und wer bringt mir die anderen Buchstaben bei, wenn du morgen weg bist?«

»Tja. Die Gábbrie. Oder die alte Dame, die *Napolitana*? Schreiben kann die auch …«

»Ich glaube nicht, dass die schreiben kann. Das hätte ich doch gesehen.«

»Na ja. Dann vielleicht deine Mama.«

»Ach, die hat ja keine Zeit ... Aber Max'e. Max'e kann bestimmt schreiben.«

»Du kennst Max?«

»Ja. Der besucht ganz oft meine Mama und tröstet sie, weil sie so traurig ist. Wegen Papa.«

Valentina verzog das Gesicht. Natürlich, *bella* Elisa mit den Kulleraugen. Von der hatte er die Finger auch nicht lassen können. Max, du bist echt schrecklich, dachte sie und stellte fest, dass es möglich war, sich vor Eifersucht zu übergeben, sie dazu jetzt aber keine Zeit hatte.

Valentina hatte die Hand noch auf dem Klingelknopf, als Angelina schon die Tür öffnete. »Was machst du denn hier? So allein auf der Welt?«

»Allein? Äh, ich fühle mich gar nicht allein!«

»Ach, das sagt man doch bei uns nur so. Komm rein. Willst du was essen? Oder hast du schon gegessen?«

»Jaja. Danke.«

»Was hast du gegessen? War es gut?«

Valentina lächelte und gab sich geschlagen. So schnell kam man bei Angelina mit dem Essen nicht davon. »Lasagne. Von Gábbrie. Sehr gut. Zum Nachtisch eine Kindermilchschnitte für jeden. Auch für die Katze. Dann einen Espresso, keinen Mittagsschlaf.«

Angelina schüttelte bei der Kindermilchschnitte tadelnd den Kopf und führte Valentina ins Wohnzimmer. Umständlich räumte sie einen Platz auf dem Sofa von den golddurchwirkten Brokatkissen frei, wischte imaginären

Staub vom Tisch und rückte Nippesfigürchen und Bilderrahmen zurecht, während sie von ihrem eigenen Mittagessen berichtete. Wenn er Frühschicht hätte, käme Aldo gegen eins nach Hause, er schätze es sehr, wenn der Teller mit *minestrone* dann gerade in der richtigen Temperatur auf dem Tisch stände. Valentina hörte einige Minuten zu und bat Angelina dann, sich zu ihr zu setzen. Sie zögerte einen Moment. Wieder einmal hatte sie vor, eine Lüge zu erzählen. Aber wenn sie vor Angelina mit dem verbrannten Testament herausrückte, würde sie es zunächst nicht glauben wollen. Sich dann Ausreden für sie einfallen lassen. Und am Ende vermutlich bitter enttäuscht von ihr sein.

»Heute Nacht ist mir etwas eingefallen«, begann sie. »Und ich möchte, dass du Papas Geschwistern ausrichtest, was ich dir jetzt sage.«

»Was immer du mit dem Casa Rosa vorhast, Vale, es wird schon richtig sein, im Sinne von Enzo? Oder?«

»Im Sinne von Enzo, genau, das ist mein Stichwort! Ich habe es bis jetzt nicht erwähnt, weil ich nicht daran gedacht habe. Aber er hat es Irma vererben wollen!«

»Wann hat er das gesagt?«

»Ich weiß nicht mehr, als Irma zurückging, glaube ich.« Das war schön lange her und konnte schon mal vergessen werden.

»Aber das Casa Rosa, das bekommst du eines Tages von mir, hat er gesagt. Ich wusste ja damals noch nicht, was das Casa Rosa überhaupt war.«

»Und jetzt willst du mich fragen, was du tun sollst? Ach, Schätzchen, deine Erinnerung in Ehren, aber ich glaube, es gehört dir, Irma ist von Pinu und Giovanna adoptiert worden, sie besitzt bereits das Haus am Felsen.«

»Nein, ich will, dass sie es bekommt. Oder der Erlös daraus für sie verwendet wird! Bitte!«

Angelina schaute sie traurig an. »Valentina. Niemand rettet sich allein«, sagte sie dann und nahm sie in die Arme.

Ohne sich zu berühren, aber eng nebeneinander, standen Max und Valentina vor der Wandmalerei, auf der sich zwischen großen, abgeplatzten Stellen ein paar Heiligenfiguren tummelten. Max trug einen weißen fleckigen Overall, Handschuhe und feste Arbeitsschuhe.

»Dieses Fresko werden wir restaurieren, die Europäische Union hat ausnahmsweise mal Gelder bereitgestellt. Denn nachdem der *duomo* von Camaro 2001 fertig war und enorme Summen verschlungen hatte, wurde in den letzten zehn Jahren nichts mehr für dieses Gebiet bewilligt.« Er ging ein Stück zurück, breitete ein Tuch über zwei metallene Arbeitstische und deckte damit auch ein Gerät ab, das wie ein Kopierer aussah. Mit skeptischem Blick sah er den Männern zu, die begannen, vor der Wand ein Gerüst aufzustellen.

»Frag mich nicht, warum sie das ausgerechnet heute, am Sonntag, machen. Na ja, hier zu stehen und aufzupassen, nützt auch nichts. Wenn sie vorhaben, da oben eine Metallstrebe ins Fresko zu rammen, werden sie es dennoch tun …«, murmelte er.

»Ist es das, was du machen wolltest?«, fragte Valentina.

»Ja!« Seine Augen begannen zu leuchten. »Es ist eine große Herausforderung, man darf nie aufhören zu lernen, es werden ständig neue, immer bessere Techniken entwickelt.« Sie gingen dicht an den Wänden der Kirche entlang. »Leider sind vor ungefähr fünfzehn Jahren die Gesetze in Italien geändert worden. Ging es früher noch um Können und Qualität, bekommen heute diejenigen den Zuschlag, die das günstigste Angebot machen.« Er schaute sie unsicher an. »Interessiert dich das überhaupt?«

»Ja, natürlich!«

»So ein Fresko ist empfindlich, man sollte möglichst alles wissen über die Beschaffenheit der Pigmente, über den Säuregehalt, den Untergrund. Der Restaurator, oder Konservator, wie wir uns eher nennen, ist wie ein Arzt. Und wenn der nicht weiß, was er tut, stirbt ihm der Patient.«

Valentina schaute ihn nur an. Sie sah seinen Mund, der sich öffnete und schloss, seine Lippen, die sie so gut kannte und die sich wie in ihren englischen Romanen tatsächlich breit und wunderschön geschwungen über seine weißen Zähne legten.

»Ich bin für heute fertig. Nimmst du mich so mit?«

Sie schaute an ihm herab, er sah selbst in einem fleckigen Overall und derben Arbeitsstiefeln ziemlich gut aus. Ein alter, verschlissener Ledergürtel betonte wie zufällig seine schlanke Figur.

»Nein, war nur Spaß, ich ziehe mir eben was anderes an.«

Wir sind freundlich miteinander, neutral. Vielleicht, weil ich morgen Abend weg bin, dachte Valentina. Er hat mit Elisa gevögelt, hundertprozentig. Warum auch nicht. Ich fliege morgen, morgen Abend bin ich weg, wiederholte sie stumpf und hoffte, dass er ihre verweinten Augen nicht bemerkte. Sie hatte heulen müssen, als ihr Fredos kleine Hand in den Sinn kam, mit der er ihre Finger auf dem Weg nach Hause umklammert gehalten hatte. Sie würde diese Hand so vermissen. Einen längeren Weinkrampf hatte sie gerade noch mit äußerster Konzentration abwenden können.

Auch die *Napolitana* hatte sie gar nicht wieder loslassen wollen. »Mädchen, Mädchen«, hatte sie gesagt, »du hast ein großes Herz, aber du musst auch darauf hören, wenn es dir was sagen will.« Pah, großes Herz, wenn die wüsste, hatte Valentina gedacht und fast wieder zu weinen begonnen.

»Bar oder Meer?«, fragte Max, als er zwei Minuten später aus der Kirche zu ihr auf den Vorplatz trat.

»Meer.«

»Bier oder Wein?«

»Wein«, sagte sie.

»Rot und warm oder weiß und kalt?«

»Weiß und kalt, bitte!«

»*Sì, signorina*. Ich hole eine Flasche aus der Celentano Bar, dort haben sie einen, den man trinken kann.«

Sie gingen auf der Hafenmauer bis zum äußersten Ende des Beckens. Große Steine türmten sich unter ihnen als Wellenbrecher auf. Am Meer muss man nicht reden, dachte Valentina, man kann es stundenlang ohne Erklärung für das eigene Schweigen betrachten.

»Hier?«

»Hier!« Sie setzten sich und ließen die Beine ins Leere baumeln.

»Wie lange geht der Job dort in der Kirche?«

»Drei, vier Wochen. So genau kann man das nie wissen.«

»Wo wirst du wohnen? Bei Melanie? Bei Elisa?«

»Lass Elisa aus dem Spiel!«, fuhr er sie an und holte nach einer bösen Schweigepause den Wein aus der Plastiktüte, einen Korkenzieher und zwei durchsichtige Plastikbecher. *»Scusa!«*, sagte er. »Du weißt nichts über das Thema Elisa und nichts über mein Leben hier. Wir haben kaum mehr Zeit, also lass uns nur über uns reden. Bitte! Du wolltest mir etwas sagen.«

Valentina nickte. Sie hatten wirklich nicht mehr viel Zeit. Vielleicht sprang er ja auch in ein paar Minuten auf, gab wichtige Termine vor und verschwand …

»In London haben wir aus der Flasche getrunken.« Max' Stimme klang wieder unbekümmert. »Aber in Italien gehört es sich nicht, in der Öffentlichkeit zu trinken, das machen nur die deutschen Touristen. Also nehme ich wenigstens Gläser mit, habe ich gedacht.«

Er öffnete die Flasche, goss ein, sie tranken und schauten auf das graublaue Meer und auf die Sonne, die sich schon wieder Richtung Horizont bewegte. Möwen mit ihrem üblichen Gezeter am Himmel, ein leichter Wind, der die Plastiktüte flattern ließ.

»Du bist erwachsen geworden«, sagte Max.

Erwachsen? Valentina zuckte mit den Achseln. Das wäre früher kein Kompliment aus seinem Mund gewesen. »Und du?«

»Ich habe mich mit einundzwanzig erwachsener gefühlt als jetzt. Es klingt vielleicht komisch für dich, aber als ich damals entschieden habe, nach Italien zu gehen, war ich richtig glücklich. Ich habe mich ein halbes Jahr treiben lassen, und als ich endlich wusste, was ich wollte, habe ich hier bei Irma in Windeseile Italienisch gelernt und für die Aufnahmeprüfung am *Istituto* gebüffelt. Die Ausbildung hat mir Spaß gemacht. Und es war immer was los. Ich war nie allein.«

Valentina nickte, ohne ihn anzuschauen. Klar, was jetzt kam.

»Sicher, ich musste mich nie groß um Mädchen bemühen. In einer bestimmten Zielgruppe reichte es, wenn ich sie ansah, die Haare aus der Stirn strich und schief lächelte, dann konnte ich zusehen, wie auch ihr Mund sich zu einem Lächeln verzog. Aber ich kannte keine Intimität, keine besonderen Momente mehr, so wie es mit dir früher war. Selbst Sex war keine intime Handlung, alles war irgendwie banal. Nur so konnte ich anscheinend weiterleben.« Er nahm einen kleinen Stein von der Hafenmauer und warf ihn in hohem Bogen ins Wasser.

»Eine, Anneke hieß sie, Anneke aus Amsterdam, sagte es mir dann mal auf den Kopf zu: ›Irgendwo steckt sie in dir, die eine, die du nicht vergessen kannst. Da ist etwas passiert, deswegen benimmst du dich wie ein schrecklich sympathisches Arschloch gegenüber Frauen, deswegen kannst du nicht alleine sein, muss immer jemand bei dir sein.‹ Ich habe lauthals losgelacht, und sie lachte auch, aber in mir begann etwas zu zerren. Denn am liebsten hätte ich alles zugegeben, was ich nie zugeben konnte. Nur du solltest da sein. Aber das ging ja nicht. Bei dir hatte ich versagt.«

Valentina öffnete den Mund. Nein, das hast du nicht, wollte sie sagen, aber dann besann sie sich. Damals war es ihr so vorgekommen. Er hatte in ihren Augen versagt, denn er hatte sie nicht trösten können, es an ihrer Seite nicht ausgehalten. Es gab keine Annäherung, kein

Verstehenwollen, kein Begreifen. Sie hatte ihre Art der Trauer zum Maßstab gemacht. Und seine nie gelten lassen.

»Ich habe jeder gesagt, dass unser Verhältnis kein exklusives und sie gerade nur eine von vielen sei, nichts Besonderes. Ich erzählte den Mädchen immer das Gleiche, gab mir keine Mühe, spielte keiner etwas vor. Aber das macht einen Mann anscheinend nur noch begehrenswerter. Sie versuchen nur noch verbissener, dich zu bekehren, dich zu knacken.« Er zuckte mit den Schultern. »Mit zwei von ihnen war ich länger zusammen, einmal ein Jahr, einmal fast zwei. Rekord!« Er lachte auf. »Aber keiner ist es gelungen, mir wirklich nahezukommen, ihr Betteln, ihre Bemühungen hinterließen bei mir nur ein Gefühl der Leere.« Er nippte an seinem Glas. »Und du?«

»Ich? Ich habe es genau wie du gemacht.«

»Wie? Du hattest Affären? Hast rumgevögelt, dich verdrückt, sobald es ernst wurde?! Nein, Titina, das kannst du mir nicht erzählen!«

»Doch. Warum solltest nur *du* das können?« Sie könnte ihm jetzt alles heimzahlen. Das unruhige Ziehen der Eifersucht auf die vielen unbekannten Frauengesichter, die er geküsst hatte, auf die zahllosen weiblichen Körper, über die er sich gebeugt hatte. Sie *wollte* ihm alles heimzahlen.

»Ach komm! Wo? Und wie?! Entschuldige, aber mit deinem Vater im Nacken ...?«

»Nach meiner Ausbildung zur Übersetzerin habe ich mir im alten Schlachthof-Viertel ein Büro gemietet.

Äußerst passend für mich als Vegetarierin. Das war ein ehemaliges Massagestudio.«

»Ha!« Max lachte auf, abgehackte glucksende Laute, wie früher, wenn ihn etwas wirklich amüsierte.

»Da stehen mein Schreibtisch und meine Bücher drin, die Papyruspflanzen und eben noch so eine alte, hohe Liege. Wirklich bequem.«

»Nein. Ich fasse es nicht. Und wenn die Jungs sich dann wohlzufühlen begannen oder sich gar in dich verliebten, hast du sie abserviert.«

»Genau.«

»Kenne ich einen von ihnen? Jemand von der Schule? Wo hattest du die alle her? Wie viele waren es? Ach, will ich gar nicht wissen. Titina, du überraschst mich, echt!«

Es waren nicht viele, dachte Valentina, aber genug, denen ich wehgetan habe mit meiner Art. Hätte ich eine Party für sie gegeben, hätten sie alle in mein winziges Badezimmer im Büro gepasst. Na ja, wenn drei von ihnen in der Badewanne gestanden hätten. Flirten und unnahbar sein. Im Schlachthof-Viertel kümmerte sich niemand darum, wer bei mir ein und aus ging. Sogar bis nach Hamburg bin ich manchmal gefahren. Arabella freute sich, wenn ich sie besuchte, sie hatte den Soapdarsteller verlassen, war eine Stufe höher geklettert und lebte inzwischen mit einem eifersüchtigen Fernsehproduzenten zusammen. Zu dritt zogen wir dann los. Erstaunlich, wie schnell eine Frau auswählen kann. Nicht zu spät in der Nacht, denn dann sind die meisten schon zu betrunken. Ich war nicht bereit, irgendetwas für sie zu empfinden. Ich habe nur Gesichter angeschaut, Sprechweisen und Gesten gesammelt, ihre Körpersprache studiert. Habe mich ganz selten in Details verguckt. Oft bin ich auch vorher gegangen. Wenn mich etwas zu sehr an dich erinnerte. Wenn nicht, wenn die Bahn frei war, gab es auch mal Sex. Ich habe mich dabei ganz kalt beobachtet. Verlieben ausgeschlossen. Eigentlich habe ich es genau gemacht wie du …

Valentina war froh, dass Max ihre Gedanken nicht lesen konnte.

»Papa hat nichts gemerkt«, sagte sie zu ihm, »zu Hause passierte ja nichts, da war ich unverheiratete, brave Tochter. Ich habe acht Jahre lang Theater gespielt. Und vor anderthalb Jahren Eric getroffen.«

»Eric Loose, aus meiner Stufe!?«

»Nein, bist du wahnsinnig!« Sie lachte, lachte und konnte sich nicht beruhigen, bis ihr die Bauchmuskeln wehtaten. »Eric Loose! Also das dann doch nicht. Nein, er ist Orthopäde, hat sich neu niedergelassen, kommt aus der Millionenstadt Berlin und legt da auch großen Wert drauf.«

Denn ich war müde vom sportlichen Aneinanderklammern, ich wollte meine Ruhe und trotzdem nicht alleine sein, dachte sie. Ich suchte einen Kandidaten zum Anlehnen, Vorzeigen, der mit mir Kinder haben wollte, auch wenn ihm dieses Thema nie außerhalb des Bettes einfiel. Um diesmal alles anders zu machen. Was für eine Scheißidee. Valentina merkte, wie der Wein ihr in den Kopf stieg. Sie erzählte sich schon selbst ihre Vergangenheit mit Eric.

»Ist er nett? Ist er gut zu dir? Wenn er dir das Herz brechen sollte, breche ich deinem Orthopäden nämlich die Beine, das kannst du ihm ausrichten!«

Valentina trank ihren Wein aus und betrachtete durch den Boden des leeren Glases das Meer, das nun wie durch das Bullauge eines Schiffes weit weg und unerreichbar aussah. Wie schnell er sich damit abfand, dass sie einen Freund hatte.

»Ich könnte ihm auch sofort die Beine brechen, nur mal ganz nebenbei.«

Sie schauten sich an. Das Meer brandete auf. Machte plötzlich mehr Lärm als vorher.

»Denkst du noch oft an sie? An Ella?«

Sie erschrak, Max hatte wahrhaftig ihren Namen ausgesprochen. Sofort kam die alte Angst vor dem Knoten auf, der sich jetzt in ihrem Hals bilden würde, vor den aufsteigenden Tränen. Doch sie blieben aus. Sie konnte sogar reden und ihn dabei anschauen.

»Ich wollte vergessen, dass das jemals passiert ist, aber …« Sie stockte. Atmete nach einem Moment tief durch. »… ich konnte es nicht. Kein Tag, an dem ich nicht an sie dachte. Das Einzige, was geschah, war, dass sich alles verschob, ich wusste nicht mehr, wie unsere Liebe gewesen ist, was genau zwischen uns war, ich habe es weggedrängt, zusammen mit allem anderen, mit dem, was schön war. Auch die Zeit mit Irma.«

Max sagte nichts.

Übrig blieb nur ein schwarzer Krater, dachte Valentina, in den ich immer wieder die Erinnerungen an uns geworfen habe. Ganze Ladungen von Vergangenheit. Es musste doch möglich sein, das alles zu vergessen. Dort unten befinden sich nun unsere krümeligsüßen ersten Küsse, dein gefrorener Topfkuchen, unsere Gelage im Fernsehzimmer. Dort liegen die nach Sonnenmilch duftenden Tage am Baggersee, die Nächte auf dem Dachvorsprung des »Pavillion Theatre«, und mit ihnen ganz London, der kalte Weißwein, der Breakfast-Tea, der Regen und die vielen Namen, die die Londoner für ihn haben. Unsere Träume und Fantasien, die wir uns erzählt haben, unsere wilden Spinnereien, wie unser Leben einmal werden könnte. Mit meinem Hund Ninjo, ein Münsteraner sollte es sein, deinem VW-Bus, dem Flughund, den du in unserer Dachwohnung in London, Paris, Rom oder deinetwegen auch in Reykjavik halten wolltest ... Schade, es hat nicht funktioniert, jetzt sind diese Erinnerungen schmutzig, ramponiert und voller Flecken, aber immer noch nicht vergessen.

»Ach, Titina! Ich hätte dafür sorgen müssen, dass es niemals zu dieser Situation kommt.«

»Aber das hätten wir doch beide nicht verhindern können!«

»Ja, aber danach! Ich denke heute noch, dass ich dich besser hätte beschützen sollen, denn das wollte ich unbedingt! Du solltest eine starke Schulter zum Anlehnen haben, deswegen habe ich nicht geweint. Zumindest nicht vor dir.« Er schaute sie nicht an. »Ich war nicht stark. Okay. Aber das war es nicht, was mich fertigmachte. Ich hätte einfach niemals gedacht, dass *ich* der Mensch sein würde, der dich kaputt macht, nicht nach allem, was du für mich warst, nicht nach allem, was ich für dich gewesen bin.«

»Du hast mich doch nicht kaputt gemacht!«

»Ich habe mich aber so gefühlt. Ich habe mich so verdammt nutzlos gefühlt. Du warst neben mir und doch so weit weg. Das Einzige, was geholfen hätte, wäre gewesen, irgendwie die Zeit zurückzudrehen. Keine Spirale für dich, sondern die Pille oder so. Keine Schwangerschaft. Kein vorzeitiges Ende. Ging aber nicht. Ich konnte es nicht ungeschehen machen, ich konnte es dir nicht abnehmen. Also habe ich in den letzten Jahren alles getan, um mich abzulenken. Je fremder das Leben, je weniger es mich an Deutschland erinnerte, umso besser. Ich habe Rom für mich gefunden, diese Stadt habe ich geliebt, ich machte mir die größte Freude damit, die Straßen nach neuen Dingen und Gesichtern abzusuchen. Ich betrachtete all diese fremden Gesichter so lange, bis ich mein eigenes nicht mehr erkannte. Und ich habe nach dem Studium die Arbeit gefunden. Bin mit meiner damaligen Chefin, übrigens einer Deutschen aus Bayern, durch ganz Italien gereist. Bei ihr habe ich dann erst begriffen, worum es in unserem Beruf geht. In einer kleinen Sakristei in Venedig Farbschichten von einer Mauer aus dem 13. Jahrhundert abzutragen, konzentriertes Arbeiten, stundenlanges Sitzen auf einem Gerüst, wochenlang wohnt man in derselben Pension, es ist kalt, und deine Finger sind klamm. Aber du weißt, dass dieses Bild, das jemand vor Hunderten von Jahren gemalt hat, durch deine Arbeit noch etwas länger auf dieser Welt bestehen wird. Das ist es.« Er schüttelte den Kopf und stieß die Luft aus.

Lange sagten sie nichts. Vom Hafen kamen Stimmen herübergeweht, wilde Schreie der Jungs, die drüben bei den rostigen Ankern Fußball spielten.

»Ich denke manchmal noch an sie«, sagte er plötzlich. »Sie war so hübsch. Sie wäre ein niedliches Mädchen geworden, mit deinen schrägen Augen und meiner Haarfarbe vielleicht. Und irgendwann hätte ich ihr kleine hellgrüne Gummistiefel geschenkt, ich sehe sie manchmal vor mir, ungefähr zwei Jahre alt. In einem Garten mit diesen Stiefelchen.«

Valentina hielt den Atem an. Es schien so irreal, hier saß sie mit Max, der ihr etwas über Ella in kleinen Gummistiefeln erzählte. Die Tränen vibrierten in ihrer Brust, doch die konnte sie ein anderes Mal weinen.

»Seitdem es passiert ist, ist kein Tag vergangen, an dem ich nicht an sie denken musste, es machte mich immer so traurig«, sagte sie. »Aber seit ich auf Sizilien bin, hat sich etwas geändert. Ganz langsam, jeden Tag ein bisschen mehr. Und heute habe ich es dann endlich kapiert. Sie war da, sie war kurz bei uns und gehört nun zu unserem Leben, zu meinem Leben. So wie Papa, der nicht mehr da ist. Und du. Und Irma. Ich denke an sie, aber es ist kein trostloses Gefühl mehr wie gestern noch, ich fühle nur noch meine Liebe für sie. Für euch alle. Und es ist gut. Seit ich heute Mittag mit Pinu gesprochen habe, ist es gut.«

Max schaute auf die Uhr. »Also seit knapp fünf Stunden?«

»Genau. Und die Verzweiflung der letzten Jahre wird nie mehr zurückkommen. Das weiß ich!« Valentina lachte ihn an. Melanie oder Elisa, die waren ihr alle egal, wahrscheinlich liebten sie Max auch. Sollten sie. Warum auch nicht? Nichts war für die Ewigkeit, das hatte sie verstanden. Die Sonne schien auf ihre Schultern, irgendwas, ein kleines Steinchen vielleicht, pikte in ihren Hintern, und sie konnte ihre Lungen zum Bersten mit salziger Seeluft füllen. Sie spürte, wie ihr Herz schlug. Sie konnte diesen Spätnachmittag zwischen zwei Herzschlägen anhalten und die Sonne daran hindern, im Meer zu versinken. Nichts war für die Ewigkeit, doch gerade fühlte es sich an, als hätten sie alle Zeit dieser Welt.

Valentina streckte ihre Hand nach ihm aus, erreichte ihn aber nicht. Ihr linker Arm schwebte in der Luft. So schutzlos hatte sie sich seit Jahren nicht gefühlt. Sie bot ihm in diesem Moment alles von sich an – ihr ganzes Wesen, verletzt und eben gerade in dieser Minute geheilt, lag dort in ihrer Hand. Wenn er sie nicht nehmen sollte, dann …

Er zog seine Beine hoch, stützte sich mit den Händen auf und kam auf dem rauen Beton zu ihr herübergekrabbelt, wobei er einen Bogen um die Weinflasche machte. Er umarmte sie, er heulte, sie verstand zunächst kaum, was er sagte, irgendwann wurden die Wörter verständlicher: »Ich habe dich so schrecklich vermisst! So schrecklich vermisst!«

»Ich dich auch!«, flüsterte sie zurück und überließ ihren Mund seinen warmen Lippen. Er schmeckt noch immer so wie damals, dachte Valentina, ich kann nicht fassen, wie sehr ich ihn geliebt habe und dass dieses Gefühl noch immer in mir ist. Ich bin frei, ich bin nur ein winziger Teil dieser Insel, fast gar nicht da und doch so sehr am Leben. Und von dem Moment an dachte sie minutenlang gar nichts mehr.

Eng umschlungen gelangten sie irgendwie zur Sprachschule. Gingen ungesehen die Stufen hoch, ungesehen an der Küche vorbei, aus der sie Fredos Lachen und das Klackern von Gábbries Schneebesen in einer Metallschüssel hörten. Ohne ein Wort betraten sie Valentinas Zimmer, schlossen die Tür ab und begannen sich gegenseitig wortlos und unter immer leidenschaftlicheren Küssen auszuziehen. Ich halte es aus, dachte Valentina. Ich riskiere es. Der Schmerz kommt vielleicht, aber ohne Schmerz keine Liebe, hat Pinu gesagt. Ich liebe Max. Wenn er mir morgen sagt, dass er mich nicht mehr sehen will, habe ich ihn heute wenigstens geliebt.

Max hatte seine Jeans noch an, er zog Valentina zu sich hinunter auf das Bett, sie legte sich auf ihn. Er war so warm, seine Arme, sein Brustkorb, alles an ihm war fest und kräftig. Sie fühlte, wie ihre Haut ihn in sich aufsog, jede ihrer Poren war von ihm angefüllt. Ein Stromkreis hatte sich geschlossen, sie waren wieder zusammen. Valentina hörte sich seufzen, oder war es ein Stöhnen? Dann lag sie ganz still, barg ihren Kopf an seiner Schulter. Sie war angekommen, alles war einfach. Einfach nur jetzt.

32

Am nächsten Mittag, aufgedreht und dennoch müde nach nur wenigen Stunden Schlaf, lag Valentina an Angelinas Schulter und weinte.

Es war doch nicht möglich, sie wollte Irma nicht alleine lassen! Aber sie musste. In drei Stunden, um achtzehn Uhr, ging ihr Flug. Und was konnte sie schon tun? Der Blick, den Camera 04 freigegeben hatte, unterschied sich nicht von dem der vorangegangenen Tage: grau und weiß ohne Kontraste, eine leblose Person, nur noch an ihrem dunklen Haar auf dem Kopfkissen – das nicht einmal ein richtiges Kopfkissen war – als Irma erkennbar. Pinu würde heute am späten Nachmittag den Gang an ihr Bett wagen. Er saß im Flur und sammelte sich, indem er mit seinem Meditationslächeln an die Wand gegenüber starrte. Max saß neben ihm. In dem Moment, als Valentina über Angelinas Schulter zu den beiden guckte, schaute er auf. Er nickte ihr zu, er würde sie zum Flughafen bringen. Sie hatten viel über ihre gemeinsame Vergangenheit geredet, aber nur wenig über die vergangenen Jahre und gar nicht über ihre Zukunft. Max hatte Eric nicht mehr erwähnt, und Valentina hatte sich die Fragen nach seinen wechselnden Frauen und Elisa verkniffen. Die Sorge um Irma schwebte über ihnen, alles war so unklar, und elf Jahre waren eine verdammt lange Zeit. Sollte sie Max ihr Leben anbieten? Aber was war, wenn er es nicht wollte? Sie wagte es einfach nicht. Nein, sagte Valentina sich, eine Nacht und ein halber Tag, das war die stille Abmachung zwischen ihnen, danach würde jeder von ihnen wieder in sein Leben zurückkehren.

»Angelina!« Valentina wich ein wenig zurück und packte Angelinas fleischige Schultern. »Ja, sind wir denn alle völlig durch den Wind? Wir haben das Tuch nicht zu ihr gebracht! Sollte Pinu nicht mit dem Tuch zu ihr gehen?«

»Schätzchen, das Tuch ist über siebzig Jahre alt. Ich weiß nicht mal genau, wo es ist.«

»Dann frag ihn! Und wenn er es noch hat, muss es jemand für ihn holen. Er soll es heute mitnehmen. Bitte, ich flehe dich an, tut es mir zuliebe!«

Angelina nickte. In ihren Augen großes Erstaunen. »Ich verspreche es. Pass auf dich auf!« Ein letztes Versinken in ihrem großen Busen, dann musste Valentina gehen.

Auf den Stufen am Ausgang wandte sie sich zu Max um. Sie musste ihn unbedingt noch einmal umarmen, jetzt sofort, hier oben auf der Treppe. Wie sollte sie ohne ihn weiterleben? Sie hielt es ohne ihn doch gar nicht aus. Er lachte, schaute sie wieder wie früher mit dieser komisch zärtlichen Verwunderung an und schloss sie in seine Arme. Valentina drückte sich an ihn, rechts und links von ihnen gingen die Besucher vorbei. Ihr Gehirn war noch wie betrunken von den Nachwirkungen der letzten

Nacht, doch eine Erkenntnis schälte sich in diesem Moment aus dem wattigen Nebel mit großer Klarheit heraus: Er war der Mann, der sie zum Glühen brachte. Der sie zum Lachen brachte. Mit dem sie überall hingehen würde: an eine zugefrorene Meeresbucht von Island, in das Nebelgrau von London, in die Kälte einer venezianischen Kirche. Ein Glücksgefühl rieselte ihr plötzlich durch die Adern. Obwohl alles vorbei war, alles in diesem Moment oder spätestens in einer Stunde am Flughafen endete. Er umarmte sie, drückte seine Schläfe wie früher an die ihre, sie hielt dagegen, dann löste er sich.

Eine Nacht und ein halber Tag, dann wieder in das eigene Leben zurück. Das war die unausgesprochene Abmachung. Wann sehe ich dich?, dachte sie und schaute in seine hellen Augen. Frag mich! Frag mich bitte. Warum fragte sie ihn nicht selbst? Immer noch zu viel Risiko? Zu viel Schmerz? Er küsste sie auf die Stirn. »Na komm, wir müssen los!«

Es war Giorgio, mit dem sie zwei Stufen tiefer zusammenstießen. Valentina hätte ihn beinahe nicht erkannt, denn er trug weder Helm noch Radlerkluft, sondern normale Jeans und eine Jacke. Er entschuldigte sich, ohne aufzuschauen, und eilte an ihnen vorbei, im Gesicht eine grimmige Entschlossenheit, die ihn älter aussehen ließ.

»Giorgio, wohin gehst du?«

Erschrocken hielt er inne. »Valentina! Max'e!« Er gab ihnen die Hand, sah von einem zum anderen.

»Wolltest du Irma besuchen?« Immer noch sagte er nichts, sondern guckte auf seine Schuhe.

»Valentina, kann ich dich kurz sprechen?«

Valentina warf einen hastigen Blick auf die Uhr. Sie waren knapp dran, für die Fahrt nach Punta Raisi brauchten sie etwas mehr als eine Stunde, wenn die Straßen frei waren. Waren sie aber nachmittags um drei meistens nicht. Waren sie eigentlich nie.

»Okay, aber schnell, ich müsste eigentlich schon unterwegs zum Flughafen sein.«

»Ja sicher!« Er warf einen entschuldigenden Blick auf Max, der sich sofort ein wenig zurückgezogen hatte. Sie gingen hinter das Rondell, in dem es Zeitungen und Süßigkeiten zu kaufen gab. Giorgio setzte sich auf den Rand eines Brunnens, in dem dicke Goldfische über einem algigen Boden ihre Kreise zogen. »Ich konnte nicht anders. Ich habe meine Familie verlassen, ich musste es ihnen sagen, endlich.«

»Du hast deine Familie verlassen?!« Sie ahnte, was jetzt kam.

»Ich liebe meine Frau nicht mehr, sie war von Anfang an ein Kompromiss. Ich bin ein Schwein, denn ich habe immer gewusst, dass ich eigentlich Irma liebe. Und trotzdem konnte ich sie doch nicht heiraten! Aber nun ist mir das egal. Ich bin dreißig, sie ist einundvierzig, na und? Sie liebt mich, das hat sie mir schon oft gesagt. Aber ich war immer zu feige, den Schritt zu wagen. Der Welt zu zeigen, wen ich wirklich liebe. Ich hatte Angst vor dem Risiko. Angst vor der Meinung der anderen.«

»Habt ihr Kinder?«

»Nein. Anna, also meine Frau, wollte noch keine. Wir haben doch noch Zeit, sagte sie immer. Aber nun bin ich weg. Wir wohnen bei meinen Eltern im Haus, die habe ich damit auch gleich verloren.« Er schnaubte. »Mama wird mir den Kopf abreißen, wenn sie es erfährt. Ich kann da erst mal nicht mehr hin. Habe gestern schon im Laden geschlafen.«

»Seit wann kennt ihr euch? Irma und du?«

»Seitdem sie nach Camaro zurückgekommen ist. Ich war zwanzig, sie einunddreißig ... Wir fühlten uns sofort magisch voneinander angezogen. Zuerst konnten wir es gar nicht glauben, denn so was geht natürlich nicht.« Wenn es umgekehrt gewesen wäre, schon eher, dachte Valentina.

»Wir haben erst seit vier Jahren etwas, was man ein Verhältnis nennt, aber es ist viel mehr als das. Niemand ahnt etwas, niemand verdächtigt uns. Es ist, als ob der Altersunterschied unsere Liebe für andere unsichtbar macht.«

Valentina schaute an den Stehtischen des Kiosks vorbei zum Aufgang II, vor dem Max immer noch wartete, die Hände in den Hosentaschen, umringt von Männern in Jogginganzügen, Krücken und Frauen mit riesigen Plastikhandtaschen. Sollte sie schnell noch einmal zu Angelina hochlaufen, um Giorgio anzukündigen? Nein, dafür war keine Zeit mehr, sie musste dieses dämliche Flugzeug bekommen.

»Was wirst du jetzt in Deutschland als Erstes machen?«, hatte Max sie am Morgen im Bett gefragt.

»Ich muss das mit der Firma regeln. Keine Ahnung, was da auf mich zukommt. Vielleicht sollte ich das Erbe wirklich ablehnen, wie Herr Mader mir geraten hat. Ein Gang zum Notar, und ich bin alles los. Kostet zehn

Euro und siebzig Cent.« Sie würde dem Notar von dem Wunsch ihres Vaters erzählen, Irma das Haus auf Sizilien zu vererben. Mündliche Überlieferungen zählten sicherlich auch.

Valentina packte Giorgio am Arm. »Sag ihr, dass du dich getrennt hast. Versuch es. Vielleicht wacht sie dadurch auf!«

»Sie werden mich nicht zu ihr lassen.«

»Geh nach oben zu meiner Cousine Angelina, die kennst du doch. Rede mit ihr, sie wird erkennen, was das für Irma bedeutet. Sie weiß alles über die Liebe.«

»Danke, ich danke dir. Wir haben oft über dich geredet, Irma und ich. Sie liebt dich so sehr. Mehr als mich.« Seine Stimme hörte sich ein wenig neidisch und gleichzeitig bewundernd an.

Sie gingen auf den Eingang zu. Max stand oben, starrte in den Himmel, schaute dann wieder über den Strom der Besucher. Auf einmal runzelte er die Stirn, dann leuchtete sein Gesicht freudig auf, er breitete die Arme aus und lief die Stufen hinunter. Valentina folgte ihm mit ihrem Blick, wen hatte er entdeckt? Ein kleiner Junge wurde von ihm durch die Luft gewirbelt. Fredo? Na klar, das war Fredo, zu erkennen an seiner großen Brille, die er mit beiden Händen festhielt. Neben ihm Elisa, die sich an ihn drückte und ihn auf die Wangen küsste. Ein Familienvater, dessen Blick jetzt besorgt umherschweifte, sie wahrscheinlich suchte.

»Hast du ein Auto, Giorgio?«, sagte sie leise. Giorgio erfasste sofort, was sie meinte.

»Ich fahre dich. Zu Irma gehe ich danach. Komm. Im Auto erzähle ich dir etwas über die beiden.«

»Die drei«, sagte Valentina und ging ihm hinterher.

»Elisas Mann war ein Freund von Max, eine Art Kollege. Durch Max ist Daniele überhaupt erst in die Firma gekommen. Er hatte nichts gelernt, war aber wohl sehr interessiert und begabt. Max sorgte für ihn wie für einen Bruder. Und dann ist er eines Tages von einem Gerüst gestürzt, drüben in einer Kirche in Noto. Daniele war sofort tot.«

»Mein Gott«, murmelte Valentina erschrocken. Sie sah Elisas Mund vor sich, traurig, nicht wehleidig, wie sie zunächst gedacht hatte. Ihre ernsten grünen Augen.

»Max ist zu ihr gefahren, um es ihr zu sagen.« Giorgio atmete geräuschvoll aus, wandte seinen Blick kurz von der Straße ab und schaute Valentina in die Augen. »Das ist jetzt ein Jahr her. Sie klammert sich seitdem an Max, hat sich an seine Aufmerksamkeit und Freundschaft gewöhnt. Weißt du, es ist bei uns nicht alltäglich, dass sich einer um eine Frau kümmert und nichts von ihr verlangt. Die Dankbarkeit schlug bei ihr schnell in Liebe um. Und er fühlt sich verpflichtet. Wahrscheinlich denkt er, er müsse sich entscheiden, denn die Leute reden über sie. Elisa, das Flittchen. Und auch er hat natürlich seinen Ruf nach all den Jahren mit immer neuen Mädchen. In Irmas Schule gibt es ja genügend Nachschub …«

Valentina lachte auf und lehnte ihren Kopf an die Scheibe. Max auf Abschiedstour der Ehemaligen, Melanie gehörte wahrscheinlich auch dazu.

»Ich glaube, er liebt sie nicht«, murmelte Giorgio. »Sagt mir mein Gefühl. Mit falschen Gründen für eine Beziehung kenne ich mich aus.«

Danke, Giorgio. Wie albern. Wollte sie das denn? Dass Max Elisa und Fredo kein guter Freund und Vaterersatz war? Dass er sie nicht liebte?

Vor der Sicherheitskontrolle umarmte Valentina Giorgio kurz und gab ihm zwei Wangenküsschen. »Danke! Und sprich mit ihr. Irma wird dich hören!«

Sie winkte ihm und sah zu, wie er schnell in Richtung Ausgang ging. Sogleich breitete sich ein Gefühl von Leere in ihrem Inneren aus. Max fehlte ihr. Seine Blicke fehlten. Dafür bemerkte sie die abschätzenden Gesichter der Männer um sie herum. Interessiert. Auffordernd. Sah man ihr diese Nacht etwa an? Sie hob gehorsam die Arme, ließ sich von einer stämmigen Sicherheitsmatrone abtasten. Ihr idiotisches Herz hatte Elisas Existenz beiseitegeschoben und suhlte sich unbekümmert in den frischen Erinnerungen an seine Haut, seinen Mund und den köstlichen Geruch seiner Achselhöhlen. Es schlug bedrohlich hart gegen ihre Rippen, weil es alles, alles von ihm wollte. Von Max, dem Einzigen. Wie soll ich ohne ihn überleben?, hallte es in ihrem Kopf. Nur nicht daran denken. Nicht mehr daran denken.

Valentina nahm ihre Handtasche aus der blauen Plastikschale vom Laufband und ging zu Gate 57, Flug AeroItalia 3461 nach Hannover. *Boarding now*, blinkte auf der Anzeigetafel. Sie stellte sich in die Schlange, suchte nach ihrer Bordkarte, starrte nach draußen auf die braunen

Felsen in der goldenen Abendsonne und ließ die Tränen einfach laufen. Jede Faser in ihr schrie nach ihm, aber er würde es nie erfahren. Weitere Jahre würden vergehen, Irmas Leben würde vergehen, *sie*, Valentina, würde vergehen.

Fast hätte sie das Klingeln des Handys nicht gehört. War das Max? Sie wühlte in den Tiefen ihrer Handtasche danach, fand es nicht. Leg nicht auf, leg nicht auf, ich hab es gleich, da ist es doch schon … *Eric* zeigte das Display. Nein, dachte sie. Ich habe keine Worte mehr für dich. Heute nicht. Überhaupt nicht mehr. Sie drückte den Anruf weg. Kaum hatte sie das Handy wieder eingesteckt, fing es von Neuem an. Der Typ mit dem Strohhut vor ihr in der Schlange drehte sich mit vorwurfsvollem Blick um. Eric war hartnäckig, sie sollte das verdammte Ding ausstellen. Valentina fischte es wieder aus der Tasche heraus. Angelinas Nummer. »Angelina?«

»Sie ist aufgewacht!« Es war Pinu, der viel zu laut in das Handy brüllte. »Vale! Irma hat meine Hand gedrückt und mit den Augen gezwinkert. Nimm du!«, sagte er dann, und nach einer kurzen Pause hörte sie Angelinas Stimme: »Sie haben Irma von der Maschine genommen, sie atmet selbstständig! Es besteht eine Chance, dass sie wieder denken und fühlen kann wie früher, Vale, keine Schädigung, vermutlich auch der Nieren nicht, was sagst du dazu?!«

»Ich wusste es! Ich wusste es, bleib im Krankenhaus, Angelina, ich komme zurück!« Sie legte auf und drehte sich einmal um sich selbst. Was nun, wem sollte sie Bescheid sagen, dass sie nicht mitflog? Sie rannte rechts an der Schlange vorbei, wedelte mit ihrer Bordkarte, drängelte ein Ehepaar beiseite und hielt sie der Dame von AeroItalia vor die Augen, die einen ganzen Packen abgerissener Bordkartenhälften in ihrer Hand hielt.

»*Scusi!* Ich fliege nicht mit, Signora!«, rief sie auf Italienisch.

»Hallo!? Wir waren dran!«, sagte eine Frau hinter ihr auf Deutsch.

»Aber …? Sind Sie sicher? Ich befürchte, das geht nicht!«, murmelte die Dame mit dem gelben Halstuch.

»Natürlich geht das!«

»Signora …«, sie schaute schnell auf Valentinas Bordkarte, »Signora Vitale, da muss ich erst mal bei meinem Vorgesetzten fragen.« Sie nuschelte etwas in ihr Funkgerät. Keine Antwort. Sie wiederholte ihren Satz. Valentina wartete. Die linke Schlange war ins Stocken geraten, die Leute weiter hinten murrten, warum ging es da vorne nicht weiter? Endlich knackte die Antwort über Funk herein. Das Halstuch lächelte routiniert.

»Wir können natürlich niemanden zwingen, an Bord zu gehen, sind aber aus Sicherheitsgründen dazu verpflichtet, Ihr Gepäck von Bord zu holen. Das heißt, es wird Ihretwegen eine nicht unbeträchtliche Verzögerung geben …«

»Wissen Sie, wie egal mir das ist?« Valentina lachte. »Meine Schwester ist aus dem Koma erwacht, gerade eben! Meinen Sie, es wäre für mich als Sizilianerin denkbar, trotzdem diese Maschine zu besteigen?«

Die Dame mit dem Halstuch wurde plötzlich ernst: »Auf gar keinen Fall!«

»Sehen Sie?« Valentina machte einen kleinen Schritt auf sie zu und küsste sie überschwänglich rechts und links. »Ich wusste, Sie verstehen das, Signora!«

»Das ist ja großartig!«, mischte sich nun auch die zweite Bodenstewardess, die an der rechten Schlange stand, ein. »Gib mir dein Funkgerät, Stella, ich sag schnell Bescheid, damit die Loader das Gepäck rausholen können! Kommen Sie«, sie schob Valentina an den Menschen vorbei, »was für einen Koffer haben Sie?«

»Alles Gute für Ihre Schwester!«, rief ihr ein dicker, mit Goldketten behängter Mann hinterher, der alles mit angehört hatte.

Valentina lief, lachte und wischte sich die Tränen aus dem Gesicht, die ihr schon wieder aus den Augen strömten. Das war Sizilien, hier gehörte sie hin.

EPILOG

Valentina erwacht. Es ist früher Morgen. Was hat sie geweckt?

Gerade noch hat sie davon geträumt, in einem heißen Windhauch zu stehen, hoch über einem Steinbruch, von dessen Wänden der Marmor weiß schimmert. Sie hält die Augen geschlossen, möchte zurückfinden in die Wärme und die Gewissheit, im Wind fliegen zu können. Aber da ist kein Wind. Sie ist aufgewacht, weil Max dicht an sie geschmiegt liegt, ihr süß und warm in den Nacken atmet. Sie mag, wie er morgens riecht, sogar vor dem Zähneputzen.

Valentina dreht sich zu ihm um und betrachtet lange sein Gesicht. Geht ganz nah mit der Wange an seine Bartstoppeln, fährt mit ihrer Fingerspitze seine Augenbrauen nach. Küsst ihn auf die Stirn, tippt mit ihren Lippen spielerisch auf seine Nase. Bei jeder Berührung gibt er ein kleines Geräusch von sich, wacht aber nicht auf.

Valentina atmet tief ein, sie hört das Meer, das Tuckern der Fischerboote, hört, wie unten im Haus die Pumpe anspringt, und das darauffolgende Gluckern in den alten Wasserrohren. Sie betrachtet die schattigen Streifen der

Fensterlamellen an der Wand über ihrem Bett. Sie liebt dieses Zimmer. Die Geräusche. Die Farben. Sie liebt im Moment fast alles um sich herum. O mein Gott, wie albern, denkt sie und lacht in sich hinein. Es reicht doch, wenn in meinen englischen Romanen irgendjemand mal wieder die Welt umarmen möchte und ich das übersetzen muss.

Aber es stimmt, Sizilien hat sie empfindlich gemacht, die Insel scheint immer tiefer in sie einzudringen, in ihre Haut, in alle Poren, wie der feine rötliche Sand, der vom gerade aufkommenden Scirocco in jedes offen stehende Fenster durch die Fliegengitter geweht wird.

Kann Glück wehtun? Wenn sie in Max' Gesicht schaut, ist sie sicher, dass es das kann. Sie liebt ihn wie früher, liebt ihn so sehr, dass es schmerzt. Und muss sich in Acht nehmen, ihm nicht auch wehzutun, ihn in diesem Moment nicht vor lauter Zärtlichkeit und Liebe zwischen ihren Händen zu zerdrücken, zu zerpressen, zu zerquetschen.

Bei Eric hatte sie dieses Gefühl nie. Er war ein Kompromiss. Sie hatte sich eingeredet, zugreifen zu müssen, aus Angst, außer ihm nichts mehr zu bekommen vom Leben, von der Liebe, von allem. Bei ihrer letzten Begegnung in Deutschland hatte er kaum mit ihr gesprochen. Sie durfte ein paar Sachen in der Praxis vorbeibringen, eine Tüte voller Kleinkram, seinen Reserveautoschlüssel, einen Badmintonschläger. Er gab ihr zwei Bücher zurück, die sie ihm geliehen hatte. Spärliche Ausbeute von immerhin anderthalb Jahren. Er schaute sie kaum an. Behielt seine Verachtung, seine Gekränktheit bei sich. Zog wortlos die Tür zu seinem Sprechzimmer zu. Sie war erleichtert gewesen. Er hatte nicht wissen wollen, wer der neue Mann war. Sie hatte ihm nie von ihrer Zeit mit Max erzählt. Sie hatte ihm nie etwas erzählt.

Valentina schmiegt sich an Max und küsst ihn noch einmal zärtlich, diesmal auf den Mund. Verweilt dort, spürt die weiche Haut seiner Lippen, inhaliert seinen durch die Nase strömenden Atem. Es gelingt ihr kaum, sich von ihm zu lösen, er knurrt leise und streckt die Arme nach ihr aus.

»Dormi ancora, amore!«, wispert sie in sein Ohr, er greift nach dem Kissen und tut, was sie ihm gesagt hat.

Im Badezimmerspiegel betrachtet sie ihr Gesicht. Obwohl es noch so früh ist, leuchtet es unruhig, aufgeregt, als ob eine große Überraschung auf sie warte. Du spinnst, bist übersensibel, und du kannst nichts dagegen tun, sagt sie sich. Aber sie will auch gar nichts dagegen tun! Valentina schüttelt entschlossen den Kopf. Heute wird sie beginnen! Es kribbelt angenehm in ihrem Magen. Viel Zeit hat sie nicht, »Schottisches Glück« muss zu Ende übersetzt werden, und auch in der Sprachschule gibt es jetzt im Sommer viel Arbeit. Die Zimmer für die Schüler vorbereiten, einkaufen, im Casa Rosa nach dem Rechten sehen. Gemeinsam mit Gábbrie versucht sie, Irma wenigstens von den anstrengendsten Verpflichtungen abzuhalten. Manchmal haben sie damit sogar Erfolg.

Doch nach den vormittäglichen Stunden am Laptop, der jetzt hier oben auf einem Tischchen vor dem Fenster steht und auf dem sie nach dem »Schottischen Glück« gleich dessen Fortsetzung, »Schottische Sehnsucht«, bearbeiten wird, ist der tägliche Rundgang für Valentina heilig.

Irgendetwas hat sie in den letzten Wochen gedrängt, jeden Tag durch die Straßen von Camaro zu streifen, sich die Häuser und Gesichter einzuprägen, in Kirchen, kleinen Kapellen oder am Meer zu sitzen. Sie hat viele komische Fotos gemacht. Farben, nur Farben. Das Grün einer Tür, das Rot eines Streifens an einem Fischerboot, das satte Lila der Artischocken, die Färbung des Wassers hinter der Kaimauer, die jeden Tag wechselt. Das mit dem Wasser ist ihr nie richtig gelungen. Immer sieht es auf dem Display der Kamera anders aus als in der Realität.

Ihr iPod ist voller kurzer Tonaufnahmen, ohne erkennbare Ordnung. Wie eine Spionin hat sie ihn heimlich mitlaufen lassen. Beim Fischhändler, am Hafen, in der Bar. Nur ab und zu ganze Sätze, dazwischen Schreie, Gemurmel, Motorengeheul, Hundegebell im Hintergrund. Sie kann alles gebrauchen. Als ob sie sich bis oben hin, bis kurz vorm Überlaufen mit Farben, Worten und Geräuschen anfüllen muss, bevor sie wagt zu beginnen.

Nun ist es so weit, ich bin reif dafür, denkt sie.

Draußen ist die Luft noch angenehm frisch, es ist erst sechs Uhr. In einer Stunde wird sie Frühstück machen. An den anderen Morgen lässt Irma es sich nicht nehmen, für alle den ersten Kaffee aufzusetzen und Milch aufzuschäumen. Doch Irma ist seit gestern Abend mit Pinu auf dem Weg nach Catania, auf einer Bus-Pilgerreise zur heiligen Anna. Nur das letzte Stück, den Berg hinauf zum Kloster, werden sie zu Fuß gehen.

»Ich werde auch um einen Segen für mich und Giorgio bitten, was meinst du? Nicht, dass ich glaube, dass die heilige Anna oder Gott etwas dagegen hat, wenn wir nicht heiraten, aber schaden kann es nicht!«, hat Irma gesagt und sie umarmt. Nach drei weiteren Wochen im Krankenhaus, seitdem die Blinddarmnarbe verheilt ist und sie sich wieder aufrecht und ohne Schmerzen bewegen kann, umarmt Irma ständig alle Leute in ihrer Umgebung.

»Da ist was passiert mit ihr im Koma ...« Gábbrie denkt manchmal laut vor sich hin, während sie die Zimmer putzt. Valentina hört ihr dann einfach nur zu, so lernt sie Gábbrie am besten kennen, und Irma auch. »Früher, da fegte sie von einem Ort zum anderen, immer schnell, schnell, hatte nie Zeit für so Sachen.«

Das ist nun anders.

»Sie« – die heilige Anna und Gott, da ist sich Irma ganz sicher – »haben entschieden, mich wieder zum Leben zu erwecken. Und nun genieße ich es, das Leben!«, sagt Irma auf Deutsch zu den Sprachschülern. Und umarmt. Sehr oft. Sehr lange. Vor allen Dingen von ihrer neuen Halbschwester Valentina kann sie einfach nicht genug kriegen. Und von Giorgio natürlich.

Auch Gábbrie bekommt ihre neue Langsamkeit zu spüren, ebenso wie Fredo, der nach wie vor bei ihnen vorbeischaut, obwohl Elisa ihnen aus dem Weg geht, seitdem sie das mit Max und Valentina weiß.

»Sie trauerte immer noch um ihren Mann«, hat Max Valentina erklärt. »Sie war so unendlich traurig und schämte sich gleichzeitig dafür, dass sie mich gernhatte.«

»Gernhatte?! Sie war total in dich verliebt. Ist sie immer noch.«

»Sie wusste doch selbst nicht, was sie war. An manchen Tagen völlig durcheinander, überfordert. Dann wieder war sie ganz fröhlich, kochte mir was, wir saßen wie die perfekte Kleinfamilie mit Fredo am Tisch, und sie war glücklich für ihren Sohn. Ist doch normal.«

»Aber ja. Lernen, mit der Trauer zu leben, das dauert. Eines Tages wird sie sicher jemanden finden. Elisa ist schließlich eine sehr schöne Frau, das hast du ja wohl auch bemerkt …«

»Hör mal, willst du mich etwa mit ihr verkuppeln? Wie ihre Mutter, ihre Nachbarn, ihre Freundinnen? Ich bin mit *dir* zusammen. Sogar freiwillig!«

Für diesen Satz hatte sie ihn schlagen müssen. Er hatte sie im Gegenzug auf das Bett gedrückt und zärtlich in den Hals gebissen, bis sie vor Lachen schrie.

»Du hast für mich eine viel tiefere Schönheit, mit dir kann ich reden!«, hatte er gesagt, als sie beide wieder Luft bekamen.

»Mit ihr nicht?«

»Elisa ist ein einfaches Mädchen, sie arbeitet im Hotel Kalura manchmal bis nachts an der Bar. Sie ist nie rausgekommen aus Camaro.« Max hatte seinen Kopf auf Valentinas Brust gelegt. »Ich habe sie immer wie eine Schwester behandelt, das ist auf Sizilien noch schwieriger als in Deutschland. Kaum hast du's dich versehen, bist du verlobt.«

Doch Valentina ahnt, dass Elisa die Liebe zu Max immer noch wehtut. Hoffentlich nicht jahrelang, so wie bei ihr …

Sie tapst barfuß aus dem Bad bis runter in die Küche, bleibt dort lange am Fenster stehen. Der morgendliche Vogelschwarm zwitschert laut und aufgeregt unter ihr in der Palme, die Singvögel von Pinu antworten ihm mit komplizierten Melodien. Jetzt im Sommer hängen sie in ihren Käfigen an der Hauswand auf der Terrasse. Ein Zeisig und zwei Rotschwänzchen. Immer unter interessierter Beobachtung von Zorro, die Valentina gerade leise maunzend um die Beine streicht. Das Licht ist milchig rosa, bläuliche Nebelschwaden ziehen dicht über der Wasseroberfläche dahin, von der Sonne noch nicht berührt. Sie spürt, das ist ihre Zeit, sie wird jetzt immer so früh aufstehen, eine Stunde, nur für sie und ihr Vorhaben. Was Irma wohl gerade macht? Ist sie schon wach?

Nachdem man den Tubus aus Irmas Hals entfernt hatte und sie kaum die ersten Worte krächzen konnte, hatte Valentina ihr die Geschichte von ihrem gemeinsamen Vater erzählt. Die Sache mit dem verbrannten Testament hat sie gleich noch hinten drangehängt. Besorgt beobachtete sie danach Irmas Gesicht. Wie würde sie reagieren? Wütend werden, weinen? Doch Irma hatte auf ihren Hals gedeutet und geschwiegen. Auch als Valentina sie um Vergebung bat. Nichts.

Fünf Tage lang, inzwischen wieder auf der normalen Station, hatte Irma weder Papa Enzo noch das Testament erwähnt. Ihre Fragen und Antworten kritzelte sie ganz altmodisch auf eine kleine Schiefertafel, die jemand ihr mitgebracht hatte. Meistens ging es um die Sprachschule. Valentina konnte in dieser Zeit kaum etwas essen. Dreimal hatte sie ihren Koffer schon ein- und später wieder ausgepackt, hin- und hergerissen, doch immer wieder überzeugt, dass Irma sie fortschicken würde.

Erst später, am Ende einer Besuchszeit, als die Tanten und Onkel gerade gehen wollten, hatte Irma Valentina mit den Händen ein Zeichen gegeben. Bleib noch! Sie hatte ihre Arme nach ihr ausgestreckt und sie lange umarmt. Den Kopf an ihrer Schulter, hatte Valentina den Satz geflüstert, der immer noch in ihr brannte: »Es tut mir leid, was ich getan habe! Hast du das überhaupt gehört? Du bist so schweigsam gewesen, ich habe es kaum aushalten können!«

»Verdammt schweigsam!«, hatte Irma heiser gemurmelt. »Wenn ich es gekonnt hätte, wenn die mir nicht auch noch die Stimmbänder beim Extubieren verletzt hätten, wäre ich vermutlich ausgerastet. Aber nicht über dein Feuerchen, sondern über Onkel Enzo, äh, meinen leiblichen Vater …« Sie brach ab, hustete trocken. Valentina schaute sie ängstlich an.

»Geht schon!«, winkte Irma ab. Trotz des Flüsterns war sie nun wieder die Irma, die Valentina kannte. »Manchmal ist es ganz gut, wenn man zwangsweise die Klappe halten muss. Erst war ich sauer auf Enzo, auf Papa auch, auf die ganze jahrelange Heimlichtuerei. Aber irgendwie ist es seltsam, ich habe neun Jahre bei ihm, als meinem Onkel, in Deutschland gelebt, er hat mich geliebt, und ich habe gut für ihn gesorgt.« Ihre Stimme klang immer noch ungeübt, rau. »Doch seitdem du es mir erzählt hast, frage ich mich ständig: Wären meine Gefühle für ihn anders gewesen, wenn ich es gewusst hätte?« Wieder räusperte sie sich mit von Schmerz verzogenem Gesicht.

»Pschscht«, Valentina hatte den Finger an die Lippen gelegt. »Du sollst deine Stimme noch nicht so anstrengen. Und Flüstern ist übrigens ganz schlecht, hat die Ärztin gesagt!«

Aber Irma ignorierte ihre Warnung und beantwortete sich ihre Frage selbst. »Ich denke nicht. Pinu war für mich immer mein Vater. Giovanna meine liebe Mutter. Nur dich, meine Kleine, dich hätte ich gerne früher als Schwester gehabt!«

Valentina lächelt bei der Erinnerung. Sie könnte stundenlang aufs Meer schauen und ihre Gedanken weiter schweifen lassen, aber sie hat noch etwas zu erledigen. Sie wird heute endlich anfangen, bevor alle wach werden und sie sich nach dem Frühstück wie jeden Vormittag zum Übersetzen an den Computer begeben wird.

Sie setzt sich an den runden Tisch und schlägt die neue Schreibkladde auf, die sie im Buchladen in der Nähe der Chiesa Santa Maria della Pietà gekauft hat. Sie schließt die Augen, Bilder tanzen vor ihren Lidern, Häuser, Farben, das Meer. Sie formieren sich, streben auseinander, kreisen um eine Person. Valentina weiß, diese Person wird sie auch ohne Füße mit sich davontragen, sie ist die Richtung, der Kompass, der Horizont. Der Anfang und das Ende ihrer Geschichte.

Sie atmet tief durch und streicht mit dem Handrücken über das glatte Papier, greift zum Füller und schreibt das erste Wort: OLEANDERREGEN.

DANK

Vor einigen Jahren, bei der Recherche zu meinem Roman »Das Limonenhaus«, stand ich bereits einmal im Haus des Schusters Giuseppe Ranvestel, das zu dieser Zeit gerade renoviert wurde. Ich war auf der Suche nach einem typischen Versteck in italienischen Häusern und ließ mir von seinem Bruder Isidoro das Kabuff unter der Treppe zeigen, in dem ich dann in meinem Roman tatsächlich auch eine Bibel und diverse Tagebuchseiten verschwinden ließ. Damals erzählte Isidoro mir in wenigen Sätzen von dem Schicksal seines Bruders. Er erzählte von kleinen Füßchen, einem Mordanschlag, Muttermilch und Hundewelpen. Mich haben die Bilder, die dabei in meinem Kopf entstanden, seitdem fasziniert, und meine Fantasie tat das Ihrige dazu. Um aber aus dieser Mischung einen Roman schreiben zu können, war ich auf das Vertrauen, den Rat und die Hilfe vieler Freunde angewiesen.

Außer bei meinem verehrten, wunderbaren Giuseppe Ranvestel, genannt Pinu oder Pinuzzo, der mir die Geschichte seines Lebens so großzügig überließ, muss ich mich auch bei seiner Nichte bedanken. Danke, liebe Rosa, perfekte Übersetzerin der Sprache und der Gefühle! Nur du hast es geschafft, den wahren und tiefen Sinn jedes einzelnen sizilianischen Wortes in meinen Adern kreisen zu lassen. *Grazie, cara Rosa! Perfetta traduttrice di lingue e sentimenti! Soltanto tu hai potuto far scorrere nelle mie vene il vero e più profondo senso di ogni singola parola siciliana.*

Danke – an Frank, Christian, Fug, Loy und Ronald, ihr habt mich durch die außergewöhnlichen Sichtweisen auf eure Lieblingsfrauen inspiriert – an die beiden Übersetzerinnen Helena Schneider und Jutta Nickel, die mir einen interessanten Einblick in ihr »stilles« Berufsleben gaben.

Vielen Dank an Stefan Beyer, der sein Marmorkontor im Gegensatz zu Enzo ganz großartig leitet – und viel schöner ist es auch!

Danke an Stefanie Roge, für die endlosen Lesestunden im Wohnwagen und die aufrichtigen Kommentare.

Grazie, Lorenzo D'Acquisto, für deine Berichte vom Krieg (aus zweiter Hand, denn so alt bist du ja nun wirklich nicht!), Francesca, die du mich bis vor die Intensivstation geschmuggelt hast. Danke an Jolanda für die Tipps einer Restauratorin, an meinen langjährigen Freund Stephan für die ausführliche medizinische und an Alexis Brudermann für die juristische Beratung.

Ganz besonderen Dank an Claudia Prinzen, du bist meine Beraterin in Krisenzeiten, mein Ruhepol, mein Kompass!

Und zum Schluss an Maria Carnevale, *l'unica*, meine italienische/sizilianische Instanz, ohne deine Hilfe wäre kein »Oleanderregen« und auch sonst kein einziger meiner Romane entstanden! *Ti amo.*

Der Sonne entgegen mit tausend Fragen im Gepäck – eine Italienreise, die auf Umwegen zum Glück führt

Fünf Jahre nach dem Tod seiner Frau erfährt Georg, dass er nicht der Vater seines zehnjährigen Sohnes Emil ist. Zutiefst verletzt sucht er nach Antworten, die auch Milenas Schwester Eva nicht geben kann. Milena war damals in Italien, aber traf sie dort auch ihren Liebhaber? Auf der Suche nach Milenas Geheimnis begeben sich Eva und Georg auf eine Reise, die sie beide für immer verändern wird.

ISBN 978-3-453-29127-0

Leseprobe unter diana-verlag.de

Diana Verlag